ULLA LENZE

DAS WOHL BEFINDEN

ROMAN

Klett-Cotta

MIX
Papier | Fördert gute Waldnutzung
FSC® C083411

Klett-Cotta
www.klett-cotta.de

Cover: Anzinger und Rasp Kommunikation GmbH, München
unter Verwendung einer KI-generierten Abbildung (Midjourney)
Gesetzt von C.H.Beck.Media.Solutions, Nördlingen
Gedruckt und gebunden von CPI – Clausen & Bosse, Leck
ISBN 978-3-608-98685-3
E-Book ISBN 978-3-608-12346-3

1

Beelitz Heilstätten 2020

Der leere Gehweg vor dem Haus war bereits verdächtig. Ein junges Pärchen stieg aus einem schwarzen Geländewagen. Es scannte Vanessa mit forscher Feindseligkeit ab.

Sie musste den Makler auf die Mietwohnungen ansprechen. Es war ein Missverständnis gewesen, ganz klar. Doch die Arroganz des Pärchens, das sich offenbar schon durch die Doppelung im Vorteil sah, machte sie trotzig.

Der Makler zog seine Maske auf und reichte erst Vanessa, dann dem Pärchen mehrere Seiten Papier in Klarsichtfolie. Sie las: Kleine Hideaways mit großem studioartigem Raum für Singles und Paare.

66 m^2, 370 000 Euro. Ein Schnäppchen.

Als Contentmanagerin für ein Internetshoppingportal verdiente Vanessa 2400 Euro brutto, ihr Limit für eine Mietwohnung lag bei 950 Euro, in der Innenstadt fand sich dafür rein gar nichts. Also suchte sie nun außerhalb des S-Bahn-Rings.

Sie betraten eine leere, strahlend weiße Eingangshalle. Das Pärchen stellte Fragen. Nach einem Supermarkt, nach Ärzten. »Das Creative Village macht die Gegend sehr attraktiv und zieht natürlich Infrastruktur nach sich. Das ist alles in Planung. Wir stehen hier übrigens im Postgebäude der ehemaligen Lungenheilstätten.«

Vanessas Yoga-App meldete sich, und sie hatte zu entscheiden: Abo verlängern ja nein. Das Pärchen war ekelhaft. Dieses dreiste Selbstbewusstsein und das fette Auto, ihre schlanke, mit Personal Trainern punktgenau designte Figur und diese Selbstverständlichkeit, mit der sie ihre Knete vor sich hertrugen.

Das Pärchen lief durch die Räume, als wäre es schon eingezogen, faselte von Zweitwohnsitz in der Natur und Homeoffice. Sie nahmen Vanessa keineswegs als Konkurrenz wahr. »Ich möchte kaufen«, sagte Vanessa deshalb.

»Wir auch«, sagte das Pärchen.

»Schicken Sie mir Ihre Angebote schriftlich«, sagte der Makler, »zusammen mit einem Vermögensnachweis.«

»Ich hatte eine Urgroßmutter, die über die Arbeiterheilstätten Beelitz geschrieben hat«, sagte Vanessa, als wäre das ein Grund, sie zu bevorzugen. »Sie hieß Johanna Schellmann.«

Der Makler nickte. »Hier wurde schon viel geschrieben und gedreht. Wie wir ja sagen: Creative Village.«

Die Straße war dicht befahren, und zu beiden Seiten ragten steil die Kiefern auf. Vanessa wollte nicht sofort in die Bahn steigen und verraten, dass sie nicht mit dem Auto hier war, denn, nein, sie hatte keins. Sie folgte einem Schild Richtung Heilstätten, lief jetzt mit großen Schritten, geradezu einer Unbeherrschtheit. Die Werbung, die währenddessen auf ihrem Telefon eingeblendet wurde, verhielt sich wie ein ausgelagertes Unterbewusstsein, kommentierte und spiegelte ihr vorangegangenes Surfverhalten. War es möglich, dass das Telefon ihr deshalb Mindfulness/Forgiveness-Übungen vorschlug, weil sie in letzter Zeit so viel heulte, stimmte das mit dem Mikrofon?

Der Eintritt zu den ehemaligen Arbeiterheilstätten kostete so viel wie ein kleines Sake-Mittagsmenü in Mitte, also in Ordnung. Ein Drehkreuz schubste Vanessa in eine verwunschene Gartenlandschaft mit vielen Schildern und in Wildwuchs versunkenen Backsteingebäuden. Unter den hohen Kiefern standen vereinzelt eiserne Bettgestelle, dekoriert mit bunten Kissen und Tüchern, um die Idee des Krankseins zu veranschaulichen. In der ehemaligen Liegehalle war ein Café untergebracht, in dem es Crêpes und Softeis gab, gegenüber dämmerte die dunkle Ruine des sogenannten, Vanessa neigte sich dem Schild zu, Alpenhauses vor sich hin. Das Dach fehlte, aus den Fenstern wuchsen Bäume.

Eine geführte Tour war ihr zu teuer. Das wären ja noch mal zwölf Euro. Sie erfuhr also nicht, dass die Beelitz Heilstätten nach dem Zweiten Weltkrieg das größte Militärkrankenhaus der UdSSR im Ausland darstellten. Sie erfuhr nicht, dass im Ersten Weltkrieg, als die Heilstätten ein Lazarett waren, Hitler hier mit verletztem Oberschenkel lag und angeblich immer noch kriegsbegeistert war, was ihn unter den Mitpatienten sehr unbeliebt machte. Ob das stimmte oder die Unbeliebtheit im Nachhinein so erdichtet wurde, weil Beelitz natürlich nur ehrenwerte Patienten hatte, würde Vanessa sich nicht fragen, und auch nicht, was sie davon halten sollte, dass es bis jetzt keine Beweise für hier durchgeführte Euthanasie gab, immer nur diese Gerüchte.

Nieselregen fiel auf den Park herab, die Gruppe links von ihr redete laut auf Italienisch.

Vanessa erfuhr nicht, dass schon um 1900 herum nur Elektroautos auf dem Gelände im Einsatz waren, um Motorenlärm und Abgase von den Patienten fernzuhalten; Wohlbefinden war das oberste Therapeutikum. Sie erfuhr nicht, dass die Arbeiterinnen und Arbeiter, die oft unterernährt waren, hier mit fünf üppigen Mahlzeiten am Tag versorgt wurden, von Kalbsbraten bis Königsberger Klopse und Schokoladenpudding. Sie erfuhr aber, es stand auf einer der Tafeln, dass die Arbeitswoche ab 1900 auf 60 Stunden gekürzt wurde, ein Riesenfortschritt. Sie erfuhr, dass die Landesversicherungsanstalt die Heilstätten zwischen 1898 und 1907 errichtet hatte, über beträchtliche finanzielle Mittel verfügte und diese großzügig für die sogenannte Arbeiterrückführung einsetzte. Vierzig Prozent der Todesfälle entfiel bei den 20–30-Jährigen auf Tuberkulose. Okay, das reichte erstmal.

Sie hatte Lust auf ein Softeis, stöpselte sich Kopfhörer ein, was das Gesicht des extrem langsamen und sehr jungen Eisverkäufers mit sphärischem Wummern unterlegte, electronic ambient, und angenehm auf Abstand hielt. Gesichter, Augen, Nasen, Münder: Das alles war ihr oft zu viel.

Eine Besuchergruppe mit Schutzhelmen trat aus einem zerbröselnden Gebäude. Es gab nichts Gruseligeres als verfallene Heilstätten, dachte Vanessa. Als hätte die Idee der Heilung schließlich aufgegeben. Bereits die Eingangshalle badete von Boden bis Decke in Graffiti wie in Ganzkörpertattoos und verlieh den ursprünglich vornehmen Gebäuden etwas Tribalistisches. Vanessa wusste vom nächtlichen Vandalismus nach der Wende, als die Heilstätten jahrelang unbewacht waren, von den Freaks, die noch letzte Bilder der intakten Originalräume schossen, in der Hoffnung, sie im Anschluss an ihr Zerstörungswerk besonders teuer verkaufen zu können. Sie wusste vom Partyvolk und von den Geisterjägern, denn Beelitz war einer der Orte, an denen es spukte. Vorsprünge, Erker, Sonnenterrassen, überwuchert von Efeu, Wein und Hopfen. Wo saßen die Geister wohl tagsüber?

In diesem Moment hörte die sphärische Wummermusik auf und eine sanfte Frauenstimme raunte: Gehe mit den Generationen, die vor dir waren, durch die Zeit. Deine Ahnen.

Spüre sie als Kraftfeld, das dich trägt, dem du dein Leben verdankst. Lade sie liebevoll zu einem Spaziergang ein, um generationenübergreifende Traumata aufzulösen.

Ja, sie hatte also diese Schriftsteller-Urgroßmutter, die Bücher gab es noch in Online-Antiquariaten. Erst vor zwei Wochen hatte eine Literaturwissenschaftlerin angerufen und gefragt, ob es noch etwas aus dem Familienbesitz gebe, Erzählungen, Schriftstücke, Gegenstände, und ob Vanessa eigentlich wisse, dass die Schellmann auch über die Heilstätten Beelitz geschrieben habe? In der Verlagskorrespondenz aus den späten Sechzigern fänden sich dazu einige Hinweise, es sei aber nie etwas veröffentlicht worden.

Weil Vanessa völlig überrumpelt war und beklommen schwieg, redete die Frau weiter: Schellmann sei ja im Deutschen Kaiserreich ein Literaturstar gewesen, Dichterin der modernen Frauenpsyche, wegweisend für eine ganze Generation, eine wichtige Stütze für die Frauenbewegung damals. Und gerade in gendersensiblen Zeiten wie heute, in denen weibliche Erfahrung und weibliches Schreiben wieder ernst genommen würden, lohne ein Blick auf die Literatur der Schellmann, denn auch wir fragen uns ja: Welche Räume können wir uns erschließen gerade in und mit unserem Weiblichsein? Bei der Schellmann wurde dieser Perspektive bereits vor einhundertzehn Jahren rigoros Raum gegeben, und das Sensationelle sei, genau damit habe sie Erfolg gehabt, Sie wissen ja, *Das Schmuckzimmer*, zwanzig Auflagen. Die Schellmann wurde damals für etwas gefeiert, wofür Frauen heute immer noch Ablehnung erfahren: eine Frau zu sein! Und das alles sei noch vor dem Ersten Weltkrieg passiert, die Kaiserzeit ja eine ungemein spannende Zeit. Blabla. In sechs Wochen musste Vanessa ihre Wohnung räumen, und die Literaturwissenschaftlerin kam ihr mit »Räume erschließen mit unserem Weiblichsein.« Sie steigerte sich immer mehr in irgendwas hinein, und das Interesse, das Vanessa anfangs noch hatte, schlug um in Ärger. Okay, die war irgendwie nicht ganz dicht, aber was genau wollte sie von Vanessa? Da schien so etwas wie Verehrung mit im Spiel zu sein und vielleicht die Hoffnung, von Vanessa, der Urenkelin, könne irgendwas weiblich Wegweisendes abstrahlen. Und tatsächlich sagte die Frau in diesem Augenblick: »Es ist mir eine Ehre, mit Ihnen zu sprechen, einer direkten Nachfahrin der Schellmann!«

»Dann lassen Sie mich doch auch mal etwas sagen«, sagte Vanessa und hörte ein neugierig fittes, »ja, natürlich«, und Vanessa merkte, sie hatte rein gar nichts zu sagen.

»Mir fällt nichts ein.«

»Sie sind wie die Schellmann«, lachte die Literaturwissenschaftlerin. »So ehrlich! Es stimmt, ich rede zu viel. Wenn ich mein Gegenüber sehen kann, passiert mir das nicht. Wollen wir uns treffen? Oder zumindest ein Zoom-Meeting? Es würde mir wirklich viel bedeuten.«

Vanessa legte auf.

Dann blockierte sie die Nummer.

Über den Mülleimern kreisten Wespen. Die Wespen flogen in so dichtem Abstand, dass die Luft dort flimmerte, ein seidiges Grau, ein Knistern wie von weicher Elektrizität. Vanessa warf die aufgeweichte Waffel in einen der summenden Mülleimer und schaute sich zwischen den Gebäuden um, die inmitten der weitläufigen Parkanlage fast eine kleine Stadt bildeten. Ihr Blick wanderte über malerische Liegeterrassen zwischen Zierfachwerk, verspielten Giebeln, Rundbögen, Laternen und Gauben. Sie überlegte, was es wohl gewesen sein könnte, das ihre Urgroßmutter über Beelitz geschrieben hatte. Welche Hinweise auf was genau fanden sich wohl in der Verlagskorrespondenz?

Schellmann war 1967 gestorben. Da fing auch allmählich Vanessas eigene Geschichte an, nämlich damit, dass Vanessas Vater mit der kurz vor dem Krieg nach Kanada ausgewanderten Familie zu Schellmanns Beerdigung nach Berlin anreiste. Er war Anfang zwanzig, und als er den toten Körper der ihm unbekannten Großmutter sah, entschied er sich, ihren Namen anzunehmen und zu bleiben. Eine Ansage gegen die Familie, die mit der Schellmann nie so richtig warm geworden war, sie alle waren ein anderer Schlag Mensch, Menschen der Tat, und man suchte größtmöglichen Abstand zu allem Künstlerischen. Denn man sah ja an der Schellmann, dass sie trotz ihrer angeblichen Bedeutung im entscheidenden Moment menschlich versagt hatte, floh sie doch später ins Jugendbuchschreiben, statt ihre Bekanntheit zu nutzen, dem Widerstand eine Stimme zu geben. Großmutter Emmy und Großvater Benno hingegen, beide zu kommunistisch für das neue Deutschland, gerieten vorübergehend ins Gefängnis und machten sich anschließend nach Kanada auf.

Vanessa hatte von den zahlreichen Romanen nur *Das Schmuckzimmer* gelesen. Vor allem erinnerte sie sich an den hohen Ton, an abwechselnd Gejammer und Gejauchze, an eine ungemütliche Dringlichkeit. Am Ende wurde die Heldin verrückt und starb. Insgesamt anstrengend (war das also das weibliche Schreiben?).

1986 wurde Vanessa geboren. Im elterlichen Wohnzimmer hing die Schwarzweißfotografie der Schellmann in Arbeitspose, enger Rüschenkragen bis zum Kinn, gereizter Blick, die Hände auf den Tasten ihrer Olympia; schon als Baby blickte Vanessa immerzu dort hin, wenn der Vater sie durchs Wohnzimmer trug. Vanessas Vater hatte seine Großmutter stets in Ehren gehalten. Sollte Vanessa ihn mal anrufen? Aber er war so schwierig geworden, so weinerlich und sentimental, weil alle nach und nach starben, die Verwandten und die Freunde, und weil er etwas suchte, sagte er, das nicht mehr zu finden war. Die Zeit raffe alles dahin, »Vanessa, Mädchen!«; emotionale Erpressung pur, sich um ihn zu kümmern, und er erreichte damit das Gegenteil.

Dunkelheit und feuchtbrauner Himmel, als Vanessa in die S-Bahn nach Berlin stieg. Sie sah in der Fensterscheibe ihr oystergray gefärbtes Haar über die brandenburgische Landschaft gleiten. Auf dem Bahnscreen wurde Werbung für eine Meditationsapp eingeblendet. Ein Unbehagen gegen schier alles regte sich plötzlich in ihr. Sollen wir also die Nerven behalten, während wir aus den Wohnungen verdrängt werden, wir unsere Jobs verlieren? Hey, ich hab zwar bald kein Zuhause mehr, aber, Leute, einmal tief ein- und ausatmen, und ich bin zumindest in meiner Mitte. Nee, schon klar, sie versprechen dir keine Wohnung, aber jene Balance und Power, mit der du genauso ein Arschloch werden kannst wie dein Vermieter, der dir wegen Eigenbedarf kündigt. Und wenn nicht das, kannst du dich wenigstens gut fühlen, während alles den Bach runtergeht.

Am Alexanderplatz stieg sie um in die U8. Sieben Stationen später stieg sie im Wedding aus.

Hier kamen die meisten her, die damals in Beelitz genesen sollten. Arbeiterviertel. Hier wohnte sie, ausgerechnet. Ihre berühmte Urgroßmutter hatte in Dahlem gewohnt. Villa, Garten und alles. Die Adresse wusste niemand mehr, aber irgendwo Nähe Botanischer Garten; bestimmt wusste es die Literaturwissenschaftlerin.

War Vanessa eine Arbeiterin? Was war man heute, wenn man unterbezahlt in Büros aus Beton und Holz saß und mittags eine Bowl mit Avocado, Reis und Edamame aß?

In ihrer kleinen Erdgeschosswohnung im Hinterhaus konnte Vanessa die Beklemmung nicht länger wegatmen, es wurde nur noch schlimmer, ein Backlash, irgendetwas rebellierte gegen ihre Bemühungen und rastete dann richtig aus.

Wegen des schwachen Internets musste sie mit den bereits heruntergeladenen Meditationen der Krankenkasse vorliebnehmen. Eine Meditation empfahl ihr, alles ohne Urteil zu fühlen und zuzulassen, denn was man unterdrücke, gewinne nur umso mehr Macht; der Trick sei, es zu fühlen und es dadurch in Besitz zu nehmen – anstatt davon beherrscht zu werden. Die Angst zum Beispiel als ein dumpfes, beklemmendes Etwas oder was auch immer anzunehmen, mit Offenheit und vielleicht sogar mit Neugier, ohne das Gefühlte zu bewerten. Meist entwickelte sich bei Vanessa dann ein Tsunami an Traurigkeit, Vanessa heulte los, anschließend war sie aber etwas erleichtert.

Die andere Meditation begann ähnlich, bog aber völlig anders ab. Vanessa sollte sich bewusst machen, was sie da fühlte, und es labeln: Schmerz, Wut, Verzweiflung. Im nächsten Schritt sollte sie ihr Verhältnis zu diesem Content klären; etwa, ob sie sich für ihn schämte, ihn leugnete, ihn bekämpfte, und das alles galt es dann möglichst abzustellen durch liebevolles Umarmen. Sie fühlte sich dabei gevierteilt und zu sehr im Kopf, das war alles so kompliziert und anstrengend, dass sie das eigentliche Gefühl darüber aus dem Blick verlor. Obendrein gab es noch den Rat, den Atem zu beobachten, um einen Anker zu etablieren, zu dem man stets zurückkehren konnte; das Atmen als Zuhause. Das funktionierte am besten, es war eine Art Drink ohne Alkohol, jetzt heulte sie wieder.

In sechs Wochen musste sie aus der Wohnung raus. Der Kollege sagte, sie könne sein Sofa haben.

Vanessa schluchzte. Heulen, hemmungslos und dabei so allein, dass sie fast galaktisch anschwoll bis an den Rand des Universums, als wäre sie all-eins. Ist doch eigentlich egal, dachte sie nun, was mit mir und meinem Leben geschieht. Dass ich die Wohnung verliere. Dass ich sterbe. Dass ich mein Leben lang nur Scheißjobs haben werde.

Das warme pulsierende Gefühl im Körper, das auf die Heulerei folgte, hüllte sie nun ganz ein, ja, es tröstete.

Zeit für einen Film (sie hatte sich im Büro mehrere heruntergeladen). Das Tollste war, dabei die warme Heizdecke auf Beinen und Bauch zu spüren und im Mund die Eiswürfel des Aperol Spritz kreisen zu lassen.

Während sich Bob Odenkirk eine bunte Krawatte umband, überlegte Vanessa erneut, ob sie eine Therapie machen sollte, aber dazu hätte sie mindestens sechs Monate warten müssen, und es kam ihr unseriös vor, ihre psychische Bedürftigkeit auf einen Zeitpunkt in sechs Monaten zu planen, vielleicht ging es ihr da schon wieder gut, wer wusste das schon. Dann müsste sie dort sitzen und so tun, als sei sie depressiv. Okay, hohe Wahrscheinlichkeit, dass sie das wäre. Aber sie wollte ehrlich sein (oh, Sie sind wie die Schellmann, so ehrlich!), und die Ehrlichkeit sagte, dass sie jetzt Hilfe brauchte, jetzt und nicht in sechs Monaten. Gefühle kannten keine Planung.

Die Gefühle, die Vanessa als Content Managerin beim Product Placement hervorrufen sollte, waren standardisiert, digital Storytelling, daher planbar. Es ging um die Vorhersehbarkeit.

Da war sie ganz gut drin.

Aber Leben war anders.

Das Handy klingelte. Der Makler. Warum keine Mail? Sie ging nicht dran. Widerwillig wählte sie sich Minuten später in die Mailbox ein und hörte ihn sagen, dass es nicht um die

Wohnung gehe, da sei noch nichts entschieden, aber um etwas anderes, etwas Persönliches. Ein gruseliges Schweigen und noch gruseligeres Einatmen und Ausatmen.

Er hatte sie doch kaum beachtet. Aber gut, sie hatte schon alles erlebt. Nein, sie würde nicht zurückrufen. Oder doch? Nach einer Stunde war die Neugier zu groß, und sie drückte auf die Nummer.

»Frau Schellmann?«

»Ja, um was geht es?« Ihre Stimme klang ganz heiser, und sie zupfte an ihrem Pulloverbündchen.

»Ich komme gleich zur Sache. Sie haben erzählt, dass Ihre Urgroßmutter Verbindung zu den Heilstätten Beelitz hatte.«

Tatsächlich hatte sie das gesagt. Peinlich.

»Ich habe da so einen Schreibmaschinentext von Ihrer Urgroßmutter. Wieso, das würde ich Ihnen gern in Ruhe erklären. Können wir uns treffen?«

2

West-Berlin 1967

Im Fernsehen war stundenlang das Pontifikalrequiem übertragen worden, nun fuhr man Adenauer in einem Schiff hoch nach Rhöndorf. Zweiundneunzig war er geworden, aber Hoffnung machte das nicht, in letzter Zeit geriet bei Johanna vieles durcheinander. Sie schaltete den Fernseher aus, griff nach Mantel, Hut und Regenschirm, um die Runde im Park zu drehen, die der Hausarzt ihr verordnet hatte.

Bei ihrer Rückkehr ragte unten aus dem Briefkasten ein dicker Umschlag. Als wäre er nichts Wichtiges, stopfte sie ihn unter den Arm. Den Supermarktprospekt legte sie obenauf, um die Beiläufigkeit der Situation zu unterstreichen. Aber auch vor sechzig Jahren bedeutete ein zurückgesandtes Manuskript immer nur eins: eine Absage.

Die Stufen kosteten Kraft. Sie schnappte nach Luft, und hatte plötzlich Sorge, im Treppenhaus zu sterben. Sie wollte nicht im Treppenhaus sterben, wenigstens in ihre Wohnung wollte sie es noch schaffen.

Das Nächste, was sie wahrnahm, war ein Standardschreiben. »Sollten Sie in absehbarer Zeit wieder eine Geschichte für uns haben, sind wir …«

Sie nahm im Sessel Platz und starrte auf das Manuskript. Zwei Jahre hatte sie geschrieben. Sie hatte es selbst kaum für möglich gehalten, aber ja, sie hatte jeden Tag mit der Schreibmaschine Buchstaben ins Papier gehauen, und die

Einkaufsliste für Klaus bestand zeitweise nur aus Papier und Farbband. Man vergaß im Alter vieles, aber sie konnte erfreut feststellen, dass der alte Mechanismus noch wirkte, die Worte begannen zu ihr zu strömen, aus jenem tiefen Alleinsein, in dem sie mit allem verbunden war. Sie hatte das Manuskript in einen großen Umschlag gesteckt und ihn eigenhändig am Postschalter abgegeben.

Sie suchte nach einer Telefonnummer auf dem Anschreiben. Ihr Herz klopfte erneut unerträglich hart, als sie mit jeder Drehung der Wählscheibe dem gefürchteten Gespräch näherkam.

»Wolkenfeld Verlag, guten Tag«, hörte sie eine freundliche junge Stimme.

»Guten Tag, Sie sprechen mit Johanna Schellmann.«

Sie hielt inne und wartete ab, was ihr Name auslöste, und als der Sekundenbruchteil eines jubelnden Erkennens überschritten war, fügte sie hinzu: »Junge Dame, mein Name sagt Ihnen doch etwas?«

»Ich bin neu hier.«

»Sie sollten mich kennen, egal wie kurz oder lang Sie im Verlag arbeiten!«

Das Fräulein schwieg einen Moment und sagte dann reserviert: »Was kann ich für Sie tun?«

»Den Verleger bitte.«

»Herr Dobenrath ist gerade nicht zu sprechen.«

Diesen Namen hörte Johanna zum ersten Mal. Zuletzt hatte sie mit Franz Wolkenfeld zu tun gehabt. Lebte Franz nicht mehr?

»Sie haben mir einen Absagebrief zukommen lassen«, sagte Johanna vorwurfsvoll.

»Wir verschicken täglich Dutzende Absagen. Wir erhalten auch täglich Dutzende unverlangt eingesandte Manuskripte.«

Unverlangt eingesandt. War da plötzlich eine leicht hochmütige Note in der Stimme?

»Hören Sie mal gut zu, mein Fräulein. Sie würden heute nicht auf Ihrem Platz sitzen, hätte mein Roman *Das Schmuckzimmer* damals nicht den Verlag gerettet, er stand kurz vor der Schließung. Das war 1909. Jetzt haben wir 1967. Dass es den Verlag noch gibt, ist mir zu verdanken. Und jetzt holen Sie den Verleger ans Telefon.«

Sie nahm mit Genugtuung wahr, dass ihr Vorgehen Wirkung zeigte. Das Fräulein bat um ihre Nummer, der Verleger rufe zurück. Begann ihre Nummer mit sechs sieben oder sieben sechs? In letzter Zeit verdrehte sie die Zahlen und ihr Hirn reproduzierte jedes Mal einen Augenblick der Verwirrung statt den der Lösung.

»Ich kann meine Nummer gerade nicht finden.«

Sie spürte ihre Zunge übergroß und schwer werden, und da war nun auch dieses mitleidige Zögern am anderen Ende, das sie so oft in letzter Zeit im Kontakt mit anderen wahrnahm.

»Frau Schellmann, warten Sie bitte.«

Es wurde still. Auf dem Literaturkalender mit Gedichten von Theodor Storm stand der 25. April 1967. Den Kalender schickte Emmy jedes Jahr aus Kanada, auf diese Weise begleitete ihre Tochter sie Tag für Tag. Zweimal im Jahr telefonierten sie, hielten sich aber kurz wegen der hohen Kosten. Auch Emmy war inzwischen eine alte Frau mit Rheuma und Arthrose, und sie hatten sich dreißig Jahre nicht gesehen.

Sie hörte ein Knacken in der Leitung und meinte, noch die Ausläufer eines Gelächters zu hören.

»Frau Schellmann? Herr Dobenrath ruft Sie in etwa einer Stunde zurück. Wir haben Ihre Nummer.«

»Selbstverständlich haben Sie die.«

Ja, man wusste, wer sie war.

Radieschen, Leber, Kochkäse, sie machte mit Kugelschreiber Kreuze in den Prospekt, für Klaus. Manchmal ritzte sie das Papier versehentlich ein und dachte dann große Gedanken wie die Verletzlichkeit der Dinge. Früher hätte sie so etwas notiert. Sie glaubte nicht mehr, durch Worte etwas bewahren oder beschwören zu können. Das war alles an Erkenntnis, nachdem sie zuvor ein Leben lang mit dem Wort gegen dieses Wissen angekämpft hatte.

Das Schreiben ihrer Memoiren war von anderer Art gewesen. Ohnehin schien der Verlag jene Werke, die sich über Jahrzehnte blendend verkauft hatten, jetzt für seicht zu halten, gar für Frauenliteratur, dabei war sie damals als Pionierin einer neuen Epoche gefeiert worden, innovativ in ihrer Ehrlichkeit und Drastik, ja, *Das Schmuckzimmer* galt als Identifikationsbuch einer ganzen Generation. Und nun wurde sie nicht mehr nachgedruckt.

Eine Kritikerin namens Dr. Angelika Röttel hatte vor drei Jahren in der F.A.Z. schließlich mit ihr abgerechnet, völlig gefahrlos, denn wer würde die in Vergessenheit geratene Dichterin schon verteidigen? Der Beitrag »Dichterinnen der Kaiserzeit – Wegbereiterinnen und Verräterinnen der Frauenbewegung« warf Johanna Schellmann Erzählmuster vor, die dem wilhelminischen Denken verhaftet seien und das Klassendenken nie überwunden hätten. Schellmann habe damals mit ihrem Lamento zweifellos einen Nerv getroffen, aber nur in der eigenen großbürgerlichen Schicht, eine gesamtgesellschaftliche Vision sei sie schuldig geblieben. Die beiden grausamsten Sätze lauteten: 1. Johanna Schellmann war zwar eine erfolgreiche Frau, aber dadurch noch lange keine Feministin. 2. Das Herz auf der Zunge hatte Schellmann durchaus, aber das macht noch keine große Literatur.

Tagsüber war Johanna wütend, nachts machten sich diese beiden Sätze in ihrer hässlichen Gleichgebautheit über sie her und drehten Runden in ihrem Kopf, als müsste sie bloß endlich rufen: Frau Dr. Röttel, ja, Sie haben recht, es stimmt alles! Ich bin keine gute Schriftstellerin und zu Recht bin ich heute vergessen!

Aber etwas in ihr war überzeugt, dass sie gut war. Die Worte von Angelika Röttel waren ungerecht.

Eines Morgens begann sie, dieser Ungerechtigkeit etwas entgegenzusetzen. Eine eigene Erzählung über ihr Leben, und zwar von Anfang an.

Hochverehrte Herrschaften,
in meinem fünfundachtzigsten Lebensjahr habe ich mich entschlossen, meine Erinnerungen für die Nachwelt niederzuschreiben. Sie halten mein Leben in Händen, beginnend mit meiner Kindheit in Konstantinopel als Tochter eines Diplomaten, einer glanzvollen Jugend in Berlin, dem Ringen um den Sinn des Lebens als junge Ehefrau, hin- und hergerissen zwischen bürgerlichen Pflichten und dem Drang nach einer Freiheit, wie sie uns nur in der Zwischenwelt des Geistigen geschenkt wird. Sie lesen von meinem Durchbruch als Schriftstellerin im zarten Alter von nur siebenundzwanzig Jahren. Mögen Ihnen meine Erzählungen gefallen!
Hochachtungsvoll
Johanna Schellmann

Sie ließ das Anschreiben sinken. So schrieb man heute nicht mehr, das wusste sie. Nun war es sowieso zu spät. Sie griff nach den Manuskriptseiten und versuchte, an kleinen Abnutzungszeichen zu erkennen, ob überhaupt zu Ende gelesen worden war. Auf Seite zweiundfünfzig entdeckte sie am Rand einen Bleistiftstrich: »Ich habe Anna nie zu ihrer Arbeit in der Fabrik befragt.«

Eine Seite später ein nervöser Kringel, als wären die Bedenken bereits in die Hand gekrochen und schüttelten vor Entsetzen den Bleistift: »Anna konnte im stockdunklen Keller die richtige Flasche Wein finden.«

Aber wenn es doch so war? Um sich abzulenken, blätterte sie erneut im Supermarktprospekt. Sie war aufgewühlt und erschöpft zugleich, ein grässlicher Zustand. Wie gern hätte sie jetzt jemanden zum Reden gehabt, einen verständnisvollen Zuhörer. Sie schaltete den Fernseher wieder ein; das Schiff fuhr den toten Adenauer immer noch über den Rhein. Sie starrte auf den Bildschirm, Menschenmassen am Ufer, Traurigkeit und Feierlichkeit, trauriger grauer Himmel und trauriger Rhein.

Sie wachte von einem Geräusch auf, und als Nächstes stand Klaus in der Wohnzimmertür. Sie hatte es nicht klingeln gehört, aber er hatte ja neuerdings einen Schlüssel.

»Ah, gut, Sie leben, Frau Schellmann.«

»Ja, immer noch. Und klingeln Sie bitte das nächste Mal.«

»Was glauben Sie, was ich getan habe?«

Sie hörte ihn in die Küche gehen und dort den Kühlschrank einräumen. Sie meinte, jedes einzelne Teil am Klang erkennen zu können, das Hühnerbrustfilet, die Petersilie, Karotten und Schnittlauch.

»Klaus? Klaus? Klaus!«

Die Dielen knarrten, dann stand er vor ihr. Sie schämte sich ihres kindlichen Gequengels, denn Klaus war, nach wie vor, ein Mann. Ein gutaussehender, junger Mann mit glattrasiertem Kinn, schönen starken Augenbrauen, sensibel geschwungenen Lippen und mit dieser weißen Porzellanhaut, auf der sich Gemütsregungen immer als plötzlich aufblühende Rötungen verrieten. Solche Männer überspielten ihre Sensibilität in besonders ruppigem Auftreten, und genau das rührte Johanna. So war auch Clemens gewesen.

Gleichzeitig nahm sie sich selbst überdeutlich wahr, wie damals als junge Frau, wenn ein Mann vor ihr stand. Sie spürte einen leichten Stromschlag durch ihren Körper fahren und hob Kinn und Augenbrauen, um alles im Gesicht zu glätten und zu straffen.

»Klaus, Sie wissen, dass ich einmal sehr berühmt war?«

»Das haben Sie erzählt. Und da stehen ja auch Ihre Bücher.« Er zuckte mit dem Kinn zum Wandregal. »Aber man hat Sie vergessen. Niemand liest heute mehr Ihre Bücher. Auch das haben Sie gesagt.«

Sie schwieg verärgert und schaltete den Fernseher aus.

»Ich kenne mich mit Literatur nicht gut aus«, sagte er einlenkend. »Soll ich das Fenster öffnen?«

»Womit kennen Sie sich denn aus? Was studieren Sie überhaupt?«

Er schien nachzudenken, aber eher, ob er sich auf ein solches Gespräch einlassen sollte. Mit einer Zigarette im Mund kam er vom Fenster zurück.

»Geschichte und Politikwissenschaften.«

Das Feuerzeug klickte.

Sie knetete ihre Finger, spürte die sich verschiebende, lockere Haut und wusste nicht weiter.

»Ich habe nie Schmuck getragen, was sehr ungewöhnlich war, besonders damals. Ich wollte mich nicht fühlen wie ein Gegenstand, der aufgewertet werden muss. Welchen Grund könnte es schon geben, kleine Portionen Edelsteine und Edelmetalle sichtbar am Körper mit sich zu führen? Einen praktischen gewiss nicht. Es soll also etwas anderes bezwecken. Können Sie mir folgen?«

Klaus nickte, zog an seiner Zigarette und schaute nachdenklich auf den Supermarktprospekt. Er blieb nach den Einkäufen immer noch ein Weilchen bei ihr, warum, wusste sie nicht, manchmal schien es so, als hätte irgendwer ihm das befohlen. Meist schauten sie Fernsehen, und nach einer halben Stunde sprang er ganz plötzlich auf und war weg. Johannas Blick fiel auf das abgelehnte Manuskript.

»Klaus, können Sie mir einen Gefallen tun? Lesen Sie das und sagen Sie mir Ihre ehrliche Meinung.«

Sie zeigte auf das Manuskript.

»Das haben Sie doch in den letzten Monaten geschrieben? Dafür sollte ich die Farbbänder und das Papier holen?«

»Lesen Sie.«

»Jetzt? Hier?«

»Fangen Sie an. Und das hier ist für den nächsten Einkauf. Ich habe alles angekreuzt.«

Sie schob den Prospekt zum Manuskript, als gehörten sie nun zusammen.

»Ich will Ihre ehrliche Meinung.«

»Warum gerade meine Meinung?«

Weil ich niemanden habe, dachte sie, und sagte: »Weil Sie jung sind. Wie das Fräulein am Telefon. Alle sind jung. Vielleicht können Sie mir erklären, was an diesem Manuskript nicht stimmt. Es ist nämlich abgelehnt worden.«

Es auszusprechen, war befreiend.

»Hier, setzen Sie sich.« Sie kämpfte sich schwerfällig aus ihrem Sessel heraus, schlug ärgerlich seine Hand weg, als er sie stützen wollte, und ging auf bloßen Strümpfen in die Küche. »Ich mache uns einen Tee!«, rief sie von dort. »Außerdem kann ich das nicht mitansehen, wenn jemand meine Texte liest. Das konnte ich noch nie!«, ihre Stimme wurde immer trällernder und vergnügter.

Auf den Steinfliesen in der Küche wurden ihre Füße sofort kalt. Sie stieg auf einen Topflappen, den sie dazu auf den Boden fallen ließ. Immer schon war sie frei und daher erfinderisch gewesen. Von ihrer Mutter hätte es jetzt eine Mahnung gegeben. Mama. Das Wort stieg mit einem weinerlichen

Gefühl auf. »Möchtest du auch einen Tee, Mama?«, flüsterte sie leise, aber goss, trotz des deutlich zu vernehmenden »Ja« ihrer Mutter, nur für Klaus und sich ein. Sie wusste ja, dass die Mutter schon lange tot war und daher nur eingebildet. Doch sie hörte neuerdings ihre Stimme, wahrscheinlich hatte das mit dem Schreiben zu tun.

Sie trug das Tablett ins geheizte Wohnzimmer, und erst als sie es auf dem Couchtisch abstellte, bemerkte sie, dass plötzlich doch drei Tassen darauf standen. Hastig pflückte sie die dritte Tasse weg und verbarg sie hinter dem Rücken.

»Wie weit sind Sie, Klaus?«

»Bei Ihrer Geburt 1882 in Konstantinopel.«

»Heute heißt das Istanbul.«

»Die türkische Amme sagt Ihnen aufgrund Ihrer prägnanten Nase eine Dichterinnenkarriere voraus.«

»Das ist tatsächlich passiert!«, strahlte sie, und weil Klaus mitlächelte, wurde ihr plötzlich ganz warm ums Herz, so dass sie die Tasse hinter dem Rücken vergaß und einfach vor Klaus stehen blieb, wie ein Kind, das weitere Bonbons erwartete. Nach einer Weile, weil nichts geschah, machte sie einen Schritt zurück. Jetzt konnte sie ihn besser betrachten. Ja, sie fand Gefallen am Stillleben Mann, Leselampe, Tee. Er wäre für sie infrage gekommen, wäre sie noch jung. Er war ein bisschen grob, nicht wirklich höflich, und man musste ihn immer motivieren (Klaus, bitte sagen Sie dem Metzger, er soll den Parmaschinken diesmal sehr dünn schneiden!). Man musste ihn geradezu erobern – diese Art Mann hatte immer einen Reiz auf sie ausgeübt. Und sie würde ihm Geld geben. Sie hatte immer gutes Trinkgeld gegeben. Das Telefon! Erschrocken schaute sie zu Klaus, der nicht reagierte, und hob dann besonders schwungvoll ab.

Die Stimme des Verlegers war sehr jung und sehr freundlich. Natürlich werde er ihr den Grund für die Manuskriptablehnung mitteilen, es tue ihm übrigens sehr leid, dass der Verlag nicht sofort den persönlichen Weg gewählt habe, da sei ein Fehler unterlaufen.

Sie spürte ein bisschen Genugtuung, aber ließ sich nichts anmerken: »Nun gut. Ich höre!«

»Frau Schellmann, selbstverständlich wissen wir um Ihre Bedeutung für den Verlag. Und auch heute noch können viele mit Ihrem Namen etwas verbinden; *Das Schmuckzimmer, Das Innere der Welt, Die Verlorenen, Regeln für die Nacht, Der Winter aus Papier.* Niemand hat das weibliche Leiden in patriarchalen Strukturen so präzise und aufrichtig erkundet wie Sie. Aber Sie haben ein Vierteljahrhundert nicht mehr veröffentlicht, und es ist verlegerisch schwer, dann gleich mit Memoiren ...«

»Ich bin Ihnen also nicht mehr berühmt genug«, fiel sie ihm ins Wort und schaute kokettierend zu Klaus, der aber so tat, als wäre er in ihr Manuskript versunken.

»Nun, es gibt auch ein stilistisches Problem. Sie beschreiben Ihr Leben im ungebrochenen Abenteuerstil, schwärmerisch und gefühlig. Alles geht immer gut aus, jede Krise hat einen höheren Sinn ...«

»Haben Sie das denn nicht gern gelesen?«

»Diese teleologischen Lebensmodelle, in denen alles im Nachhinein einen geradezu gottgelenkten Sinn offenbart, sind heute schwierig. Es fehlt uns jenes Element, für das unser Verlag nach 1945 umso mehr steht, das politische und gesellschaftskritische Bewusstsein. Außerdem ...«

»Herr Dobenrath. Meine Romane waren immer politisch. Ich habe mich aber vor keinen Karren spannen lassen. Ich möchte behaupten, gerade deshalb ist meine Literatur politisch! Etwa die Geschehnisse um Anna«, sie hielt inne, ein

Schreck durchfuhr sie, und sie sprach gegen den eigenen Widerstand nur mit Mühe weiter: »Sie halten auch diese Episode sicherlich für trivial, aber Sie wissen ja gar nicht, um was es da wirklich geht und wie politisch das letztlich ist.«

»Um was geht es denn?«, fragte er freundlich, und sie spürte Ärger und überlegte, ob sie einfach auflegen sollte. Dann sprach sie beherrscht: »Es geht um die Seele.«

Das Wort war gewichtig. Sie schwiegen einen Moment lang; feierlich, wie ihr schien.

»Die Geschichte des Mediums Anna Brenner ist tatsächlich interessant. Aber geht es da nicht auch um Machtverhältnisse und Klasse? Warum streifen Sie das nur so kurz? Auch die Arbeiterheilstätten Beelitz sind interessant, sie sind gewissermaßen der Zauberberg der Proletarier. Das verdient doch mehr Raum als nur ein Kapitel. Und heute hat dort die Rote Armee ihr Militärkrankenhaus. Nur leider kommen wir da nicht ohne Weiteres hin, falls wir«, er korrigiert sich, »falls Sie recherchieren wollen.«

»Ja, vielleicht.«

»Wissen Sie denn, was aus Anna später geworden ist, Frau Schellmann?«

»Nein. Aber während der Schlacht um Verdun haben sich plötzlich sehr viele Menschen um Anna versammelt, meine Güte, jeder wollte wissen, ob der eigene Mann noch lebt oder welche Hoffnung es gibt. Ja, zu so etwas hat sie sich herabgelassen!«

Sie blickte zu Klaus, der sich daraufhin durchs Haar fuhr, aber weiterhin Versunkenheit mimte. Sie fühlte, dass ihr Mund plötzlich ganz trocken war und die Kehle schmerzte.

»Unser Volontär wird mal recherchieren. Falls wir fündig werden und es Sie interessiert, melden wir uns.«

»Natürlich interessiert mich das«, sagte sie leise.

»Machen Sie sich nicht zu viel Hoffnung. Vieles ist nicht

dokumentiert worden, und was mit den Grenzwissenschaften zu tun hat, wurde ja immer schon vernachlässigt.«

»Damals gerade nicht, Herr Dobenrath«, sagte sie nun lebhaft. »Der Okkultismus war in jener Zeit in aller Munde und nicht so anrüchig wie heute. Man hat sogar strenge empirische Forschung betrieben! Schriftsteller wie Döblin, Kafka, Rilke und Mann haben sich mit den Geistern beschäftigt. Ja, ihre Werke sind gar nicht denkbar ohne den Kontakt mit diesen Zwischenwelten. Den hatten sie nämlich. Lesen Sie deren Bücher nochmal genauer, es spukt in ihnen!« Sie lachte, sie war ganz erfreut über ihren plötzlichen Schwung.

»Das war in der Tat eine interessante kulturelle Phase«, belehrte er sie zurück, »aber das allgemeine wissenschaftliche Interesse hörte wieder auf, weil die okkulte Forschung, etwa die von Schrenck-Notzing, sich wegen mangelnder wissenschaftlicher Methodik und Reproduzierbarkeit nicht etablieren konnte. Einige seiner Medien wurden auch des Betrugs überführt. Wann haben Sie denn zuletzt von Anna gehört, Frau Schellmann?«

»Gestern.«

»Sie lebt?«

»Natürlich. Sie war hier. Wir haben Tee getrunken.«

»Dann müsste sie inzwischen wie alt sein …?«

»Fünfunddreißig. Das weiß ich sofort.«

Eine Pause entstand. Hatte sie etwas Falsches gesagt? Sie merkte in letzter Zeit öfter, dass die Leute plötzlich mitten im Gespräch verstummten.

»Gut, verehrte Frau Schellmann. Ich werde mich melden, wenn wir mehr wissen.«

Sie begann zu zittern. Da schien etwas körperlich nicht in Ordnung, etwas Unüberschaubares geriet in die Situation.

»Auf jeden Fall ist das ein interessantes Thema, wenn ich

das über Anna Brenner sagen darf, die ja schließlich eine Freundin war, vielleicht auch eine Art Mentorin.«

»Junger Mann, Sie hören von mir«, sagte sie in ihrem Kommando-Ton und legte auf. Das war wieder falsch gewesen. Ihr Inneres fühlte sich an, als hätte man zwei verschiedene Puzzles ineinandergeschüttet.

Sie blinzelte. Schneeregen vor dem Fenster. Nicht einmal der Zigarettenrauch wollte nach draußen. Sie betrachtete die hintereinander gelagerten Schichten aus grauen Rauchschlieren und herabsausendem Eiswasser, fühlte die Kälte durchs Zusehen schon in die Knochen steigen. Klaus war immer noch mit ihrem Manuskript beschäftigt. Also doch ein Leser, sie hatte es gewusst!

Sie atmete einmal schwer aus und fragte: »Sie haben alles mitgehört?«

Er nickte und schaute auf.

»Dann sagen Sie doch mal etwas zu der Situation, in der wir uns befinden.«

»Vielleicht liegt es daran, dass es bedeutsamere Biografien gibt als die Ihre? Im Dritten Reich sind Sie mit Ihren Büchern nicht gerade Risiken eingegangen. Und einmal haben Sie einen Förderantrag mit Heil Hitler unterschrieben.«

Sie zuckte zusammen. Hatte sie ihm das wirklich anvertraut? Das hatte sie doch immer geheim gehalten.

»Ich hätte den Antrag sonst gar nicht erst zu stellen brauchen.«

»Eben, Sie hätten es ja lassen können.«

Er warf mit einem verächtlichen Ruck eine lange Haarsträhne aus dem Gesicht.

»Junger Mann. Mein gesamtes Vermögen hatte sich in der Wirtschaftskrise aufgelöst. Zu Ihrer Beruhigung: Ich habe das Stipendium nicht bekommen.«

»Jedenfalls gibt es Stimmen, die zu hören wichtiger sind, Frau Schellmann. Sie sind nicht gerade ein leuchtendes Beispiel für Intellektuelle im Widerstand.«

»Klaus, das ist ganz richtig«, schlug sie einen versöhnlichen und vertraulichen Ton an. »Der Verleger hat aber eine ganz andere Kritik. Er findet meinen Ton nicht zeitgemäß.«

»Das gehört doch zusammen.«

Da hatte er recht. Er war schlauer, als er tat. Er trottete immer so unbedarft hier rein, stellte Einkäufe ab, schaute mit ihr fern und verschwand. Aber er war viel mehr als das. Ein Gefühl von Verliebtheit regte sich in ihr, und sie schaute ihn dankbar an. »Sie sind ein Guter!« Doch in diesem Moment schien ihr, als sei sein Blick plötzlich kalt und fern, als gehe in ihm etwas vor, das er ihr verheimlichte.

Später, an der Tür, drückte sie ihm zehn Mark in die Hand.

3

Beelitz Heilstätten 1907

Jeden Morgen um 6:32 Uhr ging Anna durch den breiten Flur aus dreifach gebrannten Villeroy&Boch-Fliesen, denen man eine Lebensdauer von hundert Jahren prophezeite, zum Waschraum und suchte sich ein freies Becken. Das Wasser war heiß und kam direkt aus der Wand, und man sagte, nicht einmal der Kaiser genieße diesen Luxus.

Anschließend trat Anna an den gluckernden Sputum-Kochapparat, der wie eine Gottheit am Ende des Gangs thronte, und kippte aus einem blauen Fläschchen ihren abgehusteten infektiösen Schleim hinein. An diesem Ort war vieles geheimnisvoll. Anna fühlte sich in ihn übergehen, ihren Körperflüssigkeiten nachfolgend, Schleim, Blut, Urin, die bereits in die verschiedensten Gläser und Behälter der Ärzte gewandert waren.

Bislang hatte Anna ihr Zimmer nicht teilen müssen. Zum ersten Mal in ihrem Leben konnte sie eine Tür hinter sich schließen und war allein. Sie hatte nicht geahnt, wie viel Genuss darin lag, nicht gesehen und nicht gehört zu werden. Doch als sie an diesem Morgen aus dem Waschraum zurückkehrte, saß auf dem zweiten Bett plötzlich eine fremde Frau. Anna griff nach ihrem Gebetbuch und flüsterte: *O Du glorwürdige und gebenedeite Jungfrau.*

Die Neue hustete, dann sprach sie heiser: »Ich heiße Margarete. Ich war erst in einem anderen Zimmer, aber dort war es zu voll. Und wie heißt du?«

Anna schwieg.

»Ich habe Berlin auch noch nie verlassen. In Berlin ...«

»Anna.«

Sie kannte diese Gespräche. Sie wollte nicht über das sprechen, was man in Berlin hinter sich ließ, den trinkenden Mann, die zerlumpten Kinder und die vornehmen Damen von der Wohlfahrt, die mit einem Lächeln Wolldecken zwischen rußschwarzen Wänden abluden.

Je länger Anna nun hier war, desto unverständlicher wurde ihr das Geschwätz der Frauen. Fürs Schwatzen hätte sie jedes Mal Anna sein müssen, *Anna das Dienstmädchen, Anna die Fabrikarbeiterin,* und diese Kraft hatte sie nicht. Ja, diese unbedeutende Person zu sein, hatte Kraft gekostet: das Kaminfeuer bei Laune halten. Den Boden fegen. Ein Essen servieren. Mit stets aufmerksamer und doch teilnahmsloser Miene. Den gnädigen Herrschaften immer ein bisschen voraus sein, damit nicht das Glöckchen nach einem bimmelte. Erraten, in welches Zimmer, in welchen Saal die Herrschaften als Nächstes gehen würden, was sie dort als Nächstes vermissen würden (Die Post! Die Zeitung! Einen Cognac!). Abwägen, ob ein paar Minuten blieben, um etwas zu tun, das nur einem selbst gehörte: Ans Fenster treten, als wäre das dahinter der eigene prächtige Garten. Vielleicht nichts davon, nur wissen, dass man für ein paar Momente sich selbst überlassen war, weil die Herrschaften nichts brauchten und einen daher vergessen hatten. Dann war es einen Versuch wert, auch umgekehrt die Herrschaften zu vergessen.

Schritte näherten sich, federnd und fest. Mit Eimer, Waschlappen und sachverständigem Blick trat die Pflegerin ein. Anna schloss die Augen. Das Eiskalte war vom Heißen fast nicht zu unterscheiden. Es prickelte auf der Haut, versiegelte den Körper. Noch einmal tauchte die Pflegerin den Waschlappen in das Eiswasser, wrang ihn aus und klatschte ihn auf Annas Rücken. Sie spürte die Umrisse ihres eigenen Körpers so deutlich, als zeichnete ihn jemand vor ihr auf. Vor zwei Monaten, beim ersten Mal, waren Anna dabei Tränen gekommen.

»Nimm dich vor der Anna in Acht«, sagte die Pflegerin plötzlich, »mit der Anna will keine wohnen, darum war sie bislang allein.«

Anna öffnete die Augen. Hatten sich etwa gewisse Dinge über sie herumgesprochen?

Die Schwester gab Anna zum Abschluss einen gutmütigen Klaps und drehte sich zur Neuen um: »Na, worauf wartet die gnädige Frau? Hemd ausziehen.«

Die fremde Frau schlang schützend die Arme über ihre Brust. So hatte sich auch Anna gefühlt, als sie zum ersten Mal auf der Bettkante saß. Sie hatte dabei das Bild vor Augen, wie der Vater die Mutter mit Vorliebe spätabends prügelte, so dass sie manchmal ohne Kleidung nach draußen fliehen musste, was eine zusätzliche Schande war. Anna schaute der nun wimmernden Frau mit einer gewissen Neugier zu.

»Anna, was ist mit der Margarete los? Du weißt doch alles, hat man mir erzählt.«

Man hatte also über sie gesprochen!

Anna schüttelte den Kopf und vergrub ihren Blick wieder ins Gebetbuch. *Bitte für uns, o heilige Gottesgebärerin! Auf dass wir würdig werden der Verheißungen Christi.*

Doch statt an Christus dachte Anna an Professor Blomberg: »Atmen. Atme tief ein und aus.«

Er hatte das Stethoskop sanft an ihren Rücken gedrückt und gelauscht. In diesen ärztlichen Gesten lag so viel Ruhe, sie waren frei von Verlangen und Gier. Selbst wenn er einen nackten Busen vor sich hatte, dachte er an nichts als an seine Forschung, und das ließ Raum für so viel vornehme Sanftheit.

Außerdem war Professor Blomberg der erste Mensch, der sich für Anna interessierte. Ein rundlicher Mann mit ähnlich rundlicher Art zu reden, was Anna das Antworten leichter machte. Wo Anna aufgewachsen sei (»in der Nähe von Berlin, den Ort kennt niemand«), wie viele Geschwister, wie viele Jahre zur Volksschule. Wenn Anna über sich selbst sprach, war ihr, als würde sie alles erfinden. Sie war nicht gewohnt, über sich zu sprechen. Auch das konnte sie Blomberg sagen, und er nickte verständnisvoll.

Seit sie zum ersten Mal im Leben Zeit habe, Tage in Stille verbringe, käme jedoch alles zurück. Bilder, Worte, Gesichter tauchten auf. Und auch das, was sie verbannt habe.

»Was meinst du?«

Zögernd erzählte sie von ihrer Kindheit. Dass sie einerseits kaum je allein gewesen sei auf dem Bauernhof, wo die Eltern als Knecht und Magd arbeiteten. Trotzdem trennten stets hohe Mauern sie von den anderen. Dass sie unwissend gehalten wurde wie alle Kinder, die Mädchen ganz besonders. Dass sie sich mit den Geschwistern im Dunkeln auszog und lange Zeit nicht wusste, dass es zwei Geschlechter gab.

»Aber das ist doch normal«, lachte Blomberg, »auch die Damen der höheren Gesellschaft finden das erst spät heraus.«

Anna lachte nicht mit.

Dass eines Tages, da war sie noch ein Kind, etwas in ihr aufgestiegen sei. Eine Stimme. Ja, sie hielt damals die Stimme für die Stimme Jesu. Manchmal war es auch die Stimme Marias. Vielleicht war es auch ein Engel. Sie wisse es nicht. Auf dem Friedhof, der Ort, an dem sie sich manchmal versteckte, sprachen stets die Toten zu ihr. Sie nickte, als Blomberg fragte, ob das echte Tote waren oder nur eingebildete in der Fantasie.

»Echte.«

Blomberg machte eine Notiz in sein Buch und ließ sich Zeit mit der nächsten Frage.

»Und warum hast du die Stimmen verbannt, Anna?«

»Die Stimmen sagen stets die Wahrheit. Nicht jeder möchte das hören.«

»Zu welchem Zeitpunkt haben deine Gaben aufgehört?«

Sie dachte nach. Aufgehört hatten sie ja eigentlich nie, aber Anna hatte ihnen keine Beachtung mehr geschenkt.

»Sie sind zurück.«

»Ja, das spricht sich herum. Du löst hier viel Unruhe aus.«

Die Schwester schloss knallend die Tür hinter sich. Das war eigentlich verboten. Mit der einsetzenden Morgendämmerung erkannte Anna nun, dass es in der Nacht geschneit hatte. Opernhaft wölbte sich der Schnee über die Büsche und Bäume, dramatische Formen wuchsen aus dem dämmrigen Garten. Anna trat ans Fenster und sang leise ein Lied, das sie noch aus ihrer Schulzeit kannte:

Gefroren hat es heuer
noch gar kein festes Eis
Das Büblein steht am Weiher
und spricht zu sich ganz leis:
»Ich will es einmal wagen
das Eis, es muss doch tragen
Wer weiß?«

»Was singst du da?«, rief die Frau vom Bett aus.

»Ein Lied halt.«

Ein kalter Luftzug griff in diesem Moment nach Anna. Die

Kälte kam nicht vom Fenster. Sie kannte diese Art von Kälte, sie wusste, dass sie ein Vorbote war. Sie schloss die Augen, als könnte sie damit den Lauf der Dinge anhalten. Doch etwas zwang sie, die Augen wieder zu öffnen, und da erkannte sie in der Spiegelung der Fensterscheibe hinter sich einen rätselhaften Vorgang: Ein kleiner Junge trat durch die Wand in das Zimmer ein. Der Junge trug Mütze und Schal, seine Lippen und Finger waren blau und das Gesicht leichenblass. Der Junge blieb vor Margarete stehen und schaute sie mit einem Ausdruck aus Entsetzen und Schmerz an.

»Siehst du ihn auch?«, fragte Anna leise und ohne sich zu bewegen, »den Jungen?«

»Ich sehe, dass mit dir etwas nicht stimmt, das sehe ich!«, sagte Margarete ärgerlich. Daraufhin drehte sich Anna ruckartig ins Zimmer um. Da war kein Junge. Nur Margarete und sie. Und doch schrie Margarete leise. Auf den Fliesen mitten im Zimmer war plötzlich eine Wasserpfütze.

»Wo kommt das Wasser her? Ist es bei den kalten Abreibungen verspritzt? Hatte der Eimer ein Leck?«

Anna beugte sich zu Margarete herab und flüsterte: »Es tut mir sehr leid. Dein Junge ist tot. Er ist ertrunken.«

Es sprach einfach aus ihr heraus. Die Ohrfeige, die darauf folgte, schien ihr daher unverdient. Margarete begann sofort, ihren Koffer zu packen, murmelte gelegentlich »Teufel« und sagte zum Abschluss: »Kein Wunder, dass niemand ein Zimmer mit dieser Frau teilen will.«

»Hau ab«, sagte Anna.

Beim Frühstück saß Anna etwas abseits. Ihre Aussicht ging auf eine einzelne Kiefer, deren schneebepuderte Krone sich majestätisch auffächerte. An und für sich wollte Anna normal sein. Sie hatte es immer erstrebenswert gefunden, nicht aufzufallen, denn sie fiel zu schnell auf, allein schon durch ihr Äußeres. Sie war dürr und hochgewachsen, hatte aber, so sagte man ihr, ein schönes Gesicht (sie selbst hatte dafür kein Gespür).

Daher auch stets ihre Verwirrung über Dr. Steiner. Wie konnte man auf die Idee kommen, mit seinen Gaben auch noch an die Öffentlichkeit zu treten? Die alte Bozena hatte ihr stets geraten, sie geheim zu halten. Von dieser Frau hatte Anna Professor Blomberg nicht erzählt, von dieser robusten geheimnisvollen Seele, zu der damals selbst der Bürgermeister ging, wenn er vor Schmerzen schrie. Nun, auch die Bozena hatte es nicht wirklich geheim halten können.

Anna steckte sich das letzte Stück Schinkenbrot in den Mund. Dann starrte sie auf den leeren Teller. Die Teller im richtigen Abstand zur Tischkante. Die Ordnungen einhalten, bis man die eingesoßten, klebrigen Teller wieder einsammelte und ins Durcheinander des Schmutzwassers gab.

Dr. Steiner, oder der *Meister,* hatte die Angewohnheit, auf seinem Teller stets einen kleinen Rest zu lassen, eine halbe Kartoffel, ein bisschen Sauce. Ein wirklich feiner Herr würde den Dienstboten nicht extra Arbeit aufhalsen. Anna musste die Essensreste vom Teller erst in den Mülleimer kratzen, bevor sie ins heiße Spülwasser durften. Es war einmal Bücken und ein Handgriff mehr, und das begann Anna, dem Meister übel zu nehmen.

Der Meister brauchte besonders oft etwas von ihr. Alle verehrten ihn; sie nicht. Wenn man jemandem das Klo putzen musste, konnte man ihn nicht verehren. Er war nur ein Mensch wie alle anderen, auch er pupste manchmal, was er mit einem Geräusch wie einem abrupten Stuhlrücken zu übertönen versuchte.

Er war nicht nur geschieden, sondern hatte sich, das wusste die Waschfrau, als junger Mann in gewissen Künstlerkreisen Berlins herumgetrieben, war dem Alkohol verfallen und stets ohne Geld. Der Vater nur einfacher Bahnwärter. Irgendetwas musste dann wohl passiert sein, das ihn plötzlich auf große Bühnen trieb und von der Erkenntnis der höheren Welten zu reden veranlasste, von der Reinigung des Herzens, von Ätherleib und Karma. Sein beseelter Blick und die elegante Erscheinung ließen das Publikum toben oder vor Ehrfurcht ohnmächtig werden.

Anna hatte es selbst erlebt. Sie war einmal mitgefahren, als seine Frau krank im Bett lag. Bis zur letzten Minute wollte er es nicht wahrhaben: »Zieh dich an, Marie, es ist halb so schlimm. Das Fieber ist nur eine Reaktion auf eine charakterliche Schwäche in dir, versuche, sie mit guten, edlen Gedanken zu vertreiben!«

Er zerrte vergeblich an Maries schweißnassem Hemd, dann nickte er Anna zu, ihm den Mantel zu holen und ihm hineinzuhelfen, mit Vorwurf im Blick, dass sie nicht seine Frau war. In der Droschke sagte er: »Haben Sie keine besseren Schuhe, Anna? Bitte achten Sie darauf, dass man sie nicht sieht.«

»Die Schuhe oder mich?«

»Beides.«

Im Saal ließ er sich von Anna hinter dem Theatervorhang die Krawatte neu binden und das Haar kämmen, bevor er als bejubelter Prophet die Bühne erklomm. Unter seinen Schülern befanden sich auffallend viele Adelige und Vermögende, die sich den letzten Schliff geben wollten, den Seelenschliff. Die Perfektionierung der Seele war etwas, das ihnen niemand abnehmen konnte, kein Dienstmädchen der Welt, und genau deshalb brauchten sie es wohl so dringend.

Der Meister redete viel Unsinn. »Der Leib muss unwahrnehmbar werden, bevor die Seele die übersinnliche Welt erschauen kann«, sagte er an jenem Abend. Der Leib musste überhaupt nichts. Alles war eins; das zu fassen aber das

Schwierigste, weil zu einfach. Alle wollten es kompliziert und so, dass man die schönen Worte bestaunen konnte, als fernes Ziel für den Sanktnimmerleinstag. Bis dahin hielt man sich auf Trab mit geistigen Übungen, Vorträgen und Gemeinschaft.

Auf dem Rückweg schien der Meister sein Dienstmädchen plötzlich mit seiner Frau zu verwechseln, denn er fragte: »Wie fandest du es?«

Anna zögerte.

»Meine Meinung, gnädiger Herr, zählt doch nicht.«

»Natürlich zählt auch deine Meinung. Vor Gott zählt jeder Mensch. Also sprich ganz offen!«

Anna seufzte einmal und dann sagte sie: »Also gut. Alles ist eins, da stimme ich Ihnen zu, All-Einheit der Schöpfung schlechthin. Wenn Sie den Leuten nun aber andeuten, dass sie ihren Körper überwinden müssen, bringt das alle in Schwierigkeiten, so vom Verständnis her, meine ich. Die glauben dann, ihren Körper auf Diät setzen oder irgendwelche geistigen Übungen machen zu müssen, und genau das raten Sie ja auch. Aber das festigt doch eher die Trennung von Gott, denn es stärkt die Eitelkeit und die Selbstbesessenheit.«

»Das ist ja interessant«, sagte er amüsiert.

»Gnädiger Herr, der Körper ist bereits übersinnlich, und man kann mit ihm die angeblich übersinnliche Welt wunderbar wahrnehmen, die es als solche nämlich gar nicht gibt, denn alles um uns herum ist Materie und Geist zugleich. Wie könnte es auch anders sein? Dann gäbe es ja etwas anderes als Gott, und Gott wäre nicht mehr Gott, das Absolute, oder?«

Die Worte kamen wieder wie von allein.

»Liebe Anna, ich weiß nicht, wo du das alles herhast, aber die Menschen können nicht einfach ins Göttliche springen.«

»Doch, nur! Nur so! Das mag alles ein schöner Zeitvertreib sein, die Gemeinschaft, die Übungen und Vorträge. Aber Menschen ersetzen eine Illusion oft nur durch eine andere, sie befreien sich nie wirklich. Im Gegenteil. Es wäre hilfreicher, die Menschen würden einen schönen Waldspaziergang machen oder mit ihren Kindern Zeit verbringen. Sie wären dem Herrgott näher, wenn sie sich nicht anmaßten, ihn mit ihren begrenzten Mitteln zu bezirzen, sondern weil sie einfach und unschuldig ihrem Herzen folgten. Denn Gottes Gnade findet die, die sich selbst vergessen können.«

Vielleicht war sie ein wenig zu weit gegangen. Schon seit geraumer Zeit, wenn sie den Gesprächen lauschte, die er mit bedeutenden Persönlichkeiten führte – einige sogar aus London und Indien angereist –, regte sich in ihr Kritik, ein Bedürfnis, Dr. Steiner gründlich zu korrigieren. Während sie den hochrangigen Gästen Tee einschenkte und die aus Indien mitgebrachten goldenen Kichererbsenpralinen servierte (die, nach den übrig gebliebenen Krümeln zu urteilen, gar nicht schlecht schmeckten), spulten sich in ihrem Innern Einwürfe und Widerworte ab, die sie natürlich unter der unbeeindruckten Miene eines Dienstmädchens versteckte.

Allerdings fand Anna die Frau faszinierend, mit der Steiner viele Meinungsverschiedenheiten hatte. Eine Engländerin, die sogar für die Arbeiterbewegung gekämpft hatte, bis auch sie von Gottes Gnade berührt worden war. Seitdem lebte sie im fernen Indien und leitete die Geschäfte derselben Gesellschaft, der auch Steiner angehörte. Eine Frau mit einer solchen Machtfülle!

Sie fuhren inzwischen auf das Brandenburger Tor zu. Steiner schlug das linke Bein über das rechte, stieß mit der Schuhspitze Annas Knie versehentlich an und murmelte ein verlegenes »Pardon«.

Anna nickte.

Daraufhin strich er sich durch sein langes Haar und fragte: »Sag mal, wo nimmst du dein Wissen her?«

»Ich weiß nichts. Der Herr schenkt mir mein Wissen.«

Das war zwar eine Antwort ganz nach Steiners Geschmack, aber er wollte so etwas nicht von Anna hören.

»Du belauscht uns wohl«, sagte er amüsiert.

Anna schwieg. Nein, sie war nicht zu verunsichern. Das Kräfteverhältnis hatte sich verschoben. Es war so deutlich wie das unebene Pflaster unter den Rädern, es schob sich in die Beine, in den Rücken, ins Hirn, dieses Wissen. Nicht mehr lange, wusste sie plötzlich, und sie müsste sich nach einer neuen Stelle umsehen.

Anna begab sich zur morgendlichen Liegekur. Es hatte wieder angefangen zu schneien. In der nach Süden offenen Halle lagen die Frauen aufgereiht wie Fische auf Eis. Die steifen Wolldecken waren bis zum Kinn gezogen, und der Schnee färbte ihre Fußspitzen weiß. »Erst ein Leben lang nicht stillstehen dürfen, und nun sich nicht bewegen dürfen«, maulte eine Köchin, und alle lachten.

Irgendwo in der Ferne schien jemand Holz zu hacken, und ein Käuzchen krächzte. Anna schlief ein. Das war nicht erlaubt, und bald schon rüttelte die Pflegerin an ihrem Arm. Eine Hand griff über Anna hinweg und zog ihr die Wolldecke höher. Es ruckelte und knackte. Die Rückenlehne wurde ein Stück weiter hochgeschoben, jetzt schaute Anna direkt in das Wäldchen, durch das der Schnee tanzte. »Du kannst ja sonst die schöne Aussicht gar nicht genießen!«

Manchmal war ihr, als könnte sie die Flocken lenken. Sie war aber nicht immer sicher, wer bei dem Spiel wem folgte: die Flocke ihrem Willen oder umgekehrt. Oder hatte sie Fieber? Die kalte Luft schürfte über ihr Gesicht. Ihre Haut schien aufgeweicht, zu glühen. In einem schlimmen Winter vor vielen Jahren war Anna mit der Mutter nach Berlin gegangen, um Arbeit zu suchen. Anna war dreizehn. Sie wohnten bei einer Cousine, die geheiratet hatte. Es gab nur ein Zimmer und nur ein Bett. Die drei Erwachsenen schliefen in diesem Bett, und Anna musste sich quer ans Fußende legen, die Füße auf einem herbeigezogenen Schemel. Anfangs winkelten die Erwachsenen ihre Beine an. Im Schlaf dann traten sie nach Anna, traten sie weg. Manchmal wachte Anna morgens auf dem kalten Fußboden auf.

Die Mutter fand Arbeit in einer Werkstatt als Bordürenstickerin, Anna in einer Knopffabrik. Als der Sohn des Chefs sich im Lagerraum an sie drängte und zu küssen versuchte, riss sie sich los und kehrte nicht mehr in die Fabrik zurück.

Der Mutter erzählte sie nichts davon, es hätte nur Vorwürfe gegeben. Sie lief den Tag über durch die Straßen Berlins, um sich warm zu halten. Die Kälte biss in ihre Finger. Sie schaute nach Arbeitsangeboten, wagte aber nie, an eine der Türen – *gesundes, kräftiges Mädchen gesucht* – zu klopfen. Sie schämte sich ihrer Kleidung, die alt war und mehrfach geflickt. Die Gewässer waren zugefroren. Sie verkroch sich am Bahnhof Friedrichstraße in eine dunkle Ecke, bis sie dort erneut vertrieben wurde. Die Erinnerung hörte hier auf. Sie konnte sich nie erinnern, was danach geschehen war. Sie sah ein flächiges Grauweiß, das alles verschluckte.

Die Aufseherin klatschte freundlich in die Hände. »Aufstehen!«

Gehen ohne Ziel, ohne Aufgabe.

Mitmachen. Nichts machen.

Mitmachen beim Nichtsmachen.

Sie spazierten an weißen Gebilden vorbei, die den Weg säumten, zugeschneiten Sitzbänken und Sträuchern. Hinter ihr stritten zwei Frauen, ob Schnee einen Geruch habe.

»Was du riechst, ist nicht der Schnee, sondern der Schmutz in ihm.«

»Ja, und? Also riecht Schnee!«

»Nein, nicht der Schnee, der Schmutz!«

»Meine Damen, Silentium bitte!«, rief die Aufseherin.

Anna rieb die kalten Hände aneinander, formte sie zur Muschel und blies hinein. Hustend blieb sie einige Meter hinter der Gruppe zurück. Dann, einer Eingebung folgend, bewegte sie sich auf den Spuren eines Fuchses in den angrenzenden Wald. Gefrorene Wurzeln und Zapfen knackten unter ihren Füßen, Schnee rutschte ihr in die Stiefel. *Herr, ich bin nicht würdig, dass du eingehst unter mein Dach, aber sprich nur ein Wort, so wird meine Seele gesund.*

Annas Schritte wurden breit, als würde sie die ganze Welt auf sich laden. Plötzlich sah sie den Fuchs. Er saß unter einer eingeschneiten Tanne und schaute sie aufmerksam an, die wattigen Ohren spitz aufragend. Sie musste lächeln. Er war so etwas wie sie, allein und lauschend.

Behutsam ging sie auf das Tier zu. Der Fuchs hielt still. Das Fell war weich und warm, als sie ihn berührte. Nach einer Weile stand der Fuchs auf und trabte davon.

Beim Mittagessen gab es plötzlich wüstes Geschrei und Gejohle im Speisesaal. Anna erkannte, dass die Frauen einen Halbkreis um Margarete gebildet hatten. Eine krähte: »Es gibt hier von allem genug! Es kommt dir noch zu den Ohren raus!«

Mit hochrotem Gesicht zog Margarete zwei Würste aus ihrem Rock. »War doch nur für meinen kleinen Jungen gedacht! Er kommt mich am Sonntag besuchen.«

»Das darfst du nicht! Wenn du erwischt wirst, fliegst du! Los, iss die Würste auf!«

Margarete begann die erste Wurst hinunterzuschlingen,

kaum kauend, es sollte vor allem schnell gehen. Zurücklegen durfte man das Essen nicht, der Hygiene wegen. Es blieb ihr also nichts anderes übrig, als die Wurst aufzuessen. Da stand Anna auf und sagte: »Schluss jetzt. Gib mir die Würste.«

Margarete tat wie geheißen. Anna zerteilte die Würste in mehrere Stücke und warf sie den Frauen ins Gesicht.

»Hier, aufessen. Das ist jetzt eure Wurst.«

Und sie taten es. Fast ängstlich gehorchten sie Anna. Nur Margarete schaute in die Luft, *von einer Bekloppten lasse ich mich doch nicht retten,* stand auf ihre Stirn geschrieben.

Die Dinge änderten sich erst am nächsten Tag. Anna lag gerade in einer Wanne voller Schlamm, als eine der Schwestern sich herabbeugte und ihr zuflüsterte: »Da kam vorhin Nachricht aus Berlin für die Margarete. Ihr Bub ist im Tiergarten ertrunken.«

Ihr war, als tauchte eine schwere Hand sie unter.

4

Berlin 1907

Johanna lauschte auf die Schritte, das Knarren des Holzparketts im Salon. Erneut ging ihr Ehemann zurück in sein Arbeitszimmer, vielleicht hatte er etwas vergessen, nun schien er vor dem großen Fenster zu verweilen und in den Garten zu schauen. Dass er sich nicht rührte, erzeugte in ihr eine unerträgliche Spannung. Geh schon, flüsterte sie. Nun geh.

Sie öffnete das Fenster. Das Geräusch würde ihm verraten, wo sie war. Vielleicht hatte sie das bezweckt, vielleicht aber nur die Geräusche der Stadt einladen wollen, was die Bewegungen im Erdgeschoss gleich beiläufiger machte. Schneeflocken trieben vom weißen Himmel in den Garten, fedrige, sternbesetzte Flocken, die eine wollene Schicht auf dem Rasen hinterließen. Clemens ging nun Richtung Terrassentür, seinem Lieblingsausgang, es war weder der offizielle noch der für die Dienstboten, sondern ganz sein eigener (dachte er). Wieder hielt er sinnlos lange inne. Wartete er darauf, dass sie ins Erdgeschoss hinunterkam und ihn verabschiedete? Am Abend hatte sie doch angekündigt, dass sie am Morgen schreiben wolle.

Endlich, die Glastür schepperte. Mit hochgezogenen Schultern lief ihr Mann im Schneeregen zum Gartentor. An der Zimmertür vernahm Johanna im selben Moment ein leises Klopfen, dann Schritte, die sich hastig entfernten. Sie wartete einen Moment, bevor sie das Tablett mit dem chinesischen Teeservice ins Zimmer holte. Wenigstens Hilde hatte verstanden, dass sie niemanden sehen und sprechen wollte. »Keine Störungen bis Mittag«, hatte sie Hilde vor dem Schlafengehen angewiesen und in zwei müde Augen geblickt, die von der Empore über der Speisekammer zu ihr herunterblinzelten, umrandet von einer Nachhaube.

»Ja, gnädige Frau.«

»Habe ich Sie geweckt, Hilde?«

»Das ist kein Problem. Ich wünsche der gnädigen Frau eine angenehme Nachtruhe.«

Hilde war immer so höflich. Nie bereitete sie ihr ein schlechtes Gewissen, und Johanna war weiß Gott anspruchsvoll.

Sie machte sich noch einmal das Geräusch der scheppernden Verandatür bewusst, um erneut die große Erleichterung zu spüren, die dieses Geräusch auslöste. Ja, ihr Körper und ihr Geist entspannten sich. Mit feierlicher Empfindung nahm sie an ihrer Schreibmaschine Platz, nippte am heißen Tee (die Zitrone fehlte) und begann mit einem sorgsam komponierten Satz über den frühwinterlichen Garten, dann eine Frau, die sie plötzlich in einer verschneiten Stadt sah: rasche Bewegungen, in Eile, ein Dienstmädchen?

Sie schrieb minutenlang nicht. Sie lauschte und versuchte, an etwas Tieferes, an eine wirklich wahre Empfindung zu gelangen, die vollkommen ihr gehörte und nicht von anderswo übernommen war. Sie spürte dabei ein ungemütliches Straucheln und Schlingern, als stünde ihr das, gerade das, eben nicht zu.

Bislang hatte sie ein einziges Buch veröffentlicht, das aber nicht mehr als eine Fingerübung oder ein besserer Schulaufsatz gewesen war, Reiseerzählungen vom Bosporus. Die Familie hatte mit ihren Erinnerungen an Konstantinopel mitgeholfen und sich jeden Monat über eine Fortsetzung in der Zeitschrift »Die Gartenlaube« gefreut. Später druckte der Berliner Wolkenfeld Verlag die Erzählungen in einem Buch, das sogar einige wohlwollende Besprechungen erhielt.

Sternbesetzte Flocken fielen von einem weißen Himmel, das Dienstmädchen floh in einen fremden Hauseingang… Worte, Bilder, Geschichten. Stets versuchte sie, sich einem Ideal anzugleichen, das sie durch Lektüre anderer Bücher aufgenommen hatte. Aber wie konnte das der Weg sein, der eigene Weg? Wenn sie nicht von innen her schrieb, sondern durch eine von außen geleitete Vorstellung? Ihr war, als suche sie ständig nach der eigentlichen Sprache, die jedoch verstellt war, weil ihr Blick von Schablonen und Filtern zurechtgestutzt wurde. Dennoch spürte Johanna unterhalb dieses Geschehens etwas Drängendes, das aufbrechen wollte.

Die Angst vor diesem Vorgang nahm dabei ein absurdes Ausmaß an, als wäre sie auf einem Schlachtfeld, dabei saß sie bei behaglicher Zimmertemperatur in ihrem hübsch eingerichteten Zimmerchen, mit Blick auf das Ölgemälde der Angler am Bosporus.

Die Angst kannte sie immerhin sehr gut, darüber würde sie schreiben können: das pochende Herz, die Angst vor Blamage und Zurechtweisung, der strenge Blick der Mutter.

Ein Poltern im Flur zerschlug ihren Empfindungsstrom. Sie erhob sich und trat auf den getäfelten Flur, um dort vielleicht noch jemanden antreffen und tadeln zu können. Aber der Flur war leer. Sie lauschte auf die Geräusche aus dem Kinderzimmer; das Kindermädchen las aus einem Märchenbuch vor, das Wort Drache schien wichtig und wurde mit besonderem Nachdruck immer wieder betont.

Johanna stieg die Treppe abwärts, fasste dabei an den Handlauf aus weißlackiertem Holz und erkannte, wie so oft in letzter Zeit, die Ähnlichkeit mit der schmalen Hand der

Mutter, spürte die Mutter nun mit jeder Bewegung, mit der sie die Stufen abwärts nahm.

Unten drangen Geräusche aus dem Arbeitszimmer; es war zu hoffen, dass Hilde diesmal die feuchten Teeblätter verwendete, um den Staub aus den Teppichfasern zu lösen. Johanna wollte sich endlich abgewöhnen, den Dienstboten auf Schritt und Tritt zu folgen, Vertrauen beförderte die Leistung. Abgesehen davon wurde es immer schwieriger, überhaupt noch Dienstpersonal zu finden.

Im Salon mit den altväterlichen Möbeln hing Clemens' neues Cologne: citrisch, in die Gehirnwände hell und scharf einsinkend, etwas Florales nachwehend. Das waren seine Worte gewesen, als er ans Klavier trat und Johanna mitten im zweiten Satz der Mondscheinsonate den Flakon unter die Nase hielt. Clemens' Parfumleidenschaft vertiefte sich von Jahr zu Jahr, teure und schwer zu beschaffende Düfte hielt er für etwas Nobles, Johanna reagierte mit Kopfschmerz. Die Flakons standen in seinem Arbeitszimmer in einer eigens dafür gekauften Vitrine wie in einem Heiligenaltar, es fehlte nur noch, dass er davor niedersank und sich bekreuzigte.

»Möchte die gnädige Frau jetzt ihr Frühstück einnehmen?«

Hilde stand plötzlich vor ihr.

»Machen Sie weiter, was immer Sie machen«, antwortete Johanna kühl. Doch da spürte Johanna tatsächlich Appetit und rief: »Doch, Hilde, zwei Eier und dazu frisch gerösteten Toast.«

Wieder knickste Hilde nur andeutend und verschwand schon in den langen Flur Richtung Küche; sie schien es heute eilig zu haben. Johanna nahm am Walnusstisch Platz und blickte in den länglichen und leicht abschüssigen Garten, in dem der Schnee bei Berührung mit der Erde schmolz und eine matschige Blätterschicht zurückließ. Vor dem hellen Himmel ragte das schwarze Geäst der Bäume auf, die den Garten durchzogen. Ihr filigranes Muster ähnele der Struktur der Lungen, hatte Clemens ihr erklärt und eine Zeichnung aus dem Lehrbuch gezeigt; tatsächlich, auch die Lungenadern verzweigten sich in immer dünnere Äste. Vielleicht war es das, was Johanna als machtvollen Widerhall spürte, wenn sie durch den Garten ging, denn auch hier empfand sie, dass alles mit allem verbunden war. Sie hatte einen Moment lang gezögert, ob sie Clemens vom STARREN erzählen sollte, aber sich dann dagegen entschieden.

Sie hatte es in ihrer Kindheit erlebt, wenn sie allein war. In einer Zimmerecke hockend, starrte sie vor sich hin, als wäre sie ausgeknipst worden, in einem anderen Sinn aber jetzt erst angeschaltet; ein kurzer Wirbel, dann wurde Innen und Außen einmal vertauscht, wie ein Kleidungsstück, das man auf links zog; alles war plötzlich viel näher und zugleich viel weiter entfernt, und doch war es jetzt erst richtig. Sobald aber jemand nach Johanna rief oder sich näherte, schnellte sie wie an einem Gummiband wieder in ihr gewöhnliches Ich zurück. Mit niemandem hatte Johanna je darüber geredet. Sie konnte ja unmöglich sagen, dass sie eigentlich gar nicht Johanna war, sondern ein überzeitliches göttliches Pulsieren, eine alles durchdringende Liebe, die, aus dem Nichts kommend und auf nichts sich beziehend, große Rätsel aufgab. Man hätte den Arzt gerufen.

Es schien ihr, als sie älter wurde, genauso verboten wie die Berührungen an sich selbst. Gemeinsam war beidem, dass Johanna in ihnen nicht mehr Johanna war, sondern aus sich herausgeschleudert, und das schien das eigentlich Verbotene daran.

Später, als sie die christlichen Mystikerinnen las, von Lisieux, von Bingen und von Ávila, hatte sie den Zustand probeweise als mystisch interpretiert, und erneut später, als sie mit Nietzsche wusste, dass Gott tot war, blieb dieser Zustand nur noch etwas sehr Rätselhaftes – vielleicht eine Trance, ein Selbstbesoffensein, für das sie keine Erklärung hatte. Und als sie mit Anfang zwanzig schließlich Helena Blavatskys Geheimlehren las, überlegte sie, ob sie als Kind vielleicht schlichtweg meditiert hatte.

Wusste Hilde, wie man Toast röstete? Die Köchin, nachdem ihr Husten einen Tag lang durchs Haus gedonnert war, hatte sich krankgemeldet. Mon dieu! Wie bloß sollte Johanna diesen Haushalt vernünftig führen, wenn man sie ständig im Stich ließ?

»Gnädige Frau?« Hilde war zurück und platzierte Teller, Löffel, Gabel und Tasse in etwas unordentlichen Abständen zueinander. Johanna war so hungrig, dass sie die Maßregelung, die sie auf den Lippen hatte, unterdrückte und sofort zu essen begann, mit erstaunlichem, ja beschämend großem Appetit. Im Arbeitszimmer wurden nun Sessel hin- und hergeschoben, offenbar reinigte Hilde heute wirklich einmal gründlich. Johanna empfand dennoch eine immer stärker werdende Gereiztheit. Während jeder in diesem Haus seine Aufgabe hatte, wartete oben die leere Seite auf sie. Sie hörte leises Gepolter aus dem Kinderzimmer, doch zögerte sie. Nach den Kindern könnte sie später noch schauen. Vielleicht käme ihr ja noch ein Einfall, die Kinder lenkten sie zu sehr ab. Oft waren sie so gierig nach ihr und dabei so ungestüm, dass es für Johanna anstrengend war, länger als eine halbe Stunde mit ihnen zu verbringen. Paul war gerade vier geworden, und Emmy wurde im Frühjahr sechs. Sie tobten und stritten in letzter Zeit viel.

Die nächsten Stunden widmete sich Johanna ihren Stickereien und dem Klavierspiel. Sie entschied sich für die Pathétique, auch wenn sie das Stück technisch noch immer nicht ganz gemeistert hatte. Das Klavierspiel war stets mit einem vagen Gefühl einer anonymen Resonanz da draußen verbunden. Schon als Kind hatte Johanna die Fantasie gehabt, dass jemand, der zufällig vor dem Haus vorüberging, stehen blieb, gebannt ihrem gefühlstiefen Klavierspiel lauschte und ihm eine Seelenbotschaft entnahm. So albern das war, ein Teil in ihr wartete bis heute darauf, dass jemand schließlich wie von Sinnen zu ihr stürmte und sie einander erkannten als im tiefsten Herzen zusammengehörig.

Dabei hatte für die Eheschließung mit Clemens tatsächlich nur die Liebe gesprochen. Ein Arbeiterkind vom Land, mittellos, doch früh, er war der Klügste der Klasse, von einem Grafen im Nachbarort gefördert. Jedes halbe Jahr musste Clemens sich zu Fuß (es waren zwanzig Kilometer) zum Schloss aufmachen und sein Zeugnis vorlegen. Beim ersten Besuch erschien er in seinen kaputten matschüberzogenen Schuhen, schämte sich, als er den Grafen in feiner Uniform am herrschaftlichen Eingangsportal antraf, wollte ihm gerade die Hand küssen. Doch war das nur der Diener. Er führte ihn durch eine Unzahl pompöser Säle, bis sie schließlich in einer etwas kleineren Stube am Schreibtisch des Grafen ankamen. Der Graf war recht normal gekleidet und wirkte auch normal. Er ließ dem Jungen eine heiße Schokolade bringen und rief nach einer Kammerzofe, die ihn neu einkleidete. Es war die Kleidung des Grafensohns, der im selben Alter war. Nie bekam Clemens diesen Sohn zu sehen und stellte unzählige Überlegungen an, von abenteuerlichen Auslandsreisen bis zu Internaten. Viele Jahre später erfuhr er, dass zu dem Zeitpunkt, als der Graf mit den Wohltaten und Förderungen begann, der Sohn an einer seltenen Krankheit litt und kurz darauf gestorben war. Diese Geschichte, die Clemens im Club der Kommenden zum Besten gab, hatte Johannas Herz gerührt.

Im Club der Kommenden am Nollendorfplatz hatten sie sich kennengelernt. Damals waren sich ihre Gedankenwelten noch ähnlicher gewesen. Der Geist der Brüderlichkeit wehte in ihrem Kreis, jeder war zugelassen, denn *Es kommt nicht darauf an, woher wir kommen, sondern wohin wir wollen.* Die jeunesse dorée, die Jugend, die zur begüterten Oberschicht gehörte, nahm lieber den Lockruf der Seele wahr statt der üblichen Abenddiners mit Trüffeln, Champagner und Austern. Sie alle glaubten an einen Urgrund, der alles hervorbrachte, und sahen ihn in seiner erhabensten Form sich in der Kunst vollziehen. Seit seinem Medizinstudium (ebenfalls ermöglicht durch den Grafen) tat Clemens das alles als jugendliche Verirrung ab. Die Idee einer höheren geistigen Existenz nannte Clemens höheren Blödsinn. Es sei eine Ersatzhandlung für denjenigen, der für die Prüfungen des echten Lebens nicht stark genug war.

Doch eines seiner Gedichte, das Clemens im Club der Kommenden vorgetragen hatte, konnte Johanna auswendig und sprach es manchmal leise vor sich hin, wenn der Ehemann ihr wieder so fremd schien:

Bleib. Du musst dich nicht wegwenden.
Dein suchend Herz ich sah und barg in meinen Händen.
Denn sieh, ein Stern dich leitet wunderbar
und schaut dich an so nah
Und allzeit immer wahr.

5

Beelitz Heilstätten 1907

Wenn Anna vor einen Spiegel trat, dachte sie an den Meister. Er wusste, wie man sich darstellte. Einmal, er wähnte sich unbemerkt, sah Anna ihm vom Flur aus zu, wie er vor dem Schlafzimmerspiegel eine Miene der Feierlichkeit probte, dann ein freundliches Lächeln, dann ernst wurde und näher an den Spiegel trat, um ein weißes Haar vom Kopf zu rupfen (»Tun Sie das nicht«, hätte sie beinah aus ihrem Versteck gerufen, »es wächst nicht mehr nach! Besser, Sie färben!«).

Sie wagte kaum zu atmen, denn die kleinste Gewichtsverlagerung konnte die Dielen zum Knarren bringen. Es war inzwischen zu spät, um sich zu erkennen zu geben. Sie wartete darauf, dass er sich zuerst bewegen würde, und sie davonschleichen konnte. Auch Steiner schien zu warten.

»Anna?«

»Anna?«, wiederholte der Meister, und Anna rannte die Stufen abwärts.

Das war ganz falsch.

Hätte sie doch einfach geantwortet: »Ja, gnädiger Herr, kann ich Ihnen behilflich sein?«

Am Abend versteckte sie sich in der Küche, schickte das zweite Dienstmädchen vor und Stoßgebete gen Himmel, Steiner möge den peinlichen Moment vergessen.

Steiner, wenn Anna auftauchte, rutschten in den nächsten Tagen Dinge aus der Hand, Steiner stolperte über Teppiche (und fluchte), Steiner, mitten in einem komplizierten Satz über Herzchakra und Weltseele, verhaspelte sich.

Diesmal stand Anna vor einem Spiegel 50 km südlich von Berlin, in dieser sanften Ebene aus Kiefernwäldern, und prüfte Haar und Kleidung. Alles tadellos. Sie durfte bloß nicht lächeln, dann sah man ihre Zahnlücke.

Sie lief durch breite Flure, eine elegante Wendeltreppe aufwärts und einen hohl klappernden Gang entlang auf das Behandlungszimmer zu. Sie war nervös. Von jeder Begegnung mit Professor Blomberg zehrte Anna mehrere Tage. Und jedes Mal war da die Angst, dass die Zuwendung plötzlich einmal ausbleiben könnte.

Dort im vertrauten Behandlungszimmer standen im Dämmerlicht nun Professor Blomberg und ein junger weißbekittelter Mann, der einen kleinen, sorgfältig gedrehten Schnurrbart trug. Ein zitroniges Parfum hing in der Luft, es ging von dem fremden Mann aus.

»Das ist Dr. Schellmann aus Berlin. Er interessiert sich für das Röntgengerät, und daher wollen wir uns heute Ihre Lunge einmal näher anschauen, liebe Anna. Sie müssen sich nur vor das Gerät stellen und ein bisschen Geduld haben, etwa eine halbe Stunde. Sind Sie bereit?«

Im selben Moment sprang ein grünes Licht an und verwandelte alles in einen geheimnisvollen nächtlichen Garten. Die Vitrinen mit Nickelinstrumenten, Pumpen, Fläschchen, Gläsern und Zangen wirkten wie Schemen von Schlingpflanzen.

»Nein, Anna, Sie müssen sich nicht ausziehen. Das Gerät kann durch Sie hindurchleuchten.«

Die Männer lachten. Anna nahm die Hände wieder von der Bluse, verlegen, aber auch verärgert.

»Bitte stellen Sie sich direkt vor den Fluoreszenzschirm. Halten Sie sich dort fest.«

Eine große Glühbirne im Rücken, stand Anna in einer Art Holzrahmen, an dem vorne ein Schirm angebracht war. Der junge Arzt arretierte Annas Kopf an einem Halterungsapparat. »Geht es so? Gut. Bewegen Sie sich nicht. Sie werden übrigens nicht das Geringste spüren, versprochen. Das ist wie beim Fotografiertwerden, das kennen Sie doch sicherlich? Nein, natürlich nicht, entschuldigen Sie.«

Sie nickte, obwohl es gar nicht stimmte. Nachdem sie bei Dr. Steiner gekündigt hatte, war sie in der Fabrik gelandet. Dort war sie immerhin krankenversichert.

Einmal war ein Fotograf der Berliner Morgenpost gekommen, um Fotos von den versicherten Frauen zu machen. Lange Zeit verharrten sie unbeweglich vor ihren Webstühlen wie selbst schon Maschinen. In der Zeitung sah Anna zum ersten Mal ein Bild von sich. Es war ganz anders als ihr Spiegelbild. Sie hatte einen ähnlich leeren Blick wie die anderen Frauen und die gleiche resigniert starre Haltung.

»Ich würde ja gern sagen, machen Sie es sich bequem, aber Sie müssen leider so stehen bleiben.«

Das Gerät schleuderte kleine weiße Blitze um sich. Anna hatte den Eindruck, da schlug etwas gegen ihren Schädel, wieder und wieder.

»Keine Angst«, sagte Blomberg.

»Herr Professor, warum wollen Sie meine Lunge durchleuchten?«

»Sie sind nun schon acht Wochen hier und haben kein Gramm zugenommen.«

»Sie sind ja nicht zum Urlaubmachen hier«, setzte der junge Arzt nach.

In diesem Moment wusste Anna, dass der Arzt einer wie sie war. Er kam ebenfalls aus der Armut.

»Ich erzähle Ihnen Näheres zu unserer Patientin. Anna ist vierunddreißig Jahre alt. Sie kann rechnen bis einhundert. Körperlich ist sie, bis auf die Tuberkulose, gesund, nur auf dem linken Ohr hört sie schlecht, die Prügel in der Kindheit waren zu stark. Anna stammt aus einer Familie mit sechs Geschwistern, die Eltern waren Knecht und Magd auf einem Hof. Viele Jahre arbeitete sie als Dienstmädchen, dann wechselte sie zu moderner Fabrikarbeit mit all ihren Vorzügen, den geregelten Arbeitszeiten und Anspruch auf eine Krankenversicherung. Da hat sie sich allerdings auch angesteckt, in den beengten Arbeiterquartieren im Wedding. Hier, möchten Sie einmal? So stellen Sie das Gerät ein, der Fluoreszenzschirm muss in diesem Winkel, ja, richtig, so.«

Erneut empfing Anna einen Schlag gegen den Schädel.

»Atmen, Anna, das Atmen nicht vergessen!«

Anna sah plötzlich das Bild vermodernden Laubs am Boden eines Sees. Das Bild erfüllte den Raum, ihr war, als würde das Wasser in den Raum dringen und ihn ausfüllen, der Moder, die Schwebeteilchen, Sumpf, Tod.

Sie schrie auf.

»Was machen Sie da, Anna? Ich sagte doch, nicht bewegen!«

Anna hatte die Arretierung weggedrückt und war mehrere Schritte in den Raum getreten. Aber das genügte noch nicht, sie rief: »Sie müssen sofort das Gerät ausstellen, sofort!«

Inzwischen stand sie keuchend in der Tür, das Tageslicht drang wie rettende Luft zu ihr, ja, als wäre der Raum inzwischen bis oben gefüllt mit Wasser.

»Sie ist ja panisch«, sagte der junge Arzt kopfschüttelnd.

»Das Licht wird töten, es tötet ganz langsam, aber es tötet, auch Sie.«

Endlich schaltete Blomberg das Licht aus.

»Anna? Beruhigen Sie sich! Haarausfall und Hautrötungen sind bekannt. Aber das sind Kleinigkeiten gemessen an dem

Vorteil, Ihre Lunge beobachten und korrekt therapieren zu können.«

»Nein! Es ist schlimm!«

Blomberg und der junge Arzt tauschten Blicke.

»Warum meinen Sie, dass das Röntgen schädlich sei? Wird unter den Pfleglingen geredet?«

»Nein, Herr Professor.«

»Aber woher Ihr Misstrauen? Sie sind doch ansonsten mit allen Behandlungen soweit einverstanden?«

»Ich habe eine Ahnung gehabt.«

»Hören Sie? Die Patientin sagt *Ahnung*. Das ist interessant. Ja, Anna, reden Sie ruhig weiter. Was für eine Ahnung, wie stelle ich mir das vor, denn das Röntgen ist etwas, das weder Sie noch ich fühlen können. Anna?«

»Ich sehe manchmal, wie die Dinge wirklich sind. Wie etwas wirklich ist, oder auch sein wird. Das sehe ich.«

»Hören Sie? Das haben viele, die vom Land kommen, im Blut. Dieser Tage ist der Okkultismus selbst in den höchsten Kreisen Berlins und Münchens en vogue, aber ganz natürlich praktizieren ihn Frauen wie Anna.«

»Darauf kann ich verzichten«, sagte der junge Arzt verächtlich und zupfte an seinem Schnurrbart.

»Nein, nein, lieber Herr Dr. Schellmann. Wir müssen bedenken: In früheren Zeiten einmal hatte die Krankheit eine persönliche Bedeutung, sie spielte sich zwischen den Kranken und dem Allmächtigen ab. Heute ist es etwas zwischen Mikroskop, Fieberthermometer und Labor. Ja, wir unterschätzen oft, wie erschreckend das besonders für die einfachen Menschen ist, denen Bildung und Verständnis fehlt. Anna trägt uralte Weisheiten in sich, und es wäre klug, dies nicht als Aberglaube abzutun, sondern als eine Form von Wissen, die nicht in Laboren gemessen werden kann.«

Anna hörte den beiden Männern erstaunt und halb beleidigt zu. Was sagte Blomberg wirklich – was sagte seine Seele? Da unterbrach er seinen Redefluss und wandte sich erneut Anna zu.

»Wir möchten verstehen, warum einige Frauen schneller gesunden und andere langsamer oder nie. Anna?«

»Ich weiß es nicht, Herr Professor.«

»Ich helfe Ihnen weiter: Die Frauen haben es mit der Heilung meist deshalb schwerer als die Männer, weil die eigentliche Therapie das Wohlbefinden ist, bis wir eines Tages ein Mittel gegen das Bazillus haben. Die Männer sind gewohnt, sich umsorgen und bedienen zu lassen. Für die Frauen tut das in der Regel niemand. Selbst bei Krankheit versorgen sie noch ihre Kinder und Ehemänner. Aber in Situationen wie dieser wäre es für sie besser, die Fürsorge anzunehmen. Hier stirbt niemand, sage ich immer, aber das ist nicht wahr. Zwei Prozent sterben, Anna. Wir haben eine neunzigprozentige Arbeiterrückführung, aber acht Prozent gesunden nicht und zwei Prozent sterben.«

Anna spürte, dass sein Vortrag dem jungen Arzt galt, nicht wirklich ihr. Sie hatte überhaupt keine Schwierigkeit, die Fürsorge anzunehmen. Im Gegenteil. Sie blickte zur Seite und bemerkte etwas. Einen Engel, direkt über ihnen an der Decke. Der Engel hatte sanfte Konturen und große, schützende Flügel. Blombergs Engel?

»Anna?«

Sie fühlte Blombergs große schwere Hand auf ihrer Schulter.

»Sie gehören aber nicht zu denjenigen, die heimlich ihr Essen für ihre Familie horten?«

»Ich habe ja keine Familie.«

»Sie wissen, dass das verboten ist? Die kalorienreichen Speisen sind nur für Sie. Eine spezielle Diät«, er schaute sich vergewissernd zum jungen Arzt um.

»Das weiß ich, Herr Professor.«

»Sie sind hier auf Kosten der Landesversicherungsanstalt«, warf der junge Arzt streng ein.

»Das weiß sie«, sagte Blomberg und wandte sich Anna zu: »In Ordnung. Warum gesunden Sie nicht?«

»Weil ich nicht will, Herr Professor.«

Eine Pause entstand. Dann, im selben Moment, lachten die beiden Männer los und konnten sich kaum beruhigen.

»Darf ich gehen? Ich bin sehr müde«, sagte Anna ärgerlich.

»Gut, gehen Sie nur. Versuchen Sie es mal mit Tempelschlaf!«

Anna drehte sich um. »Was ist ein Tempelschlaf, Herr Professor?«

»Eine Trauminkubation. Sie betten sich zu Füßen einer Gottheit, und diese teilt Ihnen im Traum ein Therapeutikum mit. Das war im alten Griechenland so.«

Als sie den Raum verließ, blieb der Engel dort. Es war Blombergs Engel. Blomberg hatte zu viel geröntgt.

Anna konnte sich plötzlich nicht mehr auf den Beinen halten. Sie meldete sich von der Nachmittagsliegekur ab und begab sich auf ihr Zimmer, wo sie nun allein war. Sie lauschte dem Knacken aus den Rohren, den huschenden Schritten auf den Gängen.

In der Nacht fiel weiterer Schnee. Die Kristalle des Schnees schlossen sich ineinander, verhakten sich, Kopf und Brustkorb schmerzten, ein Feuer brannte zwischen den Rippen, jeder Atemzug ein neuer Schmerzschock. Es war schlimmer als je zuvor. Als würde sie ihre eigenen Worte, *weil ich nicht will*, nun zu spüren bekommen.

Sie wachte auf mit einem lauten Schnarcher, der noch im Rachen nachvibrierte, und sah im gelben Schein einer Lampe das Gesicht der Nachtschwester groß über dem ihrem.

»Der Tod. Der Tod wird dich heilen.«

Hatte die Schwester das wirklich gesagt?

Sie wachte noch einmal auf, und jetzt war sie wieder allein im Zimmer. Ihre Atemzüge waren flach, und alles in ihr wehrte sich gegen tieferes Atmen, es löste jedes Mal einen Krampf aus. Das Nichtatmen war merkwürdigerweise nicht schlimm. Ich möchte nichts mehr in mich aufnehmen. Ich möchte den Tod.

Am Morgen erinnerte sie sich nicht sofort, aber als die Schwester ihr das Fieberthermometer in den Mund schob, wirbelte alles plötzlich um sie herum, und nichts war mehr fest. Sie selbst war ein heller pulsierender Punkt, der sich mit allem verband und aus dem zugleich alles hervorzugehen schien. Sie konnte ihre Aufmerksamkeit wie ein Vergrößerungsglas über alles legen. Wohin Anna sie auch richtete, dehnte und dellte sich die Welt, sprudelte wie bei einem aufgeschlitzten Kissen das Innere hervor. Anna keuchte und versuchte, an nichts zu denken, ihre Aufmerksamkeit möglichst flächig strömen zu lassen. Und doch, die Stimmen von überall, die inneren Stimmen von allem und jedem! Sie war ein Gefäß, in dem alles zum Klingen kam; wie ein mit dem reibenden Finger zum Klingen gebrachtes Kristallglas, das die anderen Gläser zum Tönen brachte – in ihr, auf ihr, der Finger Gottes!

»40!«, schrie die Schwester.

6

Berlin 1907

Am späten Nachmittag brachte Hilde die Post. Es war ein Brief von Jean Roumanille. Johanna warf ihn ungeöffnet in die Schreibtischschublade. Doch dort verbreitete er Unruhe. Sie ging damit in den Garten. Das Grundstück war umfasst von einer zwei Meter hohen Ligusterhecke und grenzte im Osten an das Nachbarhaus, dazwischen Walnussbäume, Ahorn, Birken und Tannen. Johannas Mutter hatte diesen Garten angelegt, doch jetzt erst, dreißig Jahre später, entfaltete er seine ganze berauschende Wirkung, bot Refugium und Schutz.

Das Teehaus lag am Ende des Gartens in einer Bucht aus Rhododendron. Es war ein runder, neoklassizistischer Pavillon mit Säulenkranz, der nachträglich mit doppelten Holzwänden geschlossen worden war, um den Ort auch im Herbst zu nutzen, was aber niemand tat, im Gegenteil, er wurde daraufhin nicht einmal mehr im Sommer genutzt. Johanna sperrte die Tür auf, muffig und schimmelig roch es, Blätter und Mäusekot waren über den Boden verteilt. Der Stuck an der Decke hatte sich gelöst. Verstaubte Tische und Stühle, die man nur eilig hatte beiseitestellen wollen. Einmal hatte ein Landstreicher hier gehaust, noch immer fand sich ein Streifen Ruß an der Wand, als er eines Abends ein Feuerchen machte; der Moment, in dem sie ihn entdeckt hatten. Es war ein Ort, der aufgegeben worden war und den sie neuerdings in ihre Gespräche aufnahmen; sollten sie ihn abreißen, oder sollten sie ihn zu renovieren versuchen?

Noch immer den Brief in den Händen, versteckte Johanna ihn kurzerhand unter einem Tonziegel, um auch über diese Sache, Jean Roumanille, vorerst nicht weiter nachdenken zu müssen.

Eine Woche zuvor war Johanna mit ihrer Schwester Sibilla zu Gast bei Hasenhöfer gewesen, einem bekannten Spiritisten-Kreis am Savignyplatz, an dem auch Gräfinnen teilnahmen sowie Männer, die hohe Staatsstellen bekleideten. Und natürlich die Künstler und Dichter, die den Zwischenwelten ja ohnehin zugeneigt waren. In letzter Zeit war ihre Schwester Sibilla zahllosen Vereinen beigetreten, dem Tierschutz, dem Jugendschutz, dem Vegetarierverein und sogar einem Verein für Nacktheit. Dass sie nun auch dem Okkultismus zugeneigt war, überraschte daher niemanden. Zu allen möglichen Vorträgen und Versammlungen hatte Sibilla ihre Schwester bereits erfolglos zu überreden versucht. Johanna, die dem gesellschaftlichen Leben insgesamt eher abgeneigt war, gab dieser Einladung schließlich nach. Den Spiritismus fand sie zwar vulgär, in seiner Fixierung auf persönliche Vorteile durch Jenseitskontakte war er fast schon eine Form von Materialismus. Das alles sagte sie ihrer Schwester, die Johanna gegenüber eine Haltung gnädiger Herablassung praktizierte, gepaart mit einer Verletzlichkeit, die schnell in Wut umschlug, lieber nicht. Ihre Hoffnung war, vor Ort eine andächtige Runde anzutreffen, die sich nur für die Stimmen aus dem Jenseits interessierte und nicht für den üblichen Tratsch. Mit etwas Glück wäre Johanna früh wieder zu Hause.

Und dann war etwas passiert an jenem Abend, etwas, das sie Clemens nicht erzählt hatte, vielleicht rührte daher ein Schuldgefühl. Da war dieser französische Gast Jean Roumanille. Erfreut darüber, dass sie ihr Französisch anwenden konnte, befanden sie sich bald in besonderer Innigkeit miteinander, unterhielten sich angeregt über Zola und Mallarmé. Jean war ein junger Dichter auf Durchreise zum Gutshof eines deutschen Onkels. Sein warmherziges und ironisches Lächeln hatte die peinliche Situation der Spiritistenversammlung in etwas Genießbares verwandelt, diese merkwürdige Runde um den Tisch herum mit einer verschrobenen knochigen Frau und dem Gastgeber Hasenhöfer, der die Runde vorab mit einem kurzen Vortrag auf die bedeutsamen Veränderungen dieser Zeit einschwor: »Wir erleben in diesen Tagen, wie der klassische Materiebegriff sich aufzulösen beginnt. Elektromagnetische Wellen, Röntgenstrahlen und drahtlose Telegrafie sind möglich, warum also sollten wir an den Trennwänden zu den geistigen Reichen festhalten? Ist nicht vielmehr das ein Aberglaube?«

Das Licht wurde gelöscht, die Aufmerksamkeit bündelte sich bei dem Weiblein, das bald darauf in ein Krächzen fiel, als könnte gerade dieses absonderliche Verhalten umso mehr überzeugen. Frau Beata hatte alsbald mit frommen Sprüchlein aus dem Gesangbuch angehoben, zunächst mit verstellter Stimme ein Kind namens Friedchen zum Sprechen gebracht, das einige Weisheiten zum Besten gab (»Es sind die kleinen Dinge, die Großes bewirken«) und Schwachsinn wie: »Ich heiße Frieda, weil ich immer frieh da bin und so friedlich bin«, der aber ebenfalls respektvoll aufgenommen wurde.

Als Höhepunkt ließ Frau Beata aus dem Jenseits Blumen von der Decke regnen, Christrosen und Rosen (anderes gab es in der kalten Jahreszeit auf dem Markt nicht zu kaufen), wobei Johanna deutlich sah, wie sie diese aus dem Ärmel herausschüttelte und dann zur Decke schleuderte. Auch wirkte das Medium anschließend deutlich schmaler als vorher. Aber sie alle, sogar der Amtsrichter, wollten es so. Sie wollten, dass es Geschenke aus dem Jenseits waren, und hoben andächtig die Blumen auf, schnupperten versonnen daran und lächelten einander zu wie Auserwählte eines heiligen Kults. Auch Sibilla.

Johanna spürte noch Stunden später die Hand, Jeans Hand, wie sie einmal, als sie Seite an Seite durch die Flügeltür gingen, sich um ihre Taille legte und sanft leitete. Johanna dachte an den Moment dieser Hand auf ihrer zugeschnürten Taille, der nur zwei Sekunden gedauert hatte. Sie hob sich die Erinnerung auf wie Konfekt, das durch Naschen weniger wurde; sie gönnte sich die Empfindung wie etwas stetig Verblassendes. Aber es war nicht so, im Gegenteil, es wurde nur stärker.

»Ich hoffe, du hast keinen Poltergeist mitgebracht«, sagte Clemens, als sie abends zu ihm ins Bett kroch.

»Keinen Poltergeist«, sagte Johanna und schloss die Augen.

Am frühen Abend klingelte sie nach Hilde und ließ sich in ihr Abendkleid helfen; dunkelblau mit venezianischer Spitze, für Clemens, der bald zurückkäme. Es war sein Lieblingskleid, und Johanna hatte ein schlechtes Gewissen.

Die Kinder wurden ihr für den Gute-Nacht-Kuss zugeführt, das Kindermädchen aus England mit den schiefen Zähnen lächelte breit und machte ihre Sache fast zu gut; Emma sprach mehr Englisch als Deutsch und hieß nun Emmy.

Kurz darauf, zur Theaterzeit, hielt vor ihrem Haus eine Droschke, und Clemens stieg aus. Die Dielen knarrten von überall (auch dort, wo niemand war), das ganze Haus, alt war es, schien in Bewegung wie ein alter Mensch, der unruhig war. Clemens küsste sie zur Begrüßung auf die Stirn. Als sie wenig später am Esstisch Platz nahmen und Hildes Schritte sich näherten, sagte er: »Über Leute wie Hilde musst du mal schreiben, über die einfachen Menschen, über ihre Nöte. Denn die Nöte reicher Frauen, nun, die hätten andere gern.« Dann stopfte er sich die Serviette in den Kragen und fragte: »Was gibt es denn heute Gutes, Hilda?« Mal sagte er Hilde, mal Hilda, aber niemand korrigierte ihn.

»Kalbsbraten, gnädiger Herr.«

Er griff beherzt zum Salzfässchen und salzte nach, bevor er überhaupt gekostet hatte. Das tat er immer. Einmal hatte Johanna kurz vor dem Servieren zusätzlich Salz über die Speisen gestreut, damit sein Essen versalzen wäre, sofern er nachsalzte. Aber das war es nicht. Er salzte nämlich nicht viel, es ging ihm nur um die machthaberische Geste des Nachsalzens.

»Wie geht es den Kindern?«

»Ich habe sie heute kaum gesehen. Aber es gab wohl keine Vorkommnisse, sonst wüsste ich sicher davon. Warum bist du so spät zurück?«

Sie nahm einen Schluck vom Tischwein und merkte, dass sie ungewollt vorwurfsvoll geklungen hatte.

»Ich war in den Heilstätten Beelitz. Hast du das vergessen?«

»Doch, ja, ich erinnere mich!«

Sie überlegte, wann er ihr das mitgeteilt hatte.

»Ein verrückter Ort, wie aus der Zukunft. Elektrische Autos, Fernwärme, heißes Wasser aus dem Hahn.«

»Ich bin beeindruckt.«

»Fernwärme ist die Energie der Zukunft. In einem Kraftwerk wird Wasserdampf erzeugt und dann durch unterirdische Rohre geleitet, das können mehrere Kilometer sein, ist das nicht unglaublich?«

Die Tür schloss sich, Hilde war gegangen.

Johanna sagte leise: »Apropos Wärme. Die Teller sind wieder nicht angewärmt. Ich habe Hilde erklärt, sie muss sie kurz vorher in ein Bad mit heißem Wasser legen. Das ist sehr einfach.«

»Sie ist eben sparsam. Das hast du ihr doch ebenfalls aufgetragen?«

»Und der Kalbsbraten ist wieder zu dick geschnitten, das habe ich Hilde schon mehrmals gesagt. Kannst du es ihr diesmal sagen?«

»Vielleicht liegt es am Messer. Muss es geschliffen werden?«

»Sag du es ihr.«

Sie aßen stumm weiter. Eigentlich mochte sie Hilde. Das letzte Mädchen, im Grunde schon eine alte Frau, die vier Jahrzehnte für die Familie gearbeitet hatte, war vor drei Jahren in den Ruhestand gegangen und zu ihrer Tochter nach Leipzig gezogen. Seitdem sah Johanna nur noch Fehler bei den Dienstboten.

»Ich habe mich übrigens auf eine Stelle in Beelitz beworben. Ich habe dem Professor auch von meiner Entdeckung mit dem Schimmelpilz erzählt. Vielleicht lässt sich daraus ein Mittel gegen Tuberkulose entwickeln.«

Sie schaute ihren Mann nachdenklich an. Wovon sprach er? Doch nicht etwa von den verschimmelten Brotkanten, die er neuerdings sammelte?

»Ich hatte doch im Krankenhaus Staphylokokken-Kulturen in einer Petrischale vergessen und einige Tage später waren sie mit einem grünen Flaum überzogen. Das Bakterium war getötet.«

Er griff nach dem Tischwein und goss gluckernd ihnen beiden nach.

»Ja, natürlich. Ich erinnere mich. Das scheint ein wichtiges Projekt, das du da verfolgst.«

Sie trank und beobachtete, wie seine Züge sich glätteten, während er nickte, dabei eine Scheibe Kalbsbraten zerschneidend.

»Ich habe übrigens die ganze Zeit an dich gedacht.«

Nach einer kurzen Pause, in der sie leicht das Weinglas drehte, fragte sie: »Warum?«

»Die Arbeiterheilstätten könnten ein guter Stoff für dich sein. Ich habe den Heilstättenleiter gefragt, er ist einverstanden, dich über das Gelände zu führen.«

Sie zog fragend eine Augenbraue hoch, dann nickte sie. Sie hatte sich ihrem Mann gegenüber Zustimmung angewöhnt, das war am einfachsten. Seit wann interessierte Clemens sich wieder für die einfachen Menschen? Doch es war ja nicht nur Clemens. Seitdem die neu erfundene Blitzlichtfotografie auch die schwärzeste Ecke einer Berliner Hinterhausstube sichtbar gemacht hatte, nahmen die Wohltätigkeitsbälle kein Ende mehr, pilgerten die höheren Töchter in die hinterste Baracke, um heißen Tee zu spenden und ihr Höheres-Töchter-Lächeln. Aber war das denn ein Geheimnis gewesen, wie die einfachen Menschen lebten? Wusste das nicht jedes Kind? Indem man ihm sagte: Geh da nicht hin! (Und natürlich ging es hin.)

»Stell dir vor, von der Fabrikhölle direkt ins Paradies. Dort wirst du aufgepäppelt, um dann für eine weitere Runde nützlich zu sein. Nach nur drei Jahren sind die Behandlungskosten wieder eingespielt. Die Investition rentiert sich tatsächlich. Sie können eine neunzigprozentige Arbeiterrückführung vorweisen. Alles ist genau kalkuliert. Sie nehmen daher auch nur die leichteren Fälle auf.«

Sie hörte ihm interessiert zu, denn was er nun erzählte, war ihr neu. Aber sie spürte auch einen kleinen Widerstand. Sie ließ sich nicht gern ein Thema vorsetzen.

Er wischte sich die Lippen ab, nahm einen Schluck Wein und ließ die zerknüllte Serviette auf den Tisch fallen. »Männer und Frauen übrigens getrennt, zusätzlich durch die Straße. Wer sich am Zaun erwischen lässt, wird entlassen.

Sehr streng dort, sie nehmen es wirklich ernst. Anders als die Cognac-Kuren der Reichen. Wo deine Tante war, Davos. Alles ist in Beelitz genau durchdacht, bis ins Letzte. Die Transportfahrzeuge, die zwischen den Gebäuden pendeln, fahren mit Elektrizität. Nichts soll die Patienten stören, kein Motorenlärm, keine Abgase. Sie haben bloß eine Sache übersehen.«

»Was denn?«

»Nicht alle Patienten wollen zurück. Es braucht letztlich auch mehr Anreize für die Rückkehr. Die Welt muss sich ändern.«

»Ist das so?«

Er nickte und schluckte eine kleine Kartoffel unzerkaut herunter.

7

West-Berlin 1967

Sie saß zusammengesunken auf der Bettkante, als sie hörte, dass von außen das Schloss umgedreht wurde und sich Schritte in der Wohnung ausbreiteten. Es folgte das vertraute Knallen der Küchenschranktüren. Dann erschien Klaus in ihrer Zimmertür. »Geräucherte Forelle gab es nicht mehr. Ich habe Kochschinken mitgebracht.«

»Klingeln Sie bitte, bevor Sie die Tür aufschließen. Und streiten Sie es diesmal nicht ab.«

»Ich habe Ihre Memoiren gelesen.«

Damit hatte Johanna nicht gerechnet. Sie spürte eine leichte Beklemmung. Etwas schien auch plötzlich anders an Klaus. Da war ein Blick, der etwas zu wissen meinte und einen Abgleich unternahm zwischen dem Gelesenen und ihr. Sie nickte zu ihrem Gehstock, der auf den Boden gerutscht war. Sich in Klaus' Gegenwart danach zu bücken war unmöglich, in letzter Zeit schrie sie unwillkürlich auf, da waren diese reißenden Schmerzen im Rücken.

»Haben Sie sich ausgeruht?«, fragte er und reichte ihr den Gehstock.

»Ja, ein Nickerchen.«

Er half ihr hoch. Das hatte er bislang noch nicht getan, sie berührt, ihr direkt geholfen. War das eine Folge der Lektüre? War Johanna Schellmann ihm plötzlich nah?

Mit dem Gehstock voraus stocherte sie sich ins Wohnzimmer. Er überholte sie, legte im Wohnzimmer den Stapel auf den Couchtisch, dann bog er in die Küche ab. »Ich mache Kaffee. Koffeinfrei für Sie.«

Sich an der Sessellehne festhaltend, nahm sie vorsichtig Platz. Dann beugte sie sich vor zum Tisch und schlug ein paar Seiten im Manuskript zurück. Sie sah nur die bereits bekannten Kommentare des Verlags und spürte dennoch Aufregung. Merkwürdig, dieser Bengel hatte doch nun wirklich nichts zu sagen. Er war ein Niemand. Nicht einmal Germanist. Studierte Maschinenbau, oder war es Geschichte und Politik, oder Geographie? Trug die Haare zu lang und keine Krawatte, immer nur Jeans. Im Fernsehen nannten sie diese Leute Chaoten und Gammler. Nun, das war er natürlich nicht. Dazu war er zu korrekt und pflichtbewusst. Sah aber ein bisschen so aus.

Warum nun ausgerechnet er? Wo waren denn alle anderen? Nun, sie wusste nur zu gut, wo sie alle waren. Wenn nicht gerade tot, dann weit weg.

Als er mit Kaffeetassen und sogar einigen Keksen (auch das war neu, diese Aufmerksamkeit) zurückkam, nahm er das Manuskript in die Hände wie ein Metzger, der die verlangte Ware in der Hand wog und präsentierte. »Das ist überhaupt nicht gut. Ihr Verlag hat recht. Viel zu rührselig und selbstherrlich.«

Johanna nahm einen Schluck Kaffee, dann inspizierte sie die Kekse. Es war eine Keksmischung, sie suchte sich die mit Schokoladenglasur heraus. Wo zum Teufel hatte er die Schale gefunden? Ewig nicht mehr gesehen. Eine Kristallschale, die auf einem silbernen Delfin balancierte. Anna hatte daraus immer das Konfekt genascht.

»Was haben Sie gesagt? Das Manuskript gefällt Ihnen nicht?«

»Soll ich Ihnen etwas daraus vorlesen?«

»Gott, nein!«

»In meinen zarten Jugendjahren verweilte ich am Ufer des Bosporus, wo mein kindliches Herz inmitten majestätischer Moscheekuppeln und verträumter Palastgärten seine Wurzeln schlug.«

»Die Delfin-Kristallschale stammt übrigens aus jener Zeit in Konstantinopel«, informierte sie mit beleidigter Stimme.

Er legte das Manuskript auf den Tisch und sah sie an. Johanna hob fragend die Augenbrauen: »Wer sind Sie eigentlich? Warum kommen Sie immer wieder hierher?«

»Meine Mutter ist mit Ihrer Tochter befreundet.«

»Meine Tochter ist in Kanada.«

»Eben. Sie kann nicht für Sie einkaufen. Darum mache ich das.«

Sie beließ es dabei. Es war ihr alles plötzlich zu viel. Sie hob ihre Hand, streckte ihre Finger aus und begann, mit einer bedächtigen Bewegung über die Manuskriptseiten zu streichen.

»Soll ich gehen? Soll ich den Fernseher anstellen?«

Sie klopfte auf den Papierstapel. »Begründen Sie Ihr Urteil einmal ein bisschen.«

»Ihre Memoiren sind eigentlich nur eine Version des *Schmuckzimmers,* und noch dazu viel schwächer, weil sie nicht mit dieser Härte geschrieben sind. Im Gegenteil. Die Person, um die es geht, also Sie, hat am Ende großen Erfolg und landet nicht wie Ihre Elisa in einer Irrenanstalt und stirbt.«

»Oh, Sie haben auch *Das Schmuckzimmer* gelesen?«

»Ich hatte in den letzten Tagen allerhand Fragen. Darum bin ich in die Bibliothek. Weil ich es sonst nicht hätte einordnen können.«

»Ich kann Sie nicht bezahlen.«

»Brauchen Sie auch nicht. Es hat mich plötzlich interessiert. War vorher nicht so, das gebe ich zu. Es hat mich aus soziologischen Gründen interessiert.«

»Soziologische Gründe? Das ist nicht gerade schmeichelhaft.«

»Ich habe auch einige Artikel über Sie gelesen.«

»Da gibt es was über mich?«, fragte sie erfreut.

»Vor zwei Jahren brachte die F.A.Z. einen großen Artikel über die Frauenbewegung und ihre Vertreterinnen vor 60 Jahren, und Sie machen da keine gute Figur. Eine Angelika Röttel zitiert sie, Sie sollen gesagt haben ...«

»Wie können Sie es wagen?«, rief sie. »Sprechen Sie diesen Namen nicht aus!«

»Sie haben damals die Frauenbewegung kritisiert.«

»Unsinn. Ich habe gesagt, dass Reformen nicht reichen werden. Denn, was dann? Das sehen Sie heute, wenn alle plötzlich alles tun dürfen. Sind die jungen Frauen deshalb frei, nur weil sie mit jedem schlafen können?«

Er fuhr sich durchs Haar und schaute zum Fenster.

»Sind Sie etwa verlegen, Klaus?«

»Nein, fassungslos. Meinen Sie das wirklich ernst? Die Frauen sind heute bedeutend freier als damals. Und für jede geistige Freiheit braucht es zunächst eine materielle Grundlage.«

Auch Johannas Stimme wurde nun lauter: »Hören Sie gut zu. Ich blieb mit einem Mann zusammen, den ich nicht liebte. Ich pflegte ihn bis zu seinem Tod. Die Freiheit, die mich interessiert hat, war nämlich immer eine andere.«

Er ließ den Blick durch das Wohnzimmer schweifen.

»Hat Ihr Ehemann Ihr Schreiben eigentlich unterstützt?«

»Er hätte nie gewagt, sich mir in den Weg zu stellen. Er verdankte mir zu viel.«

»Haben Sie ihn deshalb geheiratet?«

»Sie sind heute sehr frech, Klaus.«

Er verschränkte die Arme vor der Brust und lächelte plötzlich. »Sie wissen, dass Ihr Mann auf den Spuren des Antibiotikums war, das dann erst in den 40ern gefunden wurde? Das Penicillin. Er war ein Pionier.«

Meinte er Clemens' Schimmelpilzforschung? Sie stand auf. Ihre Herztabletten und die fürs Cholesterin lagen in der Küche. Sie nahm die leergetrunkenen Tassen mit. Es gelang diesmal alles ohne Panne, sie hatte alles im Griff.

In der Küche, aus seinem Blickfeld verschwunden, hielt sie sich am Kühlschrank fest und atmete durch. Dieser Schwindel, wenn alles kurz wattig wurde. Wer war sie? Eine alte Frau, die ständig Ausweichpositionen einnahm, um den Schmerz nicht zu spüren. Er jagte den Rücken hoch und die Beine herab. Morgens musste sie sich mit den Händen vom Bett abdrücken, um überhaupt hochzukommen, sie zog sich über die Matratze vorwärts, dann, nach einem Atemzug, der den Schmerz bereits vorwegnahm, hievte sie die Beine über die Bettkante und drückte sich mit den Händen hoch.

Wann im Leben hatte man den Mut, einem Schmerz einfach die Stirn zu bieten? Nicht einmal in den heroischsten Phasen als junger Mensch. Wenn, dann stolperte man unwissend in ihn hinein, von da an jedes Mal ein bisschen gebremster. Jedes Mal schabte der Schmerz ein bisschen Lebensfreude und Mut von einem ab. Die sich anhäufenden Schonhaltungen im Innern wurden zu einem wattigen Lebensgefühl. *Später, ab 1933, schrieb Johanna Schellmann Geschichten über blonde Backfische, die mit ihrem Drahtterrier oder Dackel lustige Abenteuer erlebten. Sie schrieb für die Jugend. Wir hoffen, sie schämt sich heute, dass sie ihnen keine andere Stimme war als jene, die erlaubt war.*

Sie war nun niemand mehr von Bedeutung, und das war richtig so.

»Frau Schellmann?«, rief er aus dem Wohnzimmer, »ist alles in Ordnung?«

Das Beste war, einfach zurückzugehen und sich ihm zu zeigen. Dann sähe er, dass nichts in Ordnung war. Mit einem deutlichen Vorwurf im Gesicht trat sie langsam und doch würdevoll vor das Sitzensemble.

»Eigentlich beweist diese Geschichte mit Anna Brenner, wie frei Sie damals waren, zu einem gewissen Grad jedenfalls.«

»Ach ja«, spottete sie.

»Doch. Aber in Ihren Memoiren bricht die Erzählung über Anna einfach ab. Eine Arbeiterin aus den Lungenheilstätten, die Ihnen beim Schreiben des *Schmuckzimmers* geholfen hat. Mehr nicht?«

»Die Annageschichte. Eben. Sie wissen nicht, wie die ausgegangen ist.«

»Dann erzählen Sie sie doch einfach.«

Sie schwieg lange. Dann sagte sie:

»Das geht nicht.«

Er schien ihr Zeit zu lassen. Sein Blick ruhte diesmal geduldig auf ihr, doch sie schaute weg. Da sagte er vorsichtig: »In der Bibliothek befinden sich mehrere Ausgaben des *Schmuckzimmers*. Ich habe sogar eine achtundzwanzigste Auflage aus dem Jahr 1931 gefunden.«

»Ja, es war ein Best- und ein Longseller.«

»Aber nur in der Erstausgabe gibt es eine Widmung. Für Anna, die mir half, in die Sichtbarkeit zu treten. Warum haben Sie die Widmung wieder entfernen lassen?«

Als sie immer noch schwieg, ja, von außen so wirken könnte, als hätte sie die Frage nicht vernommen, sagte er:

»Wie hat eigentlich Ihre Familie auf *Das Schmuckzimmer* reagiert?«

»Meine Eltern waren bereits tot. Auch wenn es niemand gern ausspricht, aber mit dem Tod der Eltern geht auch eine Befreiung einher. Nur so konnte ich *Das Schmuckzimmer* überhaupt schreiben. Meine Schwester Sibilla war wie immer neidisch auf meinen Erfolg und redete schlecht über mich. Aber das hatte ich nicht anders erwartet. Hier, bedienen Sie sich.«

Sie schob den silbernen Delfin mit der Kristallschale zu ihm. Die Schale war leer. Anna aß immer schneller, als Johanna nachfüllen konnte. Doch Klaus stand diesmal auf und holte Nachschub aus der Küche. Als er vor ihr stand, schaute sie auf und sagte:

»Ich habe nie die Wahrheit erzählt.«

»Sie könnten es jetzt tun.«

»Anna. Uns trennten Welten, genau das verband uns.« Sie stockte. Es bedurfte einer Erklärung.

»Haben Sie Anna verehrt? Es klingt in Ihren Memoiren ein bisschen so. Das ist verstörend, wenn ich ehrlich sein darf.«

»Meiner Generation war das religiöse Gefühl etwas ganz Natürliches, überhaupt auch die Schwärmerei, die Huldigung, die Fantasie. Die Verehrung und Anbetung eines Menschen, meist ja eines Mannes, konnte jahrelang mit Glück erfüllen, ohne dass man diesem Menschen überhaupt näherkam.«

»Johanna, wollen Sie nicht doch darüber reden?«

»Vielleicht ein anderes Mal. Kannst du mir einen Gefallen tun, Klaus? Besorg mir bitte das Parfum Mouchoir de Monsieur von Guerlain. Nimm das Geld aus meinem Portemonnaie. Schreib alles auf.«

8

Berlin 2020

Sie betrat die Bahnhofshalle und fädelte sich auf die Rolltreppe ein. Sie entdeckte den Makler vor den Glasschiebetüren. Die Maske baumelte von seinem linken Ohr herab. Mantel über dem Arm, dunkle Jeans, weißes Hemd. Er war groß, mit Hang zum Übergewichtigen, das Haar raspelkurz, graublaue Augen, die Gesichtshaut fleischig und leicht gerötet. Sie schätzte ihn auf Mitte vierzig. Er ging vor und regelte alles an dem Empfangstresen, wo zwei Bahnmitarbeiterinnen aufpassten, dass beim Einscannen des Codes kein rotes Warnlicht aufleuchtete (oder was auch immer sie sahen), während Vanessa die Hand unter den Desinfektionsspender hielt.

Vanessa versenkte sich kurz darauf in die Speisekarte, in dem angenehmen Bewusstsein, dass sie bestellen konnte, was sie wollte, ganz ohne Rücksicht auf ihn, Maurus Meyer, den Immobilienmakler. Der Gastgeber war die DB. Sie waren hier im Premiumbereich, und da gab es Bier, Wein, Rotkäppchen-Sekt, Biolimonade, Cola Zero, Latte Macchiato, Eis-Macchiato, heiße Schokolade, und dann noch die Speisen, Apfelstrudel, Kürbiskokossuppe, das tanzte vor ihren Augen, als sie die Karte in der Hand hielt, und sie hätte theoretisch auch von jedem Getränk je eins wählen können, einmal die Karte rauf und runter. Maurus Meyer öffnete ein kleines umweltschädliches Döschen Kondensmilch, die blaue Maske zierte nun sein rechtes Handgelenk, bauschte sich dort ein wenig auf, Vanessa hatte das Bild eines Magiers vor Augen, der eine Münze ständig über Gesicht, Schultern und Arme laufen ließ, dabei verschwinden ließ und wieder zum Vorschein brachte.

»Haben Sie Haustiere? Keine Fangfrage, um die Wohnung geht's jetzt gar nicht. Neulich habe ich mir versehentlich Katzenmilch in den Kaffee gegossen und habe es erst später beim Zurückstellen der Milch gemerkt. Schmeckte gar nicht schlecht. Ist Ihnen auch mal etwas so Bescheuertes passiert?«

Vanessa schaute ihn an. »Andauernd.«

»Ich meine, wirklich.«

»Ja. Ich habe gestern einen kleinen Jägi gekauft, die stehen doch immer aufgereiht neben Kirschwasser und so, und das Fläschchen war so klein, dass ich erst draußen bemerkt habe, dass es schon leergetrunken war. Ich habe eine leere Flasche gekauft. Jemand war also noch verzweifelter als ich, habe ich daraus geschlossen.«

»Sind Sie verzweifelt?«

»Soll das ein Witz sein? Auch Sie haben ja schließlich keine Wohnung für mich, sondern irgendetwas anderes, etwas Persönliches.«

Vanessa merkte, dass sich da etwas Merkwürdiges in ihre Stimme mischte, zwischen Hysterie und Flirt, dabei war der nicht ihr Typ, was sollte sie mit einem Makler? Aber dass sie flirty sein konnte, das hatte sie schon gar nicht mehr gewusst.

»Mietwohnung wäre übrigens auch in Ordnung.«

»Haben wir eine Menge«, sagte er knapp. »Kann ich für Sie mal nachschauen.«

Die Lounge war recht leer, zwei alte Eltern, die Tochter, selber nicht jung, führte sie mit überlauter Stimme – »ja, Papa, du kannst dir irgendeinen Platz aussuchen« – an ihnen vorbei. Der Makler schaute dem Grüppchen nach, schwieg, dann sagte er: »Mein Vater ist vor einem halben Jahr gestorben.«

»Oh, mein Beileid.«

»Danke. Er war sechsundsiebzig. Ich habe seinen Haushalt aufgelöst. Dabei stieß ich auf einen Packen Schreibmaschinenseiten, und die sind von Ihrer Urgroßmutter. Mein Vater hat sich damals um Johanna Schellmann gekümmert, er hat sich so sein Studium finanziert. Das hat er immer gern erzählt, die wilden Zeiten damals in Berlin, Schahproteste, und dann diese einst berühmte Dichterin, die recht speziell war, eine Menge Geschichten über sie hatte er auf Lager, und auch zuletzt noch sprach er von ihr, da kamen die Erinnerungen wieder zurück. Wenn ich es richtig verstanden habe, wurde er von Schellmanns Tochter bezahlt, die in Kanada lebte.«

Während er redete, riss der Makler mehrmals kurz die Augen auf zu den eigenen Worten (Urgroßmutter, Kanada, Schahproteste,), wie um etwas extrem Merkwürdiges zu unterstreichen.

»Ja, meine Großeltern sind nach Kanada ausgewandert, aber mein Vater kam zurück, er hat hier studiert.«

»Johanna Schellmann wusste übrigens nicht, dass mein Vater von ihrer Tochter Emmy bezahlt wurde. Sie hätte nicht akzeptiert, Hilfe von ihrer Tochter anzunehmen. Sie dachte, es sei irgendein Sozialdienst oder jemand, der aus Freundlichkeit regelmäßig nach ihr schaut. Mein Vater hat diese Rolle wohl auch gut gespielt.«

Der Makler schien abzuwarten, welche Wirkung diese Eröffnungen hatten. Vanessa war sich selbst nicht sicher. Es war ein bisschen unheimlich, dass Unbekannte plötzlich ein sehr persönliches Wissen über die eigenen Vorfahren besaßen.

»Mein Vater hat mir aber eine Sache immer verheimlicht, nämlich, dass es noch diesen Text von der Schellmann gibt.

Er heißt *Die Annageschichte*. Den hatte sie ihm anvertraut, damit er sich um eine Veröffentlichung kümmert. Mir ist nicht ganz klar, warum er nicht im Nachlass auftaucht. Aber immerhin kann ich Ihnen jetzt den Text geben. Tut mir leid, dass es über ein halbes Jahrhundert gedauert hat. Aber was für ein unfassbarer Zufall, dass wir uns begegnet sind! Man könnte fast meinen, irgendein Geist hat uns zusammengeführt.«

Er lachte. Vanessa blieb ernst, sie verstand nicht, was er meinte, ja, etwas Ablehnendes trat in ihren Blick.

»Ihre Urgroßmutter hat sich mit dem Okkultismus beschäftigt, ich dachte, das wüssten Sie.«

Vanessa stellte ihre Kaffeetasse vorsichtig ab. »Ich kenne nur *Das Schmuckzimmer*, und da kommt so was nicht vor.«

»Okay. Aber hier.«

Er bückte sich zu seiner Aktentasche, zog eine abgewetzte braune Ledermappe hervor und legte sie auf den DB-Lounge-Tisch. Vanessa schaute nicht hinein, ihr war, als würde sie bei Berührung ihre Einwilligung geben, es wäre eine Einwilligung zu etwas Größerem, mehr als sie überschauen konnte. Sie blieb bewegungslos vor dem Makler sitzen. Weil auch er das tat, bewegungslos und stumm bleiben, schlug ihr Finger die Kladde zurück, und sie las:

Es war nicht so sehr, was Anna sagte, sondern ihre Präsenz und etwas, das auf nicht direkt entschlüsselbare Weise zu mir sprach, zu etwas Unbewusstem vielleicht, wie Zaubersprüche, die ja bekanntlich ebenfalls keinen Sinn ergaben für Uneingeweihte.

»Haben Sie das gelesen?«, fragte sie.

Ihre Frage schien ihn zu verunsichern, er griff zu seinem Kaffee und trank, und sie fügte leise hinzu: »Ich fände es nicht schlimm.«

»Ein bisschen quergelesen. Es scheint auch nicht fertig, manches nur angerissen, Skizzen, Gedanken, Arbeitsmaterial.«

Er richtete mit zwei Fingern die Speisekarte auf dem Tisch zu Vanessa aus. »Noch einen Kaffee? Oder etwas zu essen? Die haben hier auch Suppe und Kuchen.«

»Danke. Ich breche auf. Gehört die kaputte Ledermappe dazu?«

Er nickte.

Sie steckte die Mappe unter den Arm und sträubte sich, dem Blick des Maklers emotional nachzugeben.

»Habe ich etwas Falsches gesagt?«

»Nein, ich will das zu Hause in Ruhe lesen.«

Er saß bewegungslos da und schaute sie an. Sie zog ihre Maske auf und bewegte sich durch die einzelnen Polsterinseln aus Zeitungen und Laptops und Sektgläsern zur Glasschiebetür.

9

Beelitz Heilstätten 1908

Zwei Frauen hatten einen Feldstein bemalt und unter einem Kiefernbaum abgelegt. Es war ein Grabstein für Anna. Anna B., 1878–1907. Die Pfleglinge gingen auf verschiedene Weisen mit den unerklärlichen Geschehnissen um, die das Frauen-Heilstättenquartier westlich der langen Straße nach Fichtenwalde erschüttert hatte. Spott war eine davon.

Da es an Weihnachten wieder schneite und eigentlich durchschneite bis ins Jahr 1908, war der Stein bald nicht mehr auffindbar, und die Frauen hätten nicht sagen können, unter welchem Baum er lag.

Aber Anna wusste es. Sie suchte täglich die Stelle auf, auch an dem Morgen, an dem Blomberg sie in sein Untersuchungszimmer bestellt hatte. Sie betete für die gestorbene Anna und lachte, denn sie war von einer großen Last befreit worden, von sich selbst. Es war jener Höhepunkt menschlicher Entwicklung, von dem die Schriften und die Lehrer immer sprachen. Da war sie ganz sicher.

Annas Gesundheit hatte sich seither stetig gebessert, vielleicht war das alles auch ein reinigendes Inferno gewesen, hatte Blomberg gemutmaßt. Nach jener Nacht, in der das Fieber gestiegen war, sie sich in unerklärlichen Weiten des Universums wiedergefunden hatte und ihr Atem sich in diesen verlor, hatte Blomberg sie am Morgen für tot erklärt, kein Puls, keine Atmung mehr. Er ließ sie ins Leichenhaus bringen. Dort hatte sie einen tiefen langen Atemzug gemacht, sich die Augen gerieben wie nach einem Traum und »Hallo?« gerufen. Der Aufseher, der mit dem Rücken zu ihr gestanden hatte, war schreiend aus dem Gebäude gelaufen. Ihm war es zu verdanken, dass Anna nun den Ruf einer Wiederauferstandenen genoss. Zuvor war sie nur die mit dem zweiten Gesicht gewesen, oder die Bekloppte.

Blomberg wirkte seither verstört. Wie konnte er nicht gemerkt haben, dass diese Frau gar nicht tot war? Da waren doch schließlich kein Atem und kein Puls mehr gewesen. Er fragte Anna aus, und sie wiederholte immer nur, dass sie sich wie in einem Traum befunden habe.

Es war früh am Morgen. Im Vorzimmer zu seiner Praxis blickte sie über das Wäldchen hinweg in den Sonnenaufgang, der die zart gerippte Wolkendecke rosa anglühte. Durch die Glastür konnte Anna drei Frauen im Wartezimmer erkennen. Sie gähnten und räkelten sich. Als aber Anna eintrat, richteten sie sich sofort auf. Anna grüßte, zwei Frauen hielten die gefalteten Hände vor die Brust, eine dritte schnaufte durch die Nase.

Spott war der eine Versuch, mit dem Unerklärlichen umzugehen, Hass ein weiterer. Aber es gab auch eine kleine Anna-Anhängerschaft. Frauen, die Anna tagsüber in ehrfürchtigem Abstand folgten, sich hier und da ein persönliches Wort der Weisung von ihr erhofften, manchmal mitten in den Parkanlagen vor ihr niederfielen. Im Gemeinschaftsraum, in dem sonst nur gestickt, gehäkelt und schlecht musiziert wurde, versammelten sie sich manchmal um Anna, was alle anderen die Flucht ergreifen ließ. Anna schloss die Augen, und ihre Stimme wurde tief und rau, als kämen die Worte von anderswo. In ihr war es dann so still, dass sie die Stimme von allem und jedem hörte. Sie hörte stets, was die Frauen tief in ihren Herzen bewegte und schmerzte, sie hörte, welche Sätze als Balsam dienen würden, und sprach sie aus. Die Berichte häuften sich, dass sich Husten und Brustschmerzen zurückbildeten, das Wort Wunder raschelte durch die Gänge.

»Teufel«, flüsterte plötzlich die dritte Frau.

Anna schwieg. Sie schaute in die schneebeladenen majestätischen Baumkronen vor dem Fenster, und sie war froh, dass man sie als Erste aufrief, auch wenn sie als Letzte gekommen war. Keine der Frauen protestierte.

Blomberg stand in der Tür zum Behandlungszimmer, winkte sie aber weiter nach hinten in sein Büro. Zum ersten Mal betrat sie dieses Zimmer. Es hatte eine wohnliche Atmosphäre, wirkte aber auch durcheinander, Bücher lagen kreuz und quer in den Regalen, der Schreibtisch floss über vor Unterlagen. Blomberg hielt eine Zigarette in der linken Hand und zog daran, dann deutete er auf einen Empire-Sessel.

»Ich muss mit dir reden, Anna.«

Er schien nachzudenken, was er sagen wollte. War er verheiratet? Nirgends auf dem Schreibtisch sah sie Fotos. Es gefiel ihr jedoch, nichts über ihn zu wissen. Sie hätte mehr wissen können, wenn sie gewollt hätte. War es so? Eine Kraft regte sich seit ihrem Tod in ihr und legte das Brennglas auf alles. Doch Anna verzichtete bewusst darauf, Blomberg zu durchdringen. Sie war auch gern die einfache Anna. Es war herrlich, alles sein zu können, von dumm bis allwissend.

»Du musst damit aufhören, Anna. Oder wir müssen dich an einen anderen Ort schicken. Eine Nervenheilanstalt.«

Hatte sie richtig gehört? Sie ruckelte sich zurecht und wusste, sie sollte sich nun doch besser konzentrieren, bevor sich Blomberg weiter in die Sache hineinsteigerte. Sie schaute ihn enttäuscht an, spürte ihr Herz pochen und merkte, dass da bei ihm eine Wand war, mit der sie nicht gerechnet hatte. Ja, sie konnte nicht näher an Blomberg heran, als er es ihr erlaubte. Wie war das möglich?

»Sie sollten nicht so voreilig urteilen, Herr Professor.«

»Unser Ruf wird beschädigt. Die alternativen Heilmethoden wie das Kneippsche Bad sind den Leuten schon Hokuspokus genug, da kommt jemand wie du gerade richtig. Nein, das muss aufhören.«

»Aber ich helfe den Frauen. Fragen sie die Frauen. Sie brauchen mich!«

»Die Frauen brauchen Ruhe, das ist ihre Therapie.«

»Liebe.«

»Anna!«

»Ja?«

»Du erhöhst dich. Das steht dir nicht zu. Wir haben dir das nun eine Weile durchgehen lassen, aber es geht so nicht weiter.«

»Was meinen Sie?«

»Hör auf damit, dir die Rolle des Heilands anzumaßen, der Weissagenden, der Heilerin, was auch immer, sag mal, wie siehst du dich?«

In diesem Moment merkte Anna, dass Blomberg schwächer wurde, dass da eine Lücke war, in die sie eindringen konnte, gegen seinen Willen.

»Es spielt keine Rolle, wie Sie mich sehen. Sie können es nicht ändern.«

In dem letzten Punkt war sie nicht sicher. Aber sie sprach selbstbewusst weiter: »Herr Professor, es geschehen gute Dinge. In meinem Umkreis, in dem Kreis, der sich wie ein Licht um mich legt und die Menschen segnet.«

Das Whiskyglas, das vor ihm stand, rückte in diesem Moment einige Zentimeter von ihm weg. Auch er hatte es gesehen, aber entschied sich, es sich nur eingebildet zu haben.

»Der Alkohol ist für jemanden wie Sie Gift«, kommentierte Anna. Blomberg griff hastig nach dem Glas und leerte es, dabei Anna nicht aus dem Auge lassend. Dann setzte er es knallend auf der Glastischplatte ab.

»Das muss aufhören. Schluss mit den Versammlungen, sie sind übrigens gar nicht erlaubt.«

»Herr Professor. Sie haben mit dem Glauben immer gerungen. Und jetzt sehen Sie die Dinge anders.«

»Es gibt einen Arzt in München, der Menschen wie dich untersucht. Er macht wissenschaftliche Experimente, Versuchsanordnungen, Baron Schrenck-Notzing. Er hat Interesse an dir. Du könntest im Frühjahr fahren.«

»Wo immer der Herrgott mich hinschickt«, sagte Anna und überlegte, wie sie ihre nächste Frage so stellen könnte, dass sie herausfand, wie dieser Besuch für sie von Nutzen sein könnte – dem Schrenck-Notzing wäre es von Nutzen – aber ihr?

»Was mache ich in München?«

»Das wird Gott dir bestimmt mitteilen.«

Sie blitzten sich an. Er wich nicht zurück, keinen Zentimeter.

»Anna, erzähl mir, wie du es machst.«

»Was denn, Herr Professor?«

»Deine Fähigkeiten. Dein Wissen. Dein«, er zögerte und sagte: »Sehen.«

»Das Sehen, ja, das Sehen. Ich sehe das Diesseits, nicht das Jenseits. Und doch ist gerade das Diesseits euch allen so unvertraut, dass man mein Sprechen für etwas Jenseitiges hält, für nicht von dieser Welt. Eure Worte und Gedanken sind es, die aus dem Jenseits stammen, sie wiederholen nur Vergangenes oder Vorgestelltes und Fantasiertes. Sie sehen zum Beispiel jetzt in diesem Augenblick eine einfache Frau, eine Arbeiterin, und denken, warum spricht sie so? Sie denken:

Warum nimmt sie sich heraus, so zu sprechen, und woher weiß sie diese Dinge, sie hat doch nicht einmal einen Schulabschluss? Und Sie sehen sich als den Mediziner, die Autorität. Das alles sind Tatsachen, aber jetzt in diesem Moment sind wir woanders, wir sind im Nirgendwo, verstehen Sie? Wir sind zwei Seelen, die einander begegnen, vielleicht unter den Augen Gottes. Es ist keine Zauberei, es ist nicht das, was Sie sich unter dem Übersinnlichem vorstellen, denn das existiert gar nicht.«

Sie hielt inne, als sie sah, dass er ängstlich und unruhig wurde und sich für diese hohe Lehre, die höchste vielleicht, gar nicht so recht interessierte. Ja, vielleicht war er einer von denen, die den leeren Hokuspokus für relevanter hielten? Sobald die Wahrheit nur ein klein bisschen außer Reichweite war, nahm man lieber eine grobe Unwahrheit an, weil sie ja noch ferner lag!

Blomberg erhob sich, als wollte er sich ihr präsentieren. Sie begriff sofort. Blomberg holte tief Luft, was ihm sichtbar schwerfiel, er kämpfte gegen einen Husten an.

»Kannst du denn bei mir etwas sehen?«

»Sie haben da eine Wand im Innern, Herr Professor. Die muss erst weg.«

Blomberg schlug sich theatralisch gegen die Brust, dann sackte er auf die Knie, keuchte, das Gesicht ganz rot.

Die Wand wich. Wich beiseite, Anna konnte hindurchgehen. Da brüllte er plötzlich: »Ich will es nicht wissen.«

»Zehn Monate und vier Tage«, sagte sie ungerührt.

Er wimmerte. Er schluchzte. So hatte sie ihn noch nie erlebt. Sie schaute beschämt weg. Die Sekretärin näherte sich mit klirrendem Teeservice aus dem Vorzimmer.

»Stehen Sie bitte auf«, flüsterte Anna, »da kommt jemand. Aufstehen!« Er hockte zu ihren Füßen, und Anna gab ihm einen leichten Klapps ins Gesicht. Auf keinen Fall durfte sich in den Heilstätten herumsprechen, dass Blomberg vor ihr niederfiel.

»Hier ist der Tee, Herr Professor«, sagte die Sekretärin leise und verschwand augenblicklich, als hätte sie ebenfalls etwas Unanständiges gesehen. Blomberg zog sich am Regal hoch.

»Ich kann Sie heilen. Nein, nicht ich, der Herrgott kann es.«

»Hör auf. Mach mir keine Hoffnung. Es ist schon zu weit fortgeschritten.«

»Herr Professor, Sie müssen Gott vertrauen.«

Er schaute an ihr vorbei.

»Ich kann Sie sehen«, sagte Anna und wusste nicht, was das bedeutete, aber sie war inzwischen gewohnt, zu sprechen, ohne zu verstehen, was sie sagte. Und sie sprach weiter:

»Fürchten Sie sich nicht. Sie werden bald geheilt sein.«

Dann machte sie einen Knicks und eilte zur Tür. Ihre eigenen Worte machten ihr diesmal ein bisschen Angst.

10

Beelitz Heilstätten 1908

Der Kutscher fuhr schnell und ohne sich auch nur einmal zu verfahren. Johanna kam eine halbe Stunde zu früh in Beelitz an. Im Pförtnerhaus telefonierte man ins Büro des Professors, der nur wenige Minuten später erschien.

»Das ist ja fantastisch!«, rief Johanna voller Bewunderung und deutete auf das Telefongerät.

»Gnädige Frau, unser Ort ist voller kleinerer und größerer Wunder!«

Blomberg küsste ihr die Hand und machte eine unkoordiniert tiefe Verbeugung. Seine hoppelnde Gehweise, bemerkte sie kurz darauf, war eher ein Nach-vorne-Stolpern mit leicht vornübergebeugtem Oberkörper. Dieser dahertrottende Gang erinnerte an eine Marionette und verlieh ihm etwas Drolliges; ein Eindruck, der von seinem zerzausten grauen Haar noch verstärkt wurde. Sie schätzte ihn auf sechzig.

Er lobte Johanna dafür, dass sie sich einem männlichen Thema wie Medizin öffnete, wenn auch aus schriftstellerischem Interesse, und erklärte ihr daraufhin seine Ansichten zur Literatur: Ihm missfalle, wenn sich ein Dichter vor einer eindeutigen Aussage drücke, und er halte es mit Horaz: *prodesse et delectare*, weshalb er dem Naturalismus mit seinen gesellschaftspolitischen Tendenzen wenig abgewinnen könne. Johanna schwieg, und er schickte »nützen und unterhalten« hinterher. Johannas Romane kenne er leider nicht, »Ich habe bislang nur ein Buch veröffentlicht, Reiseerzählungen vom Bosporus«, informierte sie, was er aber ignorierte. Er habe leider nur noch wenig Zeit für die schönen Künste, es folgte ein in goldenen Erinnerungen schwelgender Blick. Die Frauenbewegung würde er gern unterstützen, doch ziele sie wohl eher auf Spaltung statt auf Versöhnung. Das sei bedauerlich, denn viele Herren, die er persönlich kenne, würden den Damen durchaus mehr Rechte zubilligen, ja, sogar das Wahlrecht.

Während er dozierte, versuchte Johanna, auf die Umgebung zu achten, schließlich wollte sie ja über die Heilstätten schreiben. Clemens' Idee war ausgezeichnet, das musste sie ihm inzwischen widerwillig zugestehen. Sie holte ihr Notizbuch aus dem Pelzmuff hervor und notierte: *Anheimelnde Fachwerkgebäude stehen großzügig über eine Parkfläche verteilt, viel Raum und Luft und Leere. Die Patientinnen sind bislang nicht zu sehen.*

Blomberg wartete höflich, bis sie den Füller wieder eingesteckt hatte, und wies auf ein Gebäude, das er ihr als Waschhaus ankündigte.

Sie betraten eine riesige Halle, in der mehrere stählerne Bottiche, aus denen es rumpelte und dröhnte, den Raum beherrschten. Blomberg schrie. Nach der Ankunft werde die Kleidung desinfiziert. In den großen zweiwandigen Bottichen koche die mitgebrachte Kleidung zwei Stunden lang. Die Frauen erhielten für die Dauer ihres Aufenthalts Anstaltskleidung, grüne, solange sie ansteckend seien, blaue, sobald sie nicht mehr ansteckend seien. Meist kämen die Frauen vom Bazillus abgezehrt hier an, Monate später passe ihnen wegen der guten Küche ihre Kleidung nicht mehr, aus diesem Grund gebe es die hauseigene Schneiderei. Die gesamte Anlage sei bis ins Kleinste durchdacht. Doch trotz der baulichen Perfektion, dem modernen Leitungs- und sogar

Funksystem, halte ein ganz anderes Prinzip alles zusammen: »Das Wohlbefinden.«

»Das Wohlbefinden.«

»Ja.«

Er blickte versonnen durch die große Fensterscheibe in den Garten, wo nun winzige Schneeflocken tanzten. »Es ist wie mit dem Schnee. Schauen Sie, Verehrteste, die Flocken fallen nicht einfach herab, sondern steigen wieder auf und schweben in alle Richtungen, ohne Eile, jemals irgendwo zu landen. Sie erkunden den Raum, sie lassen sich vertrauensvoll tragen. In diesen Zustand der Richtungslosigkeit, des planlosen Schwebens, genau dahin sollen auch die Pfleglinge gelangen, denn es ist jener Zustand, in dem die Seele zurück in ihr Gleichgewicht findet. Nach gewissen medizinischen Denkschulen ist das Gleichgewicht der Seele die Grundlage der Heilung. Daher ermutigen wir die Pfleglinge selbst bei Schnee und Kälte zu ihrem Erholungsspaziergang.«

»Ich würde hier auch gerne hin«, rutschte es Johanna heraus, und seine Miene verfinsterte sich sofort.

»Nein, Sie möchten mit keiner dieser Frauen das Schicksal tauschen.«

»So meine ich es auch nicht«, sagte sie und atmete tief in ihr Korsett, spürte den trostspendenden Widerstand, der sie aufrichtete und ihr ein comtessenhaften Aussehen verlieh.

»Wie meinen Sie es denn, Frau Doktor Schellmann?«

»Was Sie da über das Schweben sagen. Die Richtungslosigkeit. Das meine ich.«

»Dafür brauchen Sie keine Tuberkulose, Verehrteste.«

Er wandte sich ab und hielt ihr die Tür zum Ausgang auf.

Sie spazierten eine Weile schweigend über das Gelände. Die Gebäude wirkten wie aus einem Märchen. Mit jedem Schritt tiefer in den Park eröffneten sich kleine Idyllen: säulenumrahmte Terrassen, letzte Blätter rankenden Weins.

Blomberg berührte ihren Arm. »Schauen Sie, schneefreie Gehwege.« Johanna nickte zu seinen Ausführungen über das unterirdische Röhrensystem, das selbst bei Eis und Schnee die Gehwege trocken halte.

In der Ferne, bei einem Wäldchen, bewegten sich nun einige Frauen. »Sehen Sie, im Anschluss an die Liegekur machen die Pfleglinge ihren Erholungsspaziergang. Um ehrlich zu sein, sie haben keine Minute frei. Selbst das Erholen folgt genauen Anweisungen, welche Gesprächsthemen erlaubt sind, welche nicht. Aber diese Frauen sind sehr anpassungsfähig und letztlich viel schlimmere Disziplin gewöhnt als unsere. Sie sind dankbar.«

Johanna schaute der Gruppe nach. Eine Frau, die plötzlich aus dem Wald kam, ging recht rücksichtslos mitten durch die Frauen hindurch. Ihre Gehweise war ungewöhnlich, die Fußspitzen männlich nach außen, als würde sie die Welt mit jedem Schritt aufstapeln. Johanna bemerkte, dass einige in einen Knicks gingen, und eine Frau sogar versuchte, ihr die Hand zu küssen.

»Was passiert da drüben? Wer ist diese Frau?«

»Ach, eine Art Theater. Kümmern Sie sich nicht darum.«

»Ein Theaterstück?«

»Nicht direkt.«

»Was ist mir der Frau?«

»Sie ist krank.«

»Das sind doch alle hier, dachte ich.«

»In einem Zustand, in dem man Wahn und Weisheit kaum voneinander unterscheiden kann. Gehen wir weiter? Es gibt noch viel zu sehen!«

Sie folgte ihm über verschlungene Gartenwege, vorbei an Büschen, deren Knospen unter kleinen Schneekronen lagen.

In ihrem Pelzmuff klammerte sie ihre kalten Finger ineinander. Sie überlegte, was sie überhaupt würde schreiben können. Sie fand bislang keinen Ansatz, aber vielleicht würde Monate später ein Bild auftauchten und daraus alles wachsen: Etwa wie der Schnee sich in Professor Blombergs grauen Augenbrauen und Schnauzer festsetzte, ihn weißte und manchmal wieder herabrieselte, ein zugeschneiter Mann, der ihr nun erklärte, der Körper heile von allein, wenn man es ihm erlaube, wenn er zur Ruhe käme.

»Ich stelle mir das ein bisschen so vor wie das Freiwerden in einem ganz radikalen Sinn, haben Sie Schopenhauer gelesen?«

Johanna nickte.

»Der große Philosoph hat sich als Buddhist bezeichnet, er greift diese fernöstliche Idee auf, die Welt abzuschütteln. Hier in den Heilstätten geschieht etwas Ähnliches. Weil keine Ansprüche mehr an sie gestellt werden, sind die Frauen zum ersten Mal ganz Körper. Es ist eine Art Einkehr, die hier geschieht, der Körper kommt in der Ruhe zu sich, und zugleich befreit er sich von sich selbst. Die Seele wacht auf, und die Heilung beginnt. Darum halte ich unser fast klösterliches Ambiente für wirksamer als die Privatkliniken mit ihrem unveränderten Salon-Leben, diese Enklaven reicher Menschen. Der Schlüssel liegt in der Seele. Wundersame Dinge sind hier schon geschehen.«

Er hielt inne, denn Johanna war über eine Wurzel gestolpert. Sie hielt sich im letzten Moment an seinem Arm fest und konnte den Sturz verhindern.

»Ich sollte eigentlich so nicht reden, aber irgendwie verleiten Sie mich dazu, vielleicht, weil ich hoffe, dass diese Gedanken nützlich sein können für Ihr Buch und für eine größere Allgemeinheit.«

Sie erreichten nach einem längeren Waldstück ein langgestrecktes Gebäude. Es trug bis zum ersten Stock roten Klinker und darüber Fachwerk, das in der Mitte des Gebäudes von einem imposanten Turm beherrscht wurde.

»Das alles ist englische Landhausarchitektur. Viel besser fürs Wohlbefinden als die deutsche Architektur! Ja, auch die Ästhetik ist Teil der Therapie.«

Beim Eintritt in das mit Eiszapfen behangene Gebäude meinte Johanna ein Geräusch zu hören und drehte sich um. Unter den Bäumen sah sie die Frau spazieren, sah ihre große, hagere Gestalt und die eigentümlich ausladende Gehweise.

»Ist sie uns gefolgt?«

Er wusste sofort, von wem sie sprach. »Nein, nein. Sie ist zu früh. Das Schlammbad beginnt erst in einer Stunde.«

Doch er blickte unruhig in ihre Richtung, und Johanna meinte zu sehen, wie er ihr ein Zeichen gab.

Johanna stand vor einer herrschaftlichen Treppe mit schmiedeeisernem Gelände. Es roch nach Kräutern und Putzmittel. Blomberg wies nach oben, er wolle ihr als Erstes den Turnsaal zeigen, denn auch die körperliche Ertüchtigung gehöre zur Therapie.

So etwas hatte Johanna noch nie gesehen! Da standen reihenweise Fahrräder, die im Boden festgeschraubt waren und nicht fortkamen, Liegebänke, die nur dazu dienten, aus der Rückenlage heraus schwerste rundliche Konstruktionen aus Stahl in die Höhe zu stemmen. Der Saal war riesig und auf seine Weise prächtig, unter der hohen Decke befand sich eine Balkenkonstruktion, die in geschnitzten Drachenköpfen endete. Dicht bei den hohen Korbbogenfenstern standen in großen Kübeln echte Palmpflanzen. Es roch allerdings ein bisschen nach Schweiß und Maschinenöl.

»So einen Ort zu beschreiben«, sagte Johanna ehrfurchtsvoll »das geht gar nicht, so etwas kennt ja niemand!«

Blomberg lächelte zufrieden. »Es geht hier aber nur um den

Körper. Wenn der Körper gestärkt ist, kann er Krankheiten besser bekämpfen. Es geht keineswegs um Luxus, wie uns oft vorgeworfen wird.«

»Vielleicht heilt Luxus?«

»Verehrteste, selbst das einfache Leben reicht aus, solange wir nicht über unsere Verhältnisse leben. Aber das Arbeiterleben erlaubt nicht genug Zeit für Erholung. Das ist das größte Problem. Wenn wir unsere Arbeiter derart ausbeuten, schneiden wir uns ins eigene Fleisch.« Er zog eine kritische Miene, und Johanna, leicht skeptisch, hob eine Augenbraue. Doch da sprach der Professor bereits weiter: »Zum Glück ist die Achtzigstundenwoche bereits auf sechzig reduziert worden. Aber in meiner Auffassung ist auch das immer noch zu viel.«

Johanna rechnete nach, wie viele Stunden Hilde arbeitete. Frei hatte sie eigentlich nur nachts und den halben Sonntag. Sie arbeitete von sechs bis vierzehn Uhr, dann hatte sie zwei Stunden Pause, und erneut von sechzehn bis zweiundzwanzig Uhr.

»Ich zeige Ihnen nun den Badesaal und unsere Räume für Elektrotherapie, Massage, Sandmoor- und Schwefelbäder. Es gibt übrigens im sogenannten Alpenhaus, das wir dieses Jahr fertiggestellt haben, auch einen Badesaal nur für Frauen, aber da finden gerade noch Reparaturen statt.«

Sie gingen durch eine lange, weißgekachelte Wandelhalle auf den versprochenen Saal zu. Drinnen nahm sie als Erstes die feuchte Luft wahr, dann das Licht, das aus dem achteckigen Kuppelraum aus hohen Seitenfenstern fiel wie in einer Kathedrale. In der Mitte des malerischen Saals befand sich ein kleines Wasserbecken, zu dem Steinstufen hinabführten. Es war, als wäre hier die Seele des Ortes, und Johanna war merkwürdig ergriffen und empfand den Drang, vollbekleidet ins Wasser zu steigen, was sie aber natürlich nicht tat. Blomberg erläuterte derweil die Behandlungstechniken mit Moorpackungen, die im angrenzenden Raum stattfanden: »Sehen Sie die Wannen; das Material wird in der Moorküche erwärmt, in fahr- und kippbare Bottiche gefüllt und über ein Schienensystem angeliefert; es wird hochgekurbelt und direkt in die Wannen entleert. Die Behandlung gilt als entzündungshemmend und hilft besonders gut gegen Arthrose und Rheuma.«

Es war eine geheimnisvolle Luft; Moder und Erde, als könnte sie sprechen. Durch das Fenster sah sie unter den eingeschneiten Bäumen wieder die Frau. Johanna blinzelte ungläubig. Die Frau schien entweder ein stückweit über dem Boden zu schweben, oder sie war sehr groß. Und auch wenn es unwahrscheinlicher war, schien das Erstere zu stimmen, denn da fehlte ein Stück zwischen Füßen und Boden, da war Luft, Leere. War hier irgendetwas im Spiel, vielleicht eine Substanz, die man Johanna über die Atemwege verabreichte?

»Vorsicht, der Boden um die Kupferbadewannen herum ist immer ein bisschen feucht, denn hier spritzt es manchmal. In der Wassertherapie arbeiten wir auch mit Elektrizität!«

»Wer ist diese Frau überhaupt? Sie steht immer noch da draußen und scheint auf uns zu warten.«

Sie spürte, dass ihre Frage ihn aus dem Takt brachte. Seine gutmütig hoppelnde Gehweise wurde fast chaotisch, plötzlich lief er im Kreis, suchte angeblich einen Lichtschalter und wollte offenbar nur eins nicht, über die Frau reden.

»Reden Sie doch!«

Er blieb endlich stehen.

»Das ist nicht leicht. Ich muss Sie zunächst einmal fragen, wie Sie es mit dem Glauben halten. Glauben Sie? Die modernen Stadtmenschen haben ja ihren Glauben verloren. Auch Sie bewegen sich vermutlich in Kreisen, in denen man seinen Nietzsche und Feuerbach gelesen hat und alles, was einem den Glauben dumm erscheinen lässt, habe ich recht?«

Er schien zum ersten Mal an Johannas Meinung interessiert. Johanna sagte zögernd: »Ich weiß es nicht. Vielleicht habe ich ein bestimmtes Gottesbild aufgegeben, nicht aber die Religiosität selbst.« Johanna atmete aus, dann sagte sie aus dem Gedächtnis: »Gott, wenn wir hoch stehen, ist alles; stehen wir niedrig, so ist er ein Supplement unserer Armseligkeit.«

»Sie sprechen sehr weise für eine so junge Frau.«

»Das Letzte war«, sie zögerte und entschied sich aus Höflichkeit, ihm nicht zu sagen, dass sie Goethe zitiert hatte.

»Sie heißt Anna«, sprach er feierlich.

»Anna.«

»Fräulein Anna Brenner. Sie ist ein vollkommenes Beispiel für die Heilung durch den einen Geist, den Allgeist, denn nichts, verehrte Frau Schellmann, bringt wirklich Heilung, wir schaffen nur die allergünstigsten Voraussetzungen, die eigentliche Arbeit macht die Seele.« Eine kurze Stille trat ein, während er innehielt, dann einen tiefen Atemzug nahm: »Anna war tot. Sie hatte sehr hohes Fieber, ich habe ihren Totenschein ausgestellt, sie lag aufgebahrt in unserer Kammer. Und plötzlich war sie zurück. Und seither, nun, es geschehen immer wieder unerklärliche Dinge um Anna herum ...«, er schüttelte den Kopf, schien mit sich zu ringen und dann abzuwinken.

»Allgeist«, wiederholte Johanna, damit Blomberg weitersprach, aber sein Finger fuhr über die von Wasserdampf beschlagenen Kacheln: »Nur das Teuerste ist preiswert genug, unter diesem Motto wurde gebaut. Diese Kacheln werden uns alle überleben!«

Als sie nach draußen traten, kam die Frau auf sie zu. Es war deutlich, dass sie gewartet hatte. Johanna spürte einen merkwürdigen Taumel; war durch die warme, feuchte Luft ihr Kreislauf angeschlagen? Oder war es wirklich so, als würde mit der Frau eine Art Welle auf sie zurollen?

»Anna«, rief Blomberg aufgebracht, »was möchtest du?«

»Die gnädige Frau hat etwas verloren. Ihren Hutnadelschützer.«

Johanna nahm den kleinen Hutnadelschützer entgegen, er war so klein wie eine Bohne und rollte ihr fast wieder aus der Hand.

»Sehr gut, sonst stechen Sie heute noch jemandem ein Auge aus«, sagte Blomberg.

Johanna tastete nach der Hutnadel, doch sie bekam nur Kunstblumen und Tüll zu fassen.

»Darf ich Ihnen helfen, gnädige Frau?«

Johanna betrachtete die Frau, die nun direkt vor ihr stand. Trotz der Ausgezehrtheit schien eine gewisse Energie den Körper aufzuspannen. Sie hatte ein interessantes Gesicht, sogar ein schönes. Die schmale Nase verlieh ihrem Gesicht einen vornehmen Ausdruck, zugleich etwas Frivoles. Das hatte vielleicht mit den Augen zu tun, es war kein selbstbeherrschter Damenblick und auch nicht der stumpfe Blick der Arbeiterinnen. Nein, der Blick flatterte und zuckte und war lebendig. War sie wirklich verrückt, so wie Blomberg sagte? War sie wirklich gestorben und wieder auferstanden? Was für eine merkwürdige Geschichte.

»Darf ich?«, wiederholte die Frau.

Johanna nickte, und die Frau trat noch näher und schob die Hülse über die Hutnadelspitze.

»Die Frauen sind nicht mehr ansteckend, Frau Dr. Schellmann.«

»Wie bitte?«

»Weil Sie die Luft anhalten.«

»Nun, Ihnen entgeht wohl nichts.«

»Die Lungenfunktion ist etwas, das mir tatsächlich nicht entgeht. Danke Anna, du kannst jetzt wieder gehen.«

»Warten Sie, Fräulein Brenner!«, rief Johanna der Frau hinterher.

Die Frau lachte.

»Gnädige Frau, ich wusste, Sie würden mich noch mal rufen. Sie wollen doch auch Menschen sprechen, nicht nur Gebäude. Hier, ich kann Ihnen alles erzählen, was Sie für Ihr Buch brauchen.«

Johanna schaute fragend zu Blomberg.

»Nun, Anna hat das Heft in Ihrer Hand gesehen. Anna ist intelligent, außerdem ist sie belesen. Sie ist die vielleicht gebildetste Patientin, die wir bislang hatten.«

»Ich lese alles«, sagte die Frau unbeeindruckt, »denn was man liest, bewahrt die Welt.«

Ein merkwürdiger Satz, dachte Johanna und bemerkte, wie Blomberg sich nun vor ihr aufbaute: »Anna, was denkst du eigentlich über Nietzsches Kritik an Flaubert, Flaubert habe aus dem Hass statt aus dem Überfluss geschrieben? Wie stehst du dazu? Sollte man aus dem Hass oder aus dem Überfluss schreiben?«

Johanna schob ihr Notizheft in den Pelzmuff und ließ die Hände dort. Ein Zittern hatte plötzlich eingesetzt.

»Herr Professor, das ist ganz gleich«, sagte die Frau gelassen. »Es kommt nur auf die Reinheit im Herzen an. Was im Herzen ist, das müssen wir sprechen lassen.«

»Es geht jetzt aber um Kunst, Anna.«

»Das habe ich verstanden, Herr Professor. Und das ist meine Antwort. Übrigens, auch der Hass kann gut unterhalten.«

Johanna lachte. Dann hörte sie abrupt auf; wie immer, wenn Johanna Geschmack an besonders merkwürdigen Situationen fand, schämte sie sich sogleich ein bisschen dafür.

»Gnädige Frau, Sie sind zu Recht verwundert. Der Professor hat sich noch nicht entschieden, ob er mich bekämpfen will oder erforschen.«

»Anna«, sagte der Professor leise und klang fast verzweifelt. Eine Schar Wildgänse zog in diesem Moment in Pfeilformation über den Himmel, gackernde quäkende Schreie. Es löschte für einen Moment lang alle Empfindungen. Sie standen zu dritt hier in dieser flachen Landschaft vor den Toren Berlins und schwiegen. Anna blickte sie an. Johanna dachte das Wort *Unendlichkeit*. Ihre Blicke verschmolzen miteinander, etwas rauschte wie durch einen Trichter in Johanna hinein, sie spürte ein inneres Aufglimmen, das sich intim und nah anfühlte.

»Der Herr segne Sie«, sprach Anna in diesem Moment. Sollte diese Unbekannte tatsächlich gesehen haben, was gerade in ihr vorging?

»Schon als Kind habe ich es gespürt«, sagte Johanna und war sicher, Anna verstand.

»Der Herr schenkt den Kindern die Schau der Unendlichkeit, und die Erwachsenen werfen sie weg.«

»Was redest du da, Anna?«, fragte Blomberg unwirsch.

»Aber die Zeit geht in alle Richtungen«, sprach Anna ungetrübt weiter. »Nicht nur vorwärts und rückwärts, auch nach oben und nach unten. Unsere Seele ist Zeit. Alles ist immer da.«

Ihre Stimme war ein bisschen tiefer als vorher. Sie schien diesem Sprechen ganz ergeben. Johannas Zittern wurde daraufhin stärker, wie eine Wünschelrute, die ausschlug. Sie hörte nicht genau hin, was Anna sprach, sie war bei irgendeiner Bibelstelle und sprach vom Sterben. Blomberg war inzwischen hektisch und fuhr immer wieder dazwischen.

»Denn wer sein Leben retten will, wird es verlieren; wer aber sein Leben verliert, wird es gewinnen.«

»Um meinetwillen!«, schimpfte Blomberg, »es heißt, wer aber *um meinetwillen* sein Leben verliert. Wenn du schon Jesus zitierst, dann bitte richtig! Und jetzt belästige die Dame nicht weiter. Geh zu deinem Schlammbad und spiel dich hier nicht weiter auf.«

Als sie sich daraufhin tatsächlich abwandte, spürte Johanna den tiefsten Schmerz der Verlassenheit. Wie war das möglich? Sie kannte die Frau nicht. Und doch war ihr, als ginge mit dieser Person, die mit schlenkernden Armen auf den Wald zuschritt, ihr Leben von ihr fort. Als würde ihr eigenes Leben an dieser Person hängen. Als könnte diese Anna ihr alles, was fehlte, für immer zurückschenken. Für immer.

Ein Schluchzen überfiel Johanna, und sie stolperte völlig außer sich der Frau hinterher, um vor ihr auf die Knie zu gehen. Aber sie schaffte es nicht. Sie strauchelte, und etwas schlug gegen ihre Brust, etwas Dumpfes und Schmerzhaftes.

Das war dann also der Netflixmoment, der Moment, wo sie bekleidet in den Pool steigen, um eine seelische Ausnahmesituation anzuzeigen. Vanessa legte das Manuskript beiseite. Am Rand standen Bleistiftbemerkungen: »Braucht mehr Klarheit, weniger Behauptung.« Was war da wirklich geschehen zwischen den beiden Frauen? Was verheimlichte Johanna? Um was ging es wirklich?

11

Beelitz Heilstätten 1908

Während die Sekretärin hinter einem Paravent Johannas Korsett lockerte, spürte sie noch immer den Schauer, ja, einen heiligen Schauer, der mit dieser geheimnisvollen Frau zu tun hatte. Verlegen trat sie hinter dem Paravent hervor, so dass Blomberg sie nun untersuchen konnte. Er machte das eher kurz und oberflächlich, »Gebrochen ist nichts. Haben Sie Schmerzen vom Sturz?«

Johanna verneinte und floh daraufhin in den mächtigen Empire-Sessel. Vom lindgrünen Atlaskleid, das sie an diesem Tag trug, hing der schwarze Samtgürtel nun lose herab, denn selbst die letzte Öse war nach Öffnung des Korsetts noch zu eng.

»Waren Sie kurz ohnmächtig?«

Sie wusste es nicht. Man hatte sie in ein Automobil gehoben und Treppen hochgetragen.

»Nein.«

»Aber vor dem Sturz ist etwas passiert, oder? Anna hat es bemerkt.«

»Ich weiß es nicht. Gießen Sie mir von Ihrem Sherry ein.«

»Der Tee, der vor Ihnen steht, wäre besser.«

Johanna schaute sich im Zimmer um. Weißes Winterlicht fiel durch die verstaubten Fensterscheiben. Der Raum war bis zur Decke mit Bücherregalen zugestellt, der Tisch von Papieren und Akten überwuchert. Blombergs Büro war wohl der einzige nichtsterile Raum, ein Gegenstück zu den blankgeputzten Wänden und Böden überall. Hier schien alles geradezu pflanzlich in Bewegung. Auf dem Kaminsims stand allerhand eingestaubter Plunder, fernöstliche Figürchen, Steine und Muscheln, gerahmte Familienbilder, vertrocknete Blumen.

»Sie sprachen von einem Erlebnis in Ihrer Kindheit. Können Sie es für mich genauer beschreiben?«

»Das ist lange her. Ich glaube nicht, dass es bedeutsam ist. Kinder träumen ja manchmal vor sich hin, Absencen, Tagträume, jedes Mädchen möchte irgendwann eine Braut Christi sein, später dann eine Prinzessin.«

»Im Gegenteil. Ich denke, das ist genau der Grund, warum Anna uns gefolgt ist. Sie spürt, wenn Menschen mit ihr verbunden sind.«

Johanna fühlte sich davon geschmeichelt und ließ, um diese Eitelkeit zu verbergen, ihr Gesicht ganz schlaff werden.

»Und Sie, Herr Professor? Gehören Sie auch zu diesen Verbündeten?«

Er griff nach seinen Zigaretten. »Nein. Anna hat hier schon genug Unheil gestiftet mit ihren Weissagungen, ihrem unkontrollierten Gerede zwischen Wahn und diesen erstaunlich hellsichtigen Momenten. Bedenken Sie, gnädige Frau, wir sind hier in einer Art Zwischenreich. Die Stille, die Ruhe begünstigen diese Gaben, von denen der Volksglaube gleich göttliche Gaben oder Hexenwerk vermutet. Das muss es aber gar nicht sein. Ich glaube, es gibt für alles gute Erklärungen.«

Er wischte sich über sein Gesicht. Eine Louis-XIV-Boulle-Uhr zeigte dreizehn Uhr an. Nach Dahlem brauchte die Droschke gut drei Stunden, und Johanna wollte es noch vor der Dunkelheit schaffen.

»Anna hat recht, ich habe mich noch nicht entschieden. Ich bin als Heilstättenleiter verschiedenen Interessen verpflichtet. Bevor Sie nun auf Anna allzu viel geben, möchte ich Ihnen daher auch eine wissenschaftliche Erklärung anbieten.«

Er kramte mit völliger Ruhe, als gäbe es keine Zeit, durch sein Schreibtischdurcheinander, dabei die Zigarette im Mund, bis der Rauch ihm einmal versehentlich in die Augen biss und er sie ärgerlich ausspuckte, so ungehemmt, als wäre er allein. Er war hier in seinem Reich. Auch die Waschfrauen und Köchinnen ließen Johanna manchmal minutenlang dumm in der Tür stehen und warten, ja, machten sich einen Spaß daraus.

»Was sehen Sie in der Zeichnung?« Blomberg hielt ihr ein Blatt mit einer Bleistiftzeichnung hin.

»Das Gesicht eines Mannes.«

»Ist das Gesicht nach außen oder nach innen gewölbt?

»Natürlich nach außen.«

»Sie haben den Test bestanden. Sie sind gesund. Sie sehen trotzdem das Falsche. Das Gesicht ist nach innen gewölbt, doch unser Gehirn korrigiert es. Bei bestimmten Krankheiten, die mit einer Störung des Ich-Bewusstseins zu tun haben, fehlt diese Fähigkeit. Die Erkrankten erklären ohne Umschweife, das Gesicht sei nach innen gewölbt. Diese Patienten kann man nicht täuschen. Selbst jetzt können Sie es wahrscheinlich trotzdem nicht sehen, habe ich recht?«

Johanna schüttelte den Kopf.

»Manchmal genügt diese Wahrnehmungsverschiebung, um bereits als hellsichtig zu gelten. Anna sagt von sich selbst, sie sehe nicht das Jenseits, sondern das Diesseits. Sie behauptet, wir seien diejenigen, die in unseren Erinnerungen, unseren Träumen und Fantasien feststeckten, also in einem Jenseits, in dem, was aktuell nicht hier ist. Manchmal sind es auch nur unsere eigenen Vorahnungen und unser verdrängtes Wissen, was Anna aufschnappt und für uns ausspricht.

Darum benutzt sie wohl auch die christliche Sprache. Es ist aber keinesfalls der christliche Gott, um den es hier geht. Ihre Worte grenzen für manche Ohren an Blasphemie, etwa wenn sie von der eigenen Göttlichkeit spricht. Das macht es insgesamt so schwierig für mich, verstehen Sie? Anna ist schwer vermittelbar.«

Johanna schaute ihn an und wartete auf weitere Enthüllungen. Er seufzte, drückte die Zigarette aus und sagte nun in etwas abfälligerem Ton: »Vielleicht ist es auch nur eine Art Schizophrenie. Wir spielen mit dem Gedanken, sie in eine geschlossene Anstalt zu geben, sobald sie genesen ist.«

»Um Gottes willen, nein!«, entfuhr es Johanna.

»Aber Frau Dr. Schellmann, welchen Ort auf der Welt gibt es für jemanden wie Anna?«

Er schaute sie an, und Johanna spürte, dass sie innerlich auf Rückzug ging. Erwartete er etwa, dass sie einen Platz für Anna fand?

»Was hat Fräulein Brenner denn vorher gearbeitet?«

»Erst viele Jahre als Dienstmädchen, dann wechselnde Stellen, mal als Aushilfe in der Küche, als Näherin in einer Werkstatt, zuletzt in der Webstuhlfabrik.«

Johanna schluckte; Anna schien eine recht unstete Person zu sein.

»Alternativ könnte ich Anna zu wissenschaftlichen Studien nach München schicken. Ein Kollege, Albert von Schrenck-Notzing, erforscht dort diese paranormalen Phänomene. Hellsichtigkeit, Levitationen und Materialisationen.«

»Dann machen Sie das doch«, sagte sie kühl, wie immer, wenn sie Angst hatte. Sie stand nun auf, zog dabei den Bauch ein und ließ sich von der Sekretärin in den Mantel helfen.

Draußen vor dem Gebäude sagte er: »Ich glaube, Frau Dr. Schellmann, Sie sind tiefer in der Sache drin, als Sie zugeben möchten. Achten Sie bitte gut auf Ihre Gabe, machen Sie damit das Schönste und Beste! Es ist ein Geschenk, vergessen Sie das nie.«

Sie nickte höflich und ließ sich an seinem Arm zum Pförtnerhaus führen. Es war vierzehn Uhr. Noch gab es Tageslicht, und es setzte Glanzpunkte in das samtschwarze Fell der Pferde.

An einer kleinen Feldsteinkirche hinter Potsdam klopfte sie gegen die Scheibe und bedeutete dem Kutscher anzuhalten. Die eingeschneite Kirche ragte aus der brandenburgischen glatten Winterlandschaft heraus wie ein Zeichen. Der Schnee knirschte laut unter ihren Schritten. Die unbewegte Luft im Innern schien noch kälter als draußen, nirgends brannte ein Licht, nur das weiße Mondlicht lag fahl auf den Bänken.

Sie kniete nieder und begann zu beten. Sie wollte wieder gläubig sein, ja, sie war bereits wieder gläubig, und in diesem Moment schob sich der Mond in das Kirchenfenster und erleuchtete den Innenraum. Als sie die Kirche verließ, zog sie den Schleier vor ihr Gesicht, damit der Kutscher ihr tränennasses Gesicht nicht sehen konnte.

12

Berlin 2020

Das Ohropax in den Ohren, hörte Vanessa ihren Herzschlag, ununterscheidbar von den Schritten der Nachbarn über ihr und irgendeinem Knirschen in den Gelenken. Es war zweiundzwanzig Uhr, Vanessa lag schon im Bett. Eine E-Mail des Büroleiters trudelte ein. »Ihr Lieben, sicherlich genießt auch ihr das tolle Wochenende in vollen Zügen, und wir von Xcc2 wollen …«

Ihr Lieben.

Aber Wochenende, ja, that's correct. Sie las die Mail daher bewusst nicht. Um die Webauftritte verschiedener Shopping-Portale kundenorientiert und suchmaschinenfreundlich zu halten, bedurfte es ewiger Absprachen der einzelnen Abteilungen untereinander; Content Creation, Content Strategy, Social Media Management, Client Services.

Seit den Lockerungen fanden die Teammeetings wieder im Büro statt. In der letzten Woche hatten sie an der Platzierung eines hypermodernen Staubsaugers gearbeitet, der angeblich nicht nur den Boden reinigte, sondern die Seele, so wie Duschgels inzwischen Psychotherapie leisteten. Wahrscheinlich ging es in dieser E-Mail, die sich als Wochenendgruß tarnte, doch nur wieder um diesen Staubsauger.

Die abgewetzte Ledermappe lag auf dem Schreibtisch. CS war innen eingraviert. Wenn sie die Nase an das Leder hielt, konnte sie samtig trübe Nuancen eines Parfums wahrnehmen.

Über ihr durchquerte erneut jemand das Zimmer; der Tisch vibrierte, die leergetrunkenen Teetassen auf dem Schreibtisch klirrten gegeneinander. Vanessa atmete ein und ließ in dünnem Strahl die Luft aus dem zugespitzten Mund fließen. Langsam und kontrolliert mit Lippenbremse ausatmen. Sehr langsam.

Die Wohnung, aus der sie nun vertrieben werden sollte, war eigentlich das letzte Loch. Nach Ende des Studiums hatte sie geglaubt, sie könne sich Zeit lassen und würde irgendwann etwas Richtiges finden. Wenn sie ganz ehrlich mit sich war, hatte ihr der studentische und improvisierte Zustand gefallen, genau wie die Entlastung, keine größeren Abendessen veranstalten zu müssen. Nur wem sie vertraute, durfte hier rein, und das wurden immer weniger. Viele hatten inzwischen geheiratet, Familien gegründet, waren aufs Land gezogen oder hatten sich teure Wohnungen gekauft. Vanessa hatte den Zeitpunkt für einen neuen Anfang verpasst. Sie war ein hoffnungsloser Fall. Und nein, sie wollte sich diesen Selbsthass auf keinen Fall nun näher anschauen und ihn liebevoll umarmen. Er sollte einfach im Hintergrund mitlaufen, so wie immer.

Nur vor ihrer Urgroßmutter schämte sie sich ein bisschen. Vor allem, wenn sie deren Fotos im Netz betrachtete, immer in sublimer Künstlerinnen-Pose: hochgeschlossener Kragen, strenger, ja vernichtender Blick, die ausgeprägte Nase, die ihr etwas fast männlich Autoritäres verlieh. Wahrscheinlich wäre ihre Urgroßmutter hier rückwärts wieder rausgelaufen. Zuerst lachte Vanessa über den Gedanken, dann merkte sie, welche Traurigkeit er in ihr auslöste. So abgestoßen ihre Urgroßmutter von Vanessas Leben vielleicht gewesen wäre, sie selbst war von der Familie ungeliebt. In der Kindheit, wenn Vanessas Eltern mit ihr Großmutter Emmy in Kanada besuchten, war von der einst berühmten

Schriftstellerin kaum die Rede, und wenn doch, abfällig und spöttisch.

Vanessa berührte die grauen Schreibmaschinenseiten, ja, eher ein Streicheln, und versuchte, Nähe zu spüren.

Lange hatte Vanessa nie direkt etwas gefühlt. Ihr Innenleben bestand daraus, sich mental auf bevorstehende Situationen vorzubereiten und diese anschließend nachzubereiten. Erst dann tauchten Gefühle auf, Gefühle, die sie immer nur nachträglich fühlte. Durch die Verzögerung war alles in die Kontrolle ihres Innenraums gebracht. Das begann, als ihre Mutter starb, Vanessa war vierzehn. Jahre später, aus dem Nichts heraus, plötzlich haltloses Weinen. Sie weinte um die Mutter, und sie weinte, dass sie allein damit war, jetzt und damals. Dann hörte auch diese Phase auf. Die Therapeutin nannte das Nichtfühlen in den Jahren zuvor ein psychisches Notfallprogramm.

Sie war froh, inzwischen nicht mehr zeitversetzt und nachinszeniert, sondern live zu fühlen. Oft genug jedenfalls.

Die Therapeutin damals hatte gesagt, Vanessa praktiziere eine vorgeschobene Coolness, um sich gegen die unproduktive Weinerlichkeit des Vaters abzugrenzen. Denn sofern das mal nicht gelang, stürzte sie selbst sofort ab ins Weinen.

Sie schien mit der Mappe die Hoffnung zu verbinden, den Kreislauf durchbrechen zu können, ohne dass es einen Anlass dafür gab. Vanessa hatte trotzdem das hartnäckige Gefühl, als könnte allein durch die Berührung dieser Seiten, die einst von ihrer Ahnin berührt worden waren, etwas Erkenntnisstiftendes auf sie übergehen. Das war nichts, das man ihr gesagt hatte, nichts, was irgendwer suggerierte; es war schlicht das, was sie fühlte.

Ihre Urgroßmutter schien etwas belastet zu haben, das mit Anna Brenner zu tun hatte. »Es geht um Integrität und wer man ist«, stand da raunend. Zum ersten Mal kam Vanessa auf die Idee, Anna Brenner zu googeln. Erstmal kam nichts – oder zu viel: Tausende Anna Brenner weltweit, sogar in China. Sie engte die Suche ein, setzte den Namen ihrer Urgroßmutter dazu. Ein literaturwissenschaftlicher Artikel von 2010 über ihre Urgroßmutter erwähnte, dass das Medium Anna Brenner im Jahr 1908 bei der Schellmann gewohnt habe. Der Artikel wies darauf hin, dass in der Erstausgabe des *Schmuckzimmers* eine Widmung stehe, in allen darauffolgenden Ausgaben nicht mehr. Gemutmaßt wurde, womöglich sei Johanna dem Gerücht, Anna Brenner habe ihr *Das Schmuckzimmer* diktiert – ob wörtlich oder medial – mit der Löschung begegnet. Es wurde spekuliert, ob der Text ohne Anna Brenners Einfluss wohl so schonungslos geworden wäre, wie es gerade in jener Zeit nicht üblich war (und wie Johanna Schellmann später auch nie wieder schrieb). Ja, etwas Innovatives lag nicht nur in der Darstellung weiblicher Leiden in patriarchaler Umgebung, sondern auch in der Form: einem dokumentarisch anklagenden Stil, ohne dabei zu Tendenzliteratur abzurutschen, dazu war Schellmann zu versiert. Anders als bei Effi Briest, verweigerte sie jedoch jeden versöhnlichen Ton. Inwieweit das alles nun dem Kontakt mit Anna Brenner zu verdanken war, sei ungewiss, auf jeden Fall aber dürfe der Gerichtsprozess dazu beigetragen haben, dass Johanna Schellmann ihre Verbindung zu Anna Brenner am liebsten ganz vertuscht hätte.

Gerichtsprozess?

Nach fünf weiteren sich öffnenden Fenstern, die sie auf die Staatsbibliotheksseiten führten, zuckte Vanessa zusammen, als sie eine Überschrift las: *Sensationeller Gerichtsprozess gegen die Okkultistin Anna Brenner.*

Der Artikel aus der Berliner Morgenpost vom 7. April 1909 war nicht online. Man konnte ihn nur vor Ort auf Mikrofilm einsehen und auch nur nach Terminvergabe, was mehrere Wochen dauern könne. Vanessa klickte auf Bestellen und wurde aufgefordert, ihre Ausweisnummer einzugeben. Sie schickte sofort eine E-Mail mit ihren Daten, um einen Ausweis zu beantragen.

Sie war nervös. Was stand in dem Artikel? Hatte ihre Urgroßmutter mit dem Fall zu tun?

Vanessa musste unbedingt rechtzeitig in die Bibliothek, solange die Lockerungen noch anhielten. Es war Hochsommer. Um den Plötzensee brodelten die informellen Partys, die ganze Stadt lag wie ausgekippt auf jeder Grünfläche. Erste Meldungen drangen durch, dass im Herbst erneut ein Lockdown drohe. Sie scrollte sich durch die Bibliotheksseiten, um Hinweise auf die anstehende Wartezeit zu erhalten; Kreativität in der Krise, war das Motto der Bibliotheken. »Die Frage, ob zurückgegebene Medien nur desinfiziert werden sollen, beschäftigt alle Bibliotheken.«

Über ihr polterten wieder dumpf die Schritte. Es war schon dreiundzwanzig Uhr. Wann gingen die endlich schlafen?

Sie suchte weiter nach Anna, und in der Kombination Anna Brenner + Berlin + Séance tauchte endlich ein Foto auf. Das musste sie sein. Anna saß mit fünf Personen um einen Tisch, die Hände bildeten eine Kette. Der Raum war abgedunkelt, aber Annas Gesicht schimmerte von einer Kerze, und sie schaute als Einzige hoch in die Kamera. Dieser Blick! Er schien noch aus der Vergangenheit heraus zu Vanessa vorzudringen. Oder war Vanessa bereits brainwashed durch die Lektüre? Davon mal ganz abgesehen war Anna schön, eigenwillig schön. Eine Schönheit, die nicht still in sich ruhte, sondern etwas mit einem machte.

Vanessa druckte das Bild aus und pinnte es sich über den

Schreibtisch. Sie konnte ihre Urgroßmutter in diesem Punkt verstehen. Man wollte Anna um sich haben.

Vanessa ging auf ein Ahnenportal, schloss ein Probeabo ab und warf verschiedene Namen in die Suchmaschine. Sie war erstaunt, dass auch sie selbst auftauchte, als Nachfahrin der Schellmann. Hatte sie gehofft, noch auf irgendwelche Geheimnisse zu stoßen, sie wurde enttäuscht. Alles war so, wie sie es schon wusste. Die Kinder: Paul im Krieg gefallen, Emmy mit Ehemann Benno nach Kanada emigriert.

Zu Anna Brenner, falls es dieselbe Anna Brenner war, fand sie die Lebensdaten: 1878–1912. Sie war nur fünf Jahre nach der ersten Begegnung mit Schellmann gestorben.

Sie gab Clemens Schellmanns Lebensdaten ein; zu ihm fand sich nichts, außer seiner Ehe mit Johanna Schellmann und das Todesjahr 1951, während die Ahnenlinien der Urgroßmutter bis ins 17. Jahrhundert nachverfolgbar waren, reiche Kaufleute, Diplomaten, Großgrundbesitzer. Arbeiter hatten keine Ahnen.

13

Berlin 1908

Die Droschke erreichte Berlin Dahlem gegen achtzehn Uhr. Johanna war erstaunt, im kleinen Salon zur Westseite Licht zu sehen, diesen Raum benutzten sie nur für Besuch, er war immer tadellos aufgeräumt. Als sie aus der Droschke stieg, entdeckte sie an der Straßenecke das Automobil ihrer Schwester und des Barons.

In der Eingangshalle nahm sie einen süßlichen Strahl Mouchoir de Monsieur wahr. Er bohrte sich in die Nebenhöhlen und fuhr von dort direkt unter die Schädeldecke. Der Ärger über Clemens' Rücksichtslosigkeit vertrieb augenblicklich die religiöse Verzückung, in der Johanna sich bis eben noch befunden hatte. Hilde nahm ihr Hut und Mantel ab. »Frau Doktor, darf ich anmerken, der Hutnadelschützer ist nicht Ihrer, er ist aus billigem Material.«

Was war passiert? Hatte Anna ihr einen fremden Hutnadelschützer angedreht? War das ein Trick, so wie manche Damen ihr Taschentuch fallen ließen? Stimmte es also, was Blomberg sagte: Anna suche Menschen wie sie?

Johanna hielt die Hand auf und steckte Annas Hutnadelschützer ein. Ein Teil von Anna sollte also bei ihr bleiben, so schien es ihr plötzlich, und ihre Hand hielt das bohnengroße Metallstück fest umschlossen.

Sie trug dem Dienstmädchen auf, im großen Salon den Esstisch für vier Personen einzudecken und den Schweinebraten zubereiten zu lassen, der eigentlich für den nächsten Tag geplant war.

»Den ganzen?«, fragte Hilde leise und Johanna flüsterte: »Ja, und bitte das neue Rezept, provenzalisch.«

Der leicht altmodische Salon trug noch die von den Eltern einst ausgesuchten hellbeigen Tapeten, an denen sich zur Decke hin ein Streifen grüner Efeu entlangschlängelte. Von diesem Grün umkränzt, fand sie Clemens, Sibilla und den Baron auf den seidenbezogenen Mahagonisesseln. Dass ihr Mann mit dem unangekündigten Besuch überfordert war, erkannte sie an seinem wippenden Fuß und daran, dass er Johanna sehr steif mit einem Kuss auf die Stirn begrüßte: »Sieh mal, wer uns beehrt.«

Der Baron sprang auf und küsste Johanna die Hand. Der Baron war ein nobler Mensch, und Johanna mochte ihn sehr. Er hatte ein Gesicht, das zwar einen scharfen Nasenrücken aufwies, schmale Augen und Lippen, diese drückten aber im Zusammenspiel mit seinem Lächeln dennoch nichts als Wohlwollen und Güte aus. So anders als Sibilla, und warum er sie geheiratet hatte, war Johanna immer ein Rätsel gewesen.

»Oh, du trägst jetzt also Reformkleidung?« Ein spöttischer Zug umspielte Sibillas Mundwinkel.

»Nein. Ich hatte einen Schwächeanfall, und das Korsett wurde von einer Arzthilfe geöffnet.«

Sie nickte Hilde zu, die mit dem Samowar neben ihr stand.

»Geht es dir denn wieder gut, liebe Schwester? Du sprichst, als hätten wir uns zum Gottesdienst versammelt.«

»Doch, es geht mir gut.« Johannas Hand presste sich um den Hutnadelschützer. Sie dachte an Annas Stimme: Worte als Worte, roh, als hätte man sie auf Steintafeln in der Wüste gefunden.

»Du warst Schlittschuh laufen, Sibilla?«

Eigentlich offensichtlich. Sibilla trug ein wollenes Schlittschuhkleid, so unanständig kurz, dass es den Blick auf Schuhe und Knöchel gewährte. Aus Sibillas geflochtenen Zöpfen hingen wilde Strähnchen heraus, und vom Schlittschuhlaufen war ihre Haut rosig. Seit ihrem Aufstieg in die Aristokratie nahm Sibilla sich gerne so etwas heraus, alles Bürgerliche musste übertroffen werden von adeliger Freiheit und Grandezza.

»Wir waren im Tiergarten laufen. Es war herrlich! Anschließend haben wir entschieden, euch einen Besuch abzustatten. Ich hoffe, wir stören nicht?«

»Nein, bleibt doch bitte zum Essen.«

»Bitte, keine Umstände!«

»Es ist uns eine Freude. Ich habe den Braten schon in Auftrag gegeben. Bitte bleibt!«

Sie nickte Hilde zu, die mit diesem Nicken diesmal nichts anzufangen wusste; Johanna wusste es selbst nicht. Die ältere Schwester löste in Johanna oft körperliche Anspannung und Unsicherheit aus.

»Ein Schwächeanfall?«, fragte Clemens besorgt. »Na gottlob haben sie dich nicht gleich dabehalten. Geht es dir wieder besser?«

»Was bist du denn für ein Arzt? Untersuch deine Frau doch!«

Da war wieder dieser Ton, den Sibilla ihrem Schwager gegenüber gern anschlug; neckend, ein bisschen polternd.

»Soll ich dich untersuchen, Johanna?«

»Danke, nein, es ist alles in Ordnung.«

Sie lächelte. Nichts von dem, was Johanna heute erlebt hatte, ließe sich in dieser Runde mitteilen, schon gar nicht Clemens gegenüber, der sich in einen sturen Materialismus verstiegen hatte. In diesem Moment wandte sich der Baron an sie: »Ich habe gehört, der Grund für deinen Ausflug war eine Rechercheabsicht, liebe Schwägerin? Clemens möchte, dass du über die Arbeiterheilstätten schreibst?«

»Ja, es war Clemens' Idee. Wir werden sehen, ob ich darüber schreibe. Auf jeden Fall ist es ein faszinierender Ort.«

Sie zögerte und suchte nun nach den richtigen Worten für ihre Eindrücke, modern und asketisch zugleich, da ist etwas Reines, Heilendes, als Sibilla schon aufstöhnte: »Ach ja, wieder mal das Elend der Arbeiter. Können wir das nicht endlich begraben? Wir wissen es! Aber ich sage euch, es geht um Voyeurismus pur und das schöne Gefühl, vom Leben begünstigt zu sein.«

Clemens stand auf und schob zwei Holzscheite in das Glutbett des Kamins. Johanna wusste, dass er die Zeit brauchte, um sich zu beruhigen. Sie alle schwiegen, und man hörte nur das »Stop it, Emmy!« des Kindermädchens, das seit einigen Momenten immer wieder durch die Zimmerdecke drang. Als die erste Flamme aufzüngelte, sagte Clemens, noch immer vor dem Kamin hockend, über die Schulter:

»Aber wer sonst soll denn über sie berichten? Sie selbst können oft nicht einmal lesen und schreiben.«

»Es reichen ja wohl Expertenberichte für die Politiker. Die können helfen«, erklärte Sibilla.

Clemens lachte und blieb in der Hocke. »Du scheinst ja großes Vertrauen in unsere Politiker zu haben. Glaubst du nicht, genau die sind für die ausbeuterischen Zustände verantwortlich? Ohne die Gegenmacht der Öffentlichkeit wird sich nicht das Geringste ändern, und die Öffentlichkeit, das sind unsere Zeitungen, unsere Bücher, Theaterstücke und bald auch der Film.«

Sibilla begann zu schmollen, man erkannte es an dem sich zusammenziehenden, verkürzenden Mund.

»Gut, dann mach das doch, liebe Schwester, sicherlich findet sich auch eine spannende Liebesgeschichte, vielleicht zwischen Chefarzt und schöner Fabrikarbeiterin.«

Johannas Hand umfasste den Hutnadelschützer und drückte erneut so fest zu, dass es fast schmerzte.

»Wie war es denn nun überhaupt?«, fragte der Baron ungetrübt, als wäre er die letzten fünf Minuten gar nicht im Raum gewesen.

»Interessant und inspirierend«, murmelte Johanna leblos.

»Wer hat dich über das Gelände geführt, Professor Blomberg persönlich?«

Sie nickte.

Clemens stand endlich auf und kam an den Tisch zurück. »Ach, hat er seine kruden Theorien auch an dir ausgelassen?«, lachte er.

»Was meinst du?«

»Er verschleiert es, denn er will natürlich als Wissenschaftler noch ernst genommen werden. Aber er ist doch sehr obskuren Dingen zugeneigt.«

Johanna richtete sich auf. Clemens sprach schon weiter: »Er traut einer Patientin Hellsichtigkeit zu, weil sie Andeutungen über seine Erkrankung gemacht hat. Die Krankheit ist sowieso für jeden sichtbar. Das alles spricht sich in den Berliner Medizinerkreisen herum.«

»Hellsichtigkeit ist aber nichts Ungewöhnliches«, sagte Sibilla.

»Seine Erkrankung?«, fragte Johanna erschrocken.

»Der regelmäßige Röntgenvorgang hat bei ihm Krebs ausgelöst. Doch dafür, wie gesagt, braucht es nun wirklich keine Hellseherei.«

»Ich habe nichts bemerkt. Er wirkte gesund!«

»Dann hast du nicht genau hingeschaut.«

Clemens goss ihr lächelnd Tee nach, als gieße er das Gesagte wie einen frisch gepflanzten Setzling an. Die Teetassen waren aus der Familie mütterlicherseits, Jagdszenen schlossen zu einem Goldrand auf.

»Darf ich euch meine neueste Errungenschaft vorstellen?« Clemens nickte Hilde zu, die sofort zu seinem Parfumaltar eilte.

»Clemens, es riecht bereits im ganzen Haus, du brauchst es nicht noch holen lassen«, sagte Johanna, die nicht mehr wusste, ob sie inzwischen nicht auch auf Clemens wütend war.

»Da ist es ja schon«, lachte Clemens, griff blitzschnell nach Sibillas Hand und besprühte ihr Handgelenk. Sibilla schrie leise, aber auch erfreut auf. Es war Clemens' erfreuliche fehlende Zimperlichkeit, schließlich berührte er den ganzen Tag auf unschuldigste und nobelste Art lauter fremde Menschen.

»Wie würdest du es beschreiben?«

Sibilla machte ihre Expertenmiene. »Blumig.«

»Nein, pudrig und herb«, verbesserte Clemens. »Lauf doch bitte mal einige Schritte durch den Salon.«

Sibilla tat wie geheißen. Währenddessen schaute sie sich ungeniert im Raum um und wies auf die gerahmte Fotographie, die auf dem Eichenbuffet stand, die Eltern als junge Eheleute.

»Ach hier ist ja das Bild. Herrlich, nicht?«

Das Bild hatte in der Familie stets für Heiterkeit gesorgt. Der seitlich aufgemalte Kaminofen war perspektivisch so falsch, dass er in der Luft zu schweben schien. Noch lächerlicher war die nicht retuschierte Querstange, die vom Halteapparat in den Hinterkopf ihres Vaters führte. Die Eltern hatten das Bild zunächst aussortiert, dann aber platzierten sie es mitten ins Wohnzimmer.

»Ich hätte es so gerne, Johanna. Was meinst du, kannst du es entbehren?«

Johanna zögerte kurz, dann lächelte sie und nickte. »Ich

lasse es dir von Hilde in ein Tuch wickeln, damit es den Transport unbeschadet übersteht.«

»Nun, ist das nicht erstaunlich?«, hob Clemens an. »Wie schafft es dieser Duft, gerade mal eine Sillage von vielleicht zehn Zentimetern zu verbreiten, aber dabei so lange zu halten? Das ist wirklich ungewöhnlich. Es ist klassische Eleganz, alles Auffällige, Unnötige oder Aufdringliche wurde entfernt.«

»Beeindruckend, lieber Schwager, du kennst dich wirklich aus«, sagte der Baron.

»Ich gebe dir gern eine Probe mit.«

»Clemens will nämlich der Medizin den Rücken kehren und Parfümeur werden, er baut sich mit euch schon mal Kundschaft auf.«

Clemens hob die Teetasse lachend und drohend in Johannas Richtung. Im Nebenzimmer vernahm man mittlerweile eilige Schritte, die sich kreuz und quer bewegten, begleitet von leisem, porzellanartigem Klirren und dem Verschieben von Stühlen.

»Ich möchte dich endlich malen, Johanna. Würdest du mir Porträt sitzen?«

Sibillas Frage kam keineswegs überraschend, und Johanna hatte überlegt, wie sie die Sache würde abwenden können. Es kursierte das Gerücht, der Baron bezahle nicht nur die Ausstellungen, sondern heuere auch Schauspieler an, die auf Sibillas Ausstellungen als Käufer auftraten. Die verkauften Ölgemälde hielt er angeblich auf einem seiner Landsitze vor Sibilla versteckt. Die Vorstellung, Johannas Gesicht könne auf einer dieser Ausstellungen zu sehen sein, peinigte sie.

»Du weißt, dass ich meine Nase immer zu groß fand.«

»Kein Problem, ich kann sie dir kleiner malen.«

Sie alle lachten, selbst Johanna. Und angespornt durch den Erfolg, hob Sibilla zu einem ihrer Monologe über Malerei an, die meist mehrere Minuten ununterbrochenen Redens erforderten. Während aus dem Nebenzimmer die hektischen Geräusche allmählich verebbten, weil alles, das Tafelsilber, die Gläser, die Karaffen, die Blumen, die Schüsseln, ihren Platz auf dem Esstisch gefunden hatten, sprach Sibilla von »Malerei als Wesensschau«, die im Vergleich zur Fotografie nicht nach Kopie trachte, sondern nach dem Wesen schürfe, dem innersten Sein aller Dinge, denn dieses zum ästhetischen Scheinen zu bringen, sei die edelste Aufgabe der Kunst. Sie alle starrten Sibilla an und mieden die Blicke untereinander. Hilde stand nun schon länger in der Tür und suchte daher auch vergeblich Johannas Blick. »Der Duft der Farben, ja, diesen Duft jeder Farbe zu spüren und malerisch zum Ausdruck zu bringen ...«

»Verzeihung, das Essen steht bereit!«, rief Hilde. Das war ziemlich ungehörig, aber Johanna war diesmal dankbar für Hildes Schnitzer.

Sibilla, die wieder ihren kleinen, verkürzten Mund hatte, erhob sich langsamer als die anderen. Johanna bat Clemens um seinen Arm, sie zu Tisch zu führen.

Das Essen verlief ohne weitere Spannungen, und nach einem Cognac brachen Sibilla und der Baron um zweiundzwanzig Uhr zu ihrem Stadtpalais auf.

Johanna löschte im Salon das Licht und schlich Richtung Küche, doch da war es schon dunkel. Sie entschied sich, Hilde schlafen zu lassen, auch Clemens konnte ihr beim Ausziehen des Kleides helfen. Er empfing sie im Bett liegend mit gerunzelter Stirn.

»Sie melden sich nie an. Sie stehen einfach vor der Tür. Das tut man nicht.«

»Sibilla hängt an dem Haus. Auch sie ist hier großgeworden.«

»Aber es gehört dir.«

»Wir müssen uns die Zartheit bewahren«, sagte Johanna.

»Du redest merkwürdig.«

Mit einem Lächeln schlief Johanna ein, und mehrmals in dieser Nacht träumte sie von einem Gesicht, das sich im Traum zu Liebe verklärte, zu Weisheit und Gerechtigkeit, und als sie am Morgen aufwachte, wusste sie, dass es Annas Gesicht war, das sie gesehen hatte.

Anna dachte an die Dichterin. Das Gesicht der Dichterin tauchte überall auf, in der Hühnerbrühe, die sie am Abend löffelte, und im Berliner Kindl mit dem verquirlten Ei für die extra Kalorien. Die künstlichen Locken fielen über den Vanillepudding.

Zurück im Zimmer zündete Anna eine Kerze an und legte den bohnenförmigen Hutnadelschützer davor. Sie betrachtete das kleine silberne Schmuckstück, in dem das Kerzenlicht leuchtete. Sie wagte kaum, es anzufassen, als könnte dadurch irgendetwas bei der Frau in Unordnung geraten.

Warum hast du mich aufgesucht?, flüsterte Anna.

Der Hutnadelschützer schwieg. Wenn sie zu sehr forderte, schienen sich die Dinge zu verweigern. Die Gabe zeigte sich nur zum allgemeinen Wohl der Menschen.

Anna legte sich ins Bett und löschte das Licht. Eine Weile sah sie zu, wie vor dem Fenster Schneeflocken herabrieselten. Dann hörte sie eine Stimme, die sprach: »Der Herr hat Großes für dich geplant.«

14

West-Berlin 1967

Mehrmals im Jahr erhielt Johanna Schellmann Einladungen zu Vorträgen, Lesungen und Konzerten, die meist noch auf Kontakte aus der Vorkriegszeit zurückgingen. Sie hatte diese Einladungen stets in den Müll geworfen, mit einer gewissen Freude. Aber diese kam vom Wolkenfeld Verlag, offenbar hatte das Telefonat mit dem Verleger sie wieder in den Verteiler gespült. Ja, Dobenrath war ihr Verleger, obwohl Johanna seit einem Vierteljahrhundert nichts mehr veröffentlicht hatte. Dobenrath würde an dem Abend Grußworte sprechen und der Schriftsteller Günther Hinze aus seinem Essayband *Literatur als Organ der Gesellschaft und der Politik* lesen. Anschließend ein Umtrunk. Mit Mühe entzifferte Johanna die kleingedruckte Adresse im Hansaviertel (John-Foster-Dulles-Allee 10), schrieb sie in großen Buchstaben auf einen Zettel, den sie drei Wochen später dem Taxifahrer durchs Fenster reichte.

Als sie im schwarzen Lederpolster Platz nahm, war ihr plötzlich, als befände sie sich in der Pferdedroschke unterwegs zu ihrem ersten Ball. Die eiskalten Hände über dem Fächer gekreuzt, läuft der kritische Blick der Mutter an ihr hoch und runter, und Johanna sucht Trost im Korsett, gegen das sie immer wieder tiefe Atemzüge presst, das sie einengt und doch zusammenhält. Und als im Ballsaal das Meer aus himmelblauen, lindgrünen, gelben Stoffen sie aufnimmt, reißt die steiftüllene Schleppe an ihr wie ein Krokodil; beim Tanzen muss sie die Schleppe immer wieder unbemerkt aus dem Weg treten, und am liebsten würde sie auch ihre Tanzpartner wegtreten, deren Atem auf ihrer Stirn ihr eine ungute Vorahnung der Ehe vermitteln. Sauertöpfisch sei ihr Gesicht gewesen, schimpft die Mutter auf der Heimfahrt, am Ende habe sich ja nur der alte Regierungsrat geopfert, und wen sie denn zu heiraten gedenke, nach diesem Auftritt?

Vorbei. Das war vorbei, und doch nicht. Verletzungen waren bei Johanna Schellmann nie vorbei.

Ein strahlend blauer Himmel, Berlin leuchtete. An einer roten Ampel las sie die Schlagzeile: BLUTIGE SCHLACHT VOR DER OPER. Im Radio hatte sie schon davon gehört. Ob auch Klaus dabei gewesen war? Sie hatte ihn heute gar nicht gesehen.

Lindenblütenduft wehte ins Taxi. Auf den Straßen sah man gelegentlich noch die Kriegsversehrten, Männer mit fehlenden Gliedmaßen, inzwischen gingen sie alle schon auf die fünfzig zu. Auch nach dem Ersten Weltkrieg hatte es so viele Kriegsversehrte gegeben. Einbeinige auf Krücken, Bettler ohne Beine in Hauseingängen. Aber noch etwas anderes sah Johanna in letzter Zeit, sie sah diese nackten Beine und manchmal sogar weiße Unterhosen aufblitzen. Die Röcke waren jetzt sehr kurz.

»Praktisch mag es ja sein«, seufzte sie, »aber erkältet man sich nicht auch schnell?«

Der Taxifahrer nickte, er kannte alte Frauen wie sie, bei denen nicht klar war, ob sie zu sich selbst oder zu anderen sprachen. Wahrscheinlich war es ab irgendeinem Punkt dasselbe. Vielleicht ging er auch davon aus, dass er sie zum Arzt fahre, und Johanna spürte Triumphgefühle, als das Taxi vor einem architektonisch kühnen Gebäude in Form einer riesigen, über einem Teich aufragenden Muschel anhielt, was mit einer Arztpraxis nichts zu tun haben konnte, sondern mit Weltläufigkeit und Kultur. Sie gab ein üppiges Trinkgeld, ließ sich aus dem tiefen Sitz helfen und ging auf eine Treppe zu, die als gesteifte Welle über das Wasserbassin nach oben führte. Während sie sich in die Höhe kämpfte, begann die Umgebung auf sie zu wirken. Immer schon waren es diese imposanten Welten, die einerseits ihre Stimmung hoben und andererseits ein zu genaues Bewusstsein ihrer selbst weckten. Wie gerne wäre sie nun dreißig Jahre jünger und stünde in ihrer ganzen Kraft!

Und dann war sie schon mittendrin, in ihrem beigen Mantel, den sie zögerlich der Garderobiere überließ, den unter dem Kleid hervorschauenden geschwollenen Beinen in sandfarbenen Nylons, den Füßen in beigen Schnürschuhen. Die Hand, die ihr helfen wollte, schlug sie weg. Mit Vorwärtsstichen des Gehstocks suchte sie sich ihren Weg durch die Versammlung junger Menschen, die sehr aufgeregt wirkten, was, sie hörte Satzfetzen, mit den Vorfällen am Abend an der Oper zu tun hatte. Vergeblich suchte sie den Eingang zum Saal, um sie herum nur Riesen in Anzügen, einige wichen lächelnd zur Seite. Schließlich ließ sie zu, dass eine Dame sie am Ellbogen zu einer Tür führte und dann bis zu einem Platz in der zweiten Reihe.

Die Bühne mit Rednerpult war noch leer. Irgendwo musste auch Peter Dobenrath sein. Sie wusste nicht einmal, wie ihr Verleger aussah. Seufzend richtete sie ihren Blick nach allen Seiten. Sie sah fast nur Männer. Männer in Rollkragenpullovern und Anzugjacken. Sie spürte das Aufspringenwollen ringsum, sollte sie aufstehen wollen, sie hörte ein freches Kichern aus dem Stimmengewirr. Da schloss sie die Augen und nickte ein. Sie wurde wieder wach, als Applaus aufbrandete. Das musste er sein, Peter Dobenrath, der da sportlich die Bühne erklomm. Nach einigen Grußworten, die anfangs von einer pfeifenden Rückkoppelung gestört wurden, blieb sein Blick an ihr hängen, er pausierte, und sie hörte ihn tatsächlich sagen: »Lassen Sie uns daher auch unsere älteste Autorin begrüßen, Johanna Schellmann. Frau Schellmann hat uns vor sechzig Jahren mit ihrem Roman *Das Schmuckzimmer* einen großen Erfolg beschert. *Das Schmuckzimmer* ist ein Roman, der in geradezu augustinischer Tradition radikale Selbst- und Welterforschung betreibt und damals ein wichtiger Beitrag zur Frauenfrage im deutschen Kaiserreich war. Ja, die heutige Frauenbewegung«, jetzt übertrieb er aber, »wäre ohne Johanna Schellmann eigentlich gar nicht zu denken.«

Johanna antwortete auf den Applaus mit königlich dankendem Nicken in alle Richtungen. Die Gefahr, dass sie erneut einschlief, war nun gebannt. Behaglich schmiegte sie sich in das Sitzpolster und fühlte sich wie in einer leuchtenden Wolke aus Achtung und Anteilnahme. Die heimliche Aufmerksamkeit des Saales schien fortan auch eher ihr zu gelten und nicht dem nun nachfolgenden Mann mit Halbglatze, der eine Weile recht zäh über Literatur als Zerstörerin und Vermittlerin dozierte. Ihre Gedanken schweiften ab in die Zeit ihres großen Erfolges, und sie kam erst wieder zu sich, als er mit bebender Stimme seinen Vortrag schloss: »Verehrtes Publikum. Die Worte, die ich bislang sprach, sind die von gestern und von vorgestern. Aber die Ereignisse der vergangenen Nacht erfordern neue Worte. Wir brauchen jetzt eine andere Literatur!«

Der Schriftsteller verneigte sich und verließ das Podium.

Mit dem Strom der Besucher begab Johanna sich nach draußen auf eine große Terrasse. Früher hatte sie sich oft unwohl unter Menschen gefühlt, doch das war schon lange vorbei. Die Kraft dazu hatte sie gar nicht mehr. Immer wenn sie es schaffte, ihre Wohnung zu verlassen, genoss sie die Gesellschaft der Menschen um sich herum.

Der Verleger begrüßte sie mit Handschlag und führte sie zu einer Männerrunde. Er stellte ihr jeden Autor jeweils mit Namen und Buchtiteln vor. Es wurde nicht ganz deutlich, ob der Respekt, den man ihr zollte, ihrem hohen Alter galt oder ihrem Rang als Kollegin. »*Die Blechtrommel* habe ich leider nicht gelesen«, sagte sie zu einem Mann mit mächtigem Schnurrbart und bemerkte ein Lächeln, das sie nicht zu deuten wusste.

»Ich habe zugegeben vorhin zum ersten Mal von Ihnen gehört«, erwiderte er.

»Dabei hat Frau Schellmanns Roman die Frauen damals ermutigt, für ihre Rechte auf die Straße zu gehen«, sagte ein anderer Mann ebenfalls lächelnd. Machte man sich über sie lustig? Peter Dobenrath zündete sich umständlich eine Zigarette an und wandte sich dafür kurz ab.

»Aber hören Sie, das hatte ich gar nicht beabsichtigt. Ich wollte immer nur vom Menschen erzählen, von einer individuellen menschlichen Erfahrung und nicht Menschen auf die Straße treiben! Die Heldin meines *Schmuckzimmers* ist kein Vorbild für kämpferischen Feminismus, sondern zeigt uns Frauen in unserem Opfersein. Genau das löste bei vielen Frauen damals ein großes Wiedererkennen aus.«

Sie bemerkte einen Stimmungswechsel.

»Sie müssen stolz sein, so viel Einfluss gehabt zu haben«, sagte der mit dem Schnurrbart.

»Ach nein. Ich habe ja nicht viel geleistet. Das meiste verdanke ich Anna.«

Hatte sie wirklich Anna gesagt? Ein kleiner Schreck durchfuhr sie. Schnell wandte sie sich an den Verleger. »Kann ich Sie unter vier Augen sprechen?«

Er bot ihr seinen Arm an und führte sie zu einer Sitzecke etwas abseits. Sie zögerte. Es war gefährlich, was sie jetzt tat.

»Ich habe Ihnen neulich am Telefon nicht die Wahrheit

gesagt. Anna ist viel früher gestorben, schon 1912. Sie war vorher zwei Jahre im Gefängnis.«

Ihr Atem beschleunigte sich, ihre Brust hob und senkte sich.

»Frau Schellmann, ist Ihnen nicht gut?«

Sie hatte noch mehr sagen wollen, aber es ging nicht. Sie spürte plötzlich Schweißperlen auf der Stirn. Sie hatte nicht geahnt, dass es so schlimm werden würde. Aber sie hatte nie darüber gesprochen, und sie hatte einfach keine Übung.

»Brauchen Sie etwas? Ein Wasser?«

Johanna schüttelte den Kopf. Sie sammelte sich, nahm nun ihren ganzen Mut zusammen.

»Herr Dobenrath, möchten Sie die Annageschichte? Ich kann sie neu schreiben, diesmal richtig.«

Dobenrath betrachtete sie einen Moment. Dann durchkämmte sein Blick die Dachterrasse, als suchte er jemanden, dabei zog er mechanisch eine neue Zigarette aus der Packung und steckte sie an.

Als er nach dem ersten Zug gerade Luft nahm für eine Antwort, fuhr Johanna dazwischen: »Mir geht es nicht gut. Wir reden später, ja? Ich möchte nach Hause.«

Er nickte und stand sofort auf. »Warten Sie hier, ich rufe ein Mädchen, das Sie nach draußen begleiten wird.«

Johanna spürte, wie die Angst plötzlich zupackte. Sie wollte nicht auf irgendwen warten, sondern einfach nur weg. Sie spurtete zum Ausgang, hatte vergessen, dass sie schlecht gehen konnte, und immer dann war sie flink. Sie lief über die geschwungene Brücke zurück auf den Platz, an dem die Autos vorbeirauschten. Ihr Griff um den Stockknauf verstärkte sich, sie spürte nun den Schmerz durch sich hindurchgleiten. War er im Körper oder in der Seele?

Jemand rief ihren Namen. Sie drehte sich um, es war eine Frau, die ihr hinterherkam. Sie hielt Johannas Mantel im

Arm. »Ich habe ein Taxi rufen lassen, es müsste gleich hier sein.«

Johanna ließ sich in den Mantel helfen. Während sie nebeneinanderstanden und warteten, kniff sie die Augen zusammen und hielt den Kopf gesenkt, damit die Frau keine Frage stellte.

Der Schmerz war immer wieder neu. Im Taxi sammelte sie Speichel im Mund, nahm eine Tablette und schluckte. Kurz darauf schlief sie ein und wurde wach, als sie die Müllerstraße entlangfuhren.

Ich werde Hilfe bei diesem Buch brauchen, dachte sie, als das Taxi in Reinickendorf vor dem Mietshaus hielt und sie sich für die Krankenkasse eine Quittung ausstellen ließ. Das durfte sie nicht vergessen, hatte Klaus gesagt, sie bekomme solche Fahrten ersetzt. Oder nur die zum Arzt? Bald würde er wieder vorbeischauen, doch vorher anrufen wegen der Einkäufe. Sie hatte ihm versprochen, alles umgehend auf die Liste zu setzen, bevor sie es vergaß. Das immerhin wusste sie noch.

Anna mochte Hühnerleber besonders gern. Klaus sollte Hühnerleber kaufen für Anna.

Es war leichter, die Stufen nach unten zu gehen als nach oben, beim Hochgehen taten die Knie weh. Im zweiten Stock hielt sie inne. Sie hatte Atemnot. Lange würde das alles nicht mehr möglich sein.

Als sie die Haustür erreicht hatte, konnte sie spüren, dass drinnen jemand war. Sie schloss auf, und Klaus stand direkt vor ihr.

»Ich wollte gerade die Polizei rufen.«

Das Wort Polizei ließ sie erstarren. Dann sammelte sie sich und sagte unwirsch:

»Was soll das? Muss ich dir etwa alle meine Termine mitteilen?«

»Ja. Wir waren heute Nachmittag verabredet, und Sie waren nicht hier.«

Sie nahm auf dem Sofa Platz, und er, zu ihrer Freude, diesmal direkt neben ihr. Sie legte ihre Hand auf sein Jeansbein.

»Entschuldigung.«

»Ich bin froh, dass Sie es ohne Probleme zurückgeschafft haben, Frau Schellmann. Wo waren Sie überhaupt?«

»Auf einer Lesung«, murmelte sie. »Und du? Warst du bei den Protesten? Ich habe mir Sorgen gemacht.«

»Ich war nicht dort, nein.«

»Wie spät ist es?«

»Zwanzig Uhr.«

»Einen Sherry bitte.«

»Aber Ihr Herzmedikament?«

»Wir machen eine Ausnahme.«

Als er zurückkam und sie den ersten Schluck genommen hatte, sagte sie: »Der Verleger will die Annageschichte. Die Geschichte zwischen Anna und Johanna.«

»Das sind schöne Neuigkeiten. Gratuliere!«

»Ich werde wieder jung«, lachte sie. »Ich habe die letzten Jahre nur so dahergelebt. Ich dachte, keine Anstrengung mehr lohne sich. Was für ein Irrtum. Ich lebe wieder! Ausgerechnet jetzt, wo ich sterben soll.«

»Sie können hundert werden.«

»Nett von dir. Ich werde aber nicht hundert. Ich weiß, wie es um mich steht.«

Kurz schauten sie sich an. Dann presste er die Lippen zu einem Lächeln zusammen.

»Klaus, ich brauche Hilfe bei der Annageschichte. Kannst du mir helfen?«

»Wie meinen Sie das? Soll ich sie aufschreiben helfen?«

Sie schüttelte den Kopf und sagte: »Verstehen helfen.«

15

Berlin 1908

Mit dem Rücken zum Kaminofen, in dem das Feuer buttergelb loderte, genoss Johanna die Wärme an Gesäß und Rücken und nahm mit wohliger Zustimmung den Lavendelduft wahr, den die Hitze aus der frischgewaschenen Kleidung löste, diese beinah schon kochte und briet. Sie trat einen kleinen Schritt aus dem Hitzekegel heraus, nur um erneut in die wohltuende Wärme zu treten. Den exakten Punkt, an dem sich verweilen ließe, musste man je nach Intensität des Feuers immer wieder neu herausfinden.

Währenddessen ließ sie die Begebenheiten des Vortags vor dem inneren Auge ablaufen. Die Begegnung mit Anna schien eine Einladung, ihr Leben noch in eine ganz andere Richtung zu wenden. Anders war nicht zu erklären, dass sie vor einer wildfremden und höchst einfachen Frau auf die Knie gesunken war. Sie konnte niemandem davon erzählen, sie hielt ihre Empfindungen geheim. Ihr war, Anna könnte ihr beim Schreiben helfen, und es wäre ein anderes Schreiben als das, was sie bisher gekannt hatte, jenes, das noch im Einvernehmen mit der Familie stattgefunden hatte.

Sie kehrte an ihren Schreibtisch zurück und durchkämmte die Notizen aus Beelitz. Sehr viele Superlative, irgendetwas zu Elektroautos und beheizten Gehwegen. Was im Herzen ist, das müssen wir sprechen lassen, hatte Anna gesagt.

Was kam denn aus ihrem Herzen?

~~Wut.~~
~~Hass.~~
~~Wut.~~

Während sie die Wörter durchstrich, hörte sie Schritte im Flur. Hilde, oder vielleicht auch das Kindermädchen. Johanna wusste es, und spürte doch jedes Mal die Mutter.

Ihre letzten zwei Lebensjahre hatte die Mutter in einem Rollstuhl gesessen, obschon sie mit achtundfünfzig Jahren nicht wirklich alt war. Sie konnte noch allein aufstehen und gehen, begab sich aber wonnevoll in die Rolle der Gebrechlichen; auch war es der vielleicht einfachste Weg, der Welt zu erklären, warum sie, was den heiligen Haushalt anging, nun Johanna die Führung überließ.

Die Mutter hatte insgesamt verdächtig demonstrativ die familiäre Fürsorge genossen, es war, als wollte sie die Entmachtung als eine Art Triumph verstanden wissen. Doch wenn der Briefträger an der Tür war, sprang sie manchmal selbstvergessen auf und lief ihm entgegen, war wieder ein junges Mädchen, das auf Briefe eines Verehrers wartete.

Der Vater war Jahre zuvor bei einem Spaziergang tot umgefallen. Man wusste nicht, was passiert war. Zur Überraschung aller hatte er Johanna als Alleinerbin eingesetzt. Die vier Jahre ältere Schwester hatte sich ja schließlich den reichen Baron geangelt. Johanna aber wäre der Mutter fortan ausgeliefert, zumal Johanna sehr früh die Neigung zeigte, sich vorwiegend für mittellose junge Männer aus der Arbeiterklasse zu erwärmen, die sich in den Künstler- und Debattierclubs der Stadt aufhielten.

Rudolf Steiner war einer dieser jungen Männer gewesen, und Johanna hatte sich sogar vorübergehend in ihn verliebt (wer schwärmte nicht für dieses tiefgründige Gesicht). Aber er war damals ein Hallodri gewesen, dem Alkohol verfallen und stets abgebrannt. Dass aus ihm einmal ein geistiger Lehrer würde, der Theatersäle füllte und große Teile der Berliner Intelligenzia in den Bann schlug, hätte damals niemand für möglich gehalten.

An diesem letzten Willen des Vaters hatte Johanna erkannt, dass der Vater stets mehr gesehen hatte. Sie brauchte besonderen Schutz.

Die Mutter hatte der Eheschließung mit Clemens nicht zugestimmt. Da Johanna aber finanziell unabhängig war, konnte die Mutter nicht einschreiten. Das elterliche Schlafzimmer hatte die Mutter abtreten müssen, in dieses zogen nun Clemens und Johanna.

Der Mutter wurde im Erdgeschoss ein Zimmer eingerichtet, auch wenn das bedeutete, dass die Mutter nun jedes Kommen und Gehen verfolgen konnte und auch tatsächlich nichts unkommentiert ließ. Oft bedauerte Johanna ihre Entscheidung für dieses zentral liegende Zimmer, wenn sie im Rücken die Mutter spürte und in alter Gewohnheit sich selbst überprüfte nach einer heraushängenden Haarsträhne oder einer schlechten Körperhaltung. Ihr war bewusst, dass sie damit den Angriffen der Mutter zuvorzukommen versuchte, um rechtzeitig ausweichen zu können. Es ging ums Ausweichen. Den Kampf aufzunehmen schien aussichtslos. Entweder du oder ich.

Erst hinter den mächtigen, sich auftürmenden Rhododendronsträuchern auf Höhe des alten Teehauses war sie dem Blick der Mutter entkommen. Oft setzte sie sich dort auf die Holzbank, ganz so wie früher als Kind, und versank in eine träumerische Stimmung.

Es klopfte an der Tür. »Gnädige Frau? Verzeihen Sie bitte.«

»Was gibt es, Hilde?«, rief Johanna unwirsch.

»Der Herr Architekt ist da. Darf ich mitteilen, dass gnädige Frau ihn empfangen?«

»Führen Sie ihn in den Salon. Dann helfen Sie mir bitte beim Ankleiden.«

Johanna würde sich Zeit lassen. Das hatte Gründe. Zwar hatte sie den Termin tatsächlich vergessen, aber das letzte Treffen war ihr in bitterer Erinnerung. Das achteckige Teehaus sollte entweder renoviert oder ganz erneuert werden. Keine große Sache, aber nicht einmal das konnte geklärt werden. Der Herr Architekt hatte ihr während der zwei Stunden nichts zu Zeitplan und Kosten sagen wollen, ihre Fragen wurden weggewedelt wie etwas, das fehlenden Sachverstand erkennen ließ; er führte unkalkulierbare Faktoren ins Feld und wechselte schnell wieder zu allgemeinen Ausführungen zur Ästhetik. Er sprach vom harmonischen Überfließen von Außen- und Innenraum, und Johanna sah vor ihren Augen stets Teewasser überfließen. Sie war so verunsichert, dass sie seinen langen Vortrag über Licht in der Malerei der Renaissance mit interessierten »Ahs« und »Ohs« begleitet hatte, wenn nicht gar angefeuert. Die eigentlich nötigen Informationen war der Architekt ihr schuldig geblieben. Es war etwas, das einem Mann nicht so leicht passieren würde.

Der Architekt, dunkelhaarig, kräftige Statur und gutaussehend, saß mit übereinandergeschlagenen Beinen, eine Fußsohle in den Raum zeigend, auf dem Sofa. Ein Arm lag waagerecht auf der Rückenlehne. Er sprang zum Handkuss auf, den Johanna ihm aber verwehrte, indem sie im letzten Moment Paul zu sich auf den Arm nahm.

»Würden Sie mir heute mitteilen, ob das Teehaus abgerissen werden muss oder gerettet werden kann? Außerdem bitte ich um Informationen zu Zeitablauf und Kosten.«

Er schaute sie erstaunt an. »Gnädige Frau, wir sollten einen Spaziergang zu Ihrem Teehaus machen. Draußen an der Luft können wir alles besser besprechen.«

Sie nickte dem Kindermädchen zu, das sogleich zur Stelle war und das Kind übernahm.

Im Garten dozierte der Architekt über den klassischen Konflikt von Bewahren und Erneuern, während die Tannenzapfen auf dem Rasen unter seinen Schritten zerbrachen. So wie er redete, schien er sein Leben ausschließlich mit tiefgründigen Gedanken zuzubringen und in jeder Kleinigkeit ein philosophisches Rätsel zu sehen. »Auch die Oberlichter der Kuppel sind teilweise kaputt«, sagte Johanna da und zeigte mit der Hand in die Richtung.

»Gnädige Frau, jeder Bau ist einzigartig. Sehen Sie, wie das Licht von der Südseite durch die hohen Tannen in den Garten strömt? Man könnte das Teehaus ein bisschen mehr nach Süden ausrichten.«

»Also Neubau?«

Als er eine vage Geste mit der Hand machte, sagte sie: »Ja, ich habe verstanden. Jedes Gebäude birgt seine Besonderheiten, und sein Schicksal kann erst beim Bauen selbst richtig beurteilt werden.« Sie führte ihn zurück zum Haus, um das Treffen vorzeitig zu beenden.

Am Abend fragte Clemens, ob Johanna diesmal etwas zu den Bauabsichten und Kosten erfahren habe. Er schnupperte dabei an einem seiner Parfumflakons (er versank dann immer in eine kurze Trance).

»So einfach ist das nicht. Das ist ja ebenso ein künstlerisches Unterfangen, nicht nur ein bauliches.«

»Wann wäre denn der Zeitpunkt, an dem das alles enthüllt wird?« Seine Stimme klang ärgerlich. Wie so oft hatte Clemens nicht den ironischen Unterton in Johannas Worten bemerkt, offenbar hielt er sie für etwas naiv. Spöttisch fuhr er fort: »Wenn der Herr Architekt eines Morgens die Eingebung hat, heute ist der Tag, an dem gebaut wird? Und weiß er wenigstens dann, was da zu tun ist?«

Johanna schluckte und schaute weg. Die Blumen auf dem Esstisch waren weder frisch noch in der Lage zu verblühen. Sie hielten sich stur in einem Dazwischen.

»Warum suchst du dir keinen neuen Architekten, einen richtigen?«

»Nun, ich habe wohl Mitleid mit ihm.«

»Du hast immer Mitleid mit Menschen, die sich dir gegenüber schlecht benehmen.«

Da wandte sie ihm das Gesicht zu und sagte: »Das ist nicht wahr, Clemens. Manchmal hört meine Geduld auch auf.«

Sie verließ das Zimmer und stieg mit lauten Schritten die Treppe hoch in ihre Schreibstube. Die Tür knallte sie zu. Dann legte sie zwei Holzscheite nach, an denen gierig die Flammen hochzüngelten. Verrückt, dass sie immer als Dumme dastand. Und dass sie sogar vortäuschte, es nicht zu bemerken, als könnte sie dadurch den Widersachern den Wind aus den Segeln nehmen. Sie lud nur zu weiterer Missachtung ein. Aber was war mit ihr? War sie denn wirklich harmlos? Oder hatte sie es sich in dieser selbstmitleidigen Rolle, aus der heraus alle anderen grob zu ihr waren, behaglich eingerichtet?

Interessant, dachte sie.

Sie setzte sich an ihre Schreibmaschine, nahm das Blatt mit den Heilstättensuperlativen heraus, zog eine neue Seite ein und begann zu schreiben, aufrichtig und ehrlich, wie sie noch nie zuvor geschrieben hatte.

Damals sagte man über mich, ich sei ein gieriges und selbstsüchtiges Kind. Von allem wolle ich angeblich stets mehr, mehr Süßigkeiten, mehr Lob, mehr Spielzeug. Diese Vorwürfe verletzten und beschämten mich sehr. Ich versuchte fortan, bescheidener als alle anderen zu sein, verschenkte meine Süßigkeiten, teilte mein Spielzeug. Das Erstaunliche war, dass niemand meine Veränderung zu bemerken schien. Bei erster Gelegenheit war erneut von meiner gierigen Natur die Rede, die ich von weiß Gott welchen Ahnen geerbt hatte; unsere kleine gierige Johanna.

Daraufhin gab ich mein betont frommes Streben wieder auf. Gleichzeitig bemerkte ich einen Widerspruch: Wollte ich nur deshalb selbstlos sein, um diesen Vorwürfen zu entgehen? Das war nicht selbstlos.

Selbstlosigkeit schien also etwas zu sein, das mir nicht zur Verfügung stand. War ich womöglich tatsächlich schlechter als alle anderen? Diese Selbstzweifel quälten mich meine gesamte Kindheit hindurch. Eine schreckliche Gehemmtheit setzte ein, wo ich bislang bloß schlaftrunken meiner unschuldigen Natur gefolgt war. Argwöhnisch überwachte ich mich selbst. Bedürfnisse zu haben, und sei es ein kneifender, enger Unterrock, über den ich klagte, standen mir nicht zu, man hatte sie zu leugnen und zu verbergen.

Bevor ich eine Tür zu einem Salon mit vielen Gästen öffnete, tastete ich die bevorstehende Situation innerlich ab nach den mir bekannten Regeln. Stets galt das Gebot, anderen das Leben so angenehm wie möglich zu machen, durch höfliches Nachfragen, respektvolles Zuhören, ein liebenswürdiges Gesicht. Es geschah dennoch oft, dass ich manchmal nur noch starr lächeln konnte, und wenn einer der Gäste mich ansprach, ich unfassbar langweilige Dinge sagte. Zu mehr fehlte mir der Mut. Ich war manchmal in Fettnäpfchen getreten, ich galt als frech, ohne mir dessen bewusst gewesen zu sein. Einmal hielt ich mich in Gesellschaft stundenlang an einem bestickten Taschentuch fest und lächelte dumm. Da riss die Mutter es mir aus der Hand und fauchte: »Hältst du dich für etwas Besseres?«

Zum Glück war für uns eine musische Ausbildung Pflicht. Ich liebte das Klavierspiel. Diese Musik, die uns da auferlegt wurde, sprach von Rebellion, Aufbruch und Ekstase. Es war ein ähnlicher Widerspruch wie die drastischen Lehren Jesu Christi, die zu kennen eine Verpflichtung war, obwohl niemand sie umsetzte oder zu verstehen schien.
Vielleicht liebte ich deshalb Beethoven besonders, denn er schien mit dieser Scheinheiligkeit sein ironisches Spiel zu betreiben. Erst wickelte er uns mit adretten Terzen und Kadenzen ein, dann plötzlich hinkte der Rhythmus, verschob sich, vertauschten sich Schwerpunkte und brach das ganze Stück weg, oder brach in ein diabolisches Gelächter aus. Beethoven arbeitete mit der Form gegen die Form an und löste alles in etwas Freies und Wildes auf. Es war verwirrend, dass diese Musik nicht nur erlaubt war, sondern verpflichtend. Hörten alle anderen nicht, was ich hörte? Fühlten sie es nicht? In mir tanzte, zuckte und bebte alles, wenn ich Beethoven spielte; ich wusste, ich war nicht allein, ich wusste, meine Reaktionen waren auf irgendeine Weise berechtigt.

Da waren erneut Schritte auf dem Flur, und wieder zog Johannas Körper sich reflexhaft zusammen. Sie zögerte, dann riss sie die Tür auf und schaute nach. Da war niemand. Trotzdem rief sie: »Hilde? Hilde!«

Keine Antwort.

Johanna legte zwei Holzscheite nach. Knacken und Knistern. Lodernde Flammen. Funkenflug. Es war der Hass, der schöpferisch war, nicht die Liebe, nicht der Überfluss, ja der Hass, und er kam aus dem Herzen. Sie schrieb bis spät in die Nacht, und sie sagte sich, dass sie in dieser Nacht alles schreiben dürfe, denn es würde am Morgen im Ofen landen. Das war die Bedingung. In den Ofen damit. Bis dahin aber, für ein paar Momente, die Wahrheit sagen.

16

Beelitz Heilstätten 1908

Die zwei Nachtschwestern hockten im Stationsraum und versanken nach einem synchronen »Guten Abend, Herr Professor« wieder in ihr Geschwätz. Husten drang aus einigen Zimmern, der Flur war leer. Das Alpenhaus war fest umschlossen von der tiefen Stille des Waldes, manchmal rief ein Käuzchen.

Blomberg ging abends gern hier spazieren. Das hochmoderne Gebäude war wie ein Körper: Mit seinen elektrischen Leitungen und Rohren, den Lüftungsschächten und dem Bettenaufzug, der silbrig schnurrend mühelos Betten hoch und runter transportieren konnte. Blomberg stellte sich vor, dass man eines Tages auch durch den menschlichen Körper fahren könnte, mit kleinsten Kameras, klein wie ein Stecknadelkopf.

Von allen Gebäuden mochte er das Alpenhaus am liebsten. Die Gänge waren besonders breit und hatten ein Kreuzganggewölbe, was eine klösterlich andächtige Stimmung heraufbeschwor, besonders spätabends. Er mochte die angedeutete Verbindung aus Religion und moderner Technik, hier vermutete er ohnehin den Schlüssel zur Heilung. Er arbeitete seit Wochen an einem Vortrag für die Charité, der davor warnte, die Sphären gegeneinander auszuspielen, denn nur das Ganze sei bekanntlich das Wahre. Er musste noch einen um Nachsicht bittenden Scherz einbauen, dass, einmal in den (heute natürlich längst obsolet gewordenen) Hegel eingestiegen, man ihn ja nie wieder ganz abschütteln könne, Hegels Phänomenologie habe ihn als Abiturienten nun mal nachhaltig geprägt, wie alle oder zumindest wie alle, die er so kannte, wobei, nun, Nietzsche auch ihm heute natürlich näher stünde... Das wäre gelogen, er war Hegelianer, durch und durch, ein überlebendes seltenes Exemplar, nachdem die Wissenschaften längst ganz wunderbar ohne Hegel zurechtkamen und man selbst die Seele durch die Psychologie ersetzt hatte.

Jedenfalls, die Spezialisierung, die ja einerseits große Fortschritte ermöglicht habe, ging meist mit einer Blindheit für den großen Zusammenhang einher. Aus diesem Grund bemühe er sich immer wieder, den Heilungsprozess als Ganzes in den Blick zu nehmen. Er suche etwa regelmäßig das Gespräch mit seinen Patienten, er versuche, sich ein fundiertes Gesamtbild über ihre Lebensgewohnheiten, Vorstellungen und Erfahrungswelten zu machen.

Auf diese Weise, sagte er nun nur zu sich selbst, hatte er Anna entdeckt, und jeder andere hätte Anna längst in eine Irrenanstalt überwiesen.

Da hörte er leises Keuchen und hielt in seinem flüsternden Monolog, getaktet mit seinen Schritten, inne. Am Treppenhausaufgang erkannte er die Putzfrau, die sich rückwärts um die Ecke bewegte und einen Aufnehmer über das Eichenparkett kreisen ließ. Dunkle Strähnen klebten in ihrem von der Anstrengung geröteten Gesicht. Sie grüßten einander nicht; er wollte sie nicht stören, und sie schien es auch so zu verstehen und ihm seine Art der Höflichkeit nicht nehmen zu wollen. Sie ignorierten einander also, als wären sie sich so vertraut, dass ein Gruß eine falsche Förmlichkeit wäre. Im Vorbeigehen murmelte er dann aber leise »Verzeihung«, denn er betrat den noch feuchten Boden. Sein Schritt wurde daraufhin schneller, als riefe ihn eine ärztliche Pflicht.

»Herr Professor!«, hörte er sie rufen und fuhr erschrocken herum. »Wat machen Se mir wieder alles drekkich! Und mich behandeln wie Luft jedes Mal, dit tu ich noch ertraren, aber dit hier geht jetzt zu weit.«

»Oh, verzeihen Sie. Ich«, er stammelte, »wollte Sie nicht stören. Es war ein Missverständnis. Ich dachte, Sie arbeiten in Ruhe vor sich hin.«

»Wat? Wat für ne Ruhe? Und Se meinen, ick kann dann nicht juten Abend hören von Ihnen, weil dit putzen so anstrengend is wie operieren?«

Nochmals murmelte er eine Entschuldigung, wischte sich mit seinem Taschentuch die Stirn und setzte seinen Weg über den feuchtglänzenden Boden fort. In jede Richtung würde er nun gleich viel Schaden anrichten, so seine Einschätzung.

Am Ende des Ganges befand sich der Aufenthaltsraum. Er öffnete die Tür und trat ein, stand eine Weile in der Dunkelheit, die nur von dem Licht aus den Türritzen unterbrochen wurde. Diesen Raum hätte Blomberg sich ein bisschen größer gewünscht. Erst letztes Jahr war das Alpenhaus als Erweiterungsbau fertig geworden, vergeblich hatte er mit dem Architekten diskutiert, wie wichtig doch ein Gemeinschaftsraum sei, der bei jedem Wetter bereitstehe, in dem man Karten spielen, lesen und Briefe schreiben könne, vielleicht auch musizieren. Ein Stück Normalität. Bürgerliche Normalität, sicher doch, aber die Arbeiterinnen waren ja nicht vom Planeten Mars, sondern kannten die Welt ihrer Dienstherren sehr gut und wären durch das freizeitliche Ambiente nicht überfordert. Selbstverständlich könnten auch sie ein Stündchen in einem Sessel sitzen, stricken, plaudern, lesen, dazu gehörte kein Adelstitel. Warum sollte man sie den lieben langen Tag immer nur von Liegehalle zu Schlammbad zu Spaziergang zu Speisesaal zu Arztuntersuchung scheuchen? Normaler Zeitvertreib war ebenso wichtig. Sie sollten sich nicht nur wie Kranke fühlen, die wie in einem unerklärlichen Experiment königlich behandelt wurden, sondern wie Menschen!

Doch merkwürdigerweise war in diesem dreistöckigen Gebäude trotz all seiner Briefe und Anträge für alles Platz, nur nicht für dieses Stück Normalität. Es gab Dienstwohnungen im Dachgeschoss und einen großen Wassertank. Selbst eine Isolierstation gab es. Nicht aber weitere zehn Quadratmeter für diesen einen Raum, der jetzt fünfundzwanzig Quadratmeter maß, aber immerhin schöne große Bogenfenster aufwies mit Blick in den Garten. Er spürte erneut den Ärger, den er schon erledigt geglaubt hatte.

Er schaltete das Deckenlicht an. Augenblicklich sprang ihm in der Fensterscheibe sein Spiegelbild entgegen. Er war in den letzten Monaten etwas schwächlich geworden, die Schultern fielen nach vorne, der runde Bauch trug längst nicht mehr zu einem stattlichen Gesamteindruck bei, Blomberg wirkte disproportioniert. Vielleicht sollte auch er einmal den Turnsaal benutzen, dachte er sich, aber er müsste erst die Zeiten erfahren, in denen er dort allein sein könnte. Niemand durfte ihn schwitzen und keuchen sehen.

In seiner ganzen Gestalt erkannte er Sorge. Sorge um, ja, die Welt, anders ließ es sich nicht sagen. Ihm war völlig bewusst, dass das, was sie in Beelitz leisteten, womöglich einmalig in der Menschheitsgeschichte war. Das machte ihn stolz, aber auch sorgenvoll. Es war ein Experiment, das irgendwann, wenn die Politik sich änderte, beendet sein könnte, trotz bester Ergebnisse. Darum bemühte er sich stets um Fürsprecher. Um Personen, die in Berlin Einfluss hatten. Die Dame neulich, die Dichterin. Sie war zu seiner Überraschung empfänglich gewesen für Anna. Er hoffte, sie trug mit ihrer Publikation dazu bei, die Idee der Arbeiterheilstätten zu verbreiten. Wie stand sie eigentlich der Klassenfrage gegenüber? Er war sich bewusst, dass es für Damen dieses Standes durchaus üblich war, Wohltätigkeitsveranstaltungen zu organisieren. Aber das waren Tröpfchen auf dem heißen Stein. Nichts änderte sich. Wie Virchow schon 1848 erklärt hatte, war die Medizin vor allem eine soziale Wissenschaft. Beelitz war nun etwas im großen Stil und ein großer Erfolg, sie konnten der Frühverrentung entgegenwirken. Die Arbeiter mussten sich eine Weile fühlen dürfen wie vollgültige Menschen. Drei Monate, in Ausnahmefällen sechs, und sie wurden allein durch die menschliche Behandlung wieder gesund. Der Tuberkelbazillus war zwar 1882 von Robert Koch entdeckt worden, aber einen Wirkstoff hatte man noch immer nicht gefunden. Und dann noch der Tuberkulin-Skandal… erstaunlich, dass Kochs Ruf nicht gelitten hatte.

Was fehlte, hier kam er wieder auf das Prinzip der Ganzheit zurück, war die Verbesserung der Lebensbedingungen allgemein. Er sah das aus streng medizinischer Sicht. Er war fern davon, ein Sozialdemokrat zu sein. Doch die Vernunft sagte ihm, dass man sich ins eigene Fleisch schnitt, wenn man die Schwächsten einer Gesellschaft dauerhaft leiden ließ, sie dauerhaft ausbeutete, drangsalierte. Natürlich maximierte man so den Profit, aber niemals konnte Unrecht auf Dauer funktionieren. Alles rächte sich eines Tages. Es würde Unruhen geben, Kriege, falsche Führer mit falschen Versprechungen. Sie befanden sich am Anfang eines neuen Jahrhunderts, und es war wichtig, jetzt rechtzeitig, seit die Industrialisierung die Gesellschaft so durchrüttelte… er hatte den Faden verloren. Nun. Das Beste, was eine Gesellschaft im eigenen Interesse tun konnte, wäre, sich um Gerechtigkeit zu kümmern! Es war doch ein einziger großer Organismus, die Menschheit.

Er setzte sich an einen der Tische, zog einen Bogen Briefpapier zu sich und notierte seine Gedanken.

Die Charité erzeugte Ehrfurcht in ihm. In kurzer Zeit war sie zum internationalen Zentrum der Medizin aufgestiegen, allein in den letzten Jahren hatten zwei Mediziner, Koch und Behrens den Nobelpreis erhalten! Der Gedanke, dass vielleicht auch er ihn erhalten könnte, wenn er diese Thesen plausibel und wissenschaftlich fundiert… nun, nein, besser nicht zu viel hoffen!

Er faltete den Briefbogen und steckte ihn in die Anzugjackentasche. Er ging nun zum Bücherregal, prüfte die Buchtitel mit leicht herrischer Miene und stellte erleichtert fest, dass man seine Anweisungen befolgt hatte. Keine politischen Schriften, nichts, was das Gemüt in Erregung versetzte. Nur Groschenromane, ein paar Zeitschriften zum Thema Gesundheit und Hygiene, Gedichtbände, Liederbücher. Die Bücher waren neu, sie wirkten, wenn er ehrlich war, ungelesen.

Er klappte den Klavierdeckel zurück und schlug ein c an. Dann ein e und dann ein g. Dann ein d, ein fis und ein a. Ja, es war gestimmt. Sonntags versammelten die Frauen sich zum Liedersingen, ein Musiker aus Berlin kam und stimmte mit ihnen Volkslieder an. Es war herzzerreißend. Einige blühten dabei so auf, dass man meinte, sie hätten auf die Bühne gemusst.

Er zog eine Zeitschrift aus dem Regal, die Neue Metaphysische Rundschau. Wie kam die hierhin? War das nicht ein bisschen zu anspruchsvoll und auch zu kontrovers? Er blätterte durch die Seiten, »Der Vegetarismus im Lichte der Theosophie«, »Der Nutzen von Nacktbaden und Joga«. Er las sich schließlich fest an einem Bericht über silent method healing, eine Methode aus den USA, gegründet von einer Frau (rätselhaft: Immer mehr Frauen führten plötzlich religiöse Bewegungen an; die Blavatsky, die Besant oder nun die Amerikanerin Mary Baker Eddy …). Nur durch die richtigen

Gedanken fand Heilung statt: *When the sick are made to realize the lie of personal sense, the body is healed.*

Was Anna tat, war anders, er wusste nur noch nicht, was sie tat. Den Allgeist beschwören? Anna hatte ihn geheilt, mehrmals hatten sie sich getroffen. Sie hatte stets leicht provokante Sätze gesagt, die er ihr natürlich durchgehen lassen musste. »Sie hängen zu sehr dem Ruhm an, Professor! Sie dürfen nicht Ihrer Fantasie von Bedeutsamkeit dienen, dann sind Sie immer ein Gefangener! Befreien Sie sich, leben Sie für Gott, werfen Sie Ihre Eitelkeit über Bord!«

Das war so ihre Art. Blomberg achtete darauf, dass seine Sekretärin nicht anwesend war, er legte die Begegnungen mit Anna auf deren freien Nachmittag. Nächsten Monat sollte Anna nach München zu Schrenck-Notzing reisen, Blomberg musste endlich in Erfahrung bringen, was dieser berühmte Spiritismus-Experte über sie dachte.

Ständig kamen ja neue Heilmethoden auf den Markt, wie Pilze schossen sie über Nacht aus der Erde. Jeder Arzt, der etwas auf sich hielt, ersann seine eigene Therapie, manches war ganz und gar lächerlich, wie das Trinken des eigenen Urins oder die Lachtherapie.

Er hatte nach reiflicher Überlegung eine Absage an den Ehemann der Dichterin verfasst. Er musste sie noch losschicken. Sein Zögern hatte damit zu tun, dass er es sich nicht mit der Schellmann verderben wollte. Er würde diese Dichterin vielleicht noch brauchen. Sie war dem Spiritismus gegenüber aufgeschlossen, sie war einflussreich, wenn auch von der Persönlichkeit her ein bisschen ungefestigt, mit einem Hang zur Theatralik.

Dr. Schellmann wiederum war tüchtig, aber verkrampft, viel zu akademisch. Die Heilmethode, an der er in Beelitz forschen wollte, bestand in der Entdeckung eines Schimmelpilzwirkstoffes, der angeblich eine bakterientötende Wirkung habe. Als er ihm entgegnete, das sei zu aufwendig, das Labor zu klein, Beelitz nicht der Ort dafür, schwenkte Dr. Schellmann um auf eine andere Therapieform, die er Aromatherapie nannte. Blomberg hatte ein Lachen nicht unterdrücken können und den Kollegen damit sichtlich beleidigt. »Düfte, werter Kollege, waren im alten Rom schon als Therapie bekannt. Aber wir benötigen etwas Substantielleres.«

»Das wäre der Schimmelpilz. Ich bin sicher, hier liegt der Schlüssel zur Heilung von bakteriellen Krankheiten.«

Sie schauten einander an, und Blomberg war ein wenig Schachmatt gesetzt. Das behagte ihm so gar nicht. Er hatte lange mit sich gerungen.

Blomberg wollte sich nun den Absagebrief noch einmal anschauen. Er verließ das Alpenhaus. Im nächtlichen Garten duftete es betörend nach Geißblatt, Rosen und Flieder (hier haben Sie Ihre Aromatherapie, werter Kollege!). Er schlenderte zum Hauptgebäude und stapfte dann in langsamem Tempo die Treppen hoch, er achtete darauf, nicht außer Atem zu kommen. Auf seinem Schreibtisch lag ein ganzer Stapel unangenehmer Papiere. Er goss sich erst ein Glas Sherry ein und durchsuchte dann den Stapel nach dem Brief an Dr. Schellmann. Da war die erneute Beschwerde über das rohe Ei im Bier. Ja nun, besser schmeckte das Bier gewiss ohne Ei, aber wie ließe sich vor der Versicherungsanstalt rechtfertigen, dass hier Alkohol ausgeschenkt wurde? Ja doch, es hob die Stimmung und somit das Wohlbefinden, aber wo war die Grenze zu den Berliner-Kindl-Bierkneipen? Auch dort fand ja nicht automatisch Heilung statt. Eine andere Beschwerde bezog sich auf den geheim gehaltenen Ursprung eines gewissen Medikamentes, das Pepsin enthielt. Nun war die Information im Frauentrakt durchgesickert und hatte für Unruhe gesorgt, ja, Empörung, dass man ihnen so etwas unterjubelte. Irgendwann würde man Pepsin im Labor herstellen, keine Frage, vorerst importierten sie den Wirkstoff aus Petersburg, wo er aus den Fisteln von Fistelhunden gewonnen wurde, der Wirkstoff befand sich im Magensaft des Hundes. Irgendeine Schwester hatte geplaudert. Den Männertrakt hatte dieses Wissen gottlob noch nicht erreicht. Ah, da war ja der Brief, er nahm ihn mit spitzen Fingern und überflog ihn: *Hochgeehrter Herr Doktor Schellmann… Schwergetan… bitte um Verständnis, beengte Laborverhältnisse, die Ihren wichtigen Studien zum Schimmelpilzwirkstoff nicht gerecht würden… wünsche Ihnen damit Erfolg und Ihnen persönlich alles erdenklich Gute, grüßen Sie Ihre werte Gattin von mir, ergebenst Ihr Professor Heinrich Blomberg.*

Das war freundlich genug. Er beschriftete einen Umschlag und nahm den Brief mit. Auf dem Rückweg in die Arztvilla warf Blomberg ihn bei der Poststation ein. Er hätte ihn auch der Sekretärin hinlegen können, wollte aber sichergehen, die Entscheidung wäre endgültig, und er würde nicht am Morgen aus dem Bett springen und den Brief zurückverlangen. Ja, endgültig. Es war wichtig, die Erforschung der metaphysischen Heilmethoden voranzutreiben.

17

München 1908, Palais Schrenck-Notzing

Der Abschied von Beelitz fiel Anna nicht leicht. Diese Reise nach München kam ihr dumm vor, und sie trat sie nur an, weil Blomberg das alles als Wille Gottes ausgab. Was sollte sie da schon sagen? Nur ICH kann den Willen Gottes vernehmen?

Die Frauen, die sich in den letzten Wochen um Anna geschart hatten, um von ihr Führung und Segen zu erhalten, winkten ihr zum Abschied mit Taschentüchern. Und von den Fenstern und Terrassen aus schauten mit versteinerten Mienen jene Frauen zu, denen Anna der Teufel in Person war.

Anna begab sich zu Fuß, es war ja nicht weit, zum Bahnhofsgebäude Beelitz, in der Hand ein Zettel mit genauen Ankunfts- und Abfahrzeiten. Sie war noch nie so weite Strecken gefahren. Sie drückte ihre Reisetasche fest an sich und spürte abwechselnd Gottvertrauen und Ärger. Sie wollte nicht nach München. Sie wollte nicht zu diesem Arzt, der ihr Zugticket bezahlt hatte und dessen Namen sie sich nicht merken konnte.

Zwei Stunden später erreichte sie den Bahnhof Berlin, es war Mittag, und sie fragte sich durch die vielen Reisenden zu ihrem Gleis durch. Ihre Augen waren schlechter geworden. Sie kniff sie angestrengt zusammen, um die Beschilderung lesen zu können. Wie konnten Menschen das Reisen als Vergnügen begreifen?

Als Anna endlich saß, stopfte sie die wollene Gardine, die sich gelöst hatte, in die Halterung zurück. Sie trug fremde Kleidung. Es war leicht altmodische, einst teure Kleidung, nicht die von Arbeiterinnen. Sie vermutete Blombergs abwesende Frau, über die er nie ein Wort verlor. Man hätte Anna für eine Gouvernante oder Lehrerin halten können, die unterwegs zu ihrer neuen Arbeitsstelle war. Ihr gegenüber saß ein junges Ehepaar. Die Dame, elegant und schmal in der Erscheinung, schien ständig ihre Situation verbessern zu müssen, alle paar Minuten fiel ihr etwas Neues ein, das sie aus ihrer Reisetasche brauchte, so dass ihr Ehemann jedes Mal erneut aufstehen musste und ihr das Verlangte geduldig reichen, mal ein Fläschchen Eau de Cologne, mal ein paar Nüsse, mal ein Buch. Schließlich wollte sie seinen Fenstersitz. Nachdem sie getauscht hatten, blickte sie besänftigt nach draußen, dann verwickelte sie ihn in flüsternde Gespräche. Wichtig war, in dieser Unruhe des Verbesserns zu bleiben, statt sich einfach nur der Fahrt zu überlassen. Als der Ehemann anfing, einen Brief zu schreiben, griff sie zärtlich seine Hand und hinderte ihn daran. Geduldig streichelte er ihre Hände.

Auf der anderen Seite saß ein Herr und blickte über den Zeitungsrand immer wieder interessiert zu Anna. Sie hatte Gefallen an seinem Blick und begann mitzuspielen, indem sie immer reservierter wurde. Daraufhin sprach er sie an: »Gnädige Frau, Sie reisen alleine? Wo steigen Sie aus? Ich bin Ihnen gerne behilflich mit Ihrem Gepäck.«

Sie wusste, dass sie nicht lächeln durfte wegen der Zahnlücke. Wie ein Bauchredner, der die Lippen kaum bewegte, sagte sie: »Das ist sehr liebenswürdig, gnädiger Herr. Ich steige in Cöln um.«

»Und wohin geht die Reise, wenn ich fragen darf?«

»Nach München.«

»Sie haben dort Familie?«

Anna schloss die Augen und hörte GOTT sagen: *Du bist schwach geworden. Deine Eitelkeit hat über dich gesiegt. Sei in der Wahrheit, und du wirst frei sein!*

Anna lachte und entblößte ihre Zahnlücke.

»In München erwartet mich ein angesehener Professor, der ein okkultes Labor betreibt. Ich verfüge über die Gabe des Hellsehens und vielleicht auch noch weitere Gaben, das soll erforscht werden.«

»Sie können hellsehen? Hochinteressant. Wissen Sie denn, wohin ich reise?«

»Gnädiger Herr, ich sehe nur das, was der Herrgott für wichtig befindet. Dazu gehört nicht Ihr Reiseziel.«

Sie hörte leises Gelächter der Mitreisenden.

Der Herr hob seine Tageszeitung wieder auf und las weiter.

Sie fuhren schon eine ganze Weile durch den Abend, als sich die einzelnen Gehöfte zu einer Stadt verdichteten. Das letzte Tageslicht ruhte blassblau in den Straßen. Der Zug fuhr an einer riesigen schwarzen Kathedrale vorbei und kam in einer großen Halle zum Stehen. Der Schaffner sagte, sie müsse sich beeilen. Sie drückte die Reisetasche an sich und lief durch das Menschengewirr zu einem benachbarten Gleis. Kaum hatte sie den Zug betreten, fuhr er schon los.

Sie teilte sich das Abteil mit einer älteren Frau, die nach einem prüfenden Blick gute Nacht wünschte und kurz darauf schnarchte. Anna legte sich auf ihre Schlafliege und blinzelte durch eine Vorhangritze nach draußen. Auf dem Rücken liegend, wurde sie aus der Stadt gefahren und in eine dunkle Nacht ohne Lichter. Lange Zeit noch lag sie wach im rhythmischen Klacken des Zuges, dem leichten Schlingern und Schaukeln, das sie an irgendetwas aus der Kindheit erinnerte. *Gott, was hast du mit mir vor?*, flüsterte sie.

Ich zeige dir die Welt!

Nein, München, dachte sie. *Du zeigst mir doch nur München.*

Wie vereinbart blieb Anna morgens nach der Ankunft auf dem Bahnsteig stehen und heftete sich eine rosa Stoffblume an ihre Brust. Während unter der riesigen Glaskuppel das Morgenlicht im Dampf der Lokomotive die Menschen umspielte und die Begrüßungsrufe, Küsse, Umarmungen mit noch mehr Bedeutung auflud, fiel ihr die Gestalt eines eleganten, mittelalten Mannes auf, der sich ihr näherte. »Anna?« Sie nickte, und er gab ihr die Hand. Er trug einen grauen Haarkranz, Spitzbart, und wenn er sprach, blähten sich die geschwungenen Nasenflügel leicht. »Ich werde Ihnen im Palais alles erklären. Für jetzt empfehle ich Ihnen, die Stadt zu bewundern. Viel Zeit werden Sie nicht haben für Ausflüge, ja, es ist auch nicht ratsam, denn eine gewisse Konzentration und Abgeschiedenheit ist für unsere gemeinsame Arbeit erforderlich.«

Sein geradliniger Mund zog sich leicht nach oben. Trotz des Lächelns blieben seine Augen unverändert. Auf dem Bahnhofsvorplatz herrschte reges Treiben. Sonnenlicht sprang grell von den Karosserien in ihre Augen. Sie folgte Schrenck-Notzing um einen halben Meter versetzt, so dass er sie im Augenwinkel noch sehen konnte. Anna fühlte sich benommen und begann, in der Hitze zu schwitzen. Nach einer Viertelstunde erreichten sie ein dreigeschossiges helles Stadthaus. Das Palais war von einer burgenhaften Festigkeit mit eingeschmolzenen Säulen und sehr hohen schmalen Bogenfenstern, ein gusseiserner Zaun schirmte den Vorgarten von der Straße ab. Es hatte ein vorgebautes Eingangsportal und auf den niedrigen Seitengebäuden Dachterrassen. Sie entdeckte auf dem Rasen noch einen Haufen Dachziegel und Sand, und ihren verwunderten Blick kommentierte der Baron: »Das Gebäude ist erst vor zwei Jahren fertiggestellt worden.«

Kühle Luft saugte sich an Annas Wangen, als sie in die steinerne Vorhalle trat. Ihre Augen benötigten ein paar Momente. Obwohl das Gebäude neu war, schien hier etwas sehr Altes zu hängen, als wäre sie in ein uraltes Labyrinth geraten, das durch die Jahrhunderte hindurch existierte und unabhängig von Orten sich manifestierte, hierhin und dorthin zog wie eine Karawane. Porzellanfiguren standen auf schläfrige, aneinander desinteressierte Weise auf dunklen Holzkommoden, in Vitrinen herrschte ein Durcheinander an Spieluhren, Fächern, Schusswaffen, an den Wänden hingen einige Jagdstiche, und die große Treppe war mit einer Ahnengalerie in Goldrahmen geschmückt, selbst das wirkte pflichtschuldig, nicht wie ein liebevolles Andenken.

Mit seiner Hand, die sehr klein war, zeigte Schrenck-Notzing auf die andere Seite der Halle, wo sich eine Tür befand. Anna nahm in diesem Moment Stimmen aus einem der höheren Stockwerke wahr, zwei Frauenstimmen, die im Duett ungehemmt lachten und dann wieder verebbten. Eilige Schritte von Dienstboten erklangen, und zwei Türen fielen nacheinander zu.

Sie betrat einen medizinischen Raum mit allerhand Instrumenten: Saugnäpfe, Trichter, Zangen, Spritzen. Da war auch ein Stuhl, den sie aus der Frauenabteilung kannte, mit an den Lehnen angebrachten Metallschalen. Schrenck-Notzing bemerkte ihren Blick. »Frau Dr. Schneider ist auf dem Weg hierher. Wir beginnen mit der Blutabnahme. Sie haben hoffentlich nicht gefrühstückt, oder?«

Er hörte auch ihr Herz ab, ihren Atem und schickte sie auf die Waage. An der Wand hingen mehrere gerahmte Zertifikate verschiedener Abschlüsse, die Schrenck-Notzing als Arzt erworben hatte. Auch in Hypnose.

»Hatten Sie wirklich Tuberkulose?«

»Ja.«

»Ich kann nicht einmal irgendwelche Spuren feststellen.«

»Gelobt sei Jesus Christus.«

Seine Bewegungen stoppten, er wollte etwas sagen, doch im selben Moment trat eine junge Frau in weißem Kittel ein. Wortlos und mit einem knappen Nicken verließ Schrenck-Notzing das Zimmer.

»Guten Tag. Haben Sie schon einmal geboren?«

Anna schaute in blaue Augen, die arglos wirkten.

»Warum fragen Sie das?«

Röte schoss augenblicklich in das Gesicht. »Das sollte Baron Schrenck-Notzing Ihnen erklären. Bitte, würden Sie sich ausziehen. Es ist zwar etwas kühl in diesem Raum, aber es geht schnell, ich verspreche es.«

Das Gebäude hatte die Anmutung eines Grandhotels, und überall hing eine Geruchsmischung von Kampfer, Moschus und Staub. Es verfügte über mehrere große Säle, versteckte Kammern und breite Korridore, von denen Zimmer und sogar Wohnungen abzugehen schienen. Anna hatte Mühe, den Weg zum Speisesaal zu finden, sie versäumte eine Abzweigung und ging den Gang wieder zurück, vorbei an einer glänzenden Kommode mit Messingknäufen aus Löwenköpfen. Vom Speiseaal aus lief der Blick in den Garten. Um einen langen Esstisch standen hochlehnige Stühle, ein einzelnes Gedeck machte klar, wo Anna sitzen sollte. Hinter ihr befand sich eine hohe Standuhr und tickte laut und herrisch. Man servierte Anna ein weichgekochtes Ei, eine Semmel, Butter, Marmelade und einen Kaffee, und als sie gerade anfangen wollte, trat der Baron ein und nahm am anderen Ende des langen Tisches Platz, so dass Anna beim Essen immer wieder von ihrem Ei aufschauen und ihn in der Ferne suchen musste. Erst als sie fertig gegessen hatte, hob er zu sprechen an.

»Sie wurden mir als Wunder angekündigt. Ich bin aber der Meinung, alles hat natürliche Erklärungen, wir haben nur noch nicht genug geforscht. Die Forschung steckt noch in den Kinderschuhen, die Erforschung des Unbewussten.«

Annas Stirn runzelte sich leicht. Es war wichtig, dass sie ihm entgegentrat mit ihrem Wissen: »Gnädiger Herr, Sie fragten im Behandlungszimmer nach meiner Tuberkulose. Ich glaube, dass Gott mich geheilt hat.«

Schrenck-Notzing schaute sie unbeeindruckt an und sprach weiter: »Die leidende Psyche sucht stets nach Wegen, den Druck zu verringern. Mal manifestiert sie sich in Krankheiten, mal in Neurosen, mal in etwas, das wir vorerst paranormal nennen. Letzteres hat die Macht, in die Struktur der gemeinsamen Realität einzugreifen. Manche nennen es Wunder oder das Göttliche. Aber es ist die Psyche.«

»Woher wissen Sie das, gnädiger Herr?«

»Weil ich in unseren Experimenten beobachte, zu was der Mensch in der Lage ist. Haben Sie schon einmal den Begriff Teleplasma gehört?«

Anna schüttelte den Kopf und hielt unter der Tischdecke die zerknüllte Serviette fest.

»Es stammt tief aus der Psyche, ist aber physischer Natur, ein dem Pflanzenreich ähnliches Zellkonstrukt. Es tritt während einer Sitzung über die Körperöffnungen des Mediums nach außen und wird wieder dorthin absorbiert. Darum auch die ausführlichen körperlichen Untersuchungen. Ich möchte wissen, ob unter den richtigen Laborbedingungen auch Sie so etwas hervorbringen können.«

»Gewiss nicht, gnädiger Herr«, sagte Anna.

»Und was können Sie?«

»Nichts. Ich habe meinen eigenen Willen aufgegeben und ergebe mich vollständig dem Willen Gottes.«

Sie war erleichtert, diesen Satz mit einer gewissen Bestimmtheit ausgesprochen zu haben. Schrenck-Notzing wischte sich über den Bart und zog dann ein Kaffeeservice zu sich heran, wobei der Kaffee über seine Finger schwappte. Er leckte die Fingerspitzen ab.

»Anna, für gewöhnlich bewerben sich die Gäste um einen Platz in meinem Labor. Wer von mir als echtes Medium bestätigt wird, dem eröffnet das Karrieremöglichkeiten in ganz Europa.«

»Das interessiert mich nicht.«

Er schaute sie jetzt mit neuem Interesse an. »Nun, Sie scheinen von etwas beseelt zu sein. Das ist gut. Ehrliche Medien sind mir lieber als jene, die betrügen, selbst wenn sie es in bester Absicht tun. Es schadet meinem Ruf. Aber bei Ihnen muss ich so etwas wohl nicht fürchten.«

»Sie müssen überhaupt nichts fürchten. Auch keine Materialisationen.«

Er lächelte. »Sie können es sich gern ansehen. Heute Abend wird unser Medium Eva mithilfe ihrer Assistentin Juliette eine Sitzung abhalten. Kommen Sie bitte um zwanzig Uhr. Eine Prinzessin, ein Zoologe, ein Physiker, zwei Assistenzärzte und ein Richter werden als Zeugen anwesend sein.«

Schrenck-Notzing stand auf, mit den weichen Bewegungen einer konzentrierten In-sich-Gekehrtheit (wie beim Fingerablecken).

Auf dem Weg zurück in ihr Zimmer verirrte Anna sich ein weiteres Mal. Sie lief lange teppichausgelegte Flure entlang und kam an einer angelehnten Tür vorbei, aus der leise Musik drang, ein Gesang in fremder Sprache. Als sie durch den Türspalt blickte, ballte ein Luftzug die Gardinen vor dem Fenster auf. Zwei Frauen lagen auf dem Bett, eine auf dem Rücken, die andere an sie gegossen auf der Seite liegend, das Leinentuch zerwühlt, beide nackt, sie teilten sich eine Zigarette. Waren das Eva, das Medium, und ihre Assistentin Juliette? Auf dem Boden lagen Zeitschriften, Papier, Schere und Malutensilien, wie von Kindern, aber sie sah keine Kinder.

Rasch ging sie den Weg wieder zurück zu ihrem Ausgangspunkt.

Am Abend betrat Anna den Sitzungssaal als Letzte. Er war fast dunkel, bis auf ein mattes rötliches Licht. In der ersten Reihe saß eine junge Dame in weißer Spitze, wohl die Prinzessin. Die anderen Herrschaften waren dunkle Hügel in Anzügen in der Mitte des Raums. Vor dem Kabinett selbst, das mit einem schwarzen Vorhang verschlossen war, stand eine Kamera aufgebaut.

Juliette führte Eva herein, die ein schwarzes Ganzkörperkostüm trug. Auf ein Zeichen hin erscholl leise Operettenmusik vom Grammophon. Schrenck-Notzing übernahm nun, platzierte sich vor Eva und redete leise auf sie ein. Eva begann den Oberkörper plötzlich hin- und herzuwiegen, schließlich meldete Schrenck-Notzing »Trance!«. Er führte Eva ins Kabinett, der Vorhang wurde vor ihr zugezogen. Man hörte sie von drinnen seufzen und stöhnen. Anna wurde verlegen. Die anderen Gäste hingegen nahmen das obszöne Schauspiel mit großer Selbstverständlichkeit hin.

Als der Vorhang plötzlich aufgerissen wurde, war Eva nackt. Das Trikot lag heruntergepellt am Boden. Anna wandte erschrocken den Blick ab. Ein Raunen ging durch den Raum, aber niemand sprang auf. Offenbar war man dieses Schauspiel gewohnt. Evas Blick irrte durch den Raum, ihr Körper schwankte hin und her, ihre Seufzer klangen schwer, fast wehenartig. Anna hatte so etwas noch nie gesehen und schaute betreten mal zur Seite, mal zu Eva. Da begann Eva plötzlich mit den Armen zu pumpen. »Oh!«, rief jemand. »Ich kann es sehen!«, »pssss!«; und im selben Moment flackerte das Magnesiumlicht auf und blendete Anna so stark, dass der Raum nur noch in Umrissen auf ihrer Netzhaut leuchtete.

»Oh!«, rief jemand, »seht nur!«

Eva verschwand erneut hinter dem Vorhang. Eine große Gewalt schien Eva dort zu schütteln, sie keuchte und stöhnte. Der Gedanke, dass sie demnächst an die Stelle dieser Frau treten sollte, versetzte Anna in große Sorge. Da griffen Evas Hände von innen den Stoff und rissen ihn erneut ruckartig beiseite. Das weiße Blitzlicht leuchtete wieder so stark auf, dass Anna erst nichts erkennen konnte. »Oh!«, raunte es im Publikum. »Das Teleplasma!«

Tatsächlich hing etwas Längliches, Helles aus Evas Mund.

»Es lebt! Seht, es windet sich, es wächst!«

Es war schwer zu sagen, ob es sich wirklich bewegte oder durch Evas Schüttelbewegungen bewegt wurde. Der Vorhang schloss sich wieder vor ihr, das Schaukeln und Stöhnen hielt noch eine Weile an, das Grammophon spielte einen fröhlichen Walzer. Dann verebbten Evas Bewegungen. »Die Sitzung ist beendet«, verkündete Schrenck-Notzing. Er ging zum Kabinett und öffnete vorsichtig den Vorhang. Das Medium lag mehr auf dem Stuhl, als dass es saß. Eine Beistelllampe wurde angeschaltet. Das helle Zeug war verschwunden. Um Evas Mund und Bauchnabel herum leuchteten Spuren eines glitzernden Materials, wie Schneckenspuren. Sollte alles wahr sein? Aber was hatte das mit Gott zu tun? Was ging hier vor sich?

Anna spürte eine tiefe Verwirrung, wie sie es noch nie erlebt hatte. Augenscheinlich befanden sie sich auf einem Terrain, das ihr nicht fremd war. Aber dennoch war es anders. Seit sie das Gebäude betreten hatte, war ihr, als hätte man ihr die Haut abgezogen. Rasch versuchte sie, den Raum zu verlassen, aber Schrenck-Notzing stellte sich ihr in den Weg.

»Morgen werde ich Sie in Trance versetzen. Dann können Sie Dinge, die Sie nicht für möglich halten.«

»Das wird nicht funktionieren«, sagte Anna entschuldigend.

»Warum nicht?«

»Ich glaube nicht an das, was Menschen zu mir sagen, nur Gottes Wort hat für mich Gewicht.«

»Unsinn. Sie müssen auch nicht an eine Narkose glauben, damit sie funktioniert.«

Anna zögerte. Ihr Blick fiel auf Juliette, die Eva in einen Morgenmantel hüllte.

»Herr Baron, warum die Kamera?«

»Eine Sitzung findet Gelingen nur in einer Fotografie. Alles andere wird nicht geglaubt.«

»Warum die Dunkelheit? Das Göttliche hat nichts zu verbergen!«

»Es ist ja auch nicht das Göttliche.«

»Ja, es ist gottlos. Und die Nacktheit ist sündig. Das mache ich nicht.«

Schrenck-Notzing lächelte. »Das müssen Sie nicht. Das ist Evas Spezialität.«

»Aber warum die Dunkelheit, Herr Baron?«, beharrte sie erneut.

Er schüttelte den Kopf wie über ein uneinsichtiges Kind.

»Das Teleplasma zerreißt schnell und löst sich auf bei Licht. Die Kamera sieht es stets besser als wir. Aber das Magnesiumlicht ist auch ein Schock für das Medium, es zieht sich gleich wieder zurück. Sie müssen darauf gefasst sein, durch eine Sitzung sehr erschöpft zu sein. Darum habe ich Sie vorab untersucht. Aber niemand zwingt Sie. Wir können auch Ihre Abreise einleiten.«

Da wurde Anna plötzlich ganz ruhig.

»Gnädiger Herr. Ich werde darüber nachdenken und Ihnen morgen Mitteilung machen.«

Anna begab sich zügig auf ihr Zimmer. Sie zog die Tür fest zu, drehte den Schlüssel um. Sie kniete mit gefalteten Händen vor ihrem Bett.

Etwas in diesem Haus war anders als an anderen Orten. Etwas hier schien stärker als sie. Als wären hier so große Kräfte und Mächte am Werk, dass Anna darin ganz eingesponnen war und nicht mehr, wie doch sonst, die Dinge sah. Sah und wusste.

Verabreichte man ihr irgendetwas Teuflisches, ein Rauschmittel?

Was willst du von mir, Gott? Dass ich diesen Götzendienst mitmache? Grauweiße Gebilde aus mir herauswachsen lasse? Wozu? Deine Wunder, Herr, bestehen aus der Liebe, die du selbst den Geringsten schenkst.

Da Gott nicht antwortete, wandte sie sich an Bozena. Die Heilerin aus dem Dorf war schon viele Jahre tot, doch wenn Anna nicht weiterwusste, erhielt sie manchmal Rat von ihr.

»Du kennst dein Leben nicht«, hörte sie Bozena sagen.

Anna schluckte. »Ich weiß nicht, was ich hier tue.«

Schweigen. Wie immer, wenn es um Anna selbst ging, ließen die Antworten auf sich warten.

Doch da hörte sie noch etwas: »Vergiss nicht, Geld zu nehmen.«

»Nein. Mit den Gaben Gottes Geld zu verdienen, gehört sich nicht.«

»Na, das hat dich ja weit gebracht. Schufterei und Tuberkulose.«

»Jesus Christus hat sich für die Menschheit geopfert.«

»Er war ja auch Gottes Sohn.«

Anna wagte nicht, mit Bozena zu diskutieren. Offenbar hielt Bozena Anna eben nicht für jesusgleich. Der Rat jedoch, Geld zu nehmen und darin keine Schande zu sehen, hellte Annas Stimmung auf. Beruhigt von Bozenas Worten, schlief sie in dieser Nacht besonders tief und erwachte erholt am nächsten Morgen.

Als sie Schrenck-Notzing in seinem Büro aufsuchte und ihre Bedingung aussprach, nickte er nur beiläufig. »Das ist ohnehin mit Professor Blomberg vereinbart gewesen. Ich soll das Geld an ihn überweisen, aber ich kann es natürlich auch Ihnen direkt geben.«

Anna ließ sich ihre Überraschung nicht anmerken. »Das wäre mir lieber. Bar. Auf die Hand.«

»Aber nur im Falle von Erfolg.«

»Was heißt Erfolg?«

»Teleplasma oder Geistererscheinungen.«

»Geistererscheinungen«, wiederholte sie. War es das, was in der Sitzung das Raunen ausgelöst hatte? Anna hatte nichts gesehen, zu grell war das Blitzlicht gewesen. Er schien ihre Skepsis zu bemerken. »Dafür braucht es ein geübtes Auge und Erfahrung in okkulter Praxis. Aber seien Sie gewiss, der Raum war gestern voll mit Geistern. So wie auch das Gebäude insgesamt voll damit ist, sobald hier Medien residieren. Sie ziehen sie an.«

Anna knetete ihre Hände, um sie ruhig zu halten.

»Jedes Medium wird vorher gründlich untersucht. Eva und ihre Freundin haben sich bereit erklärt, das heute zu übernehmen.«

Anna wurde bleich. Aber sie nickte zustimmend, als wäre das eine völlig normale, zu erwartende Handlung.

Um siebzehn Uhr wurden Anna Sandwiches und Tee auf das Zimmer gebracht – sie sollte Begegnungen im Haus von nun an vermeiden –, und um neunzehn Uhr erschienen Eva und Juliette mit fröhlich geheimnisvollen Mienen und baten Anna, sich unten frei zu machen. »Bitte, setz dich hier auf die Bettkante. Verstehst du wirklich nicht? So, Eva macht es dir einmal vor.«

Anna entkleidete sich vollständig und spürte die Wärme des tagsüber sonnenbeschienenen Zimmers auf ihrer nackten Haut. Sie kannte solche Situationen aus den Heilstätten, bloß, dass diese zwei Frauen merkwürdig begeistert waren, Anna nackt zu sehen, und ihr Komplimente machten. Widerwillig nahm sie auf der Bettkante Platz und hielt die Augen wachsam offen, während Eva vor ihr niederkniete, sanft die Beine auseinanderschob, und dann etwas tat, das ihr sehr unangenehm war. Und doch wollte Anna gehorsam sein. Die beiden Frauen hatten ein schwarzes Ganzkörpertrikot mitgebracht und erklärten ihr nun, man würde sie darin einnähen, um jeden Betrug ausschließen zu können. Sie klangen eher wie diese überdrehten Schauspielerinnen in Berlin, die sich einen Spaß aus allem machten, warum auch immer. Als sie in dem Trikot steckte und die Frauen Nadel und Faden hervorholten, trat Schrenck-Notzing wortlos ein. Er schaute zu, wie man den Kragen eng zusammennähte und auch den Stoff um die Handgelenke herum und um die Fußknöchel. Ihr Haar stopfte man unter eine Haube. »Und jetzt bitte den Mund öffnen«, sagte Schrenck-Notzing. Anna öffnete widerwillig den Mund und ließ sich mit einer Taschenlampe hineinleuchten. Die Frauen lachten.

Er ließ ihr den Vortritt. In dem zugenähten schwarzen Trikot fühlte sich Anna wie eingesperrt in Schrenck-Notzings Gedanken, doch da tauchte Bozenas Stimme auf: »Habe Vertrauen.«

Anna war erstaunt, die gleiche Gesellschaft wie am Vorabend anzutreffen, auch die Prinzessin. Anna nahm Platz im Kabinett, und Schrenck-Notzing setzte sich direkt vor sie, so dass er ihr die Sicht in den Raum versperrte. Das Licht wurde leicht gedämpft. Sein Blick war merkwürdig, und sie spürte etwas Fremdes davon auf sich übergehen. »Anna, nicht die Augen schließen. Vertraue mir. Du kennst dein Leben nicht.«

Sie riss erschrocken die Augen auf. Hatte er das wirklich gesagt? Ihr Herz schlug heftig.

»Du wirst gleich in einen anderen Zustand eintreten. Du wirst dort sein, wo wir bereits auf dich warten. Alles ist bereits da. Du bist bereit, Anna. Wenn ich nun aufhöre zu sprechen, bist du dort. Du wirst jedes Mal, wenn ich jetzt sage, den Vorhang für uns öffnen. Jedes Mal. Ich sage jetzt, und du öffnest den Vorhang.«

Anna war keineswegs in einem anderen Zustand. Ihr Herz raste. »Trance!«, verkündete er in diesem Moment.

Das Licht wurde gelöscht. Anna konnte nur noch Umrisse erkennen. Schrenck-Notzing schloss den schwarzen Vorhang, und jetzt saß sie in völliger Schwärze. Ein Grammophon spielte einen Marsch. »Gefällt dir die Musik, Anna?« »Ja«, stieß sie hervor. Geraume Zeit verstrich, jedenfalls kam es ihr so vor, und sie begann, auf ihrem Platz sachte vor- und zurückzuschaukeln, um ihre Nerven zu beruhigen. Sie begann ein leises Gebet. »Jetzt!«, rief Schrenck-Notzing plötzlich, und ihre Finger griffen den Vorhang und rissen ihn beiseite, so wie sie es bei Eva gesehen hatte. Weißes Licht stach in ihre Augen. Sie zog unwillkürlich den Vorhang wieder zu. Sie hörte Gemurmel. »Haben Sie es auch gesehen? Ganz enorm!«

»In der Tat!«

Das alles wiederholte sich drei Mal, dann verkündete

Schrenck-Notzing, dass es fürs Erste genug sei. Vorsichtig half er Anna aus dem Kabinett heraus.

»Sie haben das außerordentlich gut gemacht, Anna!«, lobte er sie vor allen Anwesenden. »Ich wusste, Sie sind ein echtes Medium. Ich habe es sofort gesehen. Zwar kein Teleplasma, zumindest noch nicht, aber die Geister haben Sie uns gerufen!«

Ein leiser Applaus erscholl, als sie in ihrem schwarzen Trikot vor die kleine Versammlung trat. Annas Verwirrung hätte nicht größer sein können. Machte man sich einen Spaß mit ihr?

»Darf ich mich mit ihr unterhalten?«, fragte die Prinzessin.

»Anna wird erschöpft sein. Also, bitte nicht lange.« Und zu Anna gewandt sagte er: »Das hier ist erst der Anfang. Sie werden bald berühmt sein.«

18

Berlin 2020 und 1908

Nieselregen fiel auf Berlin herab. Durch das geöffnete Fenster drangen Mücken in Vanessas Erdgeschosszimmer. Sie kratzte sich an der Schulter, war aber zu träge, um aufzustehen und den elektrischen Tennisschläger (so nannte sie ihn, es gab bestimmt ein Wort dafür) vom letzten Sommer zu suchen, und als sie es dann schließlich tat, waren die Batterien leer.

Schrenck-Notzing, so das Internet, wurde damals auch der Geisterbaron genannt. Zwei Mücken attackierten Vanessa nun abwechselnd, das Sirren in der Luft wurde von zwei Männern übertönt, die den Müllcontainer über den Hof zogen. Allmählich musste Vanessa sich um einen Stellplatz für ihre Sachen kümmern. Sie musste dem Arbeitskollegen und seinem Sofa zusagen. Zu Schrenck-Notzing war auch Thomas Mann mehrmals gegangen und anschließend mit seinen okkulten Berichten auf Europatour, fasziniert von dem, was er während der Séance meinte gesehen zu haben: aufsteigende Taschentücher, unter denen sich Klauen abzeichneten, Ohrfeigen und leichte Schläge aus dem dunklen Nichts, eine Schreibmaschine, die von alleine zu schreiben begann. Thomas Mann hielt das für die ersten Schritte in eine neue wissenschaftliche Disziplin. Heute interessierte das alles nur noch die Esoterik und vielleicht die Literaturwissenschaften. Auf YouTube fand Vanessa das Video einer Spiritismusgruppe, die erst vorige Woche die Levitation eines runden

Plastikgartentisches während einer Séance gefilmt hatte. Ein anwesender Physikprofessor beglaubigte die Echtheit und den Erfolg des Experiments. In den Kommentaren machten einige Viewer darauf aufmerksam, dass das Medium, ein älterer, kräftiger Mann, sein Knie gegen das Tischbein drücke und dadurch den Tisch hochhebele. Seine Daumen befanden sich außerdem sichtbar unter der Tischplatte und halfen nach. Da so ein Plastiktisch nicht viel wiege, müsse man das Experiment mit einem massiven Holztisch machen. Sofort folgte Geschrei:

@spirit-tv: Ein Holztisch??!!! Die Geister zerschmettern dir damit deine Füße und Knie!!!

@Ultrafeeljazz: Aber ein Plastiktisch beweist gar nichts!

@spirit-tv: Versuch du mal, einen Tisch mit einem Daumen anzuheben, ohne zu zittern!!!

@Ultrafeeljazz: Aber das Knie hilft doch mit. Seid ihr blind?

@Fuchsseele66: Trotzdem, versuch mal, ihn ohne Zittern in der Höhe zu halten, nur mit Daumen.

@Earthchildren: Aber die Ellbogen des Mediums sind ja sogar abgespreizt, man sieht es doch ganz klar ...

@spirit-tv: Wenn du einmal live dabei warst, hast du keine Zweifel mehr, dass die Geistwesen wirklich anwesend sind. Man muss einfach dabei sein.

@MrJeremY: Hahaha, Satire! Damals bei Schrenck-Notzing ging das noch anders zu, das waren seriöse Experimente.

Thomas Mann schien man die Geistergläubigkeit als literarische Exzentrik durchgehen zu lassen, Schriftsteller waren bekanntlich komische Menschen. Kritik gab es nur von einer Germanistin, die Thomas Manns Essay »Okkulte Erlebnisse« permanente Kategorienvertauschung vorwarf und über die jahrzehntelange Milde ihrer Kollegen den Kopf schüttelte.

Vanessa googelte Teleplasma, das man inzwischen auch Ektoplasma nannte. Neben Ghostbusters fand sie die Anzeige für einen Workshop in Berlin: Ein queeres Self-Building-Ritual, das in der Tradition des Mediums Eva Carrière und ihrer Partnerin Juliette Bisson das Posieren mit Ektoplasma vor der Kamera zelebriere als queere Selbsterfahrung, die das Übersinnliche und Sinnliche vereine. Das Ektoplasma werde für den Workshop nach traditionellem Rezept hergestellt aus Mull, Mehl, Wasser und veganem Ei; selbstverständlich laufe im Workshop alles vegan und gewaltfrei ab.

Vanessa stand auf und machte sich den dritten Kaffee an diesem Morgen. Dabei ließ sie über Spotify Beethoven laufen und versuchte zu verstehen, was ihre Urgroßmutter in dieser Musik wahrgenommen hatte. Es waren drängende, an- und abschwellende Klänge, die irgendetwas von ihr wollten. Sie wechselte auf Greatest Hits Beethoven, Mondscheinsonate, die wollte ein bisschen weniger von ihr, hatte sich fast schon depressiv aus der Welt verabschiedet. Dennoch war das nichts, das im Hintergrund laufen konnte, es war eher wie ein Mensch, der Probleme hatte.

Sie stellte die Musik wieder aus und setzte sich mit Kaffee und Manuskript an den Schreibtisch. Sie las, dass im Frühjahr, als die Forsythien zu blühen begannen, ihre Urgroßmutter mithilfe des Gärtners die Rosen zurückschnitt. Dass sie den Strauch von totem Geäst und von sich ins Innere verirrenden Trieben befreite. Der Gärtner Anton erweckte den Eindruck, der Garten gehöre eigentlich ihm, selbst an seinen freien Tagen kam er abends zum Gießen vorbei. Johanna hätte nie etwas zu verändern gewagt, ohne es mit ihm abzusprechen. Freundlich abwägend gab er Ratschläge, und als sie einmal versehentlich einen jungen Trieb der neu gepflanzten Himbeere herausriss, schien sein Herz gebrochen.

Seit Blombergs Absage hatte sich einiges im Haus geändert. Clemens war jetzt umso entschlossener, seine Forschung voranzutreiben und den Schimmelpilzwirkstoff zu identifizieren. An einem Abend saßen Johanna und er lange zusammen und führten ernste Gespräche; Johanna schlug vor, dass er das Teehaus selbst umbauen solle, und zwar zu einem Labor. Da sei noch ein Stück Land bei Potsdam, das sie verkaufen könnte. Für einen Moment schien er sprachlos und machte dann den Vorschlag, eigenhändig mit anzupacken, um die Kosten niedrig zu halten, schließlich habe er auch während des Studiums auf dem Bau gearbeitet. Sie waren einträchtig miteinander wie lange nicht mehr und hielten sich an den Händen.

In den folgenden Wochen wurden Kalk- und Zementsäcke angeliefert. Johanna konnte von ihrem Fenster aus beobachten, wie Clemens und zwei Burschen, die er im Wedding aufgegriffen hatte, Eimer und Geräte durch den Garten trugen, und manchmal hörte sie ihn ein Lied pfeifen. Er war beschäftigt, und das war gut, denn Johanna war nicht beschäftigt. Nachdem sie sich in jener Nacht alles von der Seele geschrieben hatte, war sie erst mal verstummt. Sie probierte manchmal etwas zu den Heilstätten aus, aber oft saß sie nur dort, stand irgendwann auf und streunte durch den Garten. Der Text war zwar längst im Ofen, aber immer wieder sah sie Annas Gesicht, wenn sie an diesen verworfenen Text dachte, empfand den Kitzel einer Versuchung.

Die Tage wurden länger, und das Feuer im Kamin blieb inzwischen aus. Johanna bepflanzte ein Spalier mit Geißblatt, eine Sorte, die auch im Winter ihre Blätter nicht abwarf. Täglich schaute sie nach den Wachstumsfortschritten der zwei munter emporschießenden Triebe, die sich umeinandergewickelt hatten, dadurch Größe und Stärke verdoppelnd. An einer bestimmten Stelle jedoch hielten die Stängel inne, eine dickere Holzstrebe war im Weg und ließ die beiden Emporkömmlinge offenbar hoffnungslos verzagen. Immer wieder führte Johanna sie wegweisend um das Holzstück herum, doch nahmen sie die Hilfestellung nicht an. Der Gärtner beobachtete Johannas Tun einige Tage lang, dann zwang er die Triebe mit einem Bindfaden in die erwünschte Richtung. Schon am nächsten Morgen hatten sie die Biegung geschafft. »Manchmal braucht es ein bisschen Zwang«, sagte er lachend. Johanna schwieg nachdenklich.

Mitte Juni wurde das Labor fertig. Die Holzwände waren durch Mauerstein ersetzt worden, verputzt und geweißelt. Der Boden war ein einfacher Estrich, der tatsächlich ein funktionales Laborgefühl heraufbeschwor. Der neue Ofen sollte den Raum auch im Winter auf stabilen 24 Grad halten können, für die Schimmelpilzkulturen optimal. Tische und Vitrinen hatten Einzug gehalten, Gasbrenner, Petrischalen, Gläser, Pinzetten, Messer. Da standen auch zwei kleine Käfige, in denen Clemens Mäuse halten wollte, um den Wirkstoff zu testen. Lieferantin war, wie schon bei den verschimmelten Nahrungsmitteln, Hilde, die mit gewissem Stolz um die Nase diesen Auftrag notierte.

Johanna entdeckte auch den zur Liege aufklappbaren Sessel. Clemens erklärte, er sei für die langen Wartezeiten während der Versuche gedacht. Er wirkte recht zufrieden, auch erschöpft, und es berührte sie, dass sein Wunsch zur Forschung schwerer wog als die Ablehnung einer Institution. Sie erkannte in diesem Augenblick etwas von damals wieder, als sie sich kennengelernt hatten – das Echte und Lebendige in ihm, das ihr so gefallen hatte, das kraftvoll über die starren Strukturen um sie herum triumphierte.

Als die Fliederbüsche gerade verblüht waren, erhielt Johanna einen Brief von Blomberg. Sie öffnete überaus hastig den Umschlag, verbarg das Geschriebene mit dem eigenen Körper, obwohl niemand in der Nähe stand. Seit Blombergs Absage war sein Name im Haus nicht gut gelitten.

Verehrteste, hätten Sie die Güte, mich am Donnerstag um fünfzehn Uhr zu empfangen, es gibt etwas zu besprechen. Sie ahnen, um was es geht!
Ergebenst, Prof. Heinrich Blomberg

Natürlich ahnte sie, um was es ging! Allein diese konspirative Formulierung erregte sie merkwürdig. Die Antwort schrieb sie sofort. Gern wolle sie ihn treffen, aber nicht hier. Sie bat den Professor höflich, ins Café Kranzler auf dem Boulevard Unter den Linden zu kommen.

Johanna schlief an jenem Tag viel zu lange. Sie kroch in ihre Pantoffel, wickelte sich in den Morgenmantel und schob den Nachttopf unter das Bett, wo Hilde ihn nachher hervorholen würde. »Sie sehen erholt aus«, log Hilde sie an.

Nach dem Mittagessen, Klopse mit Sardellensauce und grünem Salat, ließ Johanna sich von Hilde in ihr Kleid helfen, ein elfenbeinfarbener Seidenstoff mit blassblauen Stickereien, und stieg wenig später in die Droschke. Am Halleschen Tor bogen sie in die Friedrichstraße, und jedes Mal musste Johanna daran denken, dass die Stadt, die so schnell gewachsen war, zu Zeiten ihrer Großeltern hier schon zu Ende gewesen war; Wiesen und Sandflächen erstreckten sich damals bis zum Tempelhofer Feld.

Am Pariser Platz blickte sie einer Frau hinterher, die Ähnlichkeit mit Sibilla hatte. Ihr war, als könnte sie über die leichten Abweichungen die Eigenheiten ihrer Schwester besser erkennen. Seit dem Abendessen war Sibilla nicht mehr bei ihnen gewesen und hatte sich auch nicht mehr gemeldet. Tatsächlich war Johanna froh darüber, doch löste es zugleich eine bange Sorge in ihr aus. Hatte sie irgendetwas gesagt oder getan, was die Schwester verstimmt hatte?

»Wir sind angekommen, gnädige Frau«, rief der Kutscher.

Sie entdeckte Blomberg draußen auf der Straßenterrasse. Er gestikulierte sie freundlich verhalten zu seinem Tisch, und sie ging lächelnd auf ihn zu, wie auf einen Freund.

»Wie geht es Ihnen, gnädige Frau? Schreiben Sie an Ihrem Heilstättenbuch?«

Johanna nickte beiläufig. »Ja, das tue ich.«

Blomberg winkte dem Kellner. Sie bestellten Kaffee, und Blomberg ein Himbeertörtchen.

»Sie wissen, warum wir uns treffen? Anna ist aus München zurück.«

»Oh, sie war in München?«

»Anna war zu mediumistischen Forschungszwecken bei Baron Schrenck-Notzing, einem angesehenen Spiritismusexperten. Er verleiht dem vermeintlichen Hokuspokus den notwendigen seriösen Rahmen, indem er ihn erforscht und mit modernster Technik dokumentiert, der Fotografie. Übrigens, ich erwähnte ihn bereits«, schloss er leicht tadelnd.

Johanna schaute durch die Fensterscheibe ins Café. Es war noch ein bisschen unordentlich von den Mittagsgästen; Tische wurden abgeräumt und gewischt, eifrig liefen die Kellner hin und her. Sie sammelte sich und blickte Blomberg kühl an. »Was ist der Sinn und Zweck jener Forschung?«

»Materialisations-Phänomene, Geisterfotografie, Telekinese und so weiter.«

Johanna verstand kein Wort und spürte Enttäuschung. Hatte das mit dem Unfug zu tun, der im Salon von Hasenhöfer stattfand?

»Ein okkultes Laboratorium«, sagte Blomberg nun fast etwas zu laut, so dass sich einige Gäste zu ihnen umschauten. »Dort geht es nicht um Glauben, sondern um Wissenschaft. Unter Laborbedingungen werden die Leistungen mediumistisch begabter Personen untersucht. Klopfgeräusche, Levitationen, kurzzeitige Materialisationen von Gegenständen und ihre Rückauflösung sind Schrenck-Notzings Ansicht nach den psychodynamischen Entladungen dieser ausgewählten Individuen geschuldet.«

»Psychodynamische Entladungen«, wiederholte Johanna.

»Nach der Animismus-Theorie ist ihr Ursprung keineswegs jenseitiger Natur. In gewisser Weise handelt es sich um einen personengebundenen Spuk. Eines Tages werden wir alles systematisch in unseren Lehrbüchern vor uns ausgebreitet finden.«

Johanna spürte, wie die Enttäuschung die Oberhand gewann. »Nun, ich war bei einer dieser Sitzungen von Hasenhöfer dabei, aber ich konnte erkennen, wie das Medium die angeblich materialisierten Blumen aus dem Kleiderärmel zog. Alle waren entschlossen, den offensichtlichen Betrug nicht zu bemerken. Das hat mich allerdings fasziniert. Die Bereitschaft zu glauben! Es waren angesehene Leute. Warum sollte es bei Ihrem Experten nun anders sein?«

Die Umgebung schien für einen Moment zu einem stillen Zeugen ihrer Diskussion zu werden. Johanna schaute betreten auf das Himbeertörtchen, das angebissen vor Blomberg stand.

»Was in den Salons passiert, sind mehr oder weniger gut inszenierte Tricks. Aber ich garantiere Ihnen, derartigen Betrug können wir bei den Experimentalstudien von Schrenck-Notzing vollständig ausschließen.«

Er zog eine Fotografie aus seiner Brieftasche und legte sie neben Johannas Kaffeetasse. Johanna zögerte, dann nahm sie die Aufnahme in die Hand. Auf dem Bild war Anna zu sehen, ihr Gesicht von weißem Blitzlicht erfasst, zwischen zwei schwarzen Vorhängen. Über Annas Gesicht schwebte ein fremdes Gesicht, das leer aus dem Raum herauswuchs. Es war das körperlose Gesicht eines Mannes mit Schnurrbart. Johanna legte die Aufnahme auf den Tisch zurück, ein Zittern erfasste sie.

»Was ist das?«, fragte Johanna leise.

»Das sind sogenannte Geister- oder Phänomenfotografien.«

»Das kann doch nicht sein«, sagte Johanna, ihre Kehle plötzlich ganz trocken. »Das muss Betrug sein.«

»Wie könnte Fotografie betrügen? Unsere menschlichen Augen mögen sich täuschen, bereitwillig täuschen lassen, aber nicht eine technische Apparatur. Völlig ausgeschlossen.« Blomberg lehnte sich zurück und kreuzte die Arme.

»Ich verstehe dieses Bild nicht. Es gruselt mich.«

Sie blickte noch einmal in das ausdruckslose, kalkweiß erleuchtete Gesicht von Anna, über dem ein flächiges Gesicht schwebte, zweidimensional, wie ausgeschnitten und aus einer tatsächlich anderen Welt. Sollte das ein Geist sein?

»Wenn alles so gut geklappt hat, warum ist Anna dann wieder hier?«

Blomberg nahm die Fotografie in die Hand, betrachtete sie eingehend und schien dabei die düstere Atmosphäre des Bildes zu absorbieren, bevor er sich zu einer längeren Antwort entschloss: »Schrenck-Notzing ist fixiert auf ein spezielles Materialisationsphänomen, das Teleplasma. In den Sitzungen sondern die Medien ein gazeartiges graues Material aus ihren Körperöffnungen aus, das sich zu dreidimensionalen Gebilden formt, zu im Raum schwebenden Händen, Körperteilen. Verzeihen Sie meine Direktheit, aber tatsächlich dringt es aus Mund, Ohren, Augen, Brustwarzen und dem Geschlechtsteil und wird auch dahin zurückabsorbiert. Dieses direkte Ausscheiden und Resorbieren mit dem eigenen Körper scheint Anna nicht zu können oder nicht zu wollen.«

»Weil es Betrug ist.«

Blomberg schaute sie nur kurz an und fuhr fort: »Außerdem hatten sie eine Meinungsverschiedenheit. Anna hält ihre Gaben für ein Geschenk Gottes. Damit kann Schrenck-Notzing aber nichts anfangen. Für ihn sind diese Phänomene bloß externalisierte hysterische Anfälle von Individuen, die in ihrem Ich-Bewusstsein gestört sind. Anna will sich solche Deutungen nicht gefallen lassen.«

»Wo ist Anna jetzt?«

»Zurück in den Heilstätten. Offen gesagt ist das auch der Anlass für unser Treffen heute. Ich wollte Sie erst ein wenig vorbereiten, bevor ich Ihnen nun eine Einladung ausspreche. Anna wird demnächst eine Séance abhalten. Ich lade nur Personen ein, die für solche Ereignisse offen sind. Dazu zählen gewiss auch Sie. Oder täusche ich mich?«

Johanna lachte nervös auf.

»Was soll ich meinem Mann sagen? Sie wissen sicher, dass er für Dinge dieser Art nicht aufgeschlossen ist. Erst recht, da Sie ihm die Stelle nicht gegeben haben, auf die er sich beworben hat.«

Das Schweigen zwischen ihnen hielt etwas zu lange an. Johanna bedauerte ihren Einwurf bereits, sie rührte in ihrem Kaffee, der fast leergetrunken war.

»Erzählen Sie Ihrem Mann, Sie müssen zu Recherchezwecken noch einmal nach Beelitz. Vielleicht planen Sie auch zwei Übernachtungen ein? Sie können eine unserer Dienstwohnungen im Alpenhaus beziehen.«

Wenig später brach Johanna auf. Voller Ehrfurcht, aber auch Angst dachte sie während der Rückfahrt an die unheimliche Geisterfotografie. Wer war diese Anna Brenner?

19

West-Berlin 1967

An ihrem Geburtstag war sie von einer Erkältung geplagt: Husten, Heiserkeit und Halsschmerzen. Sie lag im Bett und richtete ihren Blick beharrlich auf ein Ölgemälde an der Wand, das die Angler am Bosporus zeigte, ihr den Rücken zukehrend. Das Wasser der türkisgrünen Meerenge schwappte über die Kaimauer, die Männer standen in einer großen himmelglänzenden Pfütze. Das Wasser floss bis in Johannas Schlafzimmer.

Sie war froh, dass Klaus an diesem Tag etwas früher kam. Als sie ihn an der Tür hörte, griff sie hastig nach den zerknüllten Papiertüchern und stopfte sie unter das Kopfkissen. Er stand mit einem Blumenstrauß vor ihr, gelbe Nelken und Schleierkraut, nichts Besonderes, und genau das rührte sie.

»Herzlichen Glückwunsch zum Geburtstag, Frau Schellmann.«

»Danke, das ist sehr lieb von dir.«

»Ins Wohnzimmer damit oder lieber hierhin?«

Sie zuckte die Schultern.

Natürlich, sie würde wieder aufstehen und gesund werden, es war ja nur eine Erkältung. Wann aber käme der Moment, an dem etwas Harmloses in etwas Ernstes kippte? Jeder Moment eignete sich dazu. Es konnte immer passieren, und jeder Tag schien übersät mit ersten Anzeichen. Und dann war da noch das, was Johanna ihre Geister nannte;

Anna, die im Wohnzimmer saß und sie anstarrte, während im Fernsehen Werbung für Farbfernseher und Autos lief. Anna, so jung, wie sie zuletzt ausgesehen hatte.

Johanna wusste, die Erscheinung war nicht echt. Selbstverständlich nicht. Sie wusste es, und gerade deshalb spürte sie allergrößte Hemmung, jemandem davon zu erzählen. Sobald sie es ausgesprochen hätte, wäre es in der Welt und hätte Konsequenzen.

Vielleicht war es auch nur eine Art Traum. Wenn sie an damals zurückdachte, schien ihr eigentlich alles wie ein einziger seltsamer Traum, der auch anders hätte geträumt werden können. Nun, für Anna war es sicher kein Traum gewesen.

War sie deshalb hier?

Johanna hatte es inzwischen auf die Bettkante geschafft.

»Ihre Strickjacke.«

Sie zog sie über und bemühte sich, gegen das Schamgefühl anzukämpfen; Klaus hatte sie bislang nicht im Nachthemd gesehen. Während sie mit vorsichtigen Schritten ins Wohnzimmer tappte, machte er im Schlafzimmer das Fenster auf und schlug, sie hörte es, die Bettdecke aus.

Im Wohnzimmer lagen überall Manuskriptseiten. Sie konnte sich nicht erinnern, was sie damit angestellt hatte. Warum lagen sie unter dem Couchtisch?

Sie hatte in den neuen Seiten herumgekritzelt, Streichungen und Ergänzungen gemacht. Sie fiel sich selbst immer wieder ins Wort, verbesserte, als wollte sie in einem ewigen Verbessern bleiben, niemals das eine, gültige letzte Wort finden müssen. Das, was alles erklären würde. Für wen eigentlich? Für alle, die im Leben einen großen Fehler gemacht hatten und dachten, sie kämen damit irgendwie durch?

Sie schaute Klaus an, der nun die Fenster im Wohnzimmer aufriss.

»Danke, es reicht, junger Mann.«

»Die Luft ist sehr abgestanden.«

»Ach ja, frische Luft, das Allheilmittel«, sagte sie spöttisch.

Auf der gegenüberliegenden Häuserseite saßen junge Menschen auf einem Balkon, die Füße auf der Brüstung abgelegt.

Alle von damals waren tot. Nur wenn sie an ihre Tochter dachte, an Emmy, wurde sie ruhig. Die Liebe zu ihrer Tochter war alles, was ihr noch blieb.

»Ich habe Ihnen noch was mitgebracht.«

Klaus fasste in seine Tasche und holte einen kleinen sandfarbenen Karton mit dem Schriftzug Guerlain Jicky hervor. Johanna lächelte und zog vorsichtig den Flakon aus der Verpackung.

»Mouchoir de Monsieur gab es nicht. Aber Jicky, angeblich ein anderer Klassiker. Ich kann umtauschen.«

»Mein Mann hat auch Jicky benutzt.«

Sie öffnete den Flakon und roch daran. »Klaus, darf ich dir etwas auf das Handgelenk sprühen? An einem Mann riecht es anders als an einer Frau.«

Er nickte, aber sie sah, es war ihm unangenehm.

Johanna schloss die Augen. Lavendel, Zitrone, Gewürze. Sie nahm die blitzartig eintreffenden Stimmungen wahr, fern und nah zugleich, als hätte man sie sechzig Jahre zurück in die Vergangenheit geschossen.

»Aber wofür brauchen Sie das jetzt?«

»Um mich erinnern zu können.«

Johanna ließ den Flakon wieder sanft zuklicken.

»Haben Sie heute Morgen gefrühstückt, Frau Schellmann?«

»Ich glaube nicht. Ich weiß es gerade nicht mehr.«

Der letzte Satz war unvorsichtig gewesen, und sie schickte hinterher: »Ich habe keinen Hunger. Mein Hals schmerzt, und hinter meiner Stirn klopft und pocht es.«

»Nehmen Sie das. Dann geht es Ihnen besser.«

Sie nahm das Aspirin. In der Küche machte er sich daran,

eine Dose zu öffnen. Wahrscheinlich Erbsensuppe. Sie hatte richtig geraten. Wenig später brachte er ihr das Essen auf einem Tablett ins Wohnzimmer. »Versuchen Sie es mal, Frau Schellmann. Ein bisschen wenigstens.«

Sie tat ihm den Gefallen. Auch wenn sie das Gefühl hatte, ihre Essgeräusche, ihr Schlucken, waren lauter als je zuvor.

Sie räusperte sich und sagte: »Können Sie bitte beim Verlag anrufen und Bescheid geben, dass ich für den Text etwas mehr Zeit brauche? Die Erkältung hat mich lahmgelegt.«

Er nahm sofort das Telefon und wählte. Meldete sich mit seinem Namen, Klaus Meyer, und übermittelte Johanna Schellmanns Anliegen, ganz wie gewünscht. Eine Pause entstand. Dann sah sie ihn nicken. Jetzt drehte er sich ganz zum Fenster, sie konnte sein Gesicht nicht mehr sehen. Nachdem er sich schon verabschiedet hatte, legte er nicht auf, sondern hielt den Hörer immer noch in der Hand.

»Klaus, was sagt der Verlag? Gibt es ein Problem?«

»Viele Grüße und gute Besserung. Alles in Ordnung. Sie können sich Zeit lassen.«

20

Berlin und Beelitz 2020

Das Bad war ein enger Schlauch aus Waschbecken, Klo und Dusche. Um den kleinen Tretmülleimer lagen die Halbmonde ihrer Fingernägel, offenbar hatte Vanessa neulich daneben gezielt. Im Waschbecken nahmen die Kalkablagerungen überhand, und um das Sieb im Ablauf der Dusche schleimten Schmutzansammlungen. Das Bad putzte sie seit der Wohnungskündigung wegen Eigenbedarf nicht mehr. Es war eine merkwürdige Genugtuung, den Schmutz schließlich überdeutlich sehen zu können.

Sie trat in die Dusche und wartete, bis das Wasser die richtige Temperatur hatte. Alle paar Sekunden musste sie dann nachkorrigieren, irgendwas an der Mischbatterie war defekt, so dass das Wasser stets eine Spur zu heiß oder zu kalt war.

Während des Duschens konnte sie in die Psychotherapiepraxis gegenüber schauen, in der kurz vor der vollen Stunde der Therapeut von seinem Ohrensessel aus das Fenster öffnete. Auf seinen Knien balancierte er ein Heft, in das er Notizen machte, dabei hell angestrahlt von einer Stehlampe. Manchmal schaute er auf, als fühlte er sich beobachtet, und Vanessa wich einen Schritt vom schmalen Fenster zurück. Sie war nicht sicher, ob er sie sehen konnte.

In ein Handtuch gewickelt, stieg sie aus der Dusche, im selben Moment hörte sie ein scharfes Klopfen an der Wohnungstür. Die Türklingel war kaputt, und sie hatte den Vermieter nicht informiert. Das Badehandtuch fest um den Körper gezurrt, blieb sie mitten im Zimmer stehen. Sie sah zwei Gestalten in den Hinterhof treten, der eine schirmte mit einer Hand seine Augen ab und berührte mit der Nasenspitze die Fensterscheibe zu ihrem Zimmer. Konnte er sie sehen? Die gedrungene Gestalt war ihr Vermieter. Der andere war jung. Als beide den Hinterhof verließen, ließ Vanessa das Handtuch fallen und suchte nach Unterwäsche. Erneut das Klopfen, diesmal fordernder. »Frau Schellmann?«

Der Gedanke, die beiden Männer würden wie die Katze vor dem Mäuseloch dieses Spielchen fortsetzen, versetzte Vanessa in Schrecken. Sie entschied sich gegen die Strategie des Sich-tot-Stellens, angelte nach einem Baumwollkleidchen, das man einfach nur überwerfen musste.

Ihr Haar war noch nass, daher öffnete sie mit den Worten: »Ich war unter der Dusche. Guten Tag.«

»Guten Tag, Frau Schellmann, ich habe einen kleinen Anschlag auf Sie vor.«

Er lächelte. Er hatte immer diese aufgesetzt freundliche Art, so verständnisvoll, und war dennoch in der Lage, einen vor die Tür zu setzen.

»Ach, noch einen Anschlag?«

Er ignorierte das und nickte zu dem jungen Mann hoch, der ihn um einen Kopf überragte. »Es wäre für uns eine große Hilfe, wenn mein Sohn einmal kurz die Wohnung sehen dürfte.«

Vanessa blieb stumm. Sie kostete aus, dass sie für ein paar Sekunden ein klein wenig Macht hatte. Dieses eine Mal konnte sie über den Vermieter und seinen Sohn entscheiden, der höchstens siebzehn war und mitnichten eine eigene Wohnung brauchte.

»Haben Sie mein Schreiben nicht erhalten?«

Hatte sie, hatte es aber ignoriert.

»Die klauen hier aus den Briefkästen raus. Die Haustür ist ja meist offen.«

»Dann ist ja gut, wenn Sie hier wegkommen.«

Er setzte bereits die Maske auf. »Es dauert nur fünf Minuten. Bitte, Frau Schellmann.«

Vanessa machte Platz, dazu musste sie sich in dem schmalen Flur mit dem Rücken an die Wand drücken. Sie bemerkte einen Aftershave-Geruch, der sich erstaunlich schnell ausbreitete, immer stärker wurde. Wie durch giftigen Nebel hindurch beobachtete sie die zwei Männer in ihrer Wohnung, die ab diesem Moment endgültig nicht mehr ihr Zuhause war.

Der Vater machte Hinweise zu einer neuen Einbauküche, und dass man den billigen Laminat-Bodenbelag herausreißen müsse, darunter befänden sich noch die alten Dielen, die sich aufbereiten ließen, der Sohn nickte gleichgültig. Er hatte ein zu großes Gebiss in einem schmalen Gesicht, dabei die suchenden Bewegungen eines jugendlichen Kiffers. Das feuchte Badehandtuch hing verheddert über der Stuhllehne, mehrmals blickte der Sohn dorthin, als läge das ganze Rätsel der Welt in dem Tuch verborgen. Dann starrte er Anna Brenners Bild über dem Schreibtisch an.

Nachdem sie die beiden wieder los war, riss Vanessa die Fenster auf, versteckte sich aber im Flur, der einzige Punkt, wo man sie definitiv nicht sehen konnte. Sie umklammerte ihren Körper mit ihren Armen und ließ sich wie in einem Achtzigerjahre-Film theatralisch an der Wand herabrutschten. Sie weinte einige Minuten lang, und diesmal ohne jeden Anteil von Verlassenheitsgefühlen aus der Kindheit (wie sonst), sondern nur bezogen auf das Jetzt, das brutale Jetzt. Aus dieser Sicherheit roher, überwältigender Emotion heraus drückte sie die Nummer von Maurus Meyer. Er ging sofort dran.

»Was gibt's denn, Frau Schellmann?«, fragte er fröhlich.

»Ich möchte eine Wohnung.«

»Ich weiß. Warten Sie«, sagte er, als wäre ihr Auftreten völlig normal.

»So ein Zufall. Ich wollte Sie tatsächlich heute anrufen«, sagte er und erzählte ihr von einer Mietwohnung in Beelitz Stadt, Dachgeschoss, 68 m², Fußbodenheizung, Einbauküche, kleine Terrasse, Erstbezug, 995,00 Euro. Das Inserat sei noch nicht online, er müsse erst noch Bilder machen. Aber die Wohnung würde sofort weggehen, soviel sei klar. »Ich will heute übrigens hinfahren.«

Er machte eine Pause, wartete auf Vanessas Reaktion.

»Aha.«

»Klingt das denn interessant für Sie? Die Wohnung liegt nicht im Creative Village, also nicht direkt bei den Heilstätten, sondern drei Kilometer weiter in Beelitz Stadt. Alter Stadtkern, ganz hübsch, inmitten von Wiesen und Wäldern, sogar mit eigenem Bahnhof.«

Er klang fürsorglich, das verwirrte Vanessa ein bisschen. Zugleich, war sie ehrlich, hatte sie ja genau darauf gehofft: Auf Hilfe, gern von einem Fremden, quasi anonym, direkt vom Universum.

»Ja, das klingt interessant«, sagte sie.

»Ich könnte Sie in einer knappen Stunde abholen. Der Eigentümer ist ein Bekannter von mir. Bei Interesse kann ich da sicher was machen.«

Als sie aufgelegt hatten, föhnte sie sich das Haar mit einer Rundbürste trocken, so dass es etwas gepflegter aussah. Sie zog eine neue cremeweiße Bluse an und schminkte sich wie zu einem Date (wie ungeschminkt aussehen).

Der Makler stand bei laufendem Motor in zweiter Reihe vor ihrem Wohnhaus. Er trug eine Maske und sein Blick, als sie neben ihm Platz nahm, wanderte an ihr rauf und runter. Als sie keine Anstalten machte, selbst eine Maske aufzusetzen, zog er seine ab.

Sie bogen aus dem afrikanischen Viertel auf die breite Seestraße Richtung Plötzensee, und das Gemisch aus veganen Cafés, Kitas, Wettbüros, Dönerbuden und Nagelstudios forderte ein Gespräch über die Veränderungen der Stadt heraus; Wedding und Gentrifizierung, das Übliche. Und ja, sie fühle sich hier wohl, viel zu wohl, seufzte sie. Gern gehe sie in den Rehbergen spazieren und im Plötzensee schwimmen, mitten in der Stadt so viel Natur, der Wedding sei ihrer Meinung nach einer der besten Kieze. Sie geriet ins Schwärmen, als gäbe sie ein Interview für ein Stadtmagazin (sie sah ein Lächeln bei ihm).

Sie schaute den Makler zum ersten Mal genauer an. Wenn er lachte, sah man ein bisschen zu viel Zahnfleisch, er hatte geschwungene Lippen und hellgrüne Augen. Das Haar war raspelkurz, ab einem bestimmten Alter war das für Männer wohl die beste Lösung. Sie schätzte ihn auf Mitte vierzig.

Er behauptete, Berlin habe den Zenit überschritten und die Leute, ja sogar er selbst, kämen ihm vor wie in einem Live Action Role Play, jeder versuche nur noch, sich selbst nachzuspielen. Ja, ergänzte Vanessa, man versuche, Berlin nachzustellen, als es noch cool war, und durch die Pandemie würde der Prozess garantiert beschleunigt, oder nicht? Er nickte. Schon vor Jahren habe sein Maklerbüro angefangen, sich bis in die Uckermarck oder nach Märkisch Oderland auszurichten, Arbeiten im Grünen, das sei ohnehin das neue Ding. Sie merkte, dass sie ihren Bauch einzog, wenn er zu ihr schaute.

»Was macht eigentlich Ihre Schellmann-Lektüre?«, fragte er unvermittelt. »Haben Sie schon die Stelle über Schrenck-Notzing gelesen?«

»Wie bitte? Ach so, ja, habe ich. Warum?«

»Wussten Sie, dass die Fotos in einem Studio in Paris manipuliert wurden? Nach dem Zweiten Weltkrieg hat man die alten Fotoplatten aufgefunden. Alles Fake.«

Vanessa lachte. »Haben Sie sich mit Okkultismus beschäftigt?«

»Ja. Weil wir in Beelitz Immobilien haben. Wir hatten eine Diskussion darüber, ob dieser Ruf, ein Ort des Spuks zu sein, etwas ist, das wir aufgreifen möchten oder eher beenden helfen. Es hat oft die falschen Besucher angezogen. Der Okkultismus um die Jahrhundertwende hatte eine spezifische gesellschaftliche Funktion, an die man heute nicht mehr anknüpfen kann, ja, die man gar nicht mehr entschlüsseln kann, weil sich darüber kiloweise Filmrollen mit Horrorfilmen legen oder dieser Gaga-Esoterikmarkt. Es ist, als wäre etwas verloren gegangen, und nichts ist wirklich an die Stelle von damals gerückt.«

Sie schaute ihn verblüfft an, sowohl wirklich verblüfft als auch gespielt verblüfft, mit hochgerissenen Augenbrauen.

»Das eigentlich Interessante ist, dass betrügerische Aktivitäten keineswegs das Medium diskreditierten, sondern, im Gegenteil, der Betrugsversuch sogar positiv gewertet wurde. Das Medium sei ja schließlich auch nur ein Mensch, nicht immer in bester Form. Damit der Glaube an die Sache nicht ins Wanken geriet, half das Medium nach, bis die Leistung beim nächsten Mal dann wieder echt war.«

Vanessa schüttelte lächelnd den Kopf.

»Ich weiß, Sie halten mich als Immobilienmakler für irgendwas Windiges, vielleicht einen ehemaligen Boxtrainer oder Wettbüroinhaber. Aber ich bin Germanist. Und das wüssten Sie, wenn Sie neulich in der DB-Lounge nicht sofort weg gewesen wären, denn das wollte ich Ihnen noch erzählen.«

Vanessa nickte ein bisschen beklommen. Sie fuhren über

den Kaiserdamm. Große Möbelläden, die leer wirkten, vielleicht geschlossen hatten in der Pandemie.

Er zeigte auf den Stau: »Am besten, Sie nehmen zum Pendeln dann die Öffentlichen. Dauert bis Friedrichstraße eine Stunde zwanzig.«

Sie schwieg.

»Haben Sie denn neue Einblicke in Ihre Familie gewonnen? Was denken Sie über Ihre Urgroßmutter?«

»Ich bin noch nicht ganz fertig. Es ist ja ein ziemlicher Haufen und einiges ist auch durcheinander, die Seiten sind nicht nummeriert. Aber ich glaube, sie war ein Drache.«

»Bestimmt. Mein Vater kam aber irgendwie mit ihr klar. Er mochte sie. Er war ja auch ganz am Ende dabei.«

»Wirklich? Was wissen Sie?«

»Er hat sie besucht und sich gekümmert. Am Ende hat sie stark abgebaut. Er war da, als sie starb; Ihre Familie kam zu spät.«

»Das weiß ich.«

Merkwürdig, warum musste Vanessa plötzlich schlucken? Was war das denn Bescheuertes. Warum kämpfte sie mit den Tränen? Auf keinen Fall sollte Maurus Meyer das sehen. Sie konzentrierte sich auf ihre Bauchatmung. Tief ein und aus, auch wenn der Bauch dann jedes Mal anschwoll. *Ihre Familie kam zu spät.* Warum hatte Vanessa keinen Bezug zu ihren Verwandten, außer einer diffusen Abwehr? Und warum war Johanna Schellmann, die vielleicht die Fragwürdigste von allen war, ihr dann trotzdem irgendwie nah? Weil sie ihre Manuskriptseiten in den Händen hielt? Weil sie etwas Exklusives hatte, von dem fast niemand wusste?

Sie überlegte, ob sie den Zeitungsartikel erwähnen sollte. Inzwischen hatte sie einen Termin in der Staatsbibliothek für Ende September. Nein. Sie wollte erst den Artikel lesen und sich ein eigenes Bild machen.

»Ich finde es interessant«, hob sie nachdenklich an. »Damals suchte man Transzendenz, heute möchte man das Hiersein lernen oder auch, es überhaupt aushalten zu können. Das ist dann vielleicht schon eine Form von Transzendenz. Ich weiß es ehrlich gesagt nicht, denn ich kann das Hiersein meist nicht aushalten.«

»Wer sagt eigentlich, dass diese Zustände, die im Manuskript beschrieben werden, überhaupt etwas mit Transzendenz in einem religiösen Sinn zu tun haben?«, fragte er.

»Kommt wohl auf die Definition von Religion an.«

Er stimmte zu, aber ein bisschen, wie um das Gespräch nicht weiterführen zu müssen, und lenkte das Auto über das Dreieck Potsdam. Das Sonnenlicht schoss ihnen in die Augen, und er klappte die Blende herunter. Im Auto war es kühl, fast zu kühl, aber sie wollte nicht die aufgekrempelte Bluse herunterrollen.

Im Radio warnte eine Naturwissenschaftlerin vor Dürren und Überschwemmungen, Folgen der Klimakrise, die man angesichts der aktuellen pandemischen Gefahr jetzt nicht aus dem Blick verlieren dürfe. Die Frau sprach mit einer piepsigen Kleinmädchenstimme, und Vanessa konnte nur auf die Stimme achten, die ganz ohne Körper auszukommen schien. In letzter Zeit klangen immer mehr junge Frauen, die in der Öffentlichkeit vor dem Weltuntergang warnten, wie Babys. Wollten sie vielleicht harmlos klingen, damit man ihnen die schlechten Nachrichten nicht übel nahm? Oder waren es die Instagram-Influencerinnen, die neue Sprechnormen setzten?

Im hellen Feldermeer erkannte Vanessa nun kleine Inseln verträumter Gehöfte. Die letzten Kilometer, sie nahmen die Ausfahrt Beelitz Heilstätten, unterhielten sie sich über ihre Vorlieben und Abneigungen, er koche gern, ein Foodie halt, und er gestand, es mache ihn rasend, wenn jemand aus eigentlich guten Zutaten etwas Schlechtes zusammenmische, noch schlimmer, wenn es ihm selbst passiere, neulich, Süßkartoffeln mit grünem Spargel, idiotisch, die Kartoffeln faserten aus und überzogen alles mit ihrer Textur und ihrem Geschmack. »Für Curries super«, ergänzte sie amüsiert.

Die ersten Dächer der alten Heilstättengebäude ragten aus dem Wald auf. Die breite Straße, auf der Lastwagen und Busse entlangdonnerten, wirkte wie eine erst kürzlich geschlagene Schneise durch den dichten Wald. Der Makler sagte: »Mit dieser Straße und mit der Bahnlinie, die einander kreuzen, waren von Anfang an vier Quader vorgegeben, eine gute Struktur für die Heilstätten. Man hatte die nötige Abgrenzung zwischen den Abteilungen und auch zwischen Männern und Frauen.«

Sie fuhren durch die Unterführung am Bahnhof, und irgendwo auf dieser Höhe lag das hübsche Heilstättengebäude mit der luxussanierten Eigentumswohnung, die Vanessa nie im Leben bezahlen könnte. Alles war ertrunken in vielfach schillerndem Grün, und gelegentlich blitzten daraus Wege, Fachwerk und Schilder auf. Ja, es war alles ausgeschildert, fiel ihr jetzt auf, Werbeschilder für die Heilstättenbesichtigung und riesige Schilder für neue Bauprojekte, und im Augenwinkel sauste das alles nun wie endgültig vergangen an ihr vorbei. Daher fragte sie nicht, denn schließlich ging es ja auf etwas Neues zu, wo genau nochmal das Creative Village gewesen war, das sie vor einigen Wochen besichtigt hatte.

Das Schweigen zwischen ihnen war inzwischen nicht mehr von der harmlosen Art, es war aufgeladen mit Ungesagtem, und Vanessa gab sich die Schuld, sie wusste, es übertrug sich von ihr etwas auf ihn. Sie betrachtete überaus aufmerksam den vorbeiflitschenden Wald, der nicht zu enden schien, sagte innerlich: Bäume, Schatten, Lastwagen, Straße

(Erdungsübung). Immer weiter entfernten sie sich von den Heilstätten und den luxussanierten Lofts, dem Gefühl von Anbindung an etwas Nobles und Cooles, historisch halt, Vergangenheit halt, aber wiederbelebt für Berliner, die in Berlin arbeiten und im Grünen wohnen möchten.

Das Grün war so endlos. Die Strecke, die sie nun von den Heilstätten entfernte, kam ihr zu lang vor, und auch das Schweigen kam ihr zu lang vor. Doch der Beginn eines neuen Themas war völlig unmöglich, nichts hätte jetzt locker geklungen. Denn sie näherten sich ja dem Ziel. Sie näherten sich dem neuen Zuhause von Vanessa. Dem Wohnen, das ihr nun möglich war. Was sie dort erwartete, sagte ganz viel über Vanessa aus, schließlich war es ein maßgeschneidertes Angebot von ihm, Maurus Meyer, der einzige Mensch auf der Welt, der neben ihr vom Parfumfimmel ihres Urgroßvaters wusste und vom Absagebrief am Lebensende ihrer Urgroßmutter.

Der Wald endete, zog sich zurück wie ein Vorhang. Schlichte Mehrfamilienhäuser reihten sich aneinander, helle sandfarbene und blassgelbe Fassadentöne, kleine Vorgärten hinter niedrigen Zäunen, in Form geschnittene Eiben und struppiger Bambus. Unter hohen Bäumen verlief ein großzügiger Radweg zwischen Bürgersteig und Straße (ein Radweg, von dem man in Berlin nur träumen konnte). Und doch spürte sie die Regeln an den genauen Abständen der Mülleimer vor den Gartenzäunen, den frisch gekehrten Einfahrten, den Staketenzäunen, den plastikglänzenden Kirschlorbeer-Sichtschutzwällen, dem Unanfechtbaren von allem, konkurrenzlos und unvermischt war das Leben hier, und sie sah kaum Menschen. Die Straße zog sich in genau dieser Weise weiter, einem Rhythmus aus Bebauung, Bepflanzung und parkenden Autos, sie war ein Singsang aus Nichts wie ein Schlager, und manche mochten Schlager, warum auch nicht. Ein riesiger Supermarkt tauchte auf, mit vorgelagertem Parkplatz, dahinter eine Autoreparaturwerkstatt und eine Tankstelle. Die Häuser rückten nun enger aneinander, keine Lücken mehr, stattdessen so etwas wie ein Stadtkern, ein Platz mit ausspeienden Wasserfontänen, eine leere Bushaltestelle, ein Café mit Käsekuchen und Eisschokolade im Angebot, ein Steakhaus. Sie bogen ab und rumpelten nun über Kopfsteinpflaster. »Die Altstadt«, war das Erste und Einzige, was Maurus Meyer seit Minuten sagte, und Vanessa nickte stumpf.

Efeuüberwucherte Mauern, dahinter Gärten mit uralten knorrigen Obstbäumen. Maurus Meyer hielt an und schaltete den Motor aus. Stumm stiegen sie aus. Die Hitze draußen, nach einer knappen Stunde im klimatisierten Auto, traf sie ganz unerwartet. Sie blickte verstohlen auf einen Laden mit Lotto-Werbung, daneben war ein Hotel. Ihr überkritischer Blick war etwas, das man sich auch leisten können musste, sagte sie sich, und eigentlich, nein, konnte sie es sich nicht leisten.

Maurus Meyer drehte sich zu ihr um und zeigte in eine Kopfsteinpflastergasse mit niedrigen Altbauten, er schaffte es nicht, ihren Blick länger als eine Viertelsekunde zu halten. Er ging bereits auf ein pistaziengrünes zweigeschossiges Haus zu. Das Dach sei ausgebaut, hatte er gesagt, da sei die Wohnung. Sie rief das alles innerlich ab, während sie ihm die Stufen hochfolgte, peinlich berührt von den Knackgeräuschen seiner Gelenke in der Stille des Treppenhauses.

»Angenehm kühl hier oben, nicht?«, sagte er beim Eintreten in die Wohnung, in der es nach frischer Wandfarbe roch, »das Dach ist selbstverständlich gedämmt, Energieeffizienzklasse B, Sie müssen sich also keine Sorgen machen um die Heizkosten. Aber schauen Sie sich in Ruhe um.«

Er hatte jetzt den professionellen Ton des Maklers. Vanessa

spazierte über das frisch verlegte Eichenparkett. Sie erfasste die Wohnung mit nur einem Blick, nicht, weil man trotz der 68 m^2 schnell Überblick hatte, weil Küche und Wohnzimmer ineinander übergingen und man in die angrenzenden Zimmer sehen konnte. Es legten sich die vielen Wohnungen übereinander, die sie in den letzten Monaten besichtigt hatte, die Gleichheit von Sanierungsnormen, als hätten sich in einer bestimmten Preisklasse bestimmte Prinzipien durchgesetzt, die weiße Einbauküche mit Induktionskochfeld, das Eichenparkett, die weißen glatten Wände, der Klodeckel mit Absenkautomatik, ebenerdige Dusche mit Glastrennwand, Handtuchheizkörper. Sie hatte plötzlich den Verdacht, die Wohnung gehöre ihm. Sie sah es an seiner übergroßen Körperspannung, mit der er sich der Maklerrolle versicherte, darunter aber lauerte etwas anderes, Befangenheit. Noch hatte sie kein Wort gesagt, noch keine Meinung preisgegeben. Denn das stärkste Gefühl, das sich von den Füßen her hoch in ihren Hals bohrte, war Ärger. Und das war rätselhaft, denn die Wohnung war um Längen besser als ihre Berliner Hinterhofhöhle. Aber es war eben nicht Berlin, und Vanessa war mindestens zehn Jahre zu jung für so etwas. War vorher schon klar, aber jetzt erst wusste sie es wirklich.

Sie war auf den Makler wütend. Sie war wütend, dass er es akzeptabel fand, dass sie in ein solches Nest zog, nur, weil es hier noch Wohnungen gab, die bezahlbar waren.

»Kann ich Sie gleich nach Berlin mit zurücknehmen und dort zum Koreaner einladen? Mögen Sie Kimchi? Mich faszinieren Lebensmittel, die durchs Verlieren von Frische nicht schlechter, sondern besser werden.«

Diese Frage traf sie völlig überraschend. Sie versuchte, ihren Schock durch augenblickliches Nicken und Lächeln zu überspielen. Dann starrte sie etwas zu lange auf ein elektrisches Kabel, das aus der Decke kam. »Da können Sie eine

Lampe anbringen«, sagte er. Sie zog spöttisch die Mundwinkel hoch. Ansonsten blieb sie reg- und tatenlos.

»Kommt die Wohnung denn infrage? Dann kann ich mir das Inserat sparen.«

Sie warf den Kopf in den Nacken. Was sagte eigentlich ihr Gefühl? Was genau?

»Nun, die Wohnung ist toll, alles perfekt. Aber ich empfinde im Augenblick ein Nein, auch wenn vieles für die Wohnung spricht.« Sie machte eine kurze Pause und schob dann hinterher: »Lachen Sie mich gern aus. Ich benutze eine Mindfulness-App, die mir hilft zu erkennen, was ich fühle.«

Sie hatte erwartet, er stimme irgendwie mit ein oder helfe ihr dabei, das Gefühl zu analysieren, ein Gesprächs-Pingpong wie auf der Autofahrt vorhin. Aber er wiederholte ihre Worte: »Ein Gefühl und eine App.«

Vanessa nickte.

»Das ist dumm. Hätte ich nicht von Ihnen gedacht. Außerdem sagten Sie heute doch, Sie mögen Natur. Wedding und so.«

»Na, tut mir leid«, sagte sie.

»Meine Meinung zu den Apps: Für echte Veränderung müssen Sie in Ihrem Leben ansetzen, nicht irgendwo in Ihrem Innern.«

Ist ja gut, dachte sie. Was für ein Idiot. Sie schaute ihn verärgert an. Aber warum sagte sie nicht, was sie wirklich dachte: Das hier, hello-o, ist ein Ort für Familien und Rentner. Mein Leben wäre vorbei, wenn ich hier wohnen würde. Sie könnte genauso gut auf den Mars ziehen oder in ein Erdloch verschwinden.

Sie fand einfach keine Kraft, ihm die Meinung zu sagen. Und das lag nur daran, dass sie den Geschehnissen vorausgeeilt war, ein Verhältnis von Gunst, von Günstling fantasiert hatte, männlicher Führung und Fürsorge, irgendetwas bekloppt Regressives. Und sie fand da jetzt so schnell nicht raus. Da war ja selbst ihre Urgroßmutter weiter gewesen. Er hingegen, das erkannte sie in dem Moment, war in Wahrheit ein Rüpel. Er machte sich nicht einmal bewusst, in was sie und er verwickelt waren.

Sie hörte ihn mit der Handykamera im Badezimmer Fotos machen, das Klicken klang beleidigt. Sie trat auf die kleine Dachterrasse, sie musste nachdenken. Aussicht in den Hof, die Mauern von Wein überwuchert. In Berlin wäre das unbezahlbar.

Sie hörte, wie er ins Schlafzimmer ging und dort weiterfotografierte. Sie nutzte den Moment. »Frau Schellmann?«, rief er das Treppenhaus hinab.

21

Beelitz Heilstätten 1908

Die Glühbirne sprang an. Johanna lachte. Sie kannte elektrisches Licht aus Neubauwohnungen in Berlin, aber noch nie hatte sie ein Zimmer bewohnt, in dem dieser Mechanismus unter ihrem eigenen Befehl stand. Wie ein Kind ließ sie das Licht immer wieder an- und ausgehen. Die Oberschwester stand hinter ihr und informierte, wann das Frühstück gebracht werde, dann verschwand sie auf den Gang hinaus.

Die schweren Vorhänge waren zugezogen, um die kleine Dienstwohnung im Alpenhaus vor dem Sonnenlicht zu schützen. Das Bett übte nach der vierstündigen Anreise eine starke Anziehungskraft aus. Johanna legte sich hinein und genoss den fremden Raum. Während sie noch den Bildern Brandenburgs nachhing – blaue Seen, verwunschene Gehöfte in gelben Weizenfeldern –, schob sie den Vorhang etwas beiseite. Direkt unter ihr lag der Park. Die geschwungenen Wege führten an Blumenbeeten entlang, die in ornamentalen Mustern zueinander angeordnet waren, sie erkannte Stiefmütterchen, Levkojen und Rosen. Ihr Blick wanderte weiter bis zu den Liegehallen, die langgezogen in der Mitte zwischen Alpenhaus und Frauenpavillon lagen. Einige Patientinnen spazierten in kleinen Grüppchen dort umher.

Ihre Augen suchten Anna.

Johanna erhob sich wieder vom Bett, trat leise auf den halbdunklen Gang hinaus und nahm dann die Treppe abwärts. Draußen schloss sich die Nachmittagshitze um sie wie ein zu enges Kleid. Sie rang ein bisschen nach Luft, aber versuchte, sich nichts anmerken zu lassen. Sie sah nicht aus wie eine Schwester, und nicht wie ein Pflegling. An Urlaubsorten hatte sie stets genossen, unbekannt und unerkannt durch die Straßen zu streunen, aber hier war das anders, hier warf sie Fragen auf.

Eine Gruppe blaugekleideter Frauen näherte sich ihr, schläfrig und geduckt. Sie schienen aus dem Wäldchen zu kommen, daher bewegte sich Johanna nun in diese Richtung. Eine Wolke von Insekten schwebte vor ihr, stieg und fiel wieder, und mit jedem Schritt blieb sie im gleichen Abstand zu ihr. Ihre Füße sanken in weichen Moosboden ein. Sie betrat eine kleine Brücke, dann erreichte sie einen Birkenhain, auf den hohe Holundersträucher folgten. Sie bewegte sich vorsichtig unter deren Gewölbedecke, trat immer tiefer in eine in allen Grüntönen leuchtende Dunkelheit ein, bis in einen uralten Nadelwald, der einen beruhigenden Harzgeruch verströmte. Sie spürte Spinnweben an ihrer Stirn, kleinste Fliegen bewegten sich vor ihrem Gesicht, folgten ihr tiefer in den Wald, doch sie ging immer weiter. Schließlich erreichte sie eine Lichtung. Dort stand eine Gestalt in einem blauen Mantel, und sie drehte sich um, als hätte sie auf Johanna gewartet. Sie konnte das Gesicht nicht erkennen, denn es war unter einem Schleier verborgen, doch dann erkannte sie Anna. Sie hielt den Zweig einer Königskerze in der Hand und sagte: »Ihr Traum hat Sie hierhergeführt. Aber können Sie weitergehen, gnädige Frau? Noch weiter?«

»Ja, überallhin«, sagte Johanna, und Anna reichte ihr den Zweig.

Johanna wachte auf. Sie spürte noch den Zweig in ihrer Handinnenfläche, die kleinen, flauschig harten Blütenknospen. Ein Ausschnitt Sonnenlicht wärmte ihren Handrücken. Was für ein kurioser Traum. Es hatte sich so echt angefühlt, und er hinterließ eine merkwürdige Wärme und Geborgenheit in ihr.

Doch als sie die Uhrzeit sah, erschrak sie. Sie richtete sich eilig das Haar, setzte den Hut auf und eilte benommen auf den Gang. Das Treppenhaus war genau dort, wo es im Traum gewesen war. Das war rätselhaft, denn sie erinnerte sich, dass sie mit der Oberschwester mit dem Bettenaufzug hochgefahren waren. Auch der Weg hinab war wie im Traum, sie erkannte den Aufenthaltsraum mit den Büchern und den stickenden Frauen wieder. Wie war das möglich?

Während sie durch den Garten eilte, suchte sie nach Formulierungen für Blomberg, denn wer sonst wäre aufgeschlossen für Träume, die vielleicht keine waren? Aber Blomberg saß bereits in einer Runde von vier streng wirkenden Herren in einem getäfelten Saal. Augenblicklich bremste Johanna sich, während man reihum ihre weißbehandschuhte Hand küsste.

»Meine Herren, Frau Dr. Schellmann schreibt an einem Buch über unsere Lungenheilstätten. Es wird ihnen mit Sicherheit zu noch mehr Popularität verhelfen.«

Als Johanna mit einer Hand einen Knopf am Hals zu öffnen versuchte, gab er dem Diener ein Zeichen, der daraufhin einen Ventilator brachte. Vier große Flügelblätter, angebracht auf einem Messingständer, begannen um einen Löwenkopf herum zu rotieren, immer schneller. Der Luftstrom prallte sehr plötzlich an Johannas Körper.

Einer der Ärzte sagte: »Nun, verehrter Herr Professor, hätten Sie Dr. Schellmann eingestellt, könnte seine werte Gattin ihn direkt befragen.«

Johanna warf einen vorwurfsvollen Blick in die Runde, um ihre Missbilligung über diese Indiskretion zu zeigen.

Einer der Herren wandte sich in versöhnlichem Ton an sie und machte es nur schlimmer: »Der Name Ihres Gatten ruft bei uns nur Wohlwollen hervor. Sein Forschungsvorhaben erregt unser aufrichtiges Interesse. Gibt es Fortschritte zu berichten?«

Obwohl sie ein leicht ironisches Lächeln zu bemerken meinte, antwortete sie ruhig und eher an Blomberg adressiert: »Er hat sich auf unserem Grundstück ein kleines Labor eingerichtet.«

»Prächtig, großartige Idee«, lobte Blomberg, aber sie sah ihm an, ihn interessierten die Schimmelpilze nach wie vor nicht, ihn interessierte das Okkulte.

Einer der Ärzte sagte nun: »Ich habe davon gehört, dass man im Krieg mit dem Auflegen von verschimmeltem Brot entzündete Wunden erfolgreich behandelt hat. Man sollte es systematisch erforschen.«

Die Blicke waren auf Blomberg gerichtet, stellte Johanna mit Genugtuung fest.

»Davon habe ich auch gehört«, sagte Blomberg. »Unser Fokus liegt jedoch auf anderen Methoden der Heilung. Dr. Schellmann mag es gern an der Charité versuchen.«

»Nun, das Parfum vermag offenbar nicht den Stallgeruch zu überdecken«, flüsterte einer der Herren, und ein leises Gelächter hob an.

Johanna tat, als habe sie es nicht gehört. Aber als sie mit Blomberg nach dem Essen allein war, stellte sie ihn zur Rede. Es war ja stets dieselbe Situation; das herablassende Getue, die Selbstzufriedenheit im Umgang mit Clemens. »Es ist ungerecht«, sagte sie.

»Sie irren, Frau Schellmann, nicht seine Herkunft hat die Absage begründet. Ihr Mann ist ein Materialist. Ihm fehlt die Weite, die Fantasie – all das, was Sie verkörpern.«

»Nein, auch er hat es!«, stieß sie heftig hervor. »Aber er hat es vergraben, denn wenn einer wie er… man wird ihn verhöhnen. Er muss wissenschaftlicher als alle anderen sein, besser als alle anderen. Selbst über Sie, Herr Professor, macht man sich doch lustig!«

Blomberg leitete daraufhin Johanna am Arm durch die langen Flure zum Ausgang, als suchte er einen Fluchtpunkt, wo die unangenehmen Wahrheiten endlich aufhörten. Draußen seufzte er. Schweigend standen sie nebeneinander und schauten in den Garten. Es war ein warmer, noch heller Abend. Die Rosen verströmten einen starken Duft. Es sah alles so friedlich aus. Es war eine vollkommene Welt, und doch; so vieles stand stets zur Diskussion, so viele unsichtbare Kriege wurden geführt. Johanna nahm in diesem Moment das Illusionäre des Ortes war. Er war eine Oase, die Kulisse zu einem faszinierenden Theaterstück.

»Wo ist Anna?«, fragte sie.

»Bei mir.«

»Warum wohnt sie nicht in den Heilstätten?«

»Sie haben keine Vorstellung, was hier los war. Schrenck-Notzing hat in der Neuen Metaphysischen Rundschau einen Artikel über Anna veröffentlicht. Mit Abbildung der Geisterfotografie. Seither kann Anna keinen Schritt mehr allein machen, entweder beschimpft man sie oder fällt vor ihr nieder, um Segen zu empfangen. Die Frauen sind eben dumm.«

»Ich möchte Anna gern sehen.«

Blomberg nickte, es war scheinbar das, was er erwartet hatte. Sie gingen zum Ausgang, überquerten die große Straße, die den Bereich der Männer von dem der Frauen trennte. Die Arztvilla lag hinter hohen Bäumen ein Stück von der Straße entfernt. Im Obergeschoss brannte Licht, und auch im Treppenhaus sprang es an und dann in den unteren Zimmern, als hätte man sie schon bemerkt. Johanna spürte ihren Herzschlag. Nach so vielen Monaten würde sie Anna wiedersehen. In ihrer Fantasie hatte sich das Verhältnis ungehindert verselbständigt, Johanna hatte sich gehen lassen, und wie bei aller Schwärmerei haftete auch dieser eine gewisse Scham an.

In der Tür stehend, deutete Anna einen Knicks an. Johanna ging hastig an Anna vorbei, ohne irgendeine Begrüßung. Und doch nahm sie wie ein Schwamm nun jede Regung jener Frau wahr, um die ihr Leben in den letzten Monaten gekreist war, wie ihr plötzlich schien. Der Ausbruch des Schreibens in jener Nacht, das war Anna gewesen!

Blomberg führte sie in die Empfangshalle. Sie blickte dort auf eine große Anzahl an Hüten und Hauben, die auf einer Ablage residierten (von Blombergs Frau?). »Anna, mach der gnädigen Frau einen Tee und setz dich dann bitte zu uns.«

Als sie im Salon Platz nahmen, flackerte das Licht einer Tischlampe mit grünem Glasschirm. Johanna schaute erschrocken auf.

»Nur eine elektrische Störung«, erklärte Blomberg. »Wenn jemand in der Küche das Licht an- oder ausschaltet, passiert das manchmal. Der Elektriker war noch immer nicht hier.«

Anna stellte alles lautlos vor ihnen ab; man sah ihren geübten Bewegungen an, dass sie in einem vornehmen Haushalt gearbeitet hatte. Beide beobachteten sie Anna, als warteten sie jede Sekunde auf etwas Dramatisches. Nachdem sie serviert hatte, setzte sie sich umstandslos zu ihnen, auch ohne jede Aufforderung.

Der Tee schmeckte merkwürdig. Bitter und herb.

»Ich hoffe, es ist in Ordnung, dass ich Königskerzentee zubereitet habe. Er wächst im Garten.«

Johanna meinte, zusätzlich einen vielsagenden Blick von Anna aufzufangen. War das ein Zufall? Es anzusprechen, wagte sie nicht, aus Angst, sich lächerlich zu machen.

»Anna, ich habe Ihr Foto gesehen, das aus München«, sagte sie stattdessen. »Ist das nicht ein Wunder?«

»Wunder, gnädige Frau, sind nichts wert. Nein, das bedeutet alles nichts.«

»Gewiss nicht«, pflichtete Johanna bei.

»Alles ist Gottes Schöpfung, auch das Gewöhnliche. Das Gewöhnliche ist voller Wunder. Das Ungewöhnliche ist gewöhnlich. Das Gewöhnliche ist ungewöhnlich.«

Blomberg strich sich über den Bart und seufzte. Johanna erinnerte sich: Wenn Anna redete, wurde er unruhig.

»So kannst du an der Universität keinen Abschluss in Theologie machen.«

»Herr Professor, als Frau würde ich das ohnehin nicht können. Aber in fünfzig Jahren wird es eine Pfarrerin geben.«

Blomberg nickte und notierte sich etwas. Aussagen dieser Art schienen ihn wiederum zu interessieren.

»Woher weißt du das, Anna?«, fragte er.

»Ich sehe es.«

»Du siehst die Zukunft?«

»Wenn Sie es so nennen möchten, Herr Professor, ja. Aber es ist bereits hier. Es ist so wenig Zukunft wie eine Raupe in einem Kokon schon der Schmetterling ist. Es ist lediglich nicht aufzuhalten. Selbst wenn man die einzelne Raupe tötet, wird es weitere Raupen geben.«

»Sehr anschaulich«, lobte Blomberg und formte mit seinen aneinandergedrückten Fingerspitzen ein Dreieck vor seinem Gesicht.

Anna verabschiedete sich plötzlich. Sie nannte nicht einmal einen Grund, sie wünschte nur eine gute Nacht. Blomberg schien das Verhalten nicht zu irritieren, offenbar war er erratisches Benehmen von ihr gewohnt.

»Es gibt noch etwas, das ich Ihnen mitteilen muss. Wir erwarten morgen Gäste aus Berlin. Unter anderem Ihre Schwester.«

Johanna umklammerte ihre Handgelenke. Sie versuchte, einen entspannten Eindruck zu machen.

»Baronin von Fersen ist eine einflussreiche Dame und offen für den Okkultismus.«

Johanna war bemüht, sich nichts anmerken zu lassen, als sie dem Professor die Hand reichte und eine gute Nacht wünschte. Ja, doch, sie finde allein zurück.

Die Wege waren nun leer. Fledermäuse stürzten durch die Nacht, schwarze Nachtfalter prallten gegen die Laternen. Manchmal drang gedämpftes Husten aus den Gebäuden. Vor dem Frauenpavillon saß Dienstpersonal und schwatzte, aber wurde leiser, als Johanna vorüberschritt.

In der Nacht hatte Johanna viele wirre Träume, was sie daran merkte, dass sie oft wach wurde und der Traum sich über das Zimmer stülpte, bis sie verstand, wo sie war. Im Zimmer war es heiß. Sie hatte die Bettdecke von sich gestrampelt und zu einem Wulst gerollt, und, auf der Seite liegend, schlang sie Arme und Beine drumherum wie um einen Leib. Nach jedem Aufwachen suchte sie erneut Zuflucht in dieser Bettdeckenumarmung, und trotzdem war der Schlaf auf seltsame Weise tief, die Störungen nur Pausen in einem Theaterstück.

22

Beelitz 1908

Für Blomberg hing vom Gelingen dieser Veranstaltung viel ab. Er hatte alles durchdacht. Anna sollte ihr Dachbodenzimmer nicht verlassen, bis er sie holen käme. Er hatte ausschließlich aufgeschlossene und einflussreiche Gäste eingeladen, darunter den Pharmazeuten der Kaiserlichen Hofapotheke. Blomberg hatte einst mit ihm eine anregende Unterhaltung über paranormale Erscheinungen geführt, wobei sie sich zunächst vorsichtig annäherten und einander immer deutlicher offenbarten, dass sie solche Phänomene für durchaus möglich hielten. Die Offiziersgattin Emilia Zwerschke, eine kleine, dralle Frau mit stets neugierigen Pausbäckchen, hielt in einem vornehmen Beelitzer Stadthaus selber Séancen ab. Die gutmütige Oberschwester, die ihm wohlgesonnen war und hoffentlich das allgemeine Getuschel über ihn positiv beeinflussen mochte. Der Urologe Dr. Nebelhorn, dem er während einer langwierigen Behandlung alles über die okkulte Heilung erzählt hatte, und Dr. Christian Hahnfeld von der Charité. An die Leitung der Charité hatte er sich noch nicht gewagt. Das würde aber später folgen. Vorsicht war geboten. Schrenck-Notzing etwa war nicht unumstritten, die Kritik an ihm wurde in letzter Zeit immer lauter.

Wohlgesonnene, offene Menschen. Und doch. Annas Hang zum Philosophieren, wie am Vorabend mit der Dichterin, ging ihm gegen den Strich. Taten waren gefragt, nicht Geschwätz! Zudem zeichnete sich in Annas Reden allmählich ein Gottesbild ab, das man als unchristlich brandmarken konnte. Daran änderte auch Annas christliche Sprache nichts, mit der sie vielleicht das leicht Blasphemische ihrer Unio Mystica zu verschleiern versuchte… Falls der Abend aus dem Ruder laufen sollte, so war Blomberg daher vorbereitet. Während der Séance blieb das Dienstmädchen in der Küche. Würde Blomberg drei Mal direkt hintereinander laut husten, so sollte sie das Deckenlicht anschalten, was in aller Regel ein Anspringen und Flackern der Tischlampe auslöste. Ihm war mitnichten wohl mit diesem plumpen Trick, aber er bot ihm ein Sicherheitsnetz, falls Anna komplett versagen würde. Anna war unberechenbar und dickköpfig. Anna schien zugleich nicht zu begreifen, was an paranormalen Phänomenen zu leisten sie in der Lage war. Ein flackerndes Licht im entscheidenden Moment könnte deshalb sehr wirkungsvoll sein. Er selbst wusste ja, dass Anna echt war. Insofern war es nicht wirklich Betrug, sondern Nachhilfe, um die Wahrheit ans Licht zu befördern.

Er vermisste seine Frau. Sie hatte ihm immer guten Rat gegeben. Er schaute ihre gerahmte Fotografie eine Weile an, ein Bild, auf dem sie einen Pelz trug, und berührte mit der Fingerspitze ihr Gesicht.

Panik kroch ihm den Nacken hoch. War alles ein Fehler? Was, wenn er sich lächerlich machte? Aber da war ja noch das flackernde Licht, immerhin, und vielleicht, er dachte nach, vielleicht, wenn es abgedunkelt genug wäre, und das sollte es ja sein, könnte er ein Bild an der Wand präparieren, einen Faden anbringen und es im richtigen Moment zum Absturz bringen? Anna würde auch das billigend hinnehmen, denn alles war ja göttlicher Wille. Ihm allerdings schien das eher wie Hegels Nacht, in der alle Kühe schwarz waren.

Er holte aus dem Abstellraum den Nähkorb seiner Frau und suchte einen dünnen Wollfaden heraus, der an der grauweiß gemusterten Tapete kaum auffiele. Er entschied sich für das Porträt seiner Frau, brachte auf der Rückseite zwei Ösen an, durch die er die Fäden zog, und schlug einen neuen Nagel in die Wand, der aber äußerst locker saß; schon bei kleinster Erschütterung würde das Bild herabsausen. Kein Zeitpunkt konnte hier falsch sein.

Er betrachtete sein Werk und dann den Raum, in dem Buffetschränke, Kommoden und zahlreiche Landschaftsbilder die Wände einnahmen. Er zog vorsichtig an dem Faden und sah mit Schrecken und Erleichterung zugleich, wie der untere Bildrand sich ein wenig von der Wand hob.

Er inspizierte den Raum ein weiteres Mal. Auf dem Buffetschrank lagen kleine Muscheln von einem gemeinsamen Strandspaziergang in Heiligendamm. Seine Frau hatte sie damals aufgesammelt. Er nahm sie in die Hand, wiegte sie ein bisschen und stopfte sie kurzerhand in seine Hosentasche. Er wusste noch nicht, was er damit anfangen würde, aber auch diese Maßnahme erzeugte das Gefühl von Sicherheit.

Nachdem er alles präpariert hatte, wies er das Mädchen an, die Vorhänge zu schließen. Ein Gewitter zog auf, und der Himmel war hässlich grün.

Als die ersten Tropfen fielen, hörte er den Motor eines Automobils. Baronin von Fersen traf ein, eine laute, schrille Person, und ihn plagte ein schlechtes Gewissen gegenüber der Dichterin. Es war bekannt, dass die beiden Schwestern ein angespanntes Verhältnis hatten. Aber Sibilla von Fersen stand mit allen wichtigen Leuten in Berlin in Beziehung und könnte der Sache nützlich sein. Während die Baronin eintrat und sofort von ihrem Landsitz plauderte, nur wenige Kilometer von Potsdam entfernt, war es nun an Blomberg, ihr mitzuteilen, dass auch ihre Schwester eingeladen sei. Aber im letzten Moment verließ ihn der Mut. Nun, sie würde es ja in Kürze selbst herausfinden. Er ließ gekühlten Weißwein servieren (er hoffte, dass der Alkohol die Gäste unkritischer machte), und als er den Urologen eintreten sah, entschuldigte er sich.

Sibilla schaute sich in der Halle um und starrte schließlich ungläubig in die Fensterscheibe, hinter der sie das Gesicht ihrer Schwester sah. »Ist das schon eine erste Geistererscheinung?« Sie lachte und winkte und trat dann zu Johanna nach draußen unter das Verandadach.

Der Regen kam nun von allen Seiten, er peitschte auf alles ein, auf die Strelitzien, die Rosen, die Hortensien. Aus den Bäumen fielen lose Äste herab.

»Du bist fast noch trocken. Stehst du schon länger hier?«

Johanna nickte ihrer Schwester zu.

»Warum bist du überhaupt hier? Ich dachte, du hältst nichts von diesem Hokuspokus?«

Angenehmerweise erwartete Sibilla nie eine Antwort, darum lächelte Johanna nur und folgte der Schwester ins Haus, während diese sich erkundigte, ob Johanna im Anschluss mit zu ihnen wolle oder wo überhaupt sie zu übernachten gedenke, in einem Gasthof etwa?

»Ich habe eine Unterkunft auf dem Gelände«, sagte Johanna, und dann fügte sie hinzu: »Ich recherchiere für meinen Heilstättenroman.« Zum Beweis hielt sie ihre tintig gewordenen Finger hoch.

Im oberen Stockwerk stand Anna vor dem Spiegel und zog sich zum dritten Mal den Scheitel neu, einen geraden, möglichst strengen Scheitel. Dann prüfte sie das Kleid, das Blomberg ihr gegeben hatte. Warum gerade dieses? Chinesisch. Es war das Hauskleid seiner Frau, aber es verlieh ihr etwas Exotisches, wie einer Wahrsagerin auf dem Jahrmarkt.

Anna konnte es nie forcieren. Sie wusste, dass Blomberg sie für uneingeschränkt hellsichtig hielt. Aber das hatte Anna nie behauptet, sie hatte nicht einmal punktuelle Hellsichtigkeit bestätigt. Sie verdankte Blomberg zwar viel und wollte ihn deshalb nicht enttäuschen, aber es war an der Zeit, die Dinge in die Hand zu nehmen.

Während sie wartete, dass Blomberg sie rief, blätterte sie in einer Zeitschrift; nackende Menschen, Jauchzen der Zukunft. Auf der Titelseite stand eine korpulente unbekleidete Frau vor einem Baum. Ein angewinkeltes Bein verbarg die Scham. Ein erhobener Arm wuchs in einen Ast hinein, ein Fuß verwuchs mit einer Wurzel. Täglich mehrere Stunden Nacktheit seien wichtig, las sie, um Sonnenlicht und dadurch wichtige Vitamine aufzunehmen. Sie dachte an die nackte Eva in München. In diesen modernen städtischen Kreisen tat man neuerdings so, als wäre Nacktheit ein Urzustand. Doch nicht einmal Tiere waren nackt, Tiere hatten Fell, Schuppen und Federn. Nacktheit schien eine kommende Mode, so wie die sackartigen Kleider oder der Firlefanz, den sie jetzt selbst am Leib hatte; chinesische Schriftzeichen, Vögel, Blätter.

Es klopfte, und der Professor fragte durch die Tür: »Anna, bist du bereit?«

Sie folgte ihm die Stufen abwärts, betrat den abgedunkelten Raum, in dem die Gäste bereits um den ovalen Tisch herum saßen. Nach einigen Momenten gewöhnten sich Annas Augen an die Lichtverhältnisse, und sie nahm die Dichterin in Augenschein, die ebenfalls ihren Blick suchte. Sie schauten einander an.

Blomberg räusperte sich, sein Blick ruhte auf Anna, dann begann er zu sprechen.

»Verehrte Freunde, wie ich stets betone, ist die zentrale Therapie in unseren Heilstätten das Wohlbefinden, da uns ein Wirkstoff gegen die Tuberkulose fehlt. Doch was ist dieses Wohlbefinden genau? Wir streben danach, alles zu beseitigen, was uns aus dem Gleichgewicht bringt, und bemühen uns, Körper und Seele in jenen Frieden zurückzuführen, dessen Fehlen oft die Ursache von Krankheiten ist. Doch was ist das tiefste Prinzip des Wohlbefindens? Ich wage zu behaupten, es ist die Seele. Es ist die Seele, die ihrerseits verbunden ist mit der Weltseele oder dem Allgeist. Nun gibt es aber Individuen, deren Verwurzelung in dieser so unerschütterlich ist, dass sie in die bestehende Ordnung eingreifen können. Und wurde davon nicht immer schon berichtet? Wie sonst würden wir die Überlieferung von Wundern, Erscheinungen und Prophezeiungen erklären? Können wir es uns erlauben, sie alle als bloße Hirngespinste abzutun? Dank der unermüdlichen Forschung einiger mutiger Wissenschaftler, die oft Anfeindungen und Verleumdungen ausgesetzt sind, eröffnen sich inzwischen Erklärungen, die wir sehr ernst nehmen müssen.«

Das war der Augenblick, in dem Blomberg die Neue Metaphysische Rundschau als Beweisstück präsentierte. Während das Foto von Anna, über deren Gesicht ein körperloses Gesicht schwebte, respektvoll weitergereicht wurde, erklärte Blomberg: »Dies ist eine Geister- oder Phänomenfotografie. Der Versuch wurde unter streng wissenschaftlichen Laborbedingungen in München durchgeführt.«

Er sprach jetzt etwas hastiger, bevor er sich besann und seine Fassung wiederfand. Das Foto erzielte bereits die gewünschte Wirkung: Gemurmel erfüllte den Raum. Er hörte mehrfach »unglaublich« und hielt nun ein strenges, fast überhebliches Gesicht aufrecht: »Dass Anna mit etwas Höherem verbunden ist, erscheint mir seit diesen Laborversuchen als erwiesene Tatsache. Dennoch wird Anna kaum erklären können, wie sie diese Verbindung herstellt. Ich habe verschiedene Tests mit Anna durchgeführt, und persönlich bin ich zu der Erklärung gelangt, dass Anna sich nicht so leicht von unseren Wahrnehmungen der Wirklichkeit manipulieren lässt. So wie uns manchmal in der Unschuld des Träumens Erkenntnisse zuteilwerden, kann Anna auch im Wachzustand klar sehen. Sie erkannte sofort meine Krankheit«, es entstand ein leises Gemurmel. »Die doch offensichtlich war!«, rief der Kollege, und Blomberg lächelte. »Aber wer hat mich geheilt? Eine Krankheit, die als unheilbar galt? Anna!«

»Gott«, korrigierte Anna.

»Gott«, wiederholte Blomberg gütig. »Aber ich möchte keine trockenen Versicherungen abgeben. Sehen Sie mit eigenen Augen! Da Anna ihren eigenen Willen hat – oder besser gesagt, den göttlichen Willen –, habe ich ihr keine Vorgaben gemacht. Bitte, liebe Anna, du hast nun das Wort.«

Er schaltete die Beistelllampe aus. Anna schwieg.

»Ich glaube, wir müssen uns an den Händen anfassen und eine Kette bilden?«, warf die Zwerschke ein. Blomberg führte nur den Finger an den Mund.

»Ist sie denn schon in Trance?«, flüsterte die Zwerschke daraufhin.

»Sie braucht keine«, flüsterte Blomberg unwirsch. »Sie ist immer verbunden. Sie muss nicht abtauchen in irgendwelche Parallelwelten.«

Aber ganz sicher war er sich nicht. Denn es passierte nichts. Daraufhin hustete Blomberg dreimal, und kurz darauf begann die Beistelllampe zu flackern, was ein Raunen im Raum auslöste.

Anna blies die Backen auf und atmete aus; der Ärger darin war etwas, das zum Glück nur Blomberg heraushören konnte. Aber er hatte richtig gehandelt! Anna brauchte eine Starthilfe, jetzt endlich schien sie anfangen zu wollen. Sie faltete fromm die Hände vor der Brust und sprach: »Beschütze uns vor allen Versuchungen, großer, gütiger Gott! Beschütze uns vor der Unwahrheit und vor der Lüge und führe uns in das Licht deiner Wahrheit!«

Blomberg senkte den Kopf, stimmte mit ein. Die Themen Lüge und Unwahrheit würde Anna hoffentlich bald fallenlassen.

»Großer, gütiger Gott!«, beschwor Anna erneut und blickte gen Zimmerdecke. »Vater unser im Himmel, in dieser bescheidenen Stunde, in der wir vor deinem heiligen Angesicht stehen, bitten wir dich, Herr, um deine Führung und Weisheit.«

Die Dichterin hatte die Augen geschlossen. Das Kerzenlicht leuchtete honigfarben ihr edles Gesicht aus. Anna webte derweil eine Girlande weiterer leerer Phrasen: »Deine Wahrheit ist ein Licht, das unsere Wege erhellt und uns von der Dunkelheit der Unwissenheit befreit.«

So ging es eine Weile weiter. Anna war offenbar heute nicht in Form. Er hielt die Schnüre in der Hand und bewegte sie leicht zwischen den Fingern. »Leite unsere Schritte auf dem rechten Weg und schenke uns das Verständnis, das wir brauchen, um deine Gebote zu befolgen. Gott, der du uns Menschen …«

Das hielt ja keiner aus! Was zum Teufel tat Anna da? Bezahlung würde sie dafür nicht erwarten können.

In dieser Sekunde hielt Anna inne. Ja, sie stoppte mitten in ihrem Gebetsfluss und schaute Blomberg direkt an. Sie atmete erneut tief aus, dann sagte sie:

»Ihre Gattin, Herr Professor, sehnt sich nach Worten. Nach einer Entschuldigung.«

Blomberg zuckte heftig zusammen.

»Ihre Frau hält sich woanders auf«, sprach Anna.

»In den USA«, informierte Blomberg.

»Weit weg …«, informierte wiederum Anna.

»Na ja, sie macht Urlaub«, fiel Blomberg ihr hastig ins Wort, »und kommt sicher bald zurück.«

»Nein. Sie müssen Ihre Fehler eingestehen.«

»Übliche Querelen zwischen Eheleuten, nichts Besonderes«, versuchte Blomberg, einen heiteren Ton anzuschlagen. »Anna, kannst du uns vielleicht Teleplasma materialisieren?«

»Das kann ich nicht. Das konnte ich nie.«

»Kannst du denn körperlose Gesichter im Raum manifestieren, so wie auf der Fotografie?«

»Ich sehe Ihre Frau«, sprach Anna. »Sie haben zu lange gewartet. Größere Taten sind vonnöten.«

Er war so verwirrt, dass er versehentlich die Hand, in der er den Faden hielt, an die Stirn führte und so das Porträtbild seiner Frau von der Wand herunterriss. Mit einem lauten Poltern landete es auf dem Boden. Die Offiziersgattin kreischte: »Ist sie anwesend, Ihre Frau? Ist ihr Geist anwesend?«

»Blödsinn, meine Frau ist doch noch gar nicht tot!«

Blomberg tauchte unter den Tisch ab; er musste schnell die Beweise sichern.

»Aber auch der Geist kann sich vom Körper lösen und große Entfernungen reisen, das nennt man Astralreisen«, belehrte die Zwerschke.

»Meinetwegen«, rief Blomberg unter dem Tisch. Er suchte noch immer die Metallösen, strich mit der flachen Hand über den Boden, stieß gegen den Schuh des Apothekers (er hatte ihn ausgezogen!).

»Genug zu meiner Frau«, sagte Blomberg bemüht ruhig. »Was hast du denn zu den anderen Gästen zu sagen, Anna?«

Anna schaute immer noch Blomberg an. Dann begann sie, sich das Kleid aufzuknöpfen. »Was tust du da?«, fragte er erschrocken.

»Sie wollen doch nichts mehr von Ihrer Frau hören«, sagte sie, »ich muss mich daher von ihrem Kleid befreien.«

Man sah bereits die Unterwäsche; Blomberg war nun sicher, Anna wollte ihn blamieren. Aus Wut zog er kurzerhand die Muscheln aus der Hosentasche hervor und schleuderte sie in den Raum, wo sie auf die Holzdielen hinabprasselten. Die Versammlung wandte den Blick ruckartig in den Raum und dann zu Anna.

»Was war denn das nun wieder?«, flüsterte Baronin von Fersen.

Anna hielt mitten im Aufknöpfen des Kleides inne, das nun wie eine halb geschälte Apfelsine an ihr herabhing.

»Schluss jetzt«, sagte sie. »Was immer das hier ist, ich bin es nicht. Was ich sehe, ist, dass hier ein fehlgeleiteter Wille am Werk ist, der meint, er könne mir befehlen. Mich benutzen!«

»Alles ist doch der göttliche Wille«, sagte Blomberg verärgert.

»Nein. Eine allgemeine Wahrheit kann nicht benutzt werden, um einzelne Unwahrheiten zu rechtfertigen.«

Man begann unruhig auf den Stühlen herumzurutschen. Blomberg tupfte sich die Stirn; auch dieses Tuch wollte er noch auffliegen lassen wie von Geisterhand, hielt sich aber im letzten Moment zurück. Etwas war mit ihm geschehen. Er hatte die Kontrolle verloren. Er war jetzt so geladen, dass er am liebsten alle rausgeschmissen hätte. *Geht, haut ab, es ist vorbei. Raus mit euch*. Er wollte weinen.

Hatte Anna ihn an seinem empfindlichsten Punkt erwischt? Seine Ehe? Seine Frau, seine große Liebe, von der er nun seit einem Jahr getrennt war.

Derweil hörte er nun Anna über das Göttliche reden, »... es gibt keine wirkliche Gottesferne, denn kein Geschöpf kann sich von Gott entfernen, diese Macht hat es nicht.«

»Sie ist sehr interessant«, wandte sich der Urologe lobend an Blomberg.

Musste er nicht eingreifen? Es schien zu spät. Er würde wahrscheinlich alle gegen sich aufbringen. Auf ihren Gesichtern zeichneten sich Staunen und Ehrfurcht ab. »Der wahrhaft geistige Mensch öffnet sich dem göttlichen Geist und wartet auf seinen Befehl. Er will ihm nicht befehlen.«

»Großartig!« Jemand klatschte. Die anderen schlossen sich dem Applaus an.

Das war Verrat. Sie war es doch, die immerzu von der Heilung durch Gott gesprochen hatte! Das alles war ein Trick, zugegeben ein grandioser Trick: Sie spielte diejenige, die reinen Tisch machte, triumphierte mit ihrer Ehrlichkeit und sicherte sich selbst die höchste Autorität. Dabei verdankte sie diese Bühne allein ihm und Schrenck-Notzing. Kein Mensch würde ihr sonst zuhören. Oh, sie war schlau. Sie hatte im richtigen Moment das Zepter an sich gerissen!

Die Offiziersfrau versuchte bereits, Annas Hand zu küssen. Anna zog ihre Hand ruckartig weg, dann aber schien sie sich zu besinnen und ließ es geschehen.

Blomberg schaltete das Deckenlicht an. Als das keine Wirkung hatte und Anna weiterhin im Mittelpunkt stand, wünschte er »Eine gute Nacht allerseits!« und stapfte die Treppe hoch.

Eine halbe Stunde später, er lag im Bett, hörte er die Fahrzeuge auf dem Kies wenden, hörte leise, seltsam erfreute, ja heitere Stimmen draußen in der Nacht und dann allmählich verschwinden.

23

Beelitz Heilstätten 2020

Vanessa lief die lange Straße zurück Richtung Heilstätten. Aus den Gärten brummten polyphon die Rasenmäher. In einem Vorgarten mit verbrannten Thujen bellte ein Hund mit Verspätung, da war sie schon dran vorbei. Hinter der Stadt begann der Wald. Sie ging ein bisschen geduckt, als könnte sie dadurch verhindern, dass der Makler sie bemerkte, falls er an ihr vorbeifuhr. Autos und schwere Lastwagen schossen an ihr vorbei, und einmal kam ein Traktor mit einer nervösen Autoschlange im Schlepptau. Dass sie aus der Situation mit dem Makler getürmt war, war ein bisschen kindisch. Sie wechselte auf die linke Straßenseite, lief so nah wie möglich am Waldrand und hielt den Kopf weiterhin gesenkt.

Die Angst, die sie diesmal spürte, hatte etwas mit einer neu erkannten Aussichtslosigkeit zu tun. Mit einem Schlag war alles in eine andere Richtung gekippt, die leichte Hochstimmung war einem tiefen Groll gewichen.

Aber das Gehen tat gut.

Sie brauchte eine knappe Stunde, bis zu beiden Seiten die ersten Heilstättengebäude aus dem Wald aufragten, hellrote Klinker, Fachwerk, Türmchen. Sie fühlte sich von dem Ort, auf den immer wieder Werbeschilder hinwiesen, plötzlich angesaugt wie von einem großen überzeitlichen Netzwerk. Vom erhitzten Asphalt stieg Sommergeruch auf, aus dem

Wald drangen trotz des Verkehrslärms Stille und Andacht. Eine Gruppe Spaziergänger kam vom Bahnhof den Weg herabgelaufen und floss um Vanessa herum. Nun schritten sie wie Pilger gemeinsam Richtung Heilstätten.

Hinter dem sanierten Pförtnerhaus erstreckte sich ein großer Parkplatz, den man überqueren musste, um zu den Kassenhäuschen zu gelangen. Als sie in der Schlange ankam, schaute Vanessa auf ihr Handy und entdeckte zwei Anrufe von Maurus Meyer. Langsam durch die Nase einatmen, bis tief in den Bauch, und über die geschürzten Lippen langsam ausatmen. Ihr Herzschlag verlangsamte sich zusehends. Sie war ein atmender Organismus, ausgestanzt aus aller Wirklichkeit, und nahm alle um sich herum als atmende Organismen wahr, die permanent im Austausch mit ihrer Umwelt waren. Nichts konnte passieren. Nichts Schlimmes. Nie. Ich gehe meinen Weg und werde getragen und geliebt.

Ein Marienkäfer landete auf ihrem nackten Unterarm. Sie ließ ihn dort. Sie durfte ihn nur nicht vergessen. Sie alle würden eine Weile in ihren Körpern sein und sich dann auflösen. Das war in Ordnung. Maurus Meyer würde nun lächeln, aber Maurus Meyer war nicht hier.

Sie buchte eine Tour für das sogenannte Alpenhaus und machte sich auf den Weg zum Treffpunkt, der auf der Rückseite einer gespenstischen Ruine lag. Weil sie diesmal Eintritt gezahlt hatte, fühlte Vanessa sich besser als letztes Mal, und als sie zu einer wartenden Gruppe von etwa zwanzig Leuten aufschloss, die alle im vorgeschriebenen Abstand zueinander standen, war es, als stieße sie auf ihre verloren geglaubte Familie.

Die Leute schauten beunruhigt an sich herab. Sie traten von einem Fuß auf den anderen. »Das hatten wir noch nie, solche Mückenangriffe«, sagte der Guide, ein junger Mann, vielleicht ein Student. Etwas stach Vanessa in die Kniekehle.

Als sie aufschaute, wirbelten dicht vor ihrem Gesicht bestimmt zwanzig Mücken. Die Leute zogen sich ihre Jacken an und die Socken über die Hosen. Der Guide zählte alle durch und sagte: »Wir gehen direkt rein.«

Das Alpenhaus war eine Kriegsruine, beschädigt ganz am Ende des Zweiten Weltkrieges; wo einst das Dach war, wuchs ein Wald. Ein Wald mit Tieren, sogar einen Fuchs habe man da oben schon gesehen. Das Grün hatte letztlich das gesamte Gebäude eingenommen, pelzig quoll es aus den Fenstern, Rankpflanzen verdichteten sich zu Teppichen im leeren Raum, hohe Bäume schossen aus Fenstern und Regenrinnen. Vanessa stellte sich vor, wie Berlin nach einer globalen Katastrophe, alle Menschen tot, vielleicht von einem Waldteppich überzogen wäre, in ihrer Erdgeschosswohnung ein tintenschwarzer Tümpel waberte und Ahorn aus den alten Holzfenstern spross.

Der Guide winkte die Gruppe näher, zeigte auf eine Truhe im Eingang, in der rote Schutzhelme lagen. Masken und Helme machten jetzt eine richtige Gruppe aus ihnen.

Sie alle versuchten, trotz der anhaltenden Mückenangriffe still zu stehen, doch es gelang immer nur ein paar Sekunden. Die Flure ähnelten Kreuzgängen in Klöstern, lagen im Wechsel von Licht und Schatten, beinah wie eine Schwarzweißfotografie. Das Licht stürzte in das pflanzliche Gewucher in den Fenstern, bildete grün leuchtenden Glasersatz. Wie aus einer verklärten Dimension heraus malten sich Muster auf Böden und Mauerwerk, schwankende Zeichen. Schlagen, Klatschen. Die Mücken waren gefolgt, oder, waren schon hier, lebten in den Gemäuern, in seinen Löchern und Spalten. Das Gebäude war offen zu allen Seiten, war mehr ein Wald als ein Gebäude.

»Zweite Säule, das Thema Ernährung. Die Leute sollten Gewicht zulegen, es gab kräftige, fettreiche Kost, und damit man das auch gut verdauen konnte, Cognac schon zum Frühstück.«

Der Guide zeigte auf die Aufputz-Stromleitungen. Die Originale von damals. Dick und wulstig verliefen sie über die Zimmerdecke. Es war ein merkwürdiger Gedanke, dass sowohl ihre Urgroßmutter als auch Anna sie gesehen hatten, so wie Vanessa sie nun sah. Es waren nur Stromleitungen, aber sie verbanden sie miteinander wie Schnüre. Jedes Zimmer wurde durchglüht, versorgt, in einer Zeit, in der, sagte der Guide, in Berlin nur 3,5% der Haushalte Strom hatten. Sie blickte zu Boden, als der Guide erklärte, es handele sich um Reste des ehemaligen Eichenparketts. Vanessa musste nachher noch prüfen, ob Maurus Meyer eine Sprachnachricht hinterlassen hatte (sie würde sie ungehört löschen).

Der Guide erklärte der Gruppe, das Alpenhaus sei ein unterkellerter Erweiterungsbau, 1905–1907 gebaut, der Name entstand, nachdem mit dem Aushub draußen eine kleine Hügellandschaft geschaffen wurde. Sie sollte nicht nur landschaftlich Abwechslung ermöglichen, sondern auch anspruchsvollere Spaziergänge. Es gab kleine Schluchten und kleine Hügel und viele kleine Pfade. Er zeigte eine historische Aufnahme, auf der man das Alpenhaus zwischen zwei kleinen Hügeln sah, Fachwerk, Giebel, Schnörkel und ein riesiges rotgedecktes Dach. Die Gärten ringsum makellos gepflegt.

In jeden Raum schwappte von draußen das Grünzeug herein, es bahnte sich jeden erdenklichen Weg, nutzte jeden Platz, den es finden konnte.

Diesmal erfuhr Vanessa mehr als beim letzten Mal. Sie erfuhr, dass es Ende des 19. Jahrhunderts einen Heilstättenboom gab und zeitweise 150 Heilstätten in Deutschland existierten. Sie erfuhr, dass die Neuankömmlinge an der Bahnstation manchmal sogar von einer Musikkapelle begrüßt wurden. Sie erfuhr, dass im riesigen Speisesaal, vor dem sie nun standen, ein Orchestrion für die abendliche Unterhaltung sorgte (sie googelte Orchestrion; ein mechanischer Musikautomat, der ein ganzes Orchester imitieren konnte). Sie erfuhr, dass das Essen in Wärmebehältern mit Elektroautos angeliefert wurde, dass für 1500 Menschen gekocht wurde und dass hier im Alpenhaus 273 Frauen untergebracht waren. Sie erfuhr, dass oben von einer Empore das Aufsichtspersonal darauf achtete, dass die Frauen mit Messer und Gabel aßen und niemand etwas für die hungernden Verwandten einsteckte, die sonntags zu Besuch kamen. Sie erfuhr, dass es Gemüsegärtnereien, Schweineställe und Schlachtereien gab und dass das Essen den privaten Heilstätten in nichts nachstand. Auf der laminierten Speisekarte las sie Knödel, Leberkäse, Hühnerfrikassee, Götterspeise, Beefsteak, Pudding, Rouladen, Kroketten, grüner Salat, klare Brühe. Sie erfuhr, dass nach dem Ersten Weltkrieg der Heilstättenbetrieb für Arbeiterinnen und Arbeiter wieder aufgenommen wurde und dass in der NS-Zeit die Einsicht abnahm, warum man armen Menschen helfen sollte. Das Verständnis wich dem Hass auf alles Schwache. Die nachhaltigen Kuren seien gekürzt und durch Operationsmethoden und Strahlentherapien ersetzt worden. Der nachhaltige Ansatz sei nach 1939 immer mehr in den Hintergrund getreten. 1939 hörte Beelitz als reine Heilstätte auf, die Wehrmacht kam, ein Lazarett wurde eröffnet, und von da an gab es kaum noch Aufzeichnungen.

Die Decke des Speisesaals entblößte rostige Stahlträger. An den Wänden hingen noch Reste eines opernhaften Wandstucks, Traubenmuster und geraffte Vorhänge aus weißem Gips.

Inmitten des Saals, auf einem Schutt- und Mörtelteppich, stand ein einzelner Esstisch mit sechs Stühlen. Drei Weinflaschen und vier Weingläser inszenierten eine Geisterszene, eine unsichtbare kleine Gesellschaft schmauste bis in alle Ewigkeiten, während die Jahreszeiten vorbeiströmten, Nebel, Nässe, Sonnenwärme, Schnee. Auch Vanessa machte Fotos. Sie versuchte dabei, den Blick auf die Nachrichten zu vermeiden. Dann betrachtete sie das letzte Bild. Es hätte auch eine Pop-up-Location in Berlin sein können.

Der Guide machte gelegentlich Witze, pantomimte Elektroschocks, als er das Elektrobad beschrieb, das nicht immer die richtige Stromstärke hatte, die Leute lachten. Er erzählte vom übermäßigen Röntgen, das – im guten Glauben, man helfe – die Patienten verstrahlte. Jahrzehnte später wirkte vieles lustig. Anekdoten nur.

Sie schritten auf und ab und fotografierten. Das Zuschlagen war nun in die Phase des Kratzens übergegangen. Auch in Vanessas Kniekehle brannte ein Stich. Sie fand, dass es irgendwie passte, dass etwas sie zu plagen hatte, wenn sie Schutthaufen von eingekrachten Decken begutachteten und rostige Bettgestelle fotografierten. Die Leute schlugen sich immer wieder auf Arme und Beine, hoben die Knie an, zappelten, man sah jetzt, wer zusammengehörte: Pärchen schlugen einander die Mücken weg, zeigten einander ihre Fürsorge. Man hörte zeitweise nur das Klatschgeräusch und die leisen, amüsierten Flüche, amüsiert, dass man so ausgeliefert sein konnte. Niemand hatte Mückenspray dabei, niemand hatte an so etwas gedacht.

Der Guide sprach von Robert Koch, der das Bazillus als Erster entdeckt hatte, aber kein Mittel fand, erst 1943 entwickelten die Amerikaner das erste Antibiotikum. Doch bis dahin musste man sich anders helfen, musste man Heilung durch Selbstheilungskräfte bemühen.

Ein Baumstamm lehnte schräg gegen eine Wand wie ein Betrunkener. Sie berührte mit dem Finger die poröse Wand. Die Zeit als Pulver, Staub und Steine. Die Inschriften der Russen, der Geisterjäger und des Partyvolkes, alles ging durcheinander, völlig ungestört und unbeeindruckt floss die Natur hindurch und über alles hinweg. Es war, als striche eine Macht über Vanessa hinweg, das Weinerliche strich es weg, das Gallige, denn es schien ihr plötzlich dumm. Nicht dumm, so wie Maurus Meyer es meinte, wenn er die Apps kritisierte. Nein. Wie klein sie alle waren und wie unbedeutend, und doch zugleich: hier, jetzt, da.

Ihr war, als sähe sie in dieser Sekunde die Frauen durch die Flure gehen. Als wären sie selbst, die Zukünftigen, die eigentlichen Geister. Und dann war da noch etwas, wovon Maurus Meyer nichts verstand, und das war etwas, das der Guide plötzlich sagte: »Damals hat man die Schwächsten geschützt. Man hat sie ernst genommen, man hat ihnen die gleiche Pflege angedeihen lassen wie den Reichen und Privatversicherten. Denn man wusste, dass man nur aus dem Überfluss heraus, aus dem Überschuss an Fürsorge und Güte, Krankheit heilen konnte. Es ist eine Utopie gewesen. Eine Utopie, die an einem Ort wie diesem verwirklicht wurde.«

Eine Mücke kam zum Angriff herangeflogen. Vanessa zerklatschte sie in der Luft. Das Echo hallte im Wandelhallengang.

24

Berlin 1908

Anna saß neben ihr. Eine große, knochige Frau, die ihren Blick erwiderte, mit einem Zuversicht signalisierenden Lächeln. Annas Zähne, gräulich schon, und vorne links eine Lücke. Der Wagen rumpelte gen Berlin. Die Straße erstreckte sich wie ein graues Band durch die grüne Feldlandschaft. Die Wiesen waren mit buschigen Polstern aus Klee bedeckt, und aus alten Brunnen wuchsen grüne Triebe empor.

War es richtig, Anna aufzunehmen? Ein Mensch mit einer Geschichte, die Johanna kaum kannte, und mit Gaben, die ungewöhnlich und auch unheimlich waren.

Beim Zurücklächeln versuchte Johanna, sich ihre Zweifel nicht anmerken zu lassen. Aber warum ausgerechnet jemandem wie Anna etwas vormachen? Sollte sie sich ihr nicht lieber anvertrauen: Vergib mir, dass ich diese Zweifel habe!

Das Bild, das sich ergab, wurde immer rätselhafter. Anna hatte ohne Umschweife Blomberg als verirrten materialistischen Einfaltspinsel abgetan und mit einer beseelten Rede über die Unverfügbarkeit des Göttlichen alle Herzen erobert. Natürlich musste Anna dann von dort fort. Und natürlich war es Johanna, die als Erste »Hier« rief, die sagte: »Kommen Sie zu mir.«

Und dennoch gab es inmitten der Verwirrung das Gefühl von Verbundenheit. Das Gefühl holperte mit ihnen über die

Feldwege bei Potsdam, es konnte natürlich auch ein Fantasieprodukt sein. Wer konnte ihr das beantworten?

Eine Heugabel mitten auf einer leeren Wiese.

Wie würde sie Clemens die Sache erklären? Anna hilft mir, das Heilstättenbuch zu schreiben. Und sie kann auch dem Dienstmädchen unter die Arme greifen. Wobei? Das wusste Johanna noch nicht. Und vor Hilde hatte sie fast noch mehr Angst als vor ihrem Mann.

Von ihrer Schwester wäre wohl auch keine Unterstützung zu erwarten. Nach der Séance bei Blomberg waren sie rasch in Sibillas Automobil gestiegen, Anna nahmen sie in ihre Mitte, »Der Raub der Sabinerinnen«, lachte Sibilla. Sie kamen kurz vor Mitternacht auf Sibillas Landsitz bei Potsdam an, aßen Reste eines Punschkuchens, während das Mädchen zwei Gästezimmer herrichtete. Am Morgen, nachdem der Rausch des Verschwörerischen verflogen war, begann Sibilla beim Frühstück ein inquisitorisches Gespräch; was Anna könne, was sie wolle, wer sie sei. Anna reagierte einsilbig und reserviert. Sie saßen auf geschnitzten Stühlen in einem feierlichen Saal mit Aussicht auf einen See, über ihnen schwebten schwere Kronleuchter, auf den Ahnenbildern alte Männer mit großen Perücken, die Damen mit hohen Frisuren und spitzenumwallten Busen. Doch der Pomp schien bei Anna keine Ehrfurcht und keinen Gehorsam auszulösen, denn sie hörte wie immer nur auf Gott.

»Können Sie bei uns allen die Zukunft sehen?«

»Nur das, was der Herrgott mir eingibt.«

»Und was Ihr eigenes Leben betrifft?«

»Für mein eigenes Leben bin ich blind.«

Der letzte Satz ließ Johanna aufmerken, sie nahm sich vor, Anna bei Gelegenheit dazu zu befragen, aber auf demütige Weise, nicht wie ihre Schwester, die Anna wie eine Untergebene behandelte.

Als diese nun fragte: »Werde ich als Malerin noch berühmt?«, wich Anna aus, indem sie erneut darauf hinwies, lediglich ein Werkzeug Gottes zu sein; eine Auffassung, die auf interessante Weise Bescheidenheit und Anmaßung in einem darstellte und daher echt sein dürfte, fand Johanna.

Sibilla wirkte inzwischen ein bisschen beleidigt. »Darf ich Sie malen?«, machte sie einen letzten Vorstoß, »Ihr Gesicht, liebe Anna, ist sehr schön.«

»Vielleicht irgendwann einmal«, sagte Anna leise. Ahnte, wusste Anna, dass der Baron die Bilder seiner Frau heimlich kaufen ließ, um sie weiter zu ermutigen, und wollte sie Sibilla diese Nachricht ersparen?

Es war schon später Vormittag, als sie endlich aufbrachen. Sibillas Lächeln war jetzt nur noch maskenhaft, und als die Droschke vorfuhr, nahm sie Johanna beiseite: »Ein richtiges Medium ist sie wohl nicht. Ich glaube, wir haben uns gestern einfach täuschen lassen von ihrem Charisma.«

»Ich glaube, sie ist eher eine Meisterin, kein Medium«, sagte Johanna.

»Ach so, kennst du dich bei den Feinheiten so gut aus?«

»Sie führt mich«, sagte Johanna.

»Dann lass dich aber nicht verführen, hörst du? Und gewähre ihr nicht zu lange Asyl. Sie nutzt dich sonst aus.«

Die Droschke hielt. Alles war wie immer, und doch sah Johanna alles wie zum ersten Mal.

»Gott segne dieses Haus«, sprach Anna leise. »Gott segne dieses Haus«, sprach Johanna ergriffen nach. Das Wort Gott benutzte Johanna plötzlich so unumwunden, als sei sie einer Krankheit entkommen und beweise damit ihre Heilung. Sie gingen sehr langsam auf das Haus zu. Das Dienstmädchen überholte sie bereits und stellte mit lautem Knall das Gepäck in der Halle ab.

»Hilde, das ist Fräulein Anna Brenner«, sprach Johanna zwischen Verlegenheit und Neugier. Die beiden Frauen nickten einander zu. Natürlich erfasste Hilde sofort, dass Anna keine hochgestellte Person war und fragte umso höflicher: »Darf ich den gnädigen Herrschaften Tee servieren?«

»Später«, gab Johanna für beide Antwort und stieß die weißlackierten Flügeltüren zum Salon auf. Dabei bemerkte sie, dass Anna nun abwartete, welche Richtung sie als Nächstes vorgab. Johanna war unschlüssig. Sie betrachteten gemeinsam die Möbel aus schwarzem Ebenholz, die Bezüge aus gepresstem rotem Samt, das Pianoforte und den großen gepflegten Garten hinter den zurückgebundenen weißen Tüllgardinen.

Für gewöhnlich ergab sich mit jedem Besuch an dieser Stelle eine Überbietungsschlacht aus Komplimenten und höflichen Beschwichtigungen. Aber mit Anna herrschte Stille, und Johanna gab sich Mühe, das bewegungslose Miteinander auszuhalten.

Hilde kam schließlich über den Flur gepoltert, lauter als sonst, und fragte gereizt: »Brauchen gnädige Frau etwas?«

»Nein, Hilde.«

Johanna bückte sich nach Annas Tasche, wich dabei Hildes Blick aus und trug sie in das Zimmer, das ihre Mutter zuletzt bewohnt hatte. Die Sicht ging in den Garten bis zu der Bucht aus Rhododendron, in der das Teehaus versteckt lag. Johanna konnte Hildes Verwunderung bis zu ihnen spüren.

Seit dem Tod der Mutter hatte man das Zimmer nicht mehr genutzt, nicht einmal für Besuch. Es war hübsch. Das Bett lag unter geblümten Vorhängen; ein Sekretär aus Mahagoni, auf dem eine Porzellanpuppe saß, darüber Zierteller mit schnäbelnden Tauben und tanzenden Elfen, verlieh ihm eine gewisse altmodische Wohnlichkeit. In einem Halter klemmten noch die Grußkarten von Verwandten aus Urlaubsorten wie Nizza, Capri und Grenoble.

»Um 16:00 Uhr gibt es Tee. Ruhen Sie solange aus, Fräulein Brenner«, sagte Johanna und schloss die Tür. Mit steifen Schritten begab sie sich den langen Flur hinab zum Salon.

»Gnädige Frau?«

Erschrocken drehte sie sich zu ihrem Dienstmädchen um.

»Ja, Hilde?«

»Gnädige Frau verzeihen mir bitte diese Direktheit, die mir nicht zusteht. Dennoch muss ich gnädige Frau fragen: Wird man mich auswechseln gegen ein neues Dienstmädchen?«

»Nein, Hilde. Fräulein Brenner ist unser Gast. Den Tee werde ich servieren, Sie haben bis zum Abendessen frei.«

Ein Zögern, dann machte Hilde einen Knicks und verschwand leise.

Wie immer, wenn sie nicht weiterwusste, setzte Johanna sich an das Pianoforte. Aber sie spielte nicht. Sie lauschte in den Korridor und versuchte, Geräusche aus Annas Zimmer wahrzunehmen und daraus abzuleiten, was Anna gerade tat. Oben war es still; die Kinder offenbar nicht im Haus, vielleicht im Zoo oder im Puppentheater. Mit den Fingerkuppen fuhr sie ganz leicht über die kühlen, tröstlich glatten Elfenbeintasten. Sie hatte dieses Gefühl stets geliebt, etwas Großes, Unbändiges wie die Musik wörtlich im Griff zu haben, und immer blieb dieser Punkt des Übergangs unerklärlich: Die Verbindung zwischen dem physischen Phänomen des Drückens, des Fingerbewegens und dem immateriellen Ergebnis, Klänge, die überweltliche Atmosphären herbeiriefen – zugänglich nur denen, die empfindsam genug waren, während die meisten eben nur auf mitsummbare Melodien oder reißerische Rhythmen achteten.

Sie spielte diesmal nicht. Sie blieb bewegungslos sitzen.

Dass Anna hier war, bedeutete einen Anfang von etwas, das Johanna nicht kannte, aber tief in sich sehr wohl kannte. Sie konnte nicht widerstehen, eine Verbindung zu sehen zwischen Annas tiefer Versunkenheit in ein mystisches Dasein und den geheimen Gefühlszuständen der Kindheit, die sie einst aus allen Zusammenhängen herausgeschleudert hatte und zugleich die innerste Verbindung zu allem aufdeckte; die Einsamkeit als Trost.

Sie hatte nun Anna. Anna war ihr voraus, Anna war Weggefährtin und Führerin zugleich. Anna, flüsterte sie, nach was dürstet meine Seele?

Ein Scheppern ließ sie aufschrecken. Die Tür flog auf, und die Kinder stürmten herein. Johanna öffnete mechanisch und fast abwehrend langsam ihre Arme (hatte ihre eigene Mutter sie nicht genauso lieblos empfangen? Oh Gott, vergib mir!) und drückte beide Kinder gleichzeitig an sich. Flüchtig fuhr ihr Blick über Handgelenke und Wangen, nein, keine Kratzer, keine Bisse; zu genau wollte sie es wiederum nicht wissen. »Waren sie brav?«, fragte Johanna. Das englische Kindermädchen bestätigte, »very brav«, und über ihre Köpfe hinweg nickte Johanna ihm zu, die beiden vorsichtig von ihr zu lösen, Paul küsste ihr bereits den Hals nass. »Please have a look mother!«, kreischte Emmy spitz, und sie sah noch im Vorbeiflug die neuesten Lackbildchen, farbige Tier- und Blumenmotive und eine mit Glitter überzogenen Putte.

»Heute Abend schaue ich sie mir in Ruhe an«, sagte Johanna zärtlich. »Jetzt müsst ihr euch erstmal die Hände waschen und euch umziehen.«

Die Wanduhr zeigte zehn vor vier. Sie begab sich in die Küche, stellte einen Kessel Wasser auf den Herd und suchte nach dem Toastbrot, das sie schließlich in einer Schublade fand. Helle flaumige Punkte überzogen die weiche Oberfläche. Sie wollte gerade verärgert nach dem Dienstmädchen rufen, da fiel ihr ein, dass Anna im Haus war, und dann fiel ihr ein, dass Hilde das Brot vermutlich absichtlich hier sammelte, für Clemens. Ließ sie es auch absichtlich verschimmeln?

Sie entschied sich für die englischen Biskuits, schlug zwei Eier auf, rührte die Eidotter mit einem Stück Butter schaumig, würzte und füllte die Masse in eine kleine Silberschale. Sie hatte währenddessen das Gefühl, bedeutsame rituelle Handlungen auszuführen. Sie stellte Zuckerdose und Rahmkanne mit liebevollem Nachdruck auf das Silbertablett und trug alles leise, mit beinah religiöser Andacht, zu seinem Bestimmungsort.

Anna saß kerzengerade am Tisch und blickte in den sommerlichen Garten. Johanna betrachtete verstohlen die aufrechte Gestalt, die wie ein Gemälde wirkte. Als Anna sie bemerkte, stand sie sofort auf.

»Nein, bleiben Sie sitzen!«, sagte Johanna. Zum ersten Mal bereitete das Servieren ihr Freude. Der Vater, wenn sie sich als Kind gegen irgendetwas sperrte, hatte dann oft lachend Kant zitiert: »Du kannst, weil du musst.« Aber die Wahrheit war: Sie konnte, weil sie *nicht* musste!

Noch im Stehen goss sie ihnen beiden ein, schob Anna Milch und Zucker näher und sah aus dem Augenwinkel zu, wie Anna umrührte und trank. Auch von den Biskuits nahm sie, aß langsam und sittsam, und Johanna freute sich auf kindliche Weise, als würde ein religiöses Opfer angenommen. Mehr geschah die nächsten Minuten über nicht, sie sprachen kein Wort.

Johannas Blick wanderte unschlüssig umher. Durch die offene Tür zur Bibliothek sah sie die Bücherregale, Wissen und Kultur aus mehreren Jahrhunderten und Kontinenten. Jedes Buch schien durch seine Farben erkennbar, von Schiller und Goethe über die philosophische Sammlung des Vaters bis zu den Werken aus Indien, Patanjali, Ramayana, Vijnana Bhairava, und die mystische Sufi-Dichtung aus der Zeit in Konstantinopel. Daneben hatte Johanna einige Bücher der Theosophie versammelt: Helena Blavatsky, Annie Besant, und Steiner, ihrem ehemaligen Freund aus dem Club der Kommenden. In seinen Schriften ging es viel ums Erklimmen von Erkenntnisstufen, geheime Meister und ein nur Eingeweihten zugängliches Land namens Schamballa. Es klang wie ein Märchenbuch für Erwachsene, faszinierend, aber auch ausgedacht.

Die Fensterseite beherbergte Bücher der Mutter, von Gartenkunst über Haushalt bis zu Romanen. Johannas Liebe galt besonders den Werken der Frauen. Dennoch hatte sie das Gefühl, bei ihnen nach etwas zu suchen, das sie nicht erzählten. Weil es nicht literaturwürdig war?

Sie dachte an die vielen beschämenden und verunsichernden Situationen des Alltags, derer sie einfach nicht Herr wurde. Auch jetzt, als junge Ehefrau, hatte sie mit ihrer Rolle zu kämpfen, hingen manche Patzer ihr schmerzhaft lange nach, wie neulich ihr zu vitales, lebendiges Lachen gegenüber einer uralten Gräfin (es war ungebührlich, sie merkte es an den ringsum hochgezogenen Brauen und Blickwechseln). Besonders gern quälte sie sich mit der Erinnerung an eine beschämende Situation von vor drei Jahren, da lebte die Mutter noch. Nach einem Hauskonzert eines sehr schlechten Streichquartetts hatte Johanna ihre Hausfrauenpflicht versäumt, nach dem letzten verklungenen Ton rasch hinzuzutreten und Worte des Dankes und Interesse bekundende Fragen anzuschließen; völlig gelähmt stand sie in der ratlosen Stille nach den letzten vermasselten Tönen. Dann rannte sie in die Küche, als wäre sie für wichtige Dinge gerufen worden. Ja, weggelaufen war sie, hatte nicht den Mut gehabt, »wunderbar« und »danke« zu sagen und »würden auch Sie

Haydn zu der heitersten und menschenfreundlichsten Musik zählen?«

Clemens hatte hinterher mit ihr darüber herzlich gelacht. Das war mit ihm möglich. Ihre Mutter sah nur erneut bestätigt, dass mit Johanna etwas nicht stimmte.

Es war an der Zeit, nach den Kindern zu schauen, Johanna wusste aber nicht, ob sie Anna verlassen durfte, sie wirkte irgendwie entrückt.

Im selben Moment stand Anna abrupt auf und sagte: »Lassen Sie uns mit der Arbeit anfangen, Frau Schellmann.«

»Welche Arbeit?«, fragte Johanna erstaunt.

»Ihr Heilstättenbuch. Ich soll Ihnen doch von meinen Erlebnissen in den Heilstätten berichten.«

Johanna lächelte. Es war ihre geheime Hoffnung gewesen. »Das ist richtig. Bitte folgen Sie mir nach oben in meine Schreibstube.«

Anna betrat das Zimmer langsam, fast schleppend. Manches an ihr war durchaus befremdlich; manche verzögerten Bewegungen und plötzlichen feurigen Blicke, als führe vom Himmel etwas in sie hinein. Jetzt hob sie ein Buch vom Boden auf. »Im Kampf um Gott«, geschrieben von Henri Lou.

»Es geht das Gerücht, es sei von einer Frau geschrieben«, informierte Johanna und beobachtete Annas Gesicht. »Sie heißt eigentlich Lou Andreas Salomé.«

»Warum verstellt sie sich?«, fragte Anna.

»Nun, viele Männer würden schon aus Prinzip nicht das Buch einer Frau lesen.«

Anna lächelte und streunte weiter durch den Raum, blickte auf die Manuskriptseiten, die sich schief und unordentlich am Boden stapelten, mit lauter misslungenen und nicht fortgesetzten Erzählungen, auf die Schreibmaschine, die so eine trügerische Festigkeit und technisch überlegene Noblesse ausstrahlte, und auf den gerahmten Spruch darüber: »Sei wie Gott, überall präsent, aber nirgends sichtbar«, der Flaubert angedichtet wurde. Sie schien etwas sagen zu wollen und sich dann zu enthalten. Johannas eigenes Buch, die Reiseerzählungen vom Bosporus, standen im Regal versteckt, sie zögerte, ob sie Anna das Buch zeigen sollte, entschied sich dann aber dagegen.

Johanna bemerkte plötzlich, dass der Hutnadelschützer wie eine Reliquie auf einem rosenbestickten Tüchlein neben einem selbstgepflückten Blumenstrauß aus dem Garten lag. Im selben Moment nahm Anna ihn auch schon in die Hand. »Den haben Sie noch, gnädige Frau?«

»Und mein eigener, wo ist der?«, fragte sie herrisch zurück, um ihre Verlegenheit zu verbergen.

»Es tut mir sehr leid. Vieles geht in den Heilstätten verloren. Ich glaube, er ist gestohlen worden.«

»Das ist eine sehr interessante Information«, sagte sie, nahm Platz an der Olympia und tippte den Satz mit beflissener Miene ein. Sie traute sich nicht, das nun einzig Naheliegende zu fragen: Warum hatte Anna damals die Hutnadelschützer überhaupt ausgetauscht? Dass Johanna es bemerkt hatte und hingenommen, war peinlich genug.

In ihrer lächerlichsten Variante war das Austauschen ein plumper Kontaktversuch gewesen, in der besten Variante hatte Anna ihr eine Art Talisman überlassen, aufgeladen mit Segen, wie Heiligenbildchen und Rosenkränze. So hatte Johanna es immer empfunden, und sie wollte es dabei belassen.

»Es ist gut, dass Sie ihn aufgehoben haben«, sagte Anna, als Johanna fertig getippt hatte.

»Ja?«, fragte Johanna gespielt gleichgültig, »na gut. Aber erzählen Sie mir alles, was Professor Blomberg mir nicht erzählen würde; Langfinger, Intrigen, Kriminalität, verbotene Liebe!«

Anna starrte sie an.

»Nun, Fräulein Brenner, das soll ja ein Roman werden, da braucht es ein bisschen Würze.«

»Davon weiß ich nichts. Ich habe mich immer abseits gehalten.«

Es verging auf diese Weise eine ganze Stunde. Johanna gab bald auf, weil Anna nur topografische Informationen zu entlocken waren zur Lage der Almhütte, zum Sechsertopp und zur Kegelbahn, den Öffnungszeiten oder zu den Mahlzeiten.

Johanna unterdrückte ein Gähnen und war mit den Gedanken woanders. Sie war bei Variante zwei, Anna hatte ihr tatsächlich diesen Gegenstand gegeben, damit sie miteinander verbunden wären.

Als Anna gerade von den Schlammbädern erzählte, klopfte es an der Tür. Clemens lehnte mit der Schulter am Türrahmen und neigte sich ins Zimmer. Anna, die mit dem Rücken zu ihm saß, machte keine Anstalten, sich zu ihm umzudrehen.

»Du hast Besuch?«, fragte Clemens.

»Ein besonderer Besuch«, sagte Johanna.

Clemens trat behutsam ein, zu höchster Ehrerbietung bereit. Als er zwischen ihnen zum Stehen kam, schien er zusammenzuzucken und schnellte aus der leicht geduckten Haltung wieder ins Aufrechte zurück.

»Das ist Dr. Schellmann, mein Ehemann. Und Clemens, das ist Fräulein Anna Brenner, eine Patientin von Professor Blomberg. Sie hilft mir bei meinem Heilstättenbuch. Sie wird für einige Zeit unser Gast sein.«

Seine Stehweise schien jetzt breitbeinig zu werden, während Anna stumm zu ihm hochschaute. Er murmelte »Guten Abend«. Sie murmelte »Guten Abend« zurück, leicht fragend. Daraufhin wandte er sich um, er habe zu tun, und verschwand zur Tür hinaus. Was war nur mit ihm los?

Johanna entschied sich, die Sitzung fürs Erste zu beenden und sich vor dem Abendessen noch etwas auszuruhen. Sie suchte nach Clemens. Aber er hatte sich ins Teehaus-Labor zurückgezogen, und sie wollte ihn nicht stören.

25

Berlin 1908

Abends versammelten sie sich am Esstisch, Anna neben Johanna, Clemens am Kopfende. Nachdem Hilde mit dem Kabeljau reihum gegangen war, stocherte Clemens überaus hektisch in den weichen Teilen des Essens, wälzte den in Butter geschwenkten Blumenkohl herum, stieß die Gabel immer wieder in die Kartoffeln und wuchtete die Teile hin und her wie eine erforderliche ordnungsstiftende Prozedur. Vielleicht war es das mechanisch Dumpfe, auf jeden Fall das völlig Sinnlose, das Johanna bis aufs Blut reizte und dadurch zum Schweigen verdammte, damit ihre Stimme sie nicht verriet.

»Ich glaube, wir kennen uns schon«, begann Clemens plötzlich. »Ich habe an Fräulein Brenner in Beelitz das Röntgen vorgenommen.«

»Sie haben es versucht, gnädiger Herr.«

»Die Patientin wurde hysterisch«, sprach Clemens an Johanna gewandt.

»Ich habe die Herren auf die Schäden durch das Röntgen hingewiesen«, wandte Anna sich ihrerseits an Johanna.

»Hilde?«, fragte er nun kauend. »Haben Sie etwas für mich?«

»Ja, gnädiger Herr. Ein paar Scheiben Toastbrot.«

»Mein Mann sammelt alles, was verschimmelt ist«, klärte Johanna auf und schaute Clemens ermunternd an; nur zu gerne sprach Clemens über seine Schimmelpilz-Forschung.

Generell war er sehr mitteilsam, was sie oft staunend zur Kenntnis nahm. Manchmal, in Gesellschaft, saß sie mit zusammengekniffenen Augen vor ihm und versuchte zu fühlen, was er fühlte: Wenn er in Fahrt war, trug er alles mit gleichbleibender Begeisterung vor, einer innigen Anteilnahme an den Inhalten, als beseelten sie ihn beim Sprechen. Auch diese Offenheit hatte Johanna damals angezogen, als sie sich vor zehn Jahren im Club der Kommenden kennengelernt hatten. Und sie hatte gehofft, er könne ihr über den merkwürdigen Graben hinweghelfen, der sie von der Welt trennte. Das war nicht geschehen, es war auch nicht Clemens' Schuld, es war eben nichts, das auf den anderen übersprang.

Als Clemens immer noch schwieg, half sie nach: »Dr. Schellmann entwickelt ein Medikament aus einem Schimmelpilzwirkstoff, das Bakterien tötet, hoffentlich eines Tages auch den Tuberkelbazillus.«

»Schimmelpilze retten Leben«, sagte er kauend.

»Was Sie tun, ist unserer Zeit weit voraus«, sagte Anna.

»Das ist mir bewusst«, sagte er ein bisschen schroff; er schien Annas Einwurf für plumpe Anbiederei zu halten.

»Wird es ihm gelingen, liebes Fräulein Brenner?«

»Das weiß ich nicht, gnädige Frau.«

»Natürlich weiß sie es nicht! Wie auch?«

»Fräulein Brenner sieht Dinge. Nicht alles, aber vieles.«

»Das sagte Professor Blomberg schon.« Mit vollem Mund, ohne das geringste Bemühen, sein Benehmen zu bessern, wandte er sich an Anna.

»Wie erklären Sie sich Ihre übersinnlichen Fähigkeiten überhaupt, Fräulein Brenner?«

Johanna hoffte, dass Anna diesmal nicht wortkarg wäre wie am Morgen bei Sibilla. Und tatsächlich hob sie zu einer Antwort an, die für Johanna sehr versiert klang: »Was Sie das

Übersinnliche nennen, ist Teil dieser Welt. Aus einer bestimmten Perspektive ist es sogar umgekehrt so, dass die normale, sinnliche Welt einer Art Traum gleicht.«

Clemens schaufelte sich ein Stück Fisch auf die Gabel. »Und, macht es einen besseren Menschen aus Ihnen? Sind Sie eine Heilige?«

Anna, als bemerkte sie den Sarkasmus nicht, ging auch darauf ruhig ein. Ihre Stimme hatte inzwischen die leichte rauere Färbung, war ein bisschen tiefer, was Johanna nervös machte. Hoffentlich schloss sie nicht auch noch die Augen und fiel in Trance (konnte das auch beim Essen passieren?) – das wäre für Clemens zu viel.

»Ich kann Ihnen auf diese Frage nicht antworten. Das beurteilt Gott.«

»Aber was ist mit Ihren Sünden, Fräulein Brenner?«

Anna schien nachzudenken. Dann sagte sie gehaucht, fast schon krächzend: »Wer diese tiefe Einsicht hat, wird vielleicht nicht mehr in der Lage sein, bestimmte Dinge zu tun, schädliche Dinge, nicht willentlich.«

»Großartig!«, rief Clemens aus. »Und wie komme ich dahin?«

Anna schaute ihn eindringlich an, ja, schien ihn zu untersuchen, bevor sie die nächste, wie nur auf ihn zugeschnittene Antwort sprach: »Es steht nicht einmal in Ihrer Macht, sich jenseits von Gott aufzuhalten.«

»Doch, ich glaube, ich kann das sehr gut. Und Sie scheinen es auch zu können, so wie Sie klingen.«

Clemens griff zum Tischwein, Anna immer noch anblickend. Was war mit ihm los? Johanna schaute sich vorsichtig zu Hilde um, die stocksteif mit ihrem Dienstmädchengesicht, unbeteiligt und doch wachsam, im Hintergrund stand.

»Wie würden Sie Gott denn definieren, Fräulein Brenner?

Denn wenn Sie jetzt sagen: Gott ist in der Kunst, in der Poesie, in der Natur«, Clemens imitierte eine schwärmerische Frauenstimme, »dann überzeugt mich das wirklich nicht. Was wissen Sie vom Gott der großen Weltreligionen?«

»Der Gott der großen Weltreligionen ist aus solchen Erlebnissen hervorgegangen, Herr Doktor. Nie wäre ein Mensch sonst auf die Idee gekommen, an einen Gott zu glauben und eine Religion zu gründen.«

»Na, dann gründen Sie doch auch direkt mal eine.«

»Diese Entscheidung überlasse ich Gott.«

Anna sprach noch immer ruhig. Johanna hustete, drehte ihren Oberkörper kurz vom Tisch weg, um weiterzuhusten. Als sie aufstand und sich zum Fenster hinbewegte, hörte sie Anna sagen:

»Seien Sie bitte vorsichtig, gnädiger Herr. Der Schimmelpilzwirkstoff mag Leben retten, aber nur in einer bestimmten Form, das wissen Sie besser als ich, Sie sind Mediziner. Sie dürfen bei Ihrer Forschung nicht Ihr eigenes Leben in Gefahr bringen.«

Da brauste Clemens auf. »Was wissen Sie von medizinischer Verantwortung? Was nehmen Sie sich eigentlich heraus?«

»Sie meint es sicher nur gut«, sagte Johanna hilflos. Hatte Anna eine Eingebung, sah sie etwas? Clemens legte die Serviette auf den Tisch. Er schien sich zu sammeln für die nächste Prüfungsfrage.

»Und wie kommt man dahin, zu Ihren Einsichten, wie macht man das als Normalsterblicher bitte?«

»Jedes Tun ist falsch. Es verstärkt die Illusion der Getrenntheit. Das Einzige, was vielleicht hilft, ist Gebet.«

»Gebet? Ist das kein Tun?« Seine Stimme war nun zunehmend gereizt.

»Nun, das ganze Leben ist für mich Gebet.«

Das restliche Essen verbrachten sie weitgehend schweigend, man hörte nur den gluckernden Wein, wenn Clemens nachgoss, und gelegentlich ein »Danke«.

Das Dessert ließen sie aus. Clemens stand auf und stellte sich hinter Johanna, um ihr beim Aufstehen zu helfen, so machten sie es allabendlich. Ein feines Zögern, das Clemens bemerkte, ja, bemerken sollte, dann erst stand sie auf und ließ sich an seinem Arm aus dem Zimmer führen. Die Stimmung hätte nicht bedrückender sein können.

Oben begannen sie die schlafwandlerischen Handlungen, einander gegenseitig aus den Kleidern zu helfen, mit müde hingehauchtem »Danke« und »Das Hemd lasse ich reinigen« und »Möchtest du noch etwas lesen«; auch diesmal, aber sie waren nicht müde, sondern in der elektrisierten Anspannung, die sich kurz vor einem Streit einstellte. Johanna montierte ihre Perlohrringe aus den Ohrlöchern, dann cremte sie ihre Hände ein. Sie ließ sich Zeit. Im Spiegel sah sie ihren Ehemann die Kordel der Pyjamahose zusammenbinden. Ihre Blicke trafen sich.

»Du solltest vorsichtig sein, Johanna. Diese Frau leidet an Schizophrenie. Blomberg teilt diese Auffassung, allerdings interpretiert er ihren Zustand als etwas, das seiner metaphysischen Forschung dienlich sein könnte. Ich wünschte, du hättest dir eine andere Patientin als Informationsquelle ausgesucht.«

»Lass uns morgen darüber reden, nicht vor dem Schlafengehen.«

»Ich werde sowieso nicht schlafen können mit dieser Person im Haus.«

»Ich vertraue ihr«, sagte sie bestimmt.

»Auf welcher Grundlage? Sie spricht nur hohle Sätze. Du fantasierst irgendetwas in sie hinein.«

Sie war verblüfft; Anna hatte klug und gelehrt geredet.

»Es gibt für alles Erklärungen«, fuhr er fort. »Auch für Annas angebliche Fähigkeiten.«

»Aber nicht für eine: Sie berührt meine Seele.«

»Halleluja. Da bin ich ja froh, dass endlich jemand zu dir durchdringt.«

»Du musst nicht gemein werden«, sagte sie leise.

»Und was ist mit mir? Was ist mit uns?«

»Ich weiß nicht, was das miteinander zu tun hat.«

»Eben, Johanna. Dass du es nicht weißt, sagt schon alles.«

Er zögerte, dann griff er zum Schlafmantel und im selben Moment sagte Johanna: »Nein, bleib. Du musst früh aufstehen, du sollst deinen gewohnten Schlaf haben.«

Sie schauten einander nicht an. Sie nahm die Öllampe und stieg eine weitere Treppe nach oben.

Er war erschüttert, wie dumm seine Frau sein konnte. Richtig dumm. Allerdings sprach das auch ein Urteil über ihn selbst. Aus welchen niederen Gründen hatte sie sich einst für ihn begeistert? Ja, er sah sich in einer Reihe zu dieser knochigen und offenbar etwas im Schilde führenden Frau, und das erzeugte unangenehmste Gefühle. Hatte auch er einst etwas im Schilde geführt? Er konnte das nicht mit nein beantworten, nicht ganz klar jedenfalls, er erinnerte sich an die vielen brenzligen Situationen, in denen er beweisen musste, dass er beide Welten kannte und sich in ihnen auskannte (was nicht der Fall war); er musste unterhaltsamer und intelligenter sein als jeder andere im Raum, dem Blick seiner zukünftigen Schwiegereltern Genüge tun, wobei Johannas Vater mehr Sympathie für ihn zu haben schien als die Mutter, die er in den letzten Monaten mit Parfum einsprühte, da konnte sie schon nicht mehr sprechen und sich nicht wehren, und er behauptete Johanna gegenüber, er habe die Mutter untersucht, den Puls gefühlt, dabei musste sich das Parfum übertragen haben. Er wollte diese biestige Schwiegermutter einnebeln und aus Rache sie mit sich selbst übertünchen, und vielleicht ja auch Johanna, die sich so verändert hatte; mit jedem Jahr sperriger und verschlossener geworden war und stets diese Enttäuschung im Gesicht trug.

Er konnte nicht schlafen. Er lag wach in dem großen Ehebett und lauschte ins Haus, am liebsten hätte er diese Anna an den Haaren gepackt und auf die Straße geschleudert. Sie machte sich hier einfach breit. Was fiel ihr ein. Seine Gedanken hatten nun die Form brutalster Regungen angenommen, nichts in ihm konnte dem Einhalt gebieten. Er würde morgen mit Johanna reden und sie bitten, Anna fortzuschicken. Bevor hier noch ein Unglück geschah.

Am Morgen wurde Anna von Klaviermusik geweckt. Das Bett vibrierte, es kam also nicht vom Grammophon, irgendwer im Haus spielte. Zu ihrer Verwunderung regte sich ein gewisser Unmut in ihr, und nicht etwa, weil die Musik sie geweckt hatte. Es war die Art, wie gespielt wurde. Als schlinge die Musik sich um sie herum, ähnlich der unangenehmen Schwester von Frau Schellmann. Spielte etwa die gnädige Frau selbst? Ja, jetzt konnte Anna durch die Wände hindurch bis in den Salon blicken, sah deren am Klavier sich träumerisch hin und her wiegende Gestalt. Als Stille eintrat und aus dieser heraus das Glöckchen für das Frühstück sich erhob, zog Anna schnell das chinesische Hauskleid von Blombergs Frau über, spritzte sich Wasser ins Gesicht, kämmte ihr Haar und begab sich in den Salon.

»Mögen Sie Musik, Fräulein Brenner?«

Als Dienstmädchen hatte sie einigen Hauskonzerten beigewohnt, wo es ihre Aufgabe gewesen war, den Champagner rechtzeitig nachzugießen.

»Ich kenne mich mit Musik nicht gut aus.«

»Musik berührt meine Seele«, eröffnete Frau Schellmann mit schwärmerischem Blick und fügte dann verlegen lächelnd hinzu: »So wie Sie, Fräulein Brenner. Das klingt etwas dumm, aber ich möchte es einmal gesagt haben. Ich bin sehr froh, dass Sie hier sind. Ich weiß, dass ich viel von Ihnen lernen kann!«

Die gnädige Frau nahm ihre Hand und drückte sie.

»Gott führe und leite uns«, sprach Anna leise.

»Gewiss«, pflichtete Frau Schellmann bei, zog ihre Hand behutsam zurück und streckte sie nach der Schüssel mit Obstsalat aus. Das Dienstmädchen goss Kaffee ein und erkundigte sich nach besonderen Wünschen; erst bei Frau Schellmann, und dann, aber auch nur auf deren Nicken hin, fragte sie Anna.

»Ich esse das Ei gerne weich«, informierte Anna, »und bitte mit Salz und Pfeffer«, ihre Betonung lag auf dem und. Annas Blick schwelgte in der großen Auswahl an verschiedenen Backwaren – Schrippe, Graubrot, Toastbrot. Sie betrachtete die hübsch angerichtete Mirabellenmarmelade, die gelbe Butter und die bunten Obststücke in der Glasschüssel. Dabei hielt sie vorerst an ihrem Schweigen fest.

Im Haus von Baron Schrenck-Notzing hatte Anna festgestellt, dass stumm bleiben oft das Beste war. Niemals dem Ansturm der allgemeinen Erwartung nachgeben. Stattdessen von zehn abwärts zählen, neun, acht, sieben und das sehr langsam, sechs, fünf, vier, drei und auf jede Zahl sich konzentrieren, zwei, eins. Das konnte ebenso wachrütteln und zur Selbstprüfung anregen wie ein laut gesprochenes Gebet. Nicht auf Anna sollten die Menschen ihre Hoffnung richten, sondern auf Gott, und der Weg dorthin führte über die eigene Seele, nicht über Anna.

Doch dann hörte sie sich plötzlich sagen: »Ich bin der Zeit

voraus. Was ich sage, wird erstmal ein ganzes Jahrhundert lang nicht verstanden werden.«

»Oh, ich dachte, Sie könnten über sich selbst keine Voraussagen machen?«, erwiderte Johanna amüsiert und ärgerte sich über sich selbst.

»Nun, das betrifft ja auch nicht mich, sondern eher Sie alle.«

Johanna schaute sie verblüfft an und nickte schließlich.

Im Garten spielten die Kinder unter der Aufsicht einer Gouvernante mit einem Ball. Paul im Matrosenanzug, Emmy im hellen Rüschenkleid. Die beiden Kinder schauten zu Anna und winkten, Anna winkte zurück. Es war, als kannten sie sich bereits, aber eine Begegnung konnte Johanna eigentlich ausschließen.

Hilde goss ihnen Kaffee nach. Anna schien das Bedientwerden ganz selbstverständlich zu sein. Vielleicht hatte das geruhsame Heilstätten-Leben ihr diese Brücke gebaut? Vielleicht hatte sie das auch in München bei diesem Schrenck-Notzing gelernt? Vielleicht musste sie sich Anna als jemanden vorstellen, der nicht nur in Gott aufgegangen, sondern auch in einer anderen Gesellschaftsstufe angelangt war? Dagegen hatte Johanna nichts einzuwenden, allerdings stutzte sie über Annas Geschmeidigkeit. Clemens hatte manchmal immer noch Schwierigkeiten! Hatte Anna in einem reichen Haushalt gedient und einfach sehr gut beobachtet?

Anna stand vom Tisch auf – ohne zu fragen – und ging nach draußen zu den Kindern. Sie beugte sich zu ihnen hinab, schien mit ihnen zu spaßen, denn alle lachten. Als Nächstes warfen sie einander den Ball zu. Johanna wischte sich die Lippen mit der Serviette ab und rief durch die Glastür: »Gehen wir an die Arbeit, Fräulein Brenner.«

In der Schreibstube hatte sich schlechte Luft gestaut, und Johanna öffnete das Fenster. Tote Fliegen lagen auf dem Fensterbrett. Überall Fliegen, in diesem Sommer einfach zu viele. In der Küche hingen klebrige Spiralen von der Decke, die fast schwarz waren.

Anna spazierte erneut im Zimmer auf und ab.

»Wie viel von Ihrem Heilstätten-Buch existiert bereits?«

Johanna antwortete wahrheitsgemäß: »Nur Notizen.«

Anna blieb vor dem gerahmten Spruch an der Wand stehen, diesmal las sie ihn laut vor: »Sei wie Gott, überall präsent, aber nirgendwo sichtbar (nach Flaubert). Was heißt, nach Flaubert?«

Johanna musste zugeben, dass sie es nicht wusste. »Vielleicht ist es kein gesichertes Zitat. Flaubert hat es vielleicht nur ungefähr so gesagt.«

Der Spruch schien, je länger sie über ihn nachdachte, immer merkwürdiger zu werden. Sie hatte geglaubt zu wissen, was er bedeutet.

»Sagen Sie doch bitte, was denken Sie, Fräulein Brenner?«, platzte sie in die bedrückende Stille hinein.

»Gnädige Frau, Sie müssen sichtbar sein! Was ist mit Ihrer Seele, mit dem, was Sie fühlen? Warum sollte das nicht offenkundig sein und auch in dem, was Sie schreiben?«

Ihr fiel keine Erwiderung ein. Also entschied sie, mit ihren Fragen vom Vortag einfach fortzufahren: Nochmal zur Pflegerin Sofie, die heimlich Alkohol für sich abzweigte, zur Kegelbahn, zu der die Frauen einmal in der Woche Zutritt hatten, und dann war da noch die Kapelle und manch anderes. Mehrere Bögen waren inzwischen mit Schrift überzogen, die nicht einmal Johanna würde entziffern können.

Nach einer Teepause zeigte Johanna auf Annas chinesischen Morgenrock. »Sie können damit ja unmöglich auf die Straße oder unter Leute.«

Sie hatte jetzt den blasierten Ton ihrer Mutter, der aber einen Ausweg bot aus einer diffus unbequemen Situation. Die Notizen hatten etwas Krakenhaftes angenommen, sie musste sich befreien. Den weiteren Vormittag verbrachten beide Frauen mit Johannas ausgemusterten Kleidern. Jedes eher extrovertierte Kleid erhielt Annas freundliches, aber entschiedenes Kopfschütteln. Sie verstand, dass Anna gedeckte Farben wollte und schlichte Kleider, ohne auffällige Fransen, Bordüren, Spitzeneinsätze; so also ordnete sie sich ein, im Pastoralen, im Nonnenhaften. Am Ende blieben nur drei Kleider übrig, dunkelblau, schwarz und taubengrau.

Während Anna den weiteren Vormittag in der Bibliothek verbrachte, was Johanna merkwürdig rührte (eine einfache Arbeiterin, die den Büchern zugetan war), stand Johanna eine Weile bewegungslos oben im Flur, die Hand auf dem glatten Handlauf des Treppengeländers. Sie hatte eine Gestalt gesehen, die den Flur entlangging, ein Rascheln gehört wie von Seide. Jetzt realisierte sie, dass das Geräusch aus der Zwischenwand eines Gaubenfensters kam. Dort hatten Wespen sich im Frühsommer ein Nest eingerichtet. Seit einiger Zeit hörte man nun aus der Wand ein trockenes Knistern, Knacken und Rascheln in den Flur strömen, Millionen von Larven schlüpften, Arbeiterinnen flogen oder krabbelten durch die papierenen Gänge, und irgendwo hockte die Königin. Johanna wusste nur wenig über ihre Leben, und doch schob sich ihre Existenz seither in die eigene. Johanna schlug mit der Faust gegen die Wand, und es wurde kurz still. Sie wartete, bis das Rascheln wieder anhob. Sie ließ ihnen eine Minute Zeit, dann schlug sie erneut gegen die Wand. Als Kinder hatten sie das schon so gemacht, Sibilla und sie. Johanna wiederholte es nun wieder und wieder, bis das Kindermädchen am Ende des Flurs aus dem Zimmer trat; errötend wandte Johanna sich ab und lief die Treppe hinunter.

Mittags traf ein Telegramm von Clemens ein, er müsse im Krankenhaus eine Nachtschicht einlegen und käme erst am nächsten Tag. Die Mitteilung über Clemens' Nachtschicht löste einerseits Erleichterung aus, da sie das Gespräch über Anna vorerst vermeiden konnte. Zugleich arbeiteten Annas Sätze in ihr. War das Heilstättenbuch ein Irrtum? Vielleicht folgte sie nur Clemens' Wunsch, wollte es ihm recht machen und nicht dem eigenen Bedürfnis?

Den Nachmittag verbrachte sie allein in ihrer Schreibstube und durchforstete sämtliche Notizen zu den Heilstätten. Sie stopfte sich Wachs ins Ohr, weil jedes noch so kleine Geräusch sie ablenkte. Sie sah Anna mit dem Kindermädchen und den Kindern im Garten bei einem Fang- und Versteckspiel. Durch das Wachs im Ohr wurde die Szene zu einem Stummfilm, nur Bewegungen, lachende Gesichter.

Später setzte Johanna sich noch einmal ans Klavier. Es war diesmal nicht so, dass sie wie im Rausch durch die Musik glitt wie sonst. Etwas war anders, seit Anna eher verhalten auf ihr Spiel reagiert hatte. War es zu zügellos, zu selbstherrlich? Sie spielte erst seit ihrer Ehe so, und seit sie keinen Unterricht mehr hatte. Vielleicht brauchte sie auch hier Führung. Johanna beschloss, diese Vorgänge zu begrüßen. Sie spielte mechanisch den ersten Satz einer Haydn-Sonate zu Ende, dann klappte sie den Deckel zu.

26

Beelitz und Berlin 2020

Vanessa legte ihren Schutzhelm in die Truhe zurück und trat hinaus ins Sonnenlicht. Sie strich an der Liegehalle vorbei, einem von Efeu und Hopfen überwucherten Gerippe. Ein Pärchen stand an einem Stehtisch und rauchte.

Eine riesige Stahlkonstruktion erhob sich über ihr, ein über zwanzig Meter über der Erde erbauter Pfad, der durch die Baumwipfel führte. Hoch über ihnen spazierten Leute durch den Luftwald, lehnten sich mit dem Rücken gegen die Brüstung und ließen sich fotografieren.

Sie fand einen Aufstiegsturm bei der alten Chirurgie, in der Nähe eines großen Brachlandes. Eine Gruppe Senioren bewegte sich zeitgleich mit ihr auf den Turm zu. Sportive Freizeitjacken mit Taschen und Kordeln zum Raffen oder Weiten, legere Freizeithosen, alles in dezenten Cremefarben.

Sie beeilte sich, vor ihnen nach oben steigen zu können. Dabei schaute sie kurz auf ihr Handy. Keine weiteren Nachrichten mehr vom Makler. Aber Anthony Hopkins gefielen ihre Berlin-Wedding-Fotos.

Sie betrat mit leichtem Schwindelgefühl den Pfad. Sie konnte von hier in den zweiten und dritten Stock des Alpenhauses blicken, ein riesiges Auge, ein Graffiti, starrte sie an.

Pling. »War nur etwas enttäuscht, ich hätte Ihnen halt gerne geholfen.«

Aber doch nicht so, dachte sie, dann schrieb sie es und

drückte auf Senden. Nicht zu viel nachdenken. Führte aber dazu, dass sie die nächsten Minuten äußerst nervös auf ihr Handy starrte und es schließlich in Flugmodus versetzte, damit, falls er ihr antwortete, keine zwei Häkchen bei ihm auftauchten als Lesebestätigung. Wahrscheinlich unnötig: Sie hatte das Talent, Sätze zu schreiben, auf die der andere nicht mehr antwortete.

Sie verließ den Turm und begab sich zum Ausgang. Um das Gebäude des Frauenpavillons war ein Baustellenzaun gezogen, Männer mit nackten Oberkörpern trugen Holzbalken umher, das Baustellenradio spielte einen George-Michael-Song. Sie sah einem jungen Mann zu, der einen einzelnen Stein kontrolliert langsam in die Mauer einsetzte, ihn wieder herauszog, begutachtete und neu in die Lücke einfügte.

Sie schlenderte die Straße Richtung Bahnhof zurück und suchte zwischen den Sträuchern nach der Arztvilla, sah ein Gemäuer versteckt hinter einem großen Vorgarten. Es konnte hier gewesen sein. Jedenfalls war Johanna hier herumgelaufen, so wie nun sie.

Es gab ein Fragment, das nannte sich »Die große Séance«. Eine Skizze, als hätte die Urgroßmutter erstmal wie für eine Theaterbühne die Requisiten zusammengetragen; Ort (Arztvilla), Teilnehmer (kleiner Kreis), ein paar Gedanken »Ich wusste an dem Abend, Anna ist echt«.

Sie folgte den Schildern, die das neu entstehende Quartier ankündigten: »Attraktive Neubauwohnungen und Reihenhäuser in Hofkonzept zu mieten«, las sie auf einem Schild. Mit dem QR-Code gelangte sie auf die Webseite. Ein Werbefilm öffnete sich sofort, eine Drohne flog über das Areal, das im Herbstlicht lag. Ein Fahrradfahrer fuhr rückwärts. Vanessa stoppte den Film und spulte noch einmal zurück, um zu schauen, ob sie richtig gesehen hatte. Sie stellte sich das Gespräch in der Agentur vor: Egal, merkt eh keiner.

Sie hatte noch immer im Ohr, wie der Guide sagte, das sei heute unvorstellbar, dass für die Schwächsten so gesorgt würde.

Aber war für Anna gesorgt worden?

Sie ging weiter. Sie gelangte über eine Straße auf eine Großbaustelle, eine Landschaft aus Baggern, Turmkränen, Betonpumpen, Containern. Ein Supermarkt wurde hier gebaut, dahinter achtstöckige Wohntürme für eine Seniorenresidenz und für ein Ärztehaus. Sie schaute zu, wie zwei unverbundene einzelne Betonwände zueinandergeführt wurden. Beim ehemaligen Kraftwerk war bereits ein großer Platz aus hellen Pflastersteinen angelegt, in der Mitte wuchs ein junger Baum, eingehegt durch ein Gitter. In einem Café saßen Mütter mit ihren Kindern, gegenüber war eine Kita. Der Lärm der Kreissägen war ohrenbetäubend.

Vanessa kehrte um und nahm den nächsten Zug zurück nach Berlin. Sie kämpfte mit den Tränen. Sie hätte nicht sagen können, was es war. Als ginge es diesmal über das rein Persönliche hinaus.

Im Zug saß hinter ihr ein Typ, der laut telefonierte. »Wir müssen sehr sensibel sein mit dem Wording. Wir spielen da gerade unser Knowledge aus. Das fühlt sich für mich gerade an wie eine Geiselnahme. Wir haben on top of that strong Relationships in den USA.«

Sie stand auf und setzte sich weg.

Als sie in Berlin einfuhren, sah sie die ersten Fahrradfahrer mit ihren bunten Lieferantentaschen auf den Rücken, die an einem Samstagabend Berlin belieferten.

Sie überlegte, ob sie bei ihrem Vater vorbeischauen sollte. Er war arbeitsloser Architekturhistoriker und wohnte in Mitte mit einem unkündbaren alten Mietvertrag. Sie könnte auch zu ihm ziehen, durchzuckte es sie. Oder musste sie dann für ihn zahlen? Sie googelte die Frage. Nein, Kinder kamen nicht für ihre Eltern auf. Mit dieser neuen Aussicht, vielleicht eine Weile bei ihm zu wohnen, um Zeit zu gewinnen, um in Ruhe weitersuchen zu können, schickte sie ihm eine SMS und stieg dann aus. Sie machte vor dem Mietshaus einen Abstecher zum Späti und kaufte zwei Paulaner, sein Lieblingsbier, und Chiochips, seine Lieblingschips. Sie stand gerade an der Kasse, als seine Bestätigungsnachricht kam, »Liebes, komm gern vorbei.«

Er öffnete sofort. »Konnte dich vom Fenster aus sehen«, sagte er lachend.

Sie umarmten sich nicht. Das war keine Pandemiemaßnahme, sondern etwas, das Vanessa einmal im Zuge einer Abgrenzung durchgesetzt hatte und das dann so geblieben war. Er war schüchtern ihr gegenüber geworden, verloren, abwartend – schon lange nicht mehr der polternde Vater, der sich alles herausnehmen konnte. Eher wieder wie ganz früher, als alles noch intakt war; Einfamilienhaus in Frohnau, die Mutter lebte, er hatte Arbeit bei einer Denkmalschutzbehörde.

Vanessa ging durch zum Balkon. Der Blick lief in den großen geräumigen Innenhof und auf die Balkone gegenüber, alle hatten es sich gemütlich gemacht mit Pflanzen und Sitzmöbeln. Nur bei ihrem Vater war es ein bisschen öde, die Blumen in den Kästen vertrocknet, von der Balkonbrüstung blätterte der Putz, es war im Grunde selbst schon ein Lost Place.

Er aber war rasiert, das beruhigte sie. Sie fragte sich, ab wann sie zuständig wäre. Wann das anfangen würde, dass sie nach ihm würde sehen müssen. Bei einigen älteren Arbeitskollegen in der Firma wurden die Eltern gerade alle dement. Das würde bei ihm sicher noch zehn, fünfzehn Jahre dauern. Er war sensibel bis weinerlich, nie besonders lebensschlau gewesen. Er fand Wärme in Kultur und Kunst, betrachtete sie als Gegenpol zum Materialismus, eine Denkweise, die wohl aus dem Hippieismus der Sechzigerjahre stammte. Daher rührte auch seine Zuneigung zur Schriftstellerin Schellmann, deren Hände fast noch warm waren, als er seine darauflegte, allerdings ein paar Stunden zu spät. Alles, seine gesamte spätere Gefühlswelt, entsprang diesem Moment. Seine Rebellion gegen die Eltern erzeugte den Wunsch nach Neuorientierung, und Berlin, der Wirkungsort der verstorbenen Großmutter, schien das zu bieten. Die Architektur als Fach passte nie zu ihm; er war zu zart besaitet für das harte Baugewerbe. Deshalb wechselte er während seines Studiums zur Architekturgeschichte. Von dort aus konnte er sich zu beratenden und akademischen Tätigkeiten hin entwickeln.

Sie tranken beide das Bier aus der Flasche und saßen sich in Plastikstühlen gegenüber. Er müsse mal renovieren, sagte er mit einem Nicken in Richtung der kaputten Brüstung. Sie blickten einander an und redeten irgendwas. Er wies auf das Vogelhäuschen, erzählte, dass die Vögel schon längst groß und ausgezogen seien, aber ein Theater im Frühjahr! Ja, lange war Vanessa nicht mehr hier gewesen, zuletzt zum Jahreswechsel, und dann kam schon der Lockdown, ein guter Grund, ihn nicht zu besuchen. Im März einmal ein Spaziergang am Spreeufer, als der Himmel so sauber und leer war, dass alle ihn ständig fotografierten. Auch die Straßen leergefegt. Eine Zeit, auf die sie, während sie stattfand, bereits zurückblickte und sie einzuordnen versucht hatte.

Er zündete sich eine Zigarette an. Er war im Übergangsstadium zum Altsein. Er war es eigentlich schon. Nicht ungepflegt, aber eine Strickjacke, trotz Sommer. Hatte er Gewicht verloren? Vanessa legte ihren Arm auf der Brüstung ab, fast eine Annäherung an ihn.

»Was weißt du eigentlich noch von der Schellmann?«, fragte sie. »Gibt es noch Bilder von ihr, die ich nicht kenne? Oder irgendetwas?«

Er lächelte. »Sie hat dich auch angerufen, die Literaturwissenschaftlerin?«

Vanessa nickte.

»Sie ist irgendeiner Sache auf der Spur«, sagte er. »Hat irgendetwas aufgestöbert. Sie schreibt eine Doktorarbeit. Ich konnte ihr leider nicht weiterhelfen.«

»Ich auch nicht«, sagte Vanessa. Na ja, inzwischen könnte sie helfen, aber sie wollte nicht. Sie überlegte, ob die Literaturwissenschaftlerin das gleiche Problem wie sie hatte und auf einen Termin für den Lesesaal warten musste.

»Ich habe da neulich was Schräges erlebt«, sagte Vanessa, »ich habe von einem Typ, dessen Vater Johanna Schellmann betreut hat, ein paar Manuskriptseiten bekommen.«

Sie spielte die Menge absichtlich herunter; es war eigentlich ein ziemlich großer Stapel.

Ihr Vater richtete sich auf. »Ach, tatsächlich?«

»Ein Makler. Ich flieg ja bald aus der Wohnung.«

Damit hatte sie die Biegung zum anderen Thema geschafft, sie wartete darauf, dass der Vater nun den Vorschlag machte.

»Du hast noch immer nichts?«

»Nein«, sagte sie. »Ich suche wirklich intensiv.«

»Hast du auch Inserate gemacht?«

Komische Frage, dachte sie, nein, hatte sie nicht; das war wahrscheinlich etwas, das vor zwanzig Jahren geholfen hätte. »Ja«, log sie und knibbelte an der Haut ihres Daumennagels.

»Na, wenn alle Stricke reißen, kannst du das kleine Zimmer haben.«

»Zahlen sie dir die Wohnung immer noch, obwohl sie mit 60 qm zu groß für eine Person ist?«

»Manchmal machen sie einen Versuch, mir einen Untermieter aufzudrücken, aber dagegen habe ich mich immer erfolgreich gewehrt. Die Wohnung ist billiger als jede kleinere, das wissen sie genau.«

»Ich könnte Miete zahlen«, sagte Vanessa, und zu ihrem Erstaunen ging ihr Vater darauf ein. Offenbar brauchte er Geld. Selbstverständlich brauchte er das. Wenn er nur Hartz IV bekam. Sie hatte sich da bislang nie groß Gedanken gemacht, eigentlich gar keine.

Was war eigentlich mit dem Geld aus dem Verkauf des Hauses in Frohnau passiert? Zwanzig Jahre war das nun her. Hatte er es verprasst? Er hatte das Haus direkt nach dem Tod der Mutter verkauft. Er wollte nicht an sie und ihre letzten qualvollen Wochen erinnert werden. Bei einem Verkauf heute wäre er nun Millionär. Vanessa, ein Teenager noch, war damals ganz froh über den Wechsel in die Innenstadt, die kleinere Wohnfläche kein Problem, sie war ohnehin fast nur unterwegs. Obschon der Tod der Mutter alles weggerissen hatte, war in diese Leere etwas anderes geströmt, Leben, ein merkwürdig schutzloses Leben, das ihr aber authentisch vorkam, weil Leben am Ende doch genau das war, schutzlos.

»Wann willst du einziehen?«

»Ich guck mal«, sagte sie und stopfte sich ein paar Chips in den Mund. »Ganz habe ich die Hoffnung noch nicht aufgegeben. Ich gebe dir Bescheid.«

»Was steht denn auf den Seiten? Von der Schellmann?«

»Sie schreibt immer wieder von einem Fehler und einer Schuld.« Vanessa nahm den Vater nun genau in den Blick: »Was könnte sie meinen?«

»Ich habe keine Ahnung. Am Ende war sie wohl verwirrt, in ihren letzten Wochen.« Er zögerte. »Kann ich das auch mal lesen?«

»Klar. Sobald ich fertig bin. Lass uns noch mal die alten Fotos durchsehen.«

Sie merkte, dass ihr Vater sich freute, er hatte ihr wohl bislang kein Interesse zugetraut. Er ging sofort ins Wohnzimmer und kam mit einem Album zurück. Auf den Fotos sah sie Emmy, Oma Emmy, als Baby. Sie sah den Garten in Dahlem.

Und was gab es aus Istanbul? Nichts, keine Fotos. »Aber Gemälde, schau.« Sie sah den würdevollen Vater der Schellmann in Uniform und seine Frau, die strenge Urgroßmutter, vor der Johanna sich stets so gefürchtet hatte, in einem langen, hochgeschlossenen Kleid mit Reifrock, enganliegenden Ärmeln, Schleifen und Stickereien. Im Hintergrund deutete sich ein prächtiger Saal mit verzierten Säulen an.

»Unglaublich, dass wir von denen abstammen«, sagte Vanessa.

»Ich wusste gar nicht, dass du dich für deine Ahnen interessierst.«

»Ist auch neu.«

Er ging erneut ins Zimmer und kam zurück mit einer Kristallschale, die auf einem silbernen Delphin balancierte. »Das ist noch von ihr. Ist wertvoll.«

Vanessa nahm die Schale, die so operettenhaft wirkte, vorsichtig in die Hand.

»Warum befasst du dich mit der Vergangenheit?«, fragte er.

»Hat mit dem Manuskript zu tun. Und ich glaube, irgendetwas ist damals schief gegangen und sitzt jetzt schief bei uns allen.«

Sie nahm die Flasche erneut in die Hand, doch ohne zu trinken. »Was weißt du über eine Anna Brenner?«, fragte sie.

»Den Namen höre ich zum ersten Mal«, sagte er.

»Sie war eine Art Medium. Sie hat mit Johanna Schellmann gearbeitet.«

Er schaute sie aufmerksam an, aber sie wurde daraufhin

widerwillig. In den Innenhof fuhren nun zwei junge Familien, die Fahrräder hatten Anhänger, in denen Kleinkinder saßen, sie riefen »Sophie, Emilia und Paul, alle mal aufpassen, wir gehen jetzt wieder rein« und setzten den Kindern Masken auf.

»Wie war Mama, am Ende?«

Sie konnte sehen, dass ein Beben durch ihren Vater ging, ein Zucken. Sie hatten nie über die Mutter gesprochen, nur rein formal und oberflächlich. Jedes Mal schnürte es ihr die Kehle zu, auch diesmal, aber das spielte keine Rolle. Sie wollte da nun durch.

»Aber du warst doch dabei, Vanessa.«

»Ich habe fast keine Erinnerung an die Zeit. Die Erinnerung setzt erst wieder ein, als wir hier in der neuen Wohnung angekommen sind.«

Ihre Hände zitterten. Es ging um alles. Sie fürchtete nicht so sehr, was er nun auspacken würde, was er sagen könnte. Sondern, dass sie diesen Schritt taten. Die Tatsache, dass sie es taten, war neu und beängstigend.

»Ihre Worte waren, es sei schlimmer, als man es sich vorstellt. Schlimmer als jeder bis dahin bekannte Schmerz und jede bis dahin bekannte Angst.«

Vanessa nickte. »Es ging damals so schnell«, sagte sie.

»Zwölf Wochen von der Diagnose zum Tod. Das war andererseits auch sehr lang.«

»Ich habe erst viel später geweint«, sagte Vanessa. »Ich habe aber dich nie weinen sehen.«

»Nicht in deiner Gegenwart.« Sie schauten einander an. Sie wusste, sie war ihm bedenklich nah gekommen, aber zugleich war ihr so, als hätte er darauf gewartet, dass sie genau diese Fragen stellte und er diese Dinge sagen konnte.

Sie nahm seine Hand und drückte sie. Er legte seine auf ihre Hand und streichelte einmal darüber. »Sie hat noch etwas gesagt, etwas Komisches. Wenn man im Schlaf stirbt, wird man dann wach?«

Vanessa lächelte. »Und sie ist im Schlaf gestorben. Ich weiß es noch. Du bist morgens zu mir gekommen.«

»Ja, so war es.«

Kurz darauf brach sie auf. Sie hatte einen Vater. Sie tat ihm oft unrecht, das wusste sie, sie unterschätzte ihn. Als sie das realisierte und schon im Treppenhaus stand, wandte sie sich noch einmal ihm zu und winkte; er winkte zurück, sein Lächeln, als wäre er gerade aufgeschreckt worden aus langem Schlaf. Er war in Ordnung, dachte sie. Auf seine Weise.

Am Abend schwamm Vanessa im Plötzensee. Weiches, grünes Wasser, das unter ihr schwarz wurde. Es schien lebendig, nahrhaft, sie glitt hindurch wie durch eine Misosuppe. Eine Entenfamilie schwamm neben ihr. Kleine Fliegen saßen auf den Wellen, die Vanessa beim Schwimmen produzierte, und ließen sich geduldig schaukeln. Die Bäume am Ufer wurden wie Scheinwerfer von der tiefstehenden Sonne angestrahlt. Blütenstaub auf der glatten Wasserhaut, glühend in der Abendsonne, Goldpuder auf schwarzem Onyx. Sie entschied sich, dem Kollegen zuzusagen, seiner Couch.

27

Berlin 1908

In der Nacht wurde Johanna wach. Sie hörte Schritte im Haus, das Knarren der Dielen, und konnte ihnen folgen bis zu Clemens' Arbeitszimmer. Sie zündete die Kerze an und schaute auf die Uhr, es war kurz nach drei. Ein Schreck durchfuhr sie. Sie hatte ein Bild vor Augen, wie Anna sich in Ruhe umsah, Familiengemälde und Fotografien betrachtete, Papiere auf dem Schreibtisch in die Hand nahm. Die Tür ging mit einem leisen Jaulen wieder zu, und die Schritte entfernten sich in den Salon.

Johanna hielt den Atem an. Anna sei ihr Gast, hatte sie gesagt. Benahm ein Gast sich so? Sie hörte unten eine Kommode aufgehen, in der alte Fotos lagen.

Sie rang mit sich, überschlug die Möglichkeiten eines Gesprächs. War es als Hausherrin nicht ihre Aufgabe, Anna zur Rede zu stellen? Anna, suchst du etwas? Warum wühlst du in unseren Dingen?

Vielleicht gab es eine harmlose Erklärung? Johanna dachte inzwischen so sehr und intensiv darüber nach, dass es nicht mehr möglich war, wie in der ersten Sekunde noch, einfach arglos zu fragen. Nein, ein Pfeil der Wut hätte Anna getroffen, und dafür schämte Johanna sich – mein Haus, meine Dinge, was fällt dir ein, Anna! (Alles gehört dem Herrn. Nichts gehört uns.)

Die Schritte näherten sich, kamen die erste Treppe hoch,

dann die zweite. Würde Anna in ihr Zimmer kommen? Sie löschte das Kerzenlicht, bevor Anna es unter dem Türspalt sehen konnte. Tatsächlich kam Anna den letzten Treppenabschnitt hoch und blieb vor Johannas Tür stehen. Dort verharrte sie. Morgen würde Johanna sie fragen, morgen, nicht jetzt. Bitte drücke nicht die Klinke, bitte nicht, ich weiß nicht, was ich dann tue, ob ich laut schreie.

Die Schritte entfernten sich. Sie hörte die Treppenstufen knarren. Johanna schwitzte, ihr Herzschlag pochte im Hals.

Sie überlegte, ob sie aufstehen und die Tür von innen abschließen sollte. Aber wenn Anna das hören würde?

Am Morgen bereitete sie sich innerlich auf das unangenehme Gespräch vor. Warum war Anna nachts durchs Haus gegeistert?

Als Johanna den Salon betrat, entdeckte sie Anna unten im Garten. Sie verweilte vor dem blühenden Geißblatt wie in stummem Gespräch, ihr Rocksaum war vom Morgentau feucht. Johanna rief nach ihr. Anna kam daraufhin den Hang hoch, sie hielt etwas unter den Arm geklemmt, eine Ledermappe von Clemens.

»Sie sehen müde aus, Fräulein Brenner«, sagte Johanna scharf.

Anna schien nicht zu verstehen.

»Sie waren letzte Nacht lange im Haus unterwegs. Konnten Sie nicht schlafen?«

»Verzeihen Sie, falls ich Sie gestört habe. Ich hatte einen Traum. Im Traum sah ich einen großen Schatz, der Ihnen gehört. Als ich wach wurde, hatte ich die Eingebung, dass ich ihn suchen muss, sofort.«

»Und dann haben Sie das ganze Haus auf den Kopf gestellt?«

Johanna war empört, zumal Anna vernünftig wirkte und

nicht schuldbewusst. »Unsere Dinge hier im Haus gehen Sie nichts an, Fräulein Brenner!«

»Wenn Sie sich beim Arzt freimachen müssen, Frau Schellmann, sagen Sie dann auch, das gehe ihn nichts an? Sie haben mich doch aus einem bestimmten Grund ins Haus geholt.«

Johanna hielt inne. Es war das erste Mal, dass Anna die Besonderheit ihrer Beziehung zur Sprache brachte, ja, diese anerkannte.

»Ist er das? Mein *Schatz*?«, fragte sie leise.

Anna überreichte ihr die Mappe. Es waren einige angesengte Bögen Papier mit Schreibmaschinenschrift. *Als Heranwachsende verstand ich es bestens, launige Situationen durch meinen feierlichen Ernst zu zerstören.*

Das war der Text, den sie in jener Nacht geschrieben hatte! Ihr wurde schwindelig.

»Wo haben Sie das her, Anna?«

»Aus dem Schreibtisch von Herrn Dr. Schellmann.«

»Sie dürfen nicht an seine Sachen gehen!«, sagte Johanna matt, aber vielleicht stimmte das nicht, vielleicht durfte Anna das, ja, dazu würde Johanna sich umstimmen lassen können. Wie war das alles möglich?

Johanna zitterte am ganzen Körper und nahm Platz auf dem Sofa. Sie drückte mit der Hand auf ihr Knie, damit es ruhig blieb, es hatte sich verselbständigt wie ein kleiner Motor, der einfach ratterte. Da spürte sie Annas Hand, die ihre griff und sanft drückte. Anna setzte sich zu ihr, Johanna spürte die Wärme ihres Körpers und dass sich der Tumult in ihr allmählich legte. Die großen Augen, die so nah waren, näher, als es sich gehörte, als es schicklich war. Anna schaute sie mit dieser unendlichen Güte an.

»Und warum sind Sie nachts bis zu mir nach oben gekommen?«, flüsterte Johanna.

»Weil ich Ihnen das sofort zeigen wollte«, flüsterte Anna zurück. »Aber dann wurde mir klar, dass es die falsche Uhrzeit war. Bitte verzeihen Sie. Manchmal, ja, ist es zu viel. Ich vergesse die Regeln.«

Johanna nickte, als hätte sie Verständnis für den Zustand göttlicher Eingebung, die sich nicht immer an Konventionen halten konnte. Dann löste sie abrupt die Verklammerung auf, schaute sich vorwurfsvoll zu Hilde um, die stumm im Hintergrund stand.

Ja, der Holzofen hatte eine Nische, in die sich manchmal etwas verfing, das wusste sie, und wenn nicht genug Zug war, erlosch das Feuer. Hatte Clemens Hilde beauftragt, ihr hinterherzuspionieren? Aber warum? Musste sie Clemens zur Rede stellen? Er würde zurückfragen, warum jemand an seinen Schreibtisch ging! Nun, Anna wurde von göttlicher Eingebung auf Schatzsuche geschickt (und halten wir fest: Ja, Anna war fündig geworden).

»Zeigen Sie mir bitte, wo genau Sie die Schriftstücke gefunden haben.«

Sie betraten sein Arbeitszimmer und gingen synchron vor seinem Schreibtisch in die Hocke. Anna zog die unterste Schublade auf. Die Präzision, mit der Anna es noch wusste, irritierte Johanna ein bisschen, hatte sie doch Bilder von nächtlicher Trance vor Augen.

»Hier ist auch noch ein Brief, der ist an Sie adressiert«, informierte Anna leise.

Erneut zuckte Johanna zusammen. Es war der Brief von Jean Roumanille, dem jungen Franzosen, den sie bei Hasenhöfer kennengelernt hatte (offenbar gehörte der nicht zum *Schatz*). Der Umschlag war geöffnet. War das die Erklärung für alles? Clemens hatte bei den Teehaus-Umbauten den Brief gefunden, den Johanna vor Monaten dort versteckt hatte, und daraufhin seiner Frau hinterherspioniert? Warum aber war Clemens mit diesem Brief nicht zu ihr gekommen? Waren sie schon so weit voneinander entfernt? Oder kam ihm der Brief ganz gelegen, sammelte er Beweise gegen sie, arbeitete er schon am Plan einer Scheidung?

Johanna steckte den Brief ein.

»Sie sagen, was ich da geschrieben habe, sei ein Schatz. Aber ich kann so etwas niemals veröffentlichen.«

»Doch, nur das, genau das. Da steckt Ihr Herz drin.« Annas Augen leuchteten plötzlich.

»Ein böses Herz!«, lachte Johanna. »Außerdem würde man es abtun als Frauenliteratur.«

Anna schloss nun ihre Augen und sprach mit ihrer rauen Stimme:

»Sie müssen Ihrem Herzen vertrauen. Weil das, was in Ihnen ist, seine Antwort finden muss.«

»Warum verlangen Sie das, Fräulein Brenner?«

»Ich diene der Wahrheit, nicht Ihren Ängsten.«

Wieder so ein ultimativer Satz. So aus der höchsten Höhe heraus. Aber war es nicht genau das, was Johanna gewollt hatte, wonach sie sich sehnte? Nach jemandem, der sie an die Hand nahm und durch alle Ängste hindurchführte. Der ihr half, die eigene Seele zu spüren, zu stärken, als Voraussetzung für ein bedeutsames Schreiben.

Als könne Anna tatsächlich ihre Gedanken lesen, sprach sie in diesem Moment: »Wenn Sie Ihrer Seele lauschen und diese zum Klingen bringen, werden auch andere lauschen. Man wird dieser Stimme zuhören, ganz gleich, ob Sie Mann oder Frau sind.«

Johanna nickte und ließ ihre Gedanken zu den Szenen schweifen, die sie vor Monaten geschrieben hatte. Das mütterliche Urteil, sie sei gierig und selbstsüchtig, daraufhin ihr frommes Streben, der erste Tanzball – es war ihr peinlich, dass Clemens das alles gelesen haben sollte. Und sie konnte sich nicht vorstellen, dass noch mehr Leute es lesen sollten. »Aber ist das Kreisen um die eigenen Sorgen und Schmerzen nicht ein Zeichen charakterlicher Schwäche?«

»Wir sind Kinder Gottes. Es steht uns nicht zu, über seine Schöpfung zu urteilen, deren Teil wir sind. Wenn Sie Ihre eigenen Leiden bezeugen, befreien Sie nicht nur sich selbst, sondern auch andere. Schreiten Sie voran, Frau Schellmann! Haben Sie Mut!«

Johanna spürte plötzlich unendliche Müdigkeit. Und da war ja noch der Brief von Roumanille, dem sie sich stellen musste. Tonlos sagte sie:

»Ich glaube, die Kinder gehen heute mit dem Kindermädchen in den Zoo. Vielleicht wollen Sie mit?«

Mehr Kraft besaß Johanna nicht, sie ließ auch das Frühstück unberührt und begab sich in ihre Stube. Vor Erschöpfung fiel sie gleich darauf in einen tiefen Schlaf.

Als sie aufwachte, hörte sie Schritte und Stimmen unten im Haus. Es war drei Uhr nachmittags. Clemens war zurück. Wenig später sah sie ihn durch den Garten Richtung Teehaus gehen. Anderthalb Arbeitstage im Krankenhaus lagen hinter ihm. Sie sah es an seinem Gang, der etwas schleppend war, die linke Schulter leicht schief. Und trotzdem suchte er als Erstes sein Labor auf, so besessen war er von dieser Arbeit. Sie griff endlich nach dem Brief des Franzosen, auch wenn es sie große Überwindung kostete.

Chère Madame,
wie ein Phantom in der Dunkelheit ziehen Sie unaufhörlich durch meine Gedanken, und unsere Begegnung an jenem Abend lässt mich nach dem Licht Ihrer Anwesenheit verlangen. Empfinden Sie ähnlich? Hätten Sie die Güte, mich zu treffen?
Mit den zärtlichsten Gedanken,
Ihr Jean

Lächerlich. Was nahm der sich heraus? Sie faltete ärgerlich den Brief zusammen und legte ihn zurück ins Kuvert. Ihr Magen knurrte. Sie fühlte Schwäche, noch immer hatte sie nichts gegessen. Vor der Tür fand sie, wie gehofft, ein Tablett mit Tee und Sandwiches, daran erkannte sie Hildes schlechtes Gewissen. Während sie aß, behielt sie den Garten im Blick. Einmal noch sah sie Clemens zum Haus zurücklaufen, er schaute kurz zu ihr hoch, da wich sie schnell zur Seite. Er kam zurück mit einem Stoffbeutel und verschwand ins Teehaus. Vermutlich war das die Melone, die seit drei Tagen auf dem Küchentisch verrottete.

Die Sache mit Roumanille war völlig unbedeutend. Vielleicht sollte sie einfach mit Clemens das offene Gespräch suchen? Sie würde erzählen, wie unwohl sie sich auf der Séance bei Hasenhöfer gefühlt hatte und wie erfreut sie war, jemanden dort zu treffen, der zu einem ironischen Lächeln bereit war. Dafür müsste doch gerade er Verständnis haben. Dieser Franzose hatte jedoch offenbar ihre Freundlichkeit missverstanden, ziemlich missverstanden. Dass es ihr leidtue, dass sie ihm den Brief nicht sofort gezeigt habe. Das Versteck im Teehaus war zugegeben etwas, das die Sache erst verdächtig machte. Sie habe damals einfach nicht nachgedacht. Als Nächstes würde Clemens sich dann entschuldigen, dass er ihr seither hinterherspioniere und halb verbrannte Schriftstücke aus ihrem Ofen fischen ließe.

Nun, hatte Clemens sich nicht weit schuldiger gemacht als sie? Es schien ihr plötzlich besser, nichts zu überstürzen. Es war nicht die Zeit für eine Versöhnung, sondern ihm mitzuteilen, dass Anna bleiben würde. Es war Johannas Haus. Als ihr Ehemann war es natürlich auch seins. Aber so dachte er nicht. Tief in ihm war das Wissen, dass er alles Johanna verdankte und es nie so weit gebracht hätte ohne die Ehe mit einer Frau ihres Standes.

Sie gab sich besondere Mühe mit der Toilette, sie wollte schön und unnahbar sein, wenn sie ihm gegenübertrat.

Lange war sie nicht mehr im Teehaus gewesen. Die Mäuse, die er in Käfigen hielt, machten ihr Angst. Sie blieb eine Weile unschlüssig vor dem niedrigen, achteckigen Gebäude stehen. Seit er den Raum zwischen den Säulen zugemauert hatte, jedes Filigrane erstickt in Stein und Zement, ähnelte es mit seinem weißen Außenanstrich mehr einem modernen Kunstwerk, das die Umgebung herausforderte.

Sie klopfte und rief: »Clemens!«

Nach zwei weiteren Rufen öffnete er, lächelte vage, als hätte er sie nicht sofort erkannt. Hinter ihm sah sie ein Glasgefäß über einer gelben Flamme schweben. Auf dem Labortisch lag Brot, dessen einzelne Scheiben von einem grünschwarzen Schimmelteppich überzogen waren. Die Wandregale waren gefüllt mit Röhrchen, Petrischalen, Zangen und anderem, ihr unbekanntem Gerät. Ihr Blick wanderte weiter zum Schlafsessel, neben dem ein Klapptisch mit Teekanne und Teetasse stand.

»Richtig gemütlich bei dir.«

»Wo ist dein Gast?«

»Sie ist nicht hier.«

»Ach, hast du meine Worte überdacht und Sankt Anna rausgeschmissen?«

»Ich habe Fräulein Brenner heute frei gegeben. Aber ich brauche sie für meine Arbeit.«

Im Folgenden erklärte sie, Anna sei für das Heilstättenbuch unverzichtbar, Anna steuere lebendige, einzigartige Details bei, das Buch sei ihm doch wichtig, und ja, ihr natürlich auch. Es war ein bisschen Theater, aber er nahm es ihr letztlich ab.

»Ich werde dir das nicht verbieten, aber einverstanden bin

ich nicht. Da ich diese Person nicht leiden kann, wirst du Verständnis haben, wenn ich die Mahlzeiten getrennt von euch einnehme.«

»Clemens, bitte!« Johanna machte ein bestürztes Gesicht, eigentlich aber war sie ganz froh über diese Mitteilung.

»Bis du wieder zur Vernunft kommst«, sagte er und schloss die Tür vor ihrer Nase. Die Mäuse quiekten.

Am Abend sah sie Hilde mit einem Tablett zum Teehaus laufen. Er machte also ernst. Als Hilde zurück war, stand Johanna wartend im Salon. Hilde schien nicht überrascht.

»Nun, Hilde, dann erzählen Sie mal, was hier vorgefallen ist. Haben Sie meine Seiten aus dem Ofen gefischt?«

Hilde wurde rot. »Ja, gnädige Frau, bitte verzeihen Sie, gnädige Frau.«

»Hat mein Mann Sie dazu aufgefordert?«

Wieder nickte sie und stammelte Entschuldigungen.

»Haben Sie noch mehr gefunden? Und machen Sie das immer noch? Suchen Sie hinter meinem Rücken nach kompromittierenden Schriftstücken?«

Johannas Stimme war jetzt schärfer geworden, trotz Hildes Zittern. Dabei hatte Johanna keineswegs vor, Hilde zu kündigen. Im Gegenteil. Von ihrer Mutter hatte sie gelernt, dass das Personal noch loyaler wurde, wenn man Gnade vor Recht ergehen ließ, ja, man hatte sie dann ganz in der Hand. Dazu musste man aber glaubhaft zürnen. Johanna schüttelte voller Enttäuschung den Kopf, während Hilde nun beteuerte, es seien nur wenige Male gewesen, als sie den Ofen säuberte, und der gnädige Herr habe seither seine Bitte nicht mehr erneuert, was sie sehr erleichtere, denn nichts falle ihr schwerer als... Johanna schnitt ihr das Wort ab: »Hilde, ich werde Ihnen vom nächsten Gehalt etwas abziehen müssen. Und ich möchte, dass Sie meinem Mann nichts davon erzählen.«

Hilde schien erleichtert. Mit einem Knicks und rückwärts gehend löste sie sich in einer Wolke aus Dankbarkeit auf.

Um achtzehn Uhr kehrte die Zoo-Truppe zurück; Anna, das Kindermädchen und die Kinder, die sehr ausgelassen waren, sich aber bremsten, als sie ihre Mutter im Lehnstuhl am Fenster entdeckten. Johanna lächelte und fragte: »Hattet ihr einen schönen Tag? Kommt, gebt mir einen Kuss!«

Während die Kinder von einem Elefanten erzählten, dessen Rüssel sie anfassen durften, bemerkte sie im Augenwinkel, dass das Kindermädchen und Anna vertraulich miteinander sprachen, offenbar hatten sie sich angefreundet. »Lassen Sie uns alle heute Abend gemeinsam speisen«, sagte Johanna plötzlich. »Hilde? Bitte decken Sie den Tisch für uns!«

Wenig später saßen sie um den großen Esstisch, dessen Kopfende jedoch leer blieb. Das war nichts Ungewöhnliches, oft machte Clemens Überstunden. Johanna bat ihre Tochter, ein Tischgebet zu sprechen, und half ihr dabei, da Emmy die Tradition nicht kannte. »Komm, Herr Jesus, sei unser Gast und segne, was du uns bescheret hast. Amen.« Emmy wiederholte die Worte mit dünner, fragender Stimme. Johanna blickte verstohlen zu Anna. Sie hielt den Kopf gesenkt und schien die Sache gutzuheißen.

Während Aufschnitt, Tomatensalat und gefüllte Eier gereicht wurden, erzählten die Kinder ausgelassen von ihrem Ausflug, von einem Umweg, da es für die Parade des Kaisers eine Absperrung gab; Emmy behauptete, sie habe den Kaiser mit eigenen Augen gesehen, Anna und das Kindermädchen lächelten einander zu: »Sie sehen alle fesch aus, Emmy, auch das Militär.«

Johanna bemerkte, wie gesellig Anna mitunter sein konnte, nicht so würdevoll, beinah statuenhaft wie mit ihr.

Lag das vielleicht an Johanna, spielte Anna dann eine Rolle? »Wie heißt das gefleckte Tier mit dem langen Hals?«, fragte Anna. »Giraffe!«, rief Paul. »And what do we call ›Giraffe‹ in English, Paul?«, fragte das Kindermädchen. »Nicht mit vollem Mund antworten«, ermahnte Johanna ihren Sohn. Anna beteiligte sich am englischen Vokabellernen und machte Johanna gegenüber die erfreute Feststellung, dass elephant, camel und giraffe den deutschen Entsprechungen sehr ähnlich klängen. Johanna nickte reserviert. Sie zählte bei Anna inzwischen drei verschiedene Sprechweisen, normal, dann etwas zugeknöpft wie eine strenge Klosterfrau und dann die etwas tiefere, rauere Stimme, bei der sie manchmal die Augen schloss. Dann sagte sie auch Dinge, die nicht immer angenehm waren, aber wegen der Johanna sie wohl ins Haus geholt hatte.

Als Hilde abräumte, spürte Johanna, dass der Tag jetzt noch nicht enden durfte, da er eine Entscheidung herbeiführen würde. Sie ordnete an, den verbleibenden Sommerabend auf der Terrasse zu verbringen. Die Kinder jauchzten vor Glück, denn so spät aufzubleiben war ihnen normalerweise nur an besonderen Feiertagen erlaubt.

Hilde brachte Weißwein, Selterwasser und Kuchen und stand dann stumm im Hintergrund, während die untergehende Sonne den Garten in ein goldenes Licht tauchte. Johanna lud sie nicht ein, sich zu ihnen zu setzen, was in diesem entspannten Rahmen durchaus möglich gewesen wäre; sie wollte Hilde strafen.

Es waren keine tiefgreifenden Gespräche, sondern leichte Plänkeleien, aus denen hin und wieder Lachen aufstieg. Emmy fragte, »Mama, was bedeutet der Vogelgesang, kannst du das verstehen?« Johanna sagte: »Ja, die Vogelmutter sagt zu ihren Kleinen: Kommt, meine lieben Kinderchen, es ist

Schlafenszeit!« »Wirklich?«, fragte Emmy, und die Erwachsenen lachten.

Immer wieder blickte sie den Hang hinunter zur Rhododendronbucht. Insgeheim wartete sie darauf, dass Clemens, der sie doch hier draußen hören konnte, sich zu ihnen gesellen würde. Dann wäre alles wieder in Ordnung. Als um halb zehn die Dunkelheit anbrach und erste Sterne am Himmel sichtbar wurden, stimmten sie ein Lied miteinander an, »Der Mond ist aufgegangen, die goldenen Sternlein prangen, am Himmel hell und klar«. Nach dem letzten Ton klatschte Johanna in die Hände und beendete die Zusammenkunft.

Anna lag im Bett und dachte nach. Sie verstand auf einmal, warum Menschen, die von Gott berufen wurden, daraufhin manchmal Vereine gründeten. Die reine Wahrheit war für viele nicht verständlich, es brauchte Regeln und Struktur. Annas ungefilterte Lehren hatten den Ehemann in die Flucht geschlagen. Frau Schellmann wiederum war dafür offen, aber charakterlich sehr ungefestigt und brauchte Führung. Sie schien diese auch zu wollen; ja, sie schien in Anna jemanden zu sehen, der sie leiten würde.

Anna hatte sich ihr Leben lang versteckt. Erst im Haus von Schrenck-Notzing hatte sie eingesehen, dass ihre Ideen von einem demütig gottgefälligen Leben veraltet waren und nicht dem entsprachen, was Gott für sie wollte. Nun war es an der Zeit, sich zu zeigen, Gottes Gaben durch sich hindurchwirken zu lassen, so wie ER es wollte und wie die Menschen, die er zu Anna schickte, es brauchten.

Sie hatte bislang viel zu beschränkte Vorstellungen davon gehabt, was Gottes Wege waren! Sie gelobte, sich fortan ganz dem Willen Gottes zu überlassen, sprach ein Dankgebet und schlief kurz darauf ein.

In der Nacht hatte es geregnet, Johanna war wach geworden, als der Regen gegen die Scheibe schlug. Auf dem Weg nach unten bemerkte sie mit einem flüchtigen Blick die unberührte, stramm gezogene Tagesdecke des Ehebetts. Hatte Clemens tatsächlich im klammen Teehaus mit den Schimmelpilzkulturen übernachtet? Bald würde er dem Landstreicher ähneln, der einst dort gehaust hatte. Mit einem verächtlichen Schnaufen stieß Johanna unten die Flügeltüren zum Salon auf. Nein, auch hier saß er nicht. Aber Anna.

Johanna schluckte. Dann begrüßte sie Anna sehr liebenswürdig, die zeitunglesend zunächst wie eine Kurgastbekanntschaft wirkte. Doch Anna war nicht gesprächig. Auf Johannas Frage: »Was gibt es an Neuigkeiten?« runzelte Anna die Stirn, und Johanna beantwortete sich die Frage anhand der Überschriften schließlich selbst: »Ah, der Urlaub des Kaisers im Norden, Graf Zeppelin, Berliner Laubenkolonien!«

Anna nickte bedächtig und las weiter. Während Johanna ihr Frühstück einnahm, schweifte ihr Blick durch den Raum. Mit der steten Veränderung des Lichts war im Sommer irgendwann der Punkt erreicht, an dem erstmals wieder Ecken und Winkel sichtbar wurden, in denen Spinnen heimlich ihre Netze gewebt hatten. Jetzt. Johanna wusste um dieses Problem, da es schon der Mutter ein Grundsatz war, den Dienstmädchen auch dort zu säubern aufzutragen, wo alles in Ordnung schien. Der Staubwedel tanzte und stocherte, sie machte es ihnen vor, wie ein grimmiger Teufel hoch in die Zimmerdeckenecken, am Stuck entlang, und beförderte verklebte graue Gebilde zutage.

Als Johanna sich erhob, stand auch Anna auf.

»Ich komme mit. Wir sollten miteinander sein und Gottes Segen einladen, bevor Sie die heilige Arbeit beginnen.«

Johanna hielt sich an der Tischkante fest und bewegte sich nicht weiter. Dann sagte sie mit fester Stimme: »Fräulein

Brenner, es ist morgens für mich sehr wichtig, allein zu sein.«

»Sie sind allein. Ich bin niemand.«

Dagegen wusste Johanna nicht zu argumentieren und merkte auch, dass inzwischen die Neugier siegte.

Oben in ihrem Zimmer war Johanna plötzlich sehr verlegen. Es war, als wäre sie aus dem Takt geraten, seit die eigene Rolle der Hausherrin ihr abhandengekommen war, sie spürte ein Schlingern. Wer war sie? Und hatte sie nicht genau das gewollt, genau so? Kneifen konnte sie nun nicht.

»Nehmen Sie Platz, Fräulein Brenner«, sagte sie in einem letzten Versuch, die Kontrolle zurückzugewinnen. Anna blieb aber stehen und machte etwas Ungewöhnliches; sie legte ihre Hand auf Johannas Scheitel, in einer priesterlichen und segnenden Geste, woraufhin, da die Rollen nun etwas klarer waren, Johanna sich ein bisschen entspannte. Zugleich spürte sie eine elektrische Zuckung durch den eigenen Körper fahren. »Was war das?«, flüsterte Johanna.

Johannas Beine gaben plötzlich nach, ihr schien, als würde die Hand auf ihrem Kopf sie sanft zum Boden hin dirigieren, so dass sie plötzlich auf dem Teppich zum Sitzen kam, wo sie sich spontan in die Wohligkeit einer Kargheit und Anbetung begab. Anna saß jetzt vor ihr im Sessel. Die Hände vor der Brust gefaltet, begann Anna leise zu beten. Sie wirkte dabei so frei, als wäre sie ein Gefäß, gegen das von innen die Stimme des Herrn schlug. Anschließend schwieg sie, und Johanna spürte eine tiefe Stille, die auf jede Körperzelle überzugehen schien. Was war passiert? Anna stand auf, Johanna wollte ihre Hand küssen, doch zog Anna die Hand weg.

»Nein, gnädige Frau, das verdiene ich nicht.«

Anna half stattdessen Frau Schellmann auf die Füße und verabschiedete sich mit einem Knicks. Johanna schien, als würde Anna von einer unsichtbaren höheren Macht geleitet, die sie in jeder Sekunde spontan das Richtige tun ließ. Was Anna sagte: Sie sei niemand, stimmte. Johanna schämte sich für die Zweifel, die sie gehabt hatte.

28

Berlin 2020

Unter den hohen Glastürmen des Potsdamer Platzes hetzte Vanessa aus dem U-Bahn-Schacht nach oben Richtung Staatsbibliothek. Alle paar Minuten fasste sie in ihre Tasche, um zu prüfen, ob die Maske noch da war; es war ihre letzte, und sie war schon flaumig und feucht. Sie hatte sich verspätet, weil sie den Zettel mit dem zugeteilten Zeitslot vergessen hatte und auf halbem Weg noch mal umkehren musste. Ein zweites Mal denselben Weg zu gehen, aktivierte Reste abergläubischen Denkens, alles habe immer einen Grund, vielleicht würde beim zweiten Mal ein Hunderteuroschein vor ihr liegen oder die U-Bahn explodieren, in der sie nicht saß.

Nach ihrem Medienwissenschaftsstudium war sie kaum noch hier gewesen, alles im unmittelbaren Umfeld fühlte sich klebrig nostalgisch an. Obwohl sie wusste, wo das Gebäude lag, prüfte sie immer wieder auf ihrem Handy, ob synchron zu ihren Schritten auch das blaue Positionssymbol Fortschritte machte. Sie begann zu laufen und wurde zur Störung der öffentlichen Choreografie, in der die Menschenmenge in Einzelgänger mit viel Raum zerfiel, man reagierte mit vorwurfsvollen Ausweichbewegungen.

Die Philharmonie tauchte auf, gegenüber die Bibliothek, dieses Raumschiff aus den Sechzigern. Im Eingangsbereich hielt sie ihre Hände unter den Desinfektionsspender und bewegte sich auf die Schalter zu, wo bereits mehrere Wartende hintereinander standen. Sie schaute sich um. Die Lobby war immer wie ein Naturwunder gewesen. Ein riesiges Feld aus grauem Naturstein, an der Decke reihenweise spacige Milchglaskuppeln. Oft hatte sie in einem Sessel am Fenster ihr mitgebrachtes Butterbrot gegessen und nach draußen auf den Verkehr geschaut, der stadtauswärts fuhr.

Während sie wartete, massierte sie mit einer Hand ihren Nacken. Sie schlief seit zwei Wochen auf der Couch in einem Durchgangszimmer ihres Arbeitskollegen, der für jede Gesellschaft dankbar war. Sie hatte ihre Sachen eingelagert. Sie stopfte sich abends Ohropax ins Ohr und trank einen kleinen Wodka, um wegzusegeln und sich vor seinem nächtlichen Computerspiel-Traptraptrap zu verschließen. Morgens fuhr er im Slim-fit-Anzug auf dem Fahrrad ins Büro, ins selbe Büro wie Vanessa. Sie startete meist etwas früher. Im Büro schaute er mittags an ihrem Schreibtisch vorbei und fragte, ob sie mit in die Pause käme, obwohl sie ohnehin schon Tag und Nacht zusammen waren. Ein weiterer Lockdown würde die Wohnsituation zu einem Alptraum machen. Die Nachrichten bestanden fast nur noch aus Zahlen und Statistiken, und für den Herbst sah es nicht gut aus.

Sie atmete tief ein und aus, wie immer verstärkte das ihre Gefühle nur, diesmal den Stress. Schließlich wurde der Schalter frei. Die Mitarbeiterin hinter dem Plexiglas begutachtete Vanessas Unterlagen, Vanessa trug sich mit Name, Adresse und Uhrzeit in einer Liste ein. »Sie haben noch vierzig Minuten.«

»Ich weiß.«

Sie lief die breite Treppe hoch, die in das Reich eines überdimensionierten Lesesaals und kompliziert ineinandergeschachtelter Räume führte. An der Ausgabe holte sie den Mikrofilm ab und versuchte sich zu erinnern, wie diese altertümlichen Lesegeräte zu benutzen waren, die seitenlange

Beschreibung würde zu viel Zeit kosten. Sie schob die Filmrolle aufs Geratewohl auf die Spule, zog den Film unter einer Glasplatte über weiße Rollen und fädelte ihn auf der anderen Spule wieder ein. Per Knöpfen, Kippschalter und Drehkopf machte sie sich auf den Weg durch die schwer lesbare Frakturschrift. Das hatte sie nicht bedacht. Sie merkte, wie ihr Stresslevel anstieg, der Lesesaal wurde zu einem Prüfungssaal. Ein einzelnes Deckenlicht über ihr flackerte psychotisch, im Hintergrund rauschte die Lüftung, während Vanessa durch die Berliner Tagesmeldungen von vor einhundertelf Jahren kämmte: Das Ergebnis der Berliner Monarchenbegegnung, Mord in der Gesandtschaft in Santiago, Internationales Ballonrennen in Berlin, Fußballspiele um den Kronprinzenpokal; manches interessierte sie, etwa die Wolfsrudel in Siebenbürgen, weil der Wolf ja seit Kurzem auch in Brandenburg wieder zurück war. Schließlich entzifferte sie auf Seite fünf:

> Sensationeller Gerichtsprozess gegen die Okkultistin Anna Brenner
>
> Im Berliner Landgericht endete gestern ein aufsehenerregender Prozess gegen die Okkultistin und Hellseherin Anna Brenner, die der Verbreitung gefährlicher Lehren und der unterlassenen Hilfeleistung für Dr. Schellmann für schuldig befunden wurde. Statt einen Arzt zu rufen, habe sie ein Gebet angestimmt. Der seither an den Rollstuhl gefesselte Mediziner beschuldigte Anna Brenner zudem, seine Frau, die berühmte Schriftstellerin Johanna Schellmann, monatelang in einem Netz okkulter Lehren gefangen gehalten zu haben.
> Im Prozess kamen auch Zeugen aus Beelitz zu Wort, die auf betrügerische Zaubertricks von Anna Brenner hin-

wiesen, insbesondere bei einer Séance im Haus des verstorbenen Professors Heinrich Blomberg. Außerdem nahm Anna Brenner an unseriösen okkulten Experimenten in München teil, was durch eine sogenannte Geisterfotografie, bei der es sich laut Experten um eine Fälschung handelt, belegt werden konnte. Der öffentliche Druck auf die Angeklagte erhöhte sich weiterhin erheblich, als bekannt wurde, dass Anna Brenner in letzter Zeit versucht habe, durch Séancen in gehobenen Berliner Kreisen viel Geld zu verdienen.

Die sichtlich angeschlagene und blass wirkende Angeklagte wies alle Vorwürfe zurück und behauptete, es handele sich um Missverständnisse und üble Nachrede. Ihr Anliegen sei immer das Wohl der Menschen gewesen.

Die Zeugin Johanna Schellmann, auf deren Verteidigung Anna Brenner wohl gehofft hatte, blieb dem Prozess fern. Hilde F., ehemaliges Dienstmädchen im Hause Schellmann, bestätigte hingegen, dass der Arzt durch Anna Brenners Verschuldung erst spät gerufen wurde und dass Anna Brenner, seit Sommer 1908 Gast im Hause Schellmann, nahezu das ganze Haus unter ihre Kontrolle gebracht habe.

Der Prozess rückte die Diskussion über die Gefahren von spirituellen Führern außerhalb der Kirche in den Fokus und endete mit einer Freiheitsstrafe von zwei Jahren für Brenner.

Vanessa nieste, so leise sie konnte, in die Ellbeuge. In vier Minuten musste sie hier raus sein. Sie machte ein paar Fotos vom Bildschirm. Als sie aufstand, schwankte sie leicht. Es war anders gewesen. Aus den Textfragmenten hatte sie zumindest eine andere Geschichte zusammensetzen können. Sie ahnte, warum der Vater des Maklers das Manuskript den Angehörigen damals nicht übergeben hatte.

29

Berlin 1908

Es wurde Herbst, und die Insekten versuchten, ins Haus zu gelangen. Weberknechte glitten an den Wänden entlang, Motten umkreisten die Lampenschirme, Wespen krochen schwerfällig über den Parkettboden, sie schienen nicht zu wissen, dass sie sich im Sterben befanden, dass das ganze Volk jetzt starb. Im Garten fraßen sie sich ins Fallobst ein; Taumelflug über Äpfel, die rotbackig aus dem Rasen leuchteten.

Mehrmals am Tag sah Johanna das Kindermädchen in den Garten gehen und über den Sträuchern ein Glas auskippen, in dem eine Spinne saß; die Kinder liefen kreischend neben ihr her.

Das Schmuckzimmer, so nannte Anna den Roman, nahm allmählich Form an. Namen und Handlungen hatte Johanna geändert. Ihre Ich-Erzählerin hieß Elisa, war Johanna recht ähnlich, und auch das Verhältnis zur Mutter ähnelte dem ihren, das sich in einem zermürbenden Rhythmus aus Unterwerfung, Streit und Versöhnung bewegt hatte. Doch die Handlung profitierte von manch schräger Begebenheit aus dem Bekannten- und Verwandtenkreis. Allmählich setzte sich eine Geschichte zusammen: Im *Schmuckzimmer* kamen Brüder vor, gewissenlose Brüder, die mit Dienstpersonal anbändelten und im Kasino Geld verspielten. Um die Spielschulden der Brüder zu begleichen, muss Elisa schließlich ihre Mitgift einsetzen. Die geplante Liebesheirat mit einem mittellosen Künstler scheitert am nun fehlenden Vermögen, Elisa geht stattdessen die Ehe mit dem eher dumpfen Bankier Benno ein. Elisas Bildungshunger und ihr Drang nach Selbstverwirklichung kollidieren zusehends mit Bennos Erwartungen an eine traditionelle Ehe, in der Elisa sich ganz seinen Bedürfnissen widmen und sich selbst zurückstellen soll. Nach einer Totgeburt versinkt Elisa in Schwermut. Der Bankier weist sie in eine Nervenheilanstalt ein, und als die Ärzte keine Heilung in Aussicht stellen, lässt er sich scheiden. Ihre letzten Lebensjahre verbringt Elisa in einem Frauenheim, wo sie verkümmert und mit Anfang dreißig stirbt.

Das Ende hatte Johanna noch nicht geschrieben; Anna war nicht einverstanden mit Elisas Tod.

»Es ist ein Roman«, sagte Johanna.

»Nein, es ist mehr. Es ist ja im Moment des Lesens die Wahrheit.«

Johanna schrieb in einem Wechsel aus Wut und Erleichterung. Ein Vorhang war weggerissen worden, und ihre Nerven, die seit Monaten, ja, seit Jahren bis aufs Höchste angespannt waren, entluden sich nun in jedem einzelnen Wort, das sie schrieb, und sie schrieb so, als würde es ihr von einem leuchtenden Stern am Firmament diktiert. So wie bei Anna, dachte sie manchmal.

Ihre Schreibarbeit am Morgen begann Johanna gemeinsam mit Anna. Manchmal sprach Anna ein paar erbauliche Sätze, manchmal schwiegen beide nur. Johanna saß auf dem Boden und Anna ihr gegenüber auf dem Sessel. Johanna verstand es als eine Übung in Demut. Und tatsächlich war das Anarchische daran etwas, das ihr gefiel. Dass sie das konnte! Dass sie sich herabließ, wie ein Kind auf dem Boden kniete und vor ihr eine Frau saß, die ihr halbes Leben als Dienstmädchen gearbeitet hatte.

Nach wie vor empfand sie Anna gegenüber Verehrung. Daher war es nicht einfach zu erleben, wie unbefangen alle anderen im Haus mit Anna umgingen, und umgekehrt, Anna mit ihnen. Als wäre das, was zwischen Johanna Schellmann und Anna Brenner stattfand, Teil einer parallelen Traumwelt. In Gegenwart anderer ließ Johanna sich nichts von ihrer Verehrung anmerken, behandelte Anna wie einen Gast, mit äußerster Höflichkeit. Sie beobachtete also mit einigem Verdruss Annas Fröhlichkeit im Spiel mit den Kindern und ihre schwesternhafte Herzlichkeit mit dem englischen Kindermädchen, von dem sie sich englische Wörter aufzählen ließ.

Und dann wieder, wenn Anna die Augen schloss, rutschte ihr manchmal auch ein Du heraus: »Du musst deinen eigenen Weg gehen, Johanna, so eigen, dass nur du ihn spüren kannst. Da, wo noch niemand war!«

Johanna war fasziniert von all dem. Und es schmerzte sie, dass es keinerlei Möglichkeit gab, sich Clemens verständlich zu machen, diese Faszination miteinander zu teilen. Stattdessen sein Rückzug, als wartete er bloß auf den Tag, an dem Anna endlich verschwinden würde.

Johanna sah ihn nur selten. Er schlief zwar wieder im Haus, doch Johanna hatte sich in ihre Schreibstube zurückgezogen. Das Abendessen nahm er mit den Kindern am frühen Abend ein, Johanna und Anna folgten zwei Stunden später.

Sie sprachen kaum miteinander. Hilde übermittelte manchmal Nachrichten, einiges davon mündlich, manches schriftlich.

An diesem Nachmittag lief Hilde mehrmals zwischen Schreibstube und Teehaus hin und her, denn das Ehepaar

Schellmann musste klären, ob es für die sechsjährige Emmy einen Psychiater brauchte – Emmy bespuckte und biss ihren kleinen Bruder –, oder sie gar fortschicken eine Weile? Das war Clemens' Vorschlag. Er enthielt den Vorwurf an Johanna, keine gute Mutter zu sein. Sie einigten sich schließlich auf einen Psychiater. In der daraufkommenden Woche führte er mit Emmy im Beisein der Eltern ein langes Gespräch. Beide saßen nebeneinander auf dem Sofa, aber schauten einander nicht an. Im Anschluss sagte er: »Ich denke, mit Ihrer Tochter ist alles in Ordnung. Aber wie geht es Ihrer Ehe?«

Eine Woche später stand Johanna im Garten und beobachtete, wie ein blauschillernder Mistkäfer zielstrebig den Pfad überquerte. Er krabbelte einen Mauervorsprung hoch, stürzte nach zehn Zentimetern in die Tiefe, landete auf dem Rücken. Seine rudernden Bewegungen beobachtete sie mit Erstaunen (dieses leidenschaftliche Kämpfen um ein so kleines Leben). Als er wieder auf die Beine kam, lief er in die entgegengesetzte Richtung weiter.

Da entdeckte sie Clemens, der unter einem Baum Erdproben vom Boden einsammelte. Er wirkte verwildert. Das fleckige Hemd hing aus seiner Hose, das Kinn war nicht rasiert. Sie grüßten nur knapp, als wären sie beide in Eile. Doch dann blieb er stehen, drehte sich um und rief:

»Ist es nicht erstaunlich, dass ausgerechnet eine Frau, die ohne Bildung ist, dir beim Schreiben eines Romans hilft?«

»In der Tat«, rief sie über die Schulter zurück und ging weiter.

»Wie sieht diese Hilfe denn eigentlich aus?«

Da blieb sie stehen. Antworte mit dem Herzen, hörte sie Anna innerlich sagen, das Herz wird dich beschützen! Sie drehte sich zu ihm um: »Sie glaubt an mich.«

Clemens kam nun einige Schritte auf sie zu. »Wer glaubt nicht an dich? Ich nicht? Wer hatte denn die Idee mit den Heilstätten?«

Sie lächelte. »Darüber schreibe ich nicht.«

Er blickte sie verdutzt an. »In den letzten Wochen ist dir nicht in den Sinn gekommen, mir zu sagen, über was du schreibst?«

Sie schwieg.

»Und worüber schreibst du?«

»Über das, was in der Mädchenerziehung typisch war. Und schädlich. Ich steige hinab in die Kindheit und Jugend und suche den Punkt, an dem etwas in mir verloren ging.«

Jetzt blickte sie ihn selbstbewusst an.

»Darf man lesen?«

»Wenn es fertig ist.«

»Und Anna? Darf sie lesen?«

»Ich lese ihr vor. Sie sagt manchmal etwas. Sie merkt, wann ich ehrlich bin und wann ich mich verstelle. Sie will den absolut ehrlichen Text. Sie hilft mir, den Mut dazu aufzubringen.«

Dass sie jeden Morgen vor Anna auf dem Boden kniete und sie miteinander beteten, sagte sie lieber nicht. Sein Spott war ohnehin schon beißend genug.

»Ah, Ehrlichkeit als ästhetische Kategorie! Sehr interessant! Diese Kategorie haben Kant und Schiller völlig übersehen. Toll, dass Sankt Anna uns dafür die Augen öffnet.«

Johanna schaute ihn streng an und ging ins Haus zurück.

Tatsächlich bestand Annas Hilfe vor allem darin, dass sie Johanna Mut zusprach. Wenn Johanna unsicher wurde und ihre Lebenserfahrungen als die »kleinen Wehwehchen einer Tochter aus gutem Hause« verspottete, wies Anna sie zurecht: »Es steht uns nicht zu, uns über uns selbst zu erheben. Wir verurteilen damit Gottes Schöpfung.«

»Aber das ist alles so eitel und selbstsüchtig!«

»Wer sagt das?«

»Die Mutter«, flüsterte Johanna. »Die Mutter sagt, ich bin eitel und böse.«

Johanna schluchzte auf.

»Lass sie sprechen. Und dann vergib ihr. Sie wird verstummen, und dann wirst du die Stimme des Herzens hören.«

Johanna vertraute ihr daraufhin an, dass sie manchmal die Mutter sogar sah, wie sie die Gänge im Haus entlangging, und dass sie sich manchmal über Johanna stülpte; in Handbewegungen, Mimik, der Art, das Kinn zu heben.

»Ich kann sie manchmal auch sehen«, sagte Anna leise.

Durch Johanna fuhr ein Ruck; diese Möglichkeit hatte sie noch nicht bedacht.

»Nein, Fräulein Brenner«, sagte sie. »Diesen Weg gehen wir nicht.«

Johannas Herz schlug heftig.

»Ihre Mutter will zu Ihnen sprechen«, sagte Anna.

»Meine Mutter ist tot!«, rief Johanna hitzig aus.

»Sie ist hier.«

»Nein, Schluss.«

Johanna sprang zur Tür und lief aus dem Zimmer.

Später am Abend fragte sie Anna, ob sie den Vorfall erklären könne. Anna antwortete, es sei einfach passiert, es habe einfach aus ihr heraus gesprochen.

Johanna zögerte. »Muss ich es ernst nehmen?«

»Es ist immer ernst zu nehmen, wenn sie sich melden.«

»Wer?«

»Die Toten.«

30

West-Berlin 1967

Johanna drückte ihren Zeigefinger in das Spiralkabel des Telefonhörers.

»Erinnerst du dich an Fräulein Brenner?«

»Anna? Natürlich. Sie hat doch immer auf uns aufgepasst, wenn die Nanny Besorgungen machte. Einmal hat sie mit uns im Garten zwei Mäuse gefangen, und wir haben einen kleinen Circus mit ihnen veranstaltet, in einer Box. Es war lustig.«

»Das alles wusste ich gar nicht. Das hätte ich nicht erlaubt, dass ihr mit den Mäusen spielt! Hör mal, Emmy, das ist gefährlich, sie können Krankheiten übertragen.«

»Mama, du klingst, als wäre das gestern gewesen. Es ist sechzig Jahre her. Und wir haben es überlebt.«

Der Satz hallte merkwürdig nach. Überleben. Wer hatte überlebt?

»Anschließend haben wir Papa die Mäuse geschenkt. Uns war nicht klar, dass er sie umbringt!« Emmy lachte.

»Nun, besser die Mäuse als sich selbst«, rutschte es Johanna heraus.

»Du meinst den Unfall damals?«

Johanna schwieg. Im Hintergrund hörte sie Kinderstimmen und wusste, es waren Emmys Enkel. Johannas Urenkel. Es wäre möglich, es jetzt zu sagen, aber der alte Zwang, das Thema immer nur kurz zu erwähnen, *der Unfall damals,* in eben diesem Wortlaut auch, und dann sofort weiterzureden, war auch jetzt zu mächtig. Sie sprachen einfach nicht darüber, warum Clemens bis ans Ende seines Lebens an den Rollstuhl gefesselt gewesen war, manchmal mitten am Tag einschlief, die Muskeln gaben nach. Johanna hatte ihm im Haus eine Arztpraxis eingerichtet, so dass er keine langen Wege mehr zurücklegen musste, und war immer in der Nähe geblieben, wenn er Patienten empfing.

»Was machen die neuen Zähne, Mama?«

»Drücken ein bisschen.«

»Du musst sie anpassen lassen. Da ist doch dieser Student, Klaus. Er bringt dich zum Dentist. Du musst ihm Bescheid geben. Ist er gerade da? Gib ihn mir mal.«

Dentist, englische Aussprache. So sehr Johanna von den manchmal fremdländischen Wörtern ihrer Tochter irritiert war, beruhigte es sie auch. Die Fremdheit machte klar, die Tochter hatte ein eigenes Leben. Johanna musste sich nicht um sie sorgen, längst hatte sich ihr Leben in Kanada völlig unabhängig vom Leben in der Frontstadt Berlin entwickelt.

»Da kommt manchmal ein junger Mann vorbei und hilft mir«, sagte Johanna. »Aber er ist jetzt nicht da. Ich bin allein.«

»Hör zu, Mama. Die Flüge sind gebucht. Wir kommen Anfang September.«

»Wer kommt?«, fragte Johanna verdattert.

»Das habe ich dir doch geschrieben. Wir besuchen dich. Dein Enkel und ich. Er ist einundzwanzig geworden und will Berlin sehen. Und dich natürlich. Endlich!« Emmy lachte etwas scheu.

»Wie lange ist das noch?«

»Noch sechs Wochen.«

»Welches Jahr?«, fragte Johanna, und das Rauschen in der Leitung und in ihrem Kopf vergrößerten sich.

»Das war ein *joke*, oder?«

»Ja«, sagte Johanna. Aber sie wusste tatsächlich nicht mehr das Jahr und spürte diesen leichten Schwindel, wie immer, wenn ihr etwas abhandenkam, das eigentlich sonnenklar sein sollte.

»Mama. Wir kommen bald. Ich lege jetzt auf.«

Sie verabschiedeten sich, wobei in Johannas nicht abreißendem Fluss guter Wünsche und Grüße Emmy irgendwann rabiat den Hörer auflegte.

Johanna stellte fest, dass sie gar nicht allein war. Klaus kam aus der Küche mit einem Teller, auf dem er ein Sandwich angerichtet hatte, Toastbrot mit Mortadella, geschnittenen Gürkchen und Remoulade. Er wirkte unbeeindruckt, dass Johanna mit ihrer Tochter in Kanada telefoniert hatte, er schien es zu wissen.

»Ich habe das R-Gespräch vorhin doch angemeldet.«

»Meine Tochter hat bezahlt?«

»Ja. Das ist besser so.«

Johanna schnaufte. »Das geht nicht! Auf keinen Fall. Das nächste Mal bezahle ich das Gespräch!«

Er nickte und setzte sich zu ihr. Was ihr in letzter Zeit ebenfalls auffiel: Die Leute stritten nicht mehr mit ihr.

»Hast du überhaupt so viel Zeit, Klaus? Du bist immer öfter hier. Du studierst doch?«

»Das Semester ist so gut wie ins Wasser gefallen, Frau Schellmann. Die Unruhen haben Sie doch mitbekommen.«

»Du warst dabei?«

Er zögert, dann sagte er: »Ja. Bei einigen Demonstrationen war ich dabei.«

»Das ist gut.« Johanna fühlte Beruhigung, die sie sich nicht erklären konnte.

»Ihr Essen«, sagte er. »Essen Sie bitte.«

Johanna griff zögernd zu dem Sandwich, ihre rechte Hand

war deutlich abgemagert, die Finger zeigten eine wulstige Knochenstruktur, die Haut dünn wie Seidenpapier. Sie nahm einen Bissen, das Gebiss drückte, dann legte sie das Brot auf den Teller zurück und zeigte zum Schreibtisch.

»Ich brauche vielleicht noch eine Woche. Ich muss noch etwas Wichtiges erzählen, und das schiebe ich vor mir her. Ich habe in den Jahren immer eine feste Version in meinem Kopf gehabt, obwohl ich wusste, dass sie nicht stimmt. Sie hat mich durch die Zeiten getragen, und nie wurde sie herausgefordert. Und obwohl diese Angelika Röttel nicht die leiseste Ahnung von jenen Geschehnissen hat, scheint ihre Kritik genau zutreffend, und das war es, was mich so aufgebracht hat. Verstehen Sie? Manchmal sagt jemand etwas Unverschämtes, man weiß, es stimmt nicht, aber man hat eine ganz andere Sünde begangen, die im Verborgenen bleibt, und der Aufwand an Protest und Ärger hat mit diesem geheimen Wissen zu tun.«

»Erzählen Sie es mir doch einfach.«

Sie dachte nach. Tatsächlich taten ihre Finger weh, und Reden war leichter als Tippen.

»Nein. Ich muss es aufschreiben. Außerdem wartet der Wolkenfeld Verlag darauf. Ich habe schon den Umschlag und das Anschreiben vorbereitet, liegt alles dort. Wenn es fertig ist, schicken Sie es bitte an den Verlag.«

»Sie reden, als wollten Sie heute noch sterben.«

»Ja«, sagte sie. »Das würde ich gern.«

»Aber Ihre Tochter und Ihr Enkel kommen Sie doch bald besuchen!«

Sie schwieg.

31

Berlin 1908

Mitte Oktober erreichte das Haus der Schellmanns die Nachricht von Blombergs Tod. In der Trauerkarte stand, nach langem Leiden. Seit der Séance hatte Johanna nicht mehr von ihm gehört. Weder hatte er sich nach Anna erkundigt, noch hatte Johanna den Mut gehabt, sich bei ihm zu melden und sich über die Séance in Beelitz auszutauschen. Der Absender der Trauerkarte war Blombergs Ehefrau, die offenbar aus Amerika zurückgekehrt war.

Anna blieb drei Tage auf ihrem Zimmer, man sah und hörte fast nichts von ihr, und alle schienen rücksichtsvoll durchs Haus zu schleichen, selbst Hilde. Johanna fühlte hingegen nichts. Am Tag vor der Beerdigung klopfte Johanna an Annas Tür und schlug vor, dass Anna am frühen Morgen die Droschke nähme, um rechtzeitig zum Trauergottesdienst in Beelitz zu sein.

»Sie kommen nicht mit?«, fragte Anna erstaunt.

»Wir standen uns ja nicht so nah.«

Es war eine Ausrede.

Johanna wollte nicht mit Anna gesehen werden. Wer wusste schon, ob man nicht insgeheim Annas metaphysische Heiltechniken für Blombergs Tod verantwortlich machte und in Johanna gar eine Komplizin sah? Und überhaupt war es heikel, sich in der Öffentlichkeit mit Anna zu zeigen. Die meisten würden die Natur dieser Beziehung nicht verstehen.

Die Bäume verfärbten sich. Der Garten roch nun nach Herbst, und zwischen den Sträuchern glitzerten silbrige Spinnenfäden. Der Gärtner hatte Laub und Gartenabfälle angezündet, eine weiße Rauchwolke, die sich manchmal zur Säule verjüngte, sich dann wieder aufblähte und die Baumwipfel verschluckte, beherrschte wie ein Gespenst den Garten. Johanna war auf der Suche nach Schnittblumen. Immer noch leuchteten einzelne Rosen aus den Beeten, auch zwei Sonnenblumen blühten entschlossen über die Frostnächte hinweg. Die Dahlien entfalteten noch einmal ihre ganze Pracht, schossen weiter in die Höhe. Der Gärtner lief auf Johanna zu und warnte vor dem Frühfrost, er wollte die Knollen ausgraben, Johanna erlaubte es ihm nicht. Sie hatte jetzt mehr Durchsetzungsvermögen, auch weniger Schuldgefühle.

Ihr Weg führte am Teehaus vorbei. Die Tür stand offen, Clemens saß draußen auf einer Bank und rauchte. Sie schauten einander an, und Johanna spürte die alte vertraute Stimmung zwischen ihnen, fast wie früher. Sie nahm neben ihm Platz und überlegte, ob das der Moment war, den Brief des Franzosen endlich anzusprechen. Sich aussprechen und entschuldigen. Sich umarmen.

»Wie geht es dir?«, fragte sie.

»Gut. Und dir?«

»Auch gut.«

»Ich höre dich nicht mehr Klavierspielen.«

Sie lächelte. Es freute sie, dass er ihr nachlauschte und ihr Spiel vermisste.

»Ich schreibe.«

»Was macht dein Buch?«

»Bald fertig.«

Im selben Moment fiel ihr auf, dass es in seinem Labor sehr still war, und sie warf über die Schulter einen Blick hinein. »Was ist mit deinen Mäusen, schlafen sie?«

»Sie sind alle tot.«

»Warum?«

»Sie haben die Injektionen nicht vertragen.«

Johanna sah ihn besorgt an: »Du bist aber vorsichtig, ja?«

»Ich bin ja nicht blöd«, sagte er.

»Nein, bist du nicht«, sagte sie etwas schleppend und schaute ihn an, damit er noch sitzen blieb. Sie wollte jetzt über den Brief sprechen, aber stattdessen kam etwas anderes aus ihrem Mund, stattdessen sagte sie:

»Blomberg ist gestorben.«

»Ach, ich dachte, deine Betschwester hätte ihn geheilt?«

Betschwester? Konnte Clemens ihre Stimmen bis hier draußen hören?

»Jedenfalls kann ich mich jetzt wieder in Beelitz bewerben.«

»Ist das wirklich dein erster Gedanke nach seinem Tod?«

»Ich habe Blomberg nie gemocht. Und er mich nicht.«

Clemens warf die Zigarette ins Gras und stand auf. Johanna drehte sich zum Gärtner um, der hinter ihnen mit der Handsichel Gras schnitt, und stapfte dann den Weg hoch zurück ins Haus.

Später im Leben dachte sie oft an diesen Moment, in dem eine Aussprache möglich und nötig war, aber nicht stattfand, zurück.

Annas Gesicht, als sie am Morgen das Haus verließ, war verweint. Warum hatte Anna Blombergs Tod eigentlich nicht vorhergesehen? War Johanna schuld, hatte sie Anna zu sehr in Anspruch genommen? Auch ein bisschen Eifersucht regte sich in ihr. So viel Gefühl, so viel Schmerz! Würde Anna das auch für sie, Johanna, aufbringen? Was sah Anna eigentlich in ihr?

Mit diesen Gedanken beschäftigte Johanna sich den ganzen Tag über. Am Abend traf ein Telegramm von Anna ein:

Sie bleibe einige Tage in Beelitz. Johanna war verwirrt. Wie konnte das sein? Bei wem wohnte sie, in der Arztvilla etwa, bei Blombergs Witwe?

Als Anna drei Tage später wieder auftauchte, gab Johanna sich größte Mühe, liebenswürdig und freundlich zu sein. Ihr fiel sofort auf, dass Anna gelöst wirkte; auch das versetzte ihr einen kleinen Stich.

Ja, sie habe bei der Witwe gewohnt und lange Gespräche geführt. Die Witwe habe sich bei ihr bedankt. Ihr, Anna, verdanke sie, dass Blomberg schließlich seinen Starrsinn überwunden und einen der schönsten Liebesbriefe ihrer Beziehung geschrieben habe, zu ihr in die USA, voller Beteuerungen seiner Liebe. Daraufhin sei sie zu ihm nach Beelitz zurückgekehrt, und sie verbrachten einige schöne Sommerwochen miteinander, ja, sie fuhren ans Meer, nach Heiligendamm, so wie früher. Aber anschließend habe Blomberg Schwächeanfälle gehabt, und dann, die letzten Wochen, habe sich alles in dramatischem Tempo verschlechtert.

»Sie haben ihm die Versöhnung mit seiner Frau ermöglicht. Das ist sehr kostbar. Ich bin sicher, er hat in seinen letzten Stunden auch an Sie gedacht und war Ihnen dankbar für alles.«

Anna blickte sie an, als hielte sie das für leere Phrasen. War es so?

Johanna wandte sich zum Gehen und sagte über die Schulter, »Sie wollen sich vor dem Essen sicherlich frisch machen«.

Einige Abende später wiederholte Anna das Angebot, Johannas Mutter sichtbar zu machen. Nein, unter gar keinen Umständen wollte Johanna ihre tote Mutter in einer Séance materialisiert haben. Annas Beharren verunsicherte sie jedoch.

»Ich habe meiner Mutter vergeben«, erklärte Johanna, »so, wie von Ihnen geraten. Das muss genügen.«

»Aber sie ist im Haus. Sie muss fort.«

Annas Worte gruben sich in sie ein. Tatsächlich hörte Johanna ja gelegentlich Schritte im Flur, wo niemand war. Immer wieder drängte sich ihre Mutter in die Gegenwart; Johanna spürte sie in ihren Händen, in ihren Bewegungen und ihrer Stimme, als ob die Mutter aus dem Reich der Toten Besitz von Johanna ergreifen wollte.

Sie überlegte, was im schlimmsten Fall geschehen könnte. Nun, das Schlimmste wäre, wenn es funktionieren würde! Was aber, wenn das alles nur Tricks wären, die Anna anwendete, vielleicht ohne es zu wissen, Hypnose, Trance? Erneut merkte sie, dass sie Anna zwar vordergründig vertraute, aber ein kleiner Teil in ihr reserviert blieb und durchaus bereit, im nächsten Augenblick Anna als Betrügerin zu entlarven. Es war dieser Teil, der ihr weh tat, der ihr nicht gefiel. Entweder vertraute man oder eben nicht.

Mehrere Tage dachte Johanna angestrengt über die Situation nach. Dann, wie um der Qual ein Ende zu bereiten, willigte sie ein. Man entschied sich für einen Wochentag, an dem Dr. Schellmann Nachtdienst in der Klinik hatte. Die Kinder waren mit dem Kindermädchen einige Tage zu Sibilla aufs Land gefahren, auch das war also günstig. Anna sagte, es sei die Bibliothek, in der ihre Mutter erscheinen wolle, der Ort, an dem die Mutter sich ohnehin viel aufhalte. Darüber war Johanna erstaunt. Dann kam die nächste Überraschung. »Wir zwei sind zu wenig. Es braucht mehrere Menschen für so etwas. Man muss eine Kette bilden und eine bestimmte Atmosphäre erschaffen, die beiläufig und gesellig ist. Das können wir zu zweit nicht.«

Das war nicht sehr charmant.

»Aber an wen denken Sie, Fräulein Brenner?«

»Nun, es spielt fast keine Rolle. Wir können Ihr Dienstmädchen Hilde hinzubitten.«

Hilde? Merkte Anna nicht, wie feindselig und spöttisch Hilde ihr gegenüber war? »Ich glaube nicht, dass Hilde an so etwas Interesse hat.«

»Sie wäre die Richtige, denn sie kannte Ihre Mutter noch«, beharrte Anna.

Die Bibliothek lag an diesem Abend in einem roten Dämmerlicht, Anna hatte roten Stoff vor die Lampenschirme gespannt. Sie ging erstaunlich sachkundig vor, vermutlich hatte sie ihr technisches Wissen bei Schrenck-Notzing erworben. Johanna befand sich in einer Mischung aus Neugier und Misstrauen, zugleich andächtiger Ergebenheit. Hilde hatte ein hochmütig grimmiges Gesicht aufgesetzt; viel Überredungskunst war erstaunlicherweise aber gar nicht nötig gewesen. Vielleicht hoffte Hilde, dass Anna sich lächerlich machte und sie, Hilde, triumphale Zeugin sein könnte. Das Grammophon spielte die Operette »Der arme Jonathan« von Millöcker, die ihre Mutter gemocht hatte. Dass es darum ging, Frau Schellmann aus dem Jenseits zu manifestieren, wusste Hilde nicht, nur, dass es eine Séance sein würde. Hilde hatte ihre Dienstkleidung abgelegt und trug ein schlichtes Kleid. Sie wirkte inzwischen sogar recht unterhalten von der Situation und verfolgte Annas letzte Vorbereitungen mit aufmerksamer Miene: Die Musik wurde noch etwas lauter gestellt, das Licht ein bisschen mehr abgedunkelt. Dann kam der schwierige Part für Hilde: Sie musste, im Kreis sitzend, auch Annas Hand anfassen, so dass sie eine Kette bildeten. Ein leises Seufzen kam ihr über die Lippen.

Anna schloss die Augen: »Wir sind hier versammelt, um den Geist von Frau Schellmann herbeizurufen.«

Johanna fing Hildes entsetzten Blick auf, und sie nickte ihr beruhigend zu. Anna sprach weiter: »Wir werden nun eine Unterhaltung untereinander führen, ganz beiläufig, wir werden über nebensächliche unwichtige Dinge sprechen, um eine Atmosphäre zu schaffen, in der sich das, was da ist, zeigen kann.«

Und Anna fing an, indem sie von den Kohlmeisen im Garten plauderte, von den Schnecken auf den letzten Salatblättern und dann Hilde aufforderte, ihr ihre Lieblingsblumen zu nennen. Johanna steuerte ihre Lieblingsjahreszeit bei, ihren Lieblingsvogel, und es war gar nicht leicht, merkte sie, beiläufig zu bleiben, nichts zu sagen; immer war da der Drang nach Aussage. Aber es gelang immer besser, und sie gingen nun zu dritt sämtliche Apfelkuchenrezepte durch. Es verging eine ganze Stunde. Sie verging tatsächlich wie im Flug, aber inzwischen fragte sich Johanna, wohin das führen sollte. Draußen auf der Straße war es still, es ging auf dreiundzwanzig Uhr zu. Johanna hatte Hilde versprochen, dass sie am nächsten Tag frei habe. Ihre Augen hatten sich an das rote Dämmerlicht gewöhnt. Sie sah die Bücherrücken, sah die Stühle an den Wänden, die Beistelltische, das Eichenfurnier an den Wänden. Durch Anna, gerade als Johanna der Situation überdrüssig wurde, fuhr plötzlich ein Ruck, ein heftiger Ruck, und ihre Arme, noch immer die Hände von Hilde und Johanna haltend, begannen zu pumpen, in der Luft zu pumpen wie Flugärmchen, und ihr Oberkörper zuckte vor und zurück, als hätte sie Krämpfe. Johanna nahm diese Veränderung zu ihrem eigenen Erstaunen mit größter Gelassenheit hin, auch Hilde, so, als wären sie beide schon in einen Traumzustand hinübergeglitten. Annas Zuckungen schienen Begleiterscheinungen eines inneren Rhythmus, eines Pulsierens, das Johanna spüren konnte. Annas Finger waren feucht und glitschig, und umso fester packte Johanna instinktiv zu, ja, sie hatte den Eindruck, Anna festhalten zu müssen, weil eine große Kraft plötzlich an Anna riss.

»Was ist das?«, fragte Hilde nun doch ein wenig erschrocken. »Ich weiß es nicht«, sagte Johanna. Und während Anna sich noch immer hin- und herwarf, erkannte Johanna plötzlich, dass sie nicht mehr zu dritt waren, eine weitere Person war im Zimmer. Es war ihre Mutter. Sie saß kerzengerade im Hintergrund auf einem der Stühle, abseits von ihnen, so wie sie während ihrer Krankheit ausgesehen hatte, abgemagert, hohle Wangen, doch aufrecht. Johanna stieß einen kleinen Schrei aus. »Können Sie sie sehen, Hilde?«, flüsterte sie, und Hildes schweißige Hand drückte ihre Hand einmal sehr fest, wie zur Bestätigung, und sie hauchte: »Ja.« Sie hatte das Gefühl, dass sie sich nicht bewegen durfte, nichts verändern, weil sonst etwas aus dem Gleichgewicht geraten und ein Unglück geschehen könnte. Vor Angst erstarrt, schaute sie abwechselnd zur Toten und zu Anna, hoffend, dass von Anna bald eine Anweisung käme. Doch war Anna in einem dramatischen gebärakthaften Vor- und Zurückschwanken des Körpers gefangen, und Hilde und Johanna waren gewissermaßen allein. Ihre Finger pressten sich hilfesuchend ineinander. Etwas staute sich plötzlich in Johanna, und ohne jede Kontrolle schrie sie in Richtung der Erscheinung: »Ich will, dass du gehst! Geh und komm nie wieder! Du bist tot! Und verzeihen werde ich dir nie! Du warst kaltherzig und böse! Du warst eine schlechte Mutter!«

Die Erscheinung löste sich auf. Annas Körper beruhigte sich im selben Moment, ja, pendelte sich langsam zur Mitte hin ein.

Johanna ließ die Hände der beiden Frauen los, machte Licht im Zimmer. Sie alle waren erschöpft, Annas Gesicht war schweißüberströmt. Doch auch Hildes Gesicht war gespenstisch weiß, und sie floh ohne ein Wort aus dem Zimmer.

Wäre Hilde nicht dabei gewesen, Johanna hätte in den Tagen danach das Erlebnis für Einbildung gehalten. Mehrmals trat sie auf Hilde zu und vergewisserte sich, ob Hilde tatsächlich die alte Frau Schellmann gesehen habe? Hilde bekam jedes Mal ein bestürztes Gesicht und sagte: »Jesusmaria, ja, das habe ich, und ich wünschte, ich hätte es nicht!«

Johanna bat Hilde um Verschwiegenheit und zahlte ihr ein halbes Monatsgehalt dafür aus. Niemals dürfe sie mit irgendwem über diesen Abend reden.

Wenn Anna und Hilde im Haus aufeinandertrafen, etwa fünf- bis zehnmal täglich, wurden Hildes Bewegungen steif und unnatürlich. Zugleich zeigte sie sich Anna gegenüber freundlicher, erkundigte sich nach ihren Essenswünschen und verzichtete auf ihre grimmige Miene. Stattdessen war da Furcht. Keine Ehrfurcht, die war nur bei Johanna zurückgeblieben, sondern blanke Furcht.

32

Berlin 1908

An einem Vormittag, an dem der Wind die letzten Blätter aus den Bäumen löste und der Himmel kobaltblau aufflammte, ließ Johanna ihre Elisa sterben. Alles schien an ein Ende gekommen. Sie hatte geschrieben, was geschrieben werden musste.

Johanna setzte sich auf das Sofa. Vom Sofa glitt sie wie ein leichtes Seidentuch unmerklich auf den Boden, fühlte das glatte Eichenparkett an ihren Handflächen, spürte den kleinen Staubpartikeln an den Fingerkuppen nach. Ihr Körper sank wie eine Marionette in sich zusammen. Sie starrte lange Zeit einfach nur vor sich hin. Draußen brauste der Wind. Er pfiff am Haus entlang, sang, schliff Melodien in ihn. Sein Rauschen in den Bäumen klang scharf. Es brauste und zischelte und sauste, heulte durch den Kamin.

Zeit verging. Sie war leer, und alles strömte durch sie hindurch. Es war das STARREN, das plötzlich zurück war. Aber anders als früher war es nicht etwas, das sie erlebte, sondern etwas, das sie selbst war. Eine sanfte Macht hatte ihr Ich über die eigenen Ränder gezogen, wie man einem Kaninchen das Fell abzog, und etwas Rohes und Klares hinterlassen. Hier war der Anfang der Welt, an dieser Stelle, die keinen Ort hatte. Sie wusste, das war auch die Erklärung für Annas Hellsichtigkeit. Denn Johanna meinte nun, dass auch sie selbst imstande war, das gesamte Haus zu sehen, Anna, die unten im Salon ein Buch las, Hilde, die, auf einer Leiter stehend, Gardinen aufhängte. Sie sah das Fuhrwerk mit Brennholz zwei Straßen weiter auf dem Weg zu ihnen.

Es klopfte an der Tür.

»Frau Schellmann?«, hörte sie Annas Stimme.

Sie konnte erst nicht sprechen.

»Treten Sie ein, Fräulein Brenner.«

»Brauchen Sie mich heute? Ich möchte in die Stadt fahren.«

Johanna schaute vom Boden aus zu Anna hoch und sagte dann: »Nein, fahren Sie ruhig.«

Sie hätte in dieser Sekunde fragen können: Sehen Sie es? Merken Sie es? Aber es war überflüssig; Anna war nicht getrennt von ihr. Sinnlos, solche Sätze zu sagen. Oder Fragen zu stellen. Es gab keine Frage, es war das Ende des Fragens und des Suchens.

In Annas Augen sah sie Einvernehmen.

Zugleich ging alles weiter wie gewohnt, unten im Hauseingang hörte sie den Holzlieferanten und Hilde im Gespräch. Wenig später fand Johanna sich beim Mittagessen, am Nachmittag saß sie bei den Kindern, zwischen Zinnsoldaten, Porzellanpuppen, Holzschaukelpferd. Sie fügten ein Puzzle zu einem großen schwarzen Pudel zusammen. Immer wieder spürte Johanna Liebe in ihrem Innern aufsteigen. Sie hatte Tränen in den Augen.

»Was ist mit dir, Mama?«

»Nichts«, sagte sie, »hier, mach das Puzzle fertig.«

Sie überlegte, ob Annas überraschendes Eintreten ins Zimmer eine Art Übergangsritus gewesen war: Die Meisterin hatte gespürt, dass es so weit war, und ihre Frage »Brauchen Sie mich?« und Johannas Verneinung schienen die vollzogene Weihe. Das war das größte Geschenk, das ein Meister seinem Adepten machen konnte.

Waren die letzten Wochen und Monate auf genau das hier

hinausgelaufen? Sie musste lächeln. Selbst ihre schwierige Schwester Sibilla erschien ihr plötzlich engelsgleich, ja, im Wesen doch ein liebenswerter Mensch.

Sie spürte zugleich die Menschen, die nach ihr folgen würden. Die Kinder, die Paul und Emmy eines Tages in diese Welt bringen würden und die ihre eigenen Sorgen und Schmerzen zu bewältigen hatten, Kriege erleben, Todesfälle und die Liebe. Johanna umschloss sie mit ihrer großen Liebe. Es war, als seien sie jetzt schon bei ihr, auch wenn noch nicht geboren.

Am nächsten Morgen war der Zustand noch da, vielleicht ein bisschen schwächer. Als sie aber in ihr Manuskript schaute, um das Geschriebene vom Vortag zu prüfen, merkte sie, dass sie der Text nicht mehr interessierte. Dass sie kein Bedürfnis mehr hatte, Elisas Unglück bis ins Kleinste nachzuvollziehen. Alles war zu vollkommen.

Das war ein Problem. Denn letztlich war das Schreiben Johanna wichtig; eine Erkenntnis, die sich selbst in ihrem erhabenen Zustand aus einem verborgenen Winkel zu ihr durchsprach und sich zu behaupten versuchte. Und ihr war plötzlich, als würde der Zustand anfangen, sich ganz langsam zu verflüchtigen. Sie konnte auch das annehmen.

Als Anna am Nachmittag in ihr Zimmer trat, empfing Johanna sie mit einem verschwörerischen Lächeln. »Gestern war der Tag, nicht wahr? Darum sind Sie doch zu mir gekommen?«

Anna schaute sie fragend an. Spielte sie unwissend, damit Johanna es ausbuchstabierte? Johanna fühlte ein Zögern, dann beschrieb sie ihr Erlebnis: Sie habe hinter den Vorhang der Erscheinungen geschaut, oder sie war aus Platos Höhle nach draußen ans Tageslicht getreten. »Als wäre ich jetzt erst wach, jetzt erst da und alles davor nur Traum gewesen!«

»Und jetzt?«

Johanna war unsicher, worauf die Frage abzielte. Sie zupfte an ihrer Perlenhalskette. Immer noch fühlte sie sich anders als vorher, aber sie war wieder mehr bei ihrem Ich, das eine berühmte Schriftstellerin werden wollte.

»Es ist nicht mehr so wie gestern. Ich könnte auf diese Weise kein Buch schreiben, und ich habe den Zustand wohl durch diese Erkenntnis vergrault.«

»Wenn das Ich stirbt, gibt es kein zurück. Sie haben das Erlebte nicht vollständig in sich aufgenommen. Sie würden mich sonst nicht nach meiner Meinung fragen.«

Schweigen.

»Es ist nicht Ihr Weg«, folgerte Anna schließlich beinah gereizt. »Genau deshalb hat es aufgehört. Ihr Weg ist das hier.« Sie wies auf den Schreibtisch, dabei leuchteten ihre Augen, als wäre es eine frohe Botschaft.

Aber Johanna konnte sich nicht so recht freuen. Hatte nicht auch Blomberg behauptet, dass Anna genau deshalb ihre Nähe gesucht habe; Anna verbinde sich mit Menschen, die ihr ähnlich seien?

»Was Sie erlebt haben, ist nichts Besonderes. Kinder erleben das sehr oft. Darum bin ich auch so gerne mit ihnen zusammen.«

Johanna spürte Ärger, auch darüber, dass sie in der Falle saß. Sie konnte mit Ärger in der Stimme unmöglich auf die eigene Erleuchtung hinweisen. Und dennoch tat sie es: »Fräulein Brenner. Ich dachte immer, das wäre es, was uns verbindet. Ein Wissen und Erleben, das diese gewöhnliche Welt überschreitet.«

Sie nahm bei Anna ein sanftes Kopfschütteln wahr. Gleich würde die tiefe Stimme folgen. »Heilung. Dein Herz. Johanna. Muss erst geheilt werden.«

»Und wie haben Sie Ihr Herz geheilt, Fräulein Brenner?«

»Ich bin gestorben.«

Johanna nagte an ihrer Unterlippe. Ihr Blick blieb bei der Kristallschale hängen, die auf einem silbernen Delphin balancierte. Leer. Vorgestern lagen da noch Pralinen drin; Anna hatte alle gegessen.

Johanna beendete die Sitzung abrupt, sie sagte, sie habe Rückenschmerzen. Sie gab sich nicht einmal Mühe, besonders glaubhaft zu wirken, sie hielt Anna einfach die Tür auf.

Sollte das etwa eine Prüfung gewesen sein? Denn was war spirituelle Befreiung wert, wenn man dafür ein Zertifikat brauchte?

Das Essen ließ sie sich auf ihr Zimmer bringen. Sie fürchtete sich vor ihren eigenen Gefühlen, die in Annas Gegenwart aufstiegen; Groll und Enttäuschung.

Das Schmuckzimmer war fertig, und Johanna schickte es an den Berliner Wolkenfeld Verlag. Nun gab es keinen Grund mehr für die täglichen Treffen mit Anna. In den letzten Monaten war viel liegen geblieben, sie musste sich wieder mehr um den Haushalt kümmern, für die Kinder Kleidung anschaffen und auch das gesellschaftliche Leben zumindest im Mindestmaß wieder ankurbeln. Die Visitenkarten hatten im Sommer die kleine Silberschatulle geradezu geflutet, nun blieben sie aus. Niemand kam mehr vorbei, um sich in Erinnerung zu bringen oder Einladungen zu übermitteln. Johanna saß morgens in der Bibliothek und schrieb Briefe und Karten, fast alle mit einer Entschuldigung beginnend. Bei den Tanten und Kusinen klebte sie zur Verzierung hübsches rotes Laub auf die Briefbögen.

Anna schloss sich den Kindern und der Kinderfrau an. Sie lernte mit ihnen Englisch. Johanna wunderte sich, aber fragte nicht nach, die Antwort wäre sowieso nur irgendetwas mit Gott gewesen. Seit Anna ihr das Erlebnis kleingeredet hatte, war Johanna nicht nur Anna gegenüber verstimmt, sondern auch Gott und allem Religiösen gegenüber reservierter. Warum bei ihr alles so schnell wechseln konnte, verstand sie nicht, und es machte sie zusätzlich missmutig. Vielleicht lag hier der ganze Unterschied zwischen Anna und ihr?

Die Erklärung für den Englischunterricht erhielt Johanna, als ein Schreiben der Blomberg-Witwe eintraf. Es begann mit einem Dank für Johannas Beileidskarte, dann aber folgte: »Anna Brenner sollten Sie mit uns allen teilen, sie muss hinaus in die Welt. Ich habe mir erlaubt, ihr nächstes Frühjahr eine Reise in die USA in Aussicht zu stellen zu einem Spiritualistentreffen in Boston. In den USA ist man viel weiter als hier! Bitte bedenken Sie: Anna ist noch jung, und ich wünsche mir, dass sie sich entfaltet und ihren Weg geht.«

Johanna ließ das Schreiben sinken. Was war ein Spiritualistentreffen? Hatte Anna sie aus diesem Grund zu einer Séance mit ihrer toten Mutter gedrängt? Hatte Anna üben wollen? Sie spürte Misstrauen und Eifersucht, denn trotz des Misstrauens wollte sie Anna nicht teilen. Und nach wie vor wohnte Anna ja bei ihnen. »Aus Dankbarkeit«, hatte sie die Entscheidung Clemens gegenüber begründet. Tatsächlich, das musste sie sich eingestehen, hatte die Séance dafür gesorgt, dass Johanna seither vom Geist ihrer toten Mutter unbehelligt war. Keine Schritte mehr, keine Mutter-Stimme mehr im Kopf. Wenn sie ihre Hand betrachtete, war es ihre eigene Hand und nicht die der Mutter.

Clemens war empört über die Entscheidung seiner Frau. Er hatte gehofft, mit Beendigung des Manuskripts würden sich die Wege der beiden Frauen trennen. Jetzt also Dankbarkeit, gar ewige Dankbarkeit? Er schnaubte höhnisch, während er eine Petrischale ins Licht hielt, um das Wachstum der Bakterienkolonien zu kontrollieren und die unterschiedlich expandierenden Todeszonen an den Stellen, an denen er den Wirkstoff appliziert hatte.

Er musste mit seiner Frau endlich reden. Zugleich nahm ihn die Forschung völlig gefangen, und so hatte er das Gespräch ständig hinausgezögert. Etwa fünf Monate, schätzte er, bis zuverlässige Ergebnisse vorliegen würden, wobei der nun kommende Winter die Experimente erschwerte. Dies betraf nicht nur den Mangel an Versuchstieren – ärgerlich, dass seine Arbeitsumgebung kein voll ausgestattetes Labor war –, sondern auch die Kälte, die in das kleine Häuschen eindrang. Bei schwankenden Temperaturen war es schwierig, zuverlässige Daten zu erheben.

Die Tiere, die er zuvor mit dem Tuberkelbazillus infiziert hatte, zeigten nach der Injektion noch einige Stunden lang normales Verhalten, wurden manchmal sogar aktiver, bevor sie plötzlich leblos zusammenbrachen. Diese verendeten Tiere wurden sorgsam im hinteren Bereich des Gartens abgelegt. Eine Ratte, ein fettes Vieh mit glänzendem Schwanz, die Hilde ihm aus dem Keller gefischt hatte, war zunächst in Schockstarre gefallen. Durch die Verabreichung von Adrenalin erholte sie sich jedoch und lebte weiter, wenn auch mit leichten Beeinträchtigungen. Clemens ließ sie in Ruhe. Ja, sie leistete ihm Gesellschaft. Das war es also, was für ihn übriggeblieben war, eine Ratte, während oben im Haus Hallelujas und Amen angestimmt wurden. Wenn er Anna dann noch im Garten herumstapfen sah und wie sie von seiner Frau hofiert wurde, empfand er seine Situation als quälend.

Auch war ihm zwischendurch das Agar ausgegangen; Hilde entschuldigte das im Spätsommer mit den Obstkuchen, die nun vermehrt in der ganzen Stadt gebacken wurden, und er musste mit Kartoffelstärke für die Nährböden Vorlieb nehmen. Trotz der Widrigkeiten trieb ihn jedoch das Gefühl der großen Verantwortung weiter an.

Ihm wurde kalt. Er stand auf, um im Schuppen Feuerholz zu holen. Draußen schlug ihm feuchte Herbstluft entgegen, und an seinen Schuhsohlen blieb mit jedem Schritt Laub kleben. Er rieb die Schuhe ärgerlich an einem Baumstumpf ab. Als er aufschaute, zuckte er zusammen. Sie stand vor ihm. Er hatte sie nicht bemerkt, sie musste aus dem Schuppen getreten sein.

»Guten Abend, gnädiger Herr.«

Fast entschuldigend blickte Anna auf die Holzscheite in ihrer Tragetasche und dann zu ihm, vorsichtig und flüchtig.

»Halt«, sagte er. Er wusste nicht, was er von ihr wollte, außer sie umbringen.

»Sie wirken verärgert, gnädiger Herr. Glauben Sie mir, ich wollte keinen Unfrieden in dieses Haus bringen.«

Er schaute sie fassungslos an.

»Ich will, dass Sie uns verlassen.«

»Aber Ihre Frau strebt danach, sich zu entfalten. Ist das nicht auch in Ihrem Interesse, dass es Ihrer Frau gut geht?«

»Meinen Sie, dafür muss jemand wie Sie kommen? Sie sind jemand, der den Menschen die eigene Taschenuhr stiehlt und dann teuer zurückverkauft!«

Er brüllte.

»Nein, meine Rolle ist sehr gering. Alles hat der Herrgott getan.«

Er biss die Zähne aufeinander. Annas Blick war überaus eindringlich, tatsächlich hätte man das mit etwas Heiligem verwechseln können, wenn man noch nie von psychischen Krankheiten gehört hatte.

»Ich erwarte, dass Sie sich etwas einfallen lassen, Fräulein Brenner. Sagen Sie, Gott hat Sie irgendwohin gerufen.«

Anna legte eine Hand auf ihr Herz, schloss kurz die Augen und neigte leicht den Kopf. »Wenn Gott mich ruft, werde ich Bescheid geben. Ich bin jetzt da, wo ich sein soll.« Und wie zur Bestätigung riefen in diesem Moment die Kinder oben vom Haus: »Anna! Anna! Wo bist du?«

Mit einem leisen Lächeln drehte sie sich um und schritt den Hang hoch. Er starrte ihr hasserfüllt nach. Dann ging er ins Labor zurück, bereitete eine Injektion vor, nahm die Ratte aus dem Käfig, die dabei hohe, quietschende Schreie ausstieß, und verabreichte ihr bewusst eine zu hohe Dosis. Sieben Minuten dauerten ihre Krämpfe, dann starb sie. Danach fühlte er sich besser.

Es wurde Dezember. Zwei Wespen waren übriggeblieben, sie hockten in der oberen Ecke eines Fensters, die ovalen Körper aneinandergeschmiegt. Wenn Johanna leicht pustete, bewegten sie träge ihre Fühler. Sie lebten. Johanna blieb jeden Morgen vor ihnen stehen. Sie hoffte, dass Hilde sie nicht einsammelte.

Johanna hörte Anna näherkommen. Sie wusste, dass sie am Abend vorher bei irgendeiner angesehenen Persönlichkeit Berlins eine Séance abgehalten hatte. Die Verbindung war durch Blombergs Witwe gestiftet worden. Ihr fiel auf, dass Anna neue Schuhe trug. Erhielt sie Bezahlung?

Anna blieb vor ihr stehen. Immer noch, sie hatte keine Kontrolle darüber, durchströmten Johanna heilige Gefühle in Annas Gegenwart.

»Gnädige Frau«, begann Anna.

»Ja, Fräulein Brenner?«

»Ich spüre, dass Veränderungen kommen. Ich möchte, bevor es zu spät ist, aufschreiben, was ich weiß. Dafür brauche ich Ihre Hilfe. Ich kann lesen, aber nicht schreiben.«

»Sie können nicht schreiben? Wie meinen Sie das?«

»Ich kann nicht schreiben wie Sie. Ich kann kein Buch schreiben.«

»Aber das müssen Sie auch nicht«, sagte Johanna amüsiert.

»In einem Buch würde festgehalten, was ich weiß«, beharrte Anna. »Das ist doch auch der Grund, warum Sie schreiben?«

Johanna lachte auf. Sie konnte einfach nicht glauben, was Anna da gerade tat. Sie um Hilfe bitten? Ein Buch schreiben?

»Warum streben Sie danach?«

»Das tue ich nicht. Gott möchte es so. Werde ein Werkzeug des Göttlichen, Johanna. Stelle deine Gaben in den Dienst von etwas noch Höherem als die Literatur.«

Johanna schaute zu den zwei Wespen, die sich in Bewegung gesetzt hatten, ja, die beide nun schwerfällig über die Fensterscheibe krochen.

»Fräulein Brenner, ich muss Sie etwas fragen. Haben Sie mir nur geholfen, damit ich Ihnen jetzt helfe?«

»Sie schauen auf mich und unsere Situation mit der Brille der Welt und missverstehen sie. Was immer geschieht, ist Gottes Wunsch. »

Immerhin hatte Anna ins Siezen zurückgefunden. Es war diese Schwäche, die Johanna merkwürdig anstachelte:

»Und mein Nein? Ist das dann nicht von Gott?

Anna schloss die Augen.

»Ihr Geist ist verwirrt. Lassen Sie uns Gott einladen, Licht und Klarheit in Ihren Geist zu bringen.«

»Nein, Fräulein Brenner. Ich sehe sehr klar.«

Die Wespen sammelte Johanna noch am Abend mit einem Trinkglas ein und kippte sie trotz der Frostnächte draußen über dem Buchsbaum aus. Nach einer langen Spielpause setzte sie sich zum ersten Mal wieder ans Klavier. Sie suchte das Schubert-Album heraus und begann mit dem Impromptu in c-Moll. Die Marschmelodie, die auf einen empörten Moll-Akkord folgte, wurde nur von der rechten Hand gespielt, als wären sämtliche Stimmen bereits verstummt. Dieses schmale Melodiechen, ein heroisches Überbleibsel nach einem Gemetzel, wandelte sich als Nächstes in eine fragile Idylle mit gebrochenen Dur-Akkorden, diese wurden seitenlang durch Variationen gejagt, mal die erinnerte Lieblichkeit vergangener Zeiten, mal blanke Wut. Diese Musik schien ihr angemessen, und das ganze Haus sollte es hören.

33

West-Berlin 1967

»Ich habe Anna gesagt, sie soll bitte nicht immer die Schlüssel von den Türen abziehen. Wieder sind die Schlüssel verschwunden.«

»Anna?«

»Anna.«

»Hier ist keine Anna.«

»Du meinst also, Anna ist nicht hier?« Sie ließ ein Lächeln folgen, das sie ein Leben lang eingeübt hatte und das kokett, belustigt, offenlassend war. Dahinter lag Angst. Anna war nicht hier? Natürlich war sie nicht hier.

»Ich rede manchmal mit den Toten, Klaus, kann sein, dass ich da etwas verwechselt habe. Aber das ist doch nicht schlimm, ich bin schließlich eine alte Frau.«

Sie sah Verunsicherung in seinem Gesicht, das musste sie sofort stoppen.

»Klaus, werd du mal alt! Ich will dich gern mal sehen mit fünfundachtzig, da verwechselst du auch mal was oder weißt es nicht sofort.«

»Sicher, Frau Schellmann«, sagte er viel zu sanft; ekelhaft.

»Klaus, du kannst normal mit mir reden. Also, jedenfalls die Schlüssel, da haben wir nun ein Problem.«

Sie ging zur Badezimmertür, rüttelte daran und drehte sich mit strengem Blick zu ihm um. Immer noch war die Tür fest verschlossen. Anna hatte einfach den Schlüssel abgezogen und mitgenommen, das tat sie immer wieder, obwohl sie es ihr verboten hatte. Aber das durfte sie Klaus jetzt nicht sagen. Der würde sie dann für verrückt erklären, und das konnte sie nicht gebrauchen, wer wusste, was dann passieren würde.

Sie hörte ihn telefonieren. Er sprach das Wort »Schlaganfall« aus, »wir sollten das abklären, ja, zum Arzt, ich kümmere mich«.

»Nein«, sagte sie leise. »Nein.«

Mit der Faust schlug sie einmal gegen die Wand. Ihr Gesicht verzerrte sich vor Wut. Wie würde ihr Leben nun werden? Ein Sich-Verstellen, damit man sie nicht für verrückt erklärte? Und wie würde sie die Schlüssel zurückbekommen, wenn nicht über Anna, aber Anna durfte nicht erwähnt werden?

»Wie heißen Sie?«, kam Klaus auf sie zu und legte eine Hand sanft auf ihre Schulter.

»Klaus, du kannst jetzt nach Hause, wir sehen uns morgen.«

»Welches Jahr haben wir?«

»1967, hau ab.«

»Wie heiße ich?«

»Ich spreche dich doch die ganze Zeit mit Klaus an, merkst du das nicht?«

»Wie heißt Ihre Tochter?«

»Ich habe keine Tochter.«

»Doch, Frau Schellmann, sie lebt in Kanada und heißt Emmy.«

»Eben, sie ist ja nie hier, seit dreißig Jahren nicht! Wie soll man sich das dann merken können. Da kannst du aber nicht mir einen Vorwurf machen.«

Sie wandte sich zum Fenster, wütend. Sie hätte Emmy nicht vergessen dürfen. Ihre Tochter, ihr Fleisch und Blut. Und sie hatte einen Sohn, der aber schon lange tot war.

»Paul ist im Krieg gefallen, das weißt du. Frag nun also

nicht nach ihm, es tut immer noch weh, über ihn zu sprechen.«

»Wann sind Sie geboren, Frau Schellmann?«

»Weiß ich nicht.«

Er sah sie groß an, und sie lachte. »Ich habe dich reingelegt. Natürlich weiß ich das.«

»Ja, wann denn?«

»Es steht doch in den Büchern, hinten, in der Biografie.«

»Wann ist Ihre Tochter geboren?«

»Lass es gut sein für heute. Ich habe Zahlen nie so gemocht, Klaus.«

»Welches Jahr haben wir?«

»1908.«

Sie lächelte listig, als sie sein besorgtes Gesicht sah. Das war eine gute Lösung, listig lächeln. Ja, man konnte diesen jungen Mann gut auf den Arm nehmen.

»Dabei habe ich dir immer gesagt«, flüsterte Anna, die im Türrahmen stand und sie belauerte, »du musst den Moment, an dem dir unwohl wird, aushalten lernen.«

Sie trug das Haar in einem strengen Knoten, ihre Augen waren riesig, und die Kleidung wie immer leicht pastoral, schwarzes Kleid und am Hals ein weißer Spitzenblusenkragen.

»Warum bist du hier, Anna?«, fragte sie.

»Weil du nach mir gerufen hast.«

»Das Essen wird jeden Moment serviert. Hilde hat Braten gemacht.«

»Du erfindest laufend Ausreden, Johanna.«

Sie griff ihre Hand. Bitte nicht, dachte sie. Immer wurde ihr flau, ganz flau, als würde sie in ihr Reich gezogen, sobald Anna sie berührte, und sie wollte, nein, wusste nicht, ob sie wollte.

»Du willst«, sagte Anna.

»Frau Schellmann? Hallo? Mit wem reden Sie?«

»Ich?«

»Wer sonst.«

»Habe ich es wieder gemacht?«

Klaus stand vor ihr, mehr über ihr, sie lag auf der Couch.

»Du küsst mich doch jetzt nicht?«

Manchmal war ihre Wohnung voller Menschen. Sie redeten laut, mehr durcheinander als miteinander. Sie suchte Hilde; sie musste den Gästen die Betten beziehen, denn sie blieben über Nacht. Aber Hilde antwortete nicht. Und dann verschwanden sie alle auf einmal, ohne sich zu verabschieden. Sie setzte sich hin und weinte.

»Ich wollte nie wieder mit einer Frau zusammenleben«, sagte sie. »Das hatte mit Anna nicht geklappt. Frauen waren …«, wie sollte sie sagen. »Männer auch. Auch Männer.«

»Frau Schellmann, hier, ihr Kamillentee.«

»Wer sind Sie?«

»Ich heiße Klaus. Ich wohne vorübergehend bei Ihnen, um Ihnen im Alltag ein bisschen zu helfen. Sie verlieren manchmal die Orientierung.«

»Das wüsste ich aber.«

»Das wissen Sie auch.«

»Wir müssen los. Sie warten auf uns.«

»Niemand wartet, wir müssen nicht los.«

Sie verstand plötzlich. Sie war wieder woanders gewesen. Er sagte ganz ruhig, »kein Problem«, aber so, als wäre es ihm letztlich egal, und das war es ihm wohl auch. Es war besser, so jemanden zu haben als jemanden, der einem zu nah stand, der sich Sorgen machte, mehr als sie selbst.

Sie setzte sich hin und begann einen Brief. Liebes, Emmy. Du bist weit weg. Ich wollte dir gerne noch einiges von damals erzählen. Du wirst eines Tages, nicht mehr lange dauert es, hierherkommen und durch meine Unterlagen und Dinge gehen, oder du beauftragst ein Unternehmen, für dich diese Arbeit zu tun.

Man erzählte ihr, sie sei nachts durch das Treppenhaus gegeistert, sie hätte überall geklingelt und sich beschwert über irgendetwas. Nachts um zwei, und um drei Uhr konnte man sie in der Küche hören.

Sie wachte morgens in ihrem Bett auf und erinnerte sich an nichts. Einmal war sie angekleidet aufgewacht, obwohl sie abends im Nachthemd ins Bett gegangen war. Es gab Phasen, so wie jetzt, in denen sie alles wusste und sich an das, was man ihr über sie erzählte, nicht erinnerte. Seid vielleicht ihr verrückt geworden?, dachte sie dann. Aber sie ahnte, es war etwas passiert. Etwas hatte sich in ihr verselbständigt, übernahm die Führung und tat Dinge, die in andere Zeiten gehörten. Sie hätte ihrer toten Mutter den Tisch gedeckt und ein angeregtes Gespräch über die Zinkgießkanne geführt, die ausgetauscht werden müsse; sie wusste von nichts (aber es musste stimmen, denn niemandem hatte sie je von der Zinkgießkanne erzählt). Wie in den Träumen, wenn sie Dinge tat und tagsüber nur eine blasse Erinnerung hatte. Als wären ihre Träume nach außen gedrungen, für alle sichtbar.

Wie viel Zeit hatte sie noch? Wann würden diese wenigen klaren Momente versiegen?

»Klaus, du gehörst doch zu diesen Studenten, die auf der Straße mit Steinen werfen. Erschieß mich bitte.«

»Ich habe keine Pistole«, sagte der Bengel ungerührt.

»Dann nimm ein Kissen. Man kann es aussehen lassen

wie im Schlaf gestorben, bei einer Alten interessiert es niemanden.«

»Ich bin dein Sohn. Ich bin nicht Klaus.«

Sie schaute ihn an. Sie nahm ihn mit ihrem ganzen Sein in den Blick. Ihn und sich. Wer war er? Hatte er das wirklich gesagt? Was sie wusste, rutschte weg, in jeder Sekunde rutschte es weg wie auf einem glitschigen Boden. Sie war sechsundachtzig, selbstverständlich war sie das, und dann war sie dreißig, und er war ein Kind, und er war nicht der Mann, der dort vor ihr saß. Sie weinte hemmungslos. Eine Hand strich ihr über das Haar. Das hatte ihr Sohn nie getan, nie gewagt, sie zu berühren, denn sie mochte es nicht. Aber jetzt, diesmal, ja.

»Das ist schön«, sagte sie. »Dass es etwas so Schönes gibt«, und die Hand strich weiter, über ihren Kopf und ihren Nacken, strich ihr die Tränen weg, strich, bis sie sich beruhigt hatte.

»Sie ist wie ein Kind«, hörte sie ihn am Telefon sagen. »Ihre Mutter hat nie geweint? Ja, aber jetzt weint sie.«

34

Berlin 1909

Das Restaurant war gut gefüllt, mindestens fünf Kellner liefen pausenlos zwischen Küche und Saal hin und her, Johanna hatte einen Tisch am Fenster reserviert. Die Aussicht ging auf den eingeschneiten Pariser Platz, der Schnee fiel unaufhörlich, legte sich auf die Droschkendächer, auf die Pferde, neblig-gelbe Lichtkränze schwebten um die Gaslaternen. Das Gesicht des Barons war etwas gerötet, das Gesicht ihrer Schwester Sibilla gepudert, eingerahmt von kleinen allerliebst geformten Löckchen. Clemens neben ihr: duftend. Johanna trug ein Reformkleid, sackartig, aber elegant freigeistig, blaue Seide mit Perlenapplikationen. Es betonte auf stilvolle Weise ihren neuen gesellschaftlichen Status als gefeierte Künstlerin. In den Händen hielt sie die Berliner Morgenpost und las laut vor. Es war keine Angeberei, sagte sie sich, sondern, wenn man ihre Schüchternheit kannte, eher ein pflichtschuldiges Informieren und In-Kenntnis-Setzen der Familie. Sie las, *Das Schmuckzimmer* sei ein Selbstbefreiungsbuch im großen Stil, ein moderner weiblicher Werther, ein bedeutender Beitrag zur Frauenfrage, indem es auf jegliche Beschönigung und Versöhnlichkeit verzichte und kühn den Schmerz thematisiere. So und nicht anders müsse man heute dem seelischen Leid der modernen Frau begegnen, es sei ein großer Dienst an allen Frauen.

Sie legte die Zeitung zwischen zwei leere Teller, um mit

den bereitstehenden Sektgläsern anzustoßen. Ein Ablauf, den sie sich vorher gut überlegt hatte. Auch die Einladung hatte keine Zweifel gelassen: Es ging um sie. Ich lade ein, um den Erfolg des *Schmuckzimmers* mit euch bei einem Abendessen zu feiern.

Die Welle ihres Erfolges, seit mehreren Wochen anhaltend, war so groß, dass Johanna sich unangreifbar fühlte, nicht triumphal, sondern aus jeglicher Zone des Anfechtbaren hinausgehoben. Sie dachte manchmal darüber nach, inwiefern diese Freiheit der weltlichen Selbstverwirklichung mit jener Freiheit des Spirituellen zusammenhing. Sie kam bislang zu dem Ergebnis, dass beides wie auf parallelen Straßen stattfand und eigentlich nichts miteinander zu tun hatte, dass das eine das andere weder begünstigte noch behinderte.

War beides wichtig? Die Frage nagte an ihr, seit sie Annas Bitte um Hilfe abgewiesen hatte und Anna seither eigene Wege ging. Wege, von denen Johanna wenig wusste, aus Prinzip nicht nachfragte, manchmal ein wenig beleidigt spielte. Es war eine komische, widersprüchliche Position, war Johanna es doch gewesen, die Anna ihre Hilfe verweigert hatte. Immer noch wohnte Anna bei ihnen, hier gab Johanna sich wie eine großzügige Mäzenin, in Wahrheit wollte sie Anna nicht verlieren. Eine leise Furcht regte sich in ihr, dass sie ohne Anna in eine Leere stürzen könnte, und davor, wie es wäre, wieder allein mit Clemens zu sein.

Der Baron lächelte ihr im Klirrgeräusch der Sektgläser mit anerkennend hochgezogenen Augenbrauen zu, Clemens wirkte kindlich stolz. Sibilla bekam nach dem ersten Schluck Sekt jedoch ihren verkürzten Mund.

»Ganz wunderbar. Auch ich bin stolz auf dich. Ich bin nur etwas erstaunt. Die Frauenfrage ist dir doch eigentlich nicht wichtig? Du wolltest nie zu den Vorträgen des Frauenvereins mitkommen. Fühlst du dich von diesen Deutungen nicht auch vereinnahmt?«

Nach einem kurzen Blickwechsel mit Clemens sagte Johanna liebenswürdig: »Nein, gar nicht. Natürlich ist mir die Frauenfrage wichtig, und der Roman ist meine Antwort darauf.«

Man hörte einen Tisch weiter die Marie Stolpe auflachen, eine berühmte Stummfilmschauspielerin, zu der alle vier immer wieder verstohlen hinstarrten. »Erstaunlich, wie laut sie ist«, sagte Clemens lächelnd.

»Nun, aber wolltest du nicht dieses Arbeiter-Heilstättenbuch schreiben? Die Belange der arbeitenden Frauen stehen doch weit über unseren kleinen Nöten, oder was denkst du?« Sibilla schaute diesmal hilfesuchend zu Clemens, den Sibillas Verhalten zu amüsieren anfing.

»Hast du deine Meinung etwa geändert, liebe Schwägerin? Aber wie auch immer: Johannas Roman kam zum richtigen Zeitpunkt. Letzten Herbst wurden in Deutschland die Frauen endlich zum Studium an der Universität zugelassen. Unsere Gesellschaft ist an einem Wendepunkt, in vielem denkt man inzwischen um. Johanna hat erzählt, was ihr auf der Seele brannte. Die verheerenden Folgen der einengenden Mädchenerziehung.«

Sibilla spielte mit dem Anhänger ihrer Halskette, einer Fotografie ihres Reitpferdes Cleopatra hinter einem brillantenbesetzten Goldtürchen. Dann hob sie erneut an:

»Aber hört man das nicht zu oft, die Mädchenerziehung sei schuld an allem? Ich meine, ich hätte in irgendeiner Kritik ›nah an Tendenzliteratur‹ gelesen.«

Es blieb still am Tisch, und alle waren dankbar, dass der Kellner in diesem Moment die Vorspeise servierte. Johanna faltete die Zeitung behutsam zusammen und steckte sie in ihre perlenbestickte Handtasche.

Schließlich meldete sich der Baron zu Wort: »Die wichtigste Presse ist doch bereits erschienen, wenn ich es richtig verstanden habe?«

Johanna war ihm dankbar. Sofort zählte sie auf: »Die Nation, Die Neue Freie Presse, Die Nationalzeitung, Die Gegenwart, Die Frau, Die Frauenbewegung, Die Neue Deutsche Rundschau und noch viele weitere.«

»Es kann nicht mehr viel schief gehen. Also feiern wir!«

Sie stießen erneut an, und endlich schien Sibilla aufzugeben. Ihre Unzufriedenheit richtete sich nur noch auf das Essen, »Die Jakobsmuscheln, sind sie nicht etwas zu weich?« – »Man hätte sie mit Mehl bestäuben müssen, für eine goldene Kruste«, erklärte Johanna – »Das wäre ordinär, oder?«.

Das Hotel am Pariser Platz war kürzlich eröffnet worden, französische Küche, unendlich viele Räume, Säle, Nischen, die den großen rechteckigen Klotz zu einer kleinen Stadt in der Stadt erhoben, in der sich alles, was einen Namen hatte, versammelte. Es hieß sogar, der Kaiser habe hier schon gespeist.

Der Baron erkundigte sich nach Clemens' Forschung, und Clemens plauderte unbefangen drauflos. Er erzählte vom alten Teehaus im Garten, das er für seine Schimmelpilzforschung zum Labor umgebaut habe, und dass er mit dieser kurz vor einem Durchbruch stehe. Dieser Wirkstoff, der Bakterien bekämpfe, könnte die Medizin revolutionieren; der Baron und Sibilla hörten freundlich zu, Johanna aber meinte, hinter deren Stirn die gleiche Skepsis zu bemerken, die auch sie spürte. Clemens war so selbstbewusst, was diese Forschung anging, dass es immer eine Spur zu viel war, so, als wollte er durch das Glauben-Machen anderer die eigenen Zweifel dämpfen. Aber niemand ging bislang über das höfliche Nachfragen und nachdenkliche Zustimmen hinaus.

Die Hauptgerichte wurden serviert, Omelette mit in Butter sautierten Artischockenböden und gekochter Rinderzunge, Beefsteak à la Tartare, zweimal Seezungenfilet Coquelin. Der Kellner hatte Schwierigkeiten mit der französischen Aussprache, und Sibilla korrigierte ihn. Clemens machte sich an die Beilagenkartoffeln, er aß immer zuerst das, was auf dem Teller das Unwichtigste war, Johanna verfuhr genau umgekehrt. Solche Gespräche konnte Johanna nur mit Clemens führen, mit niemandem sonst würde sie sich trauen, über derartig Banales und merkwürdig Intimes zugleich zu reden. Sie schaute ihn nachdenklich an, während aus seinem Mund weiterhin Informationen zum Schimmelpilzwirkstoff kamen, und in Anbetracht seiner Loyalität, wenn es um ihr *Schmuckzimmer* ging, spürte sie plötzlich eine warme Woge der Verbundenheit. Im selben Moment sah Sibilla sie an, und ihre Augen verengten sich zu diesen gefährlichen Raubkatzenaugen:

»Wo ist denn eigentlich deine kleine Hellseherin? *Das Schmuckzimmer* widmest du ja ihr.«

Johanna gab sich in ihrer Antwort unkompliziert: »Ich wollte sie heute Abend mitbringen, aber leider war sie unpässlich.«

Sie hatte sich angewöhnt, Sibillas Angriffe ins Leere laufen zu lassen, um ihr keine Genugtuung zu verschaffen. In letzter Zeit schien Sibilla jedoch gar nicht auf die Wirkung ihrer Sticheleien zu achten, sondern eher in einem inneren Selbstgespräch über Johannas Defizite zu schwelgen und dieses gelegentlich mit Johanna zu teilen.

Johanna kaute auf der linken Seite, sie hatte seit Tagen rechts eine empfindliche Stelle und konzentrierte sich nun ganz auf das Schmerzvermeiden im Mund, als der Baron sagte: »Anna Brenner tritt jetzt in verschiedenen angesehenen Berliner Häusern auf, nicht wahr? Man spricht über sie, seit sie den toten Sohn des Architekten Hämmerle in einer

Séance materialisiert hat, vor zehn Anwesenden, die bis heute steif und fest behaupten, es sei wirklich passiert. Sie scheint darauf nun eine Karriere aufzubauen.«

Sein leichtes Lächeln verriet, dass er es dennoch nicht glauben mochte, und er tauschte mit Clemens ein Komplizenlächeln, Sibilla warf ein: »Also damals auf Blombergs Séance hat sie versagt. Sie hat das Paranormale als dumme Zirkusnummer hingestellt. Wie erklärst du dir diese Wandlung eigentlich, Johanna?«

Wieder richteten sich die verengten Raubtierschlitze auf Johanna.

»Das weiß ich nicht«, sagte Johanna, und was wie eine müde Ausrede wirken mochte, war letztlich die Wahrheit. Sie konnte sich keinen Reim auf Anna machen; in letzter Zeit hatte sie ihr Äußeres verändert, pastoral, schwarze Garderobe, weißer Kragen und strenger Knoten.

»Klingt, als baute sie sich etwas auf. Mir ist es recht, dann zieht sie hoffentlich bald weiter«, sagte Clemens. »Gott, geht mir diese Person auf die Nerven! Mit Johanna hat sie zeitweise eine kleine Sekte gebildet. Zwei Betschwestern.«

Er griff mit übertriebener Geste nach Johannas Hand und lächelte.

»Johanna fromm und auf Knien rutschend, herrlich!«, jubelte Sibilla.

»Ganz so war es vielleicht nicht, hoffe ich jedenfalls«, sagte Clemens mit ironischem Blick zu Johanna. »Oder? Du bist ganz still. Herrje, was Sankt Anna betrifft, versteht Johanna leider keinen Spaß.«

Man schmunzelte, nur Johanna blieb ernst. Sie ließ ihren Blick durch das Restaurant schweifen, entlang an den Säulen, herbeigeschifften Palmen und prächtigen Blumenbouquets.

»Anna ist der selbstloseste Mensch, den ich kenne. Ohne

sie hätte ich dieses Buch nicht schreiben können. Ich verdanke ihr viel.«

»Ach ja? Aber im Buch kommen keine Stimmen aus dem Jenseits vor. Dafür umso mehr unsere selige Mutter!«, sagte Sibilla und lachte dabei Clemens an.

»Es gibt nur eine Stimme, die des Herzens, und sie hat mir geholfen, dieser zu lauschen.« Johanna nahm einen Schluck Wein und stellte in einem unkoordinierten Schwung ihr Glas so verunglückt auf dem Dessertlöffel ab, dass der Wein über ihre Finger schwappte.

Clemens beobachtete die beiden Schwestern mit einigem Vergnügen, und bevor das Thema zu schnell gewechselt werden konnte, legte er nach: »Unsere Erleuchtete hat dann noch verlangt, Johanna möge ihre Lehren aufschreiben. Obendrein ein ziemlicher Wirrwarr, ein bisschen Theosophie, Christentum und Buddhismus. Johanna hat ihr aber einen Korb gegeben.«

Johanna erstarrte. Woher wusste er von dem Gespräch? Hatte Hilde sie belauscht und ihm berichtet? Sie spürte seinen amüsierten Blick auf ihrer Wange, die in der Wärme des Restaurants, den Dämpfen und Kerzenlichtern, inzwischen glühte, und auch der Zahn begann jetzt zu pochen.

Der Baron wartete immer so lange, bis sich alle einmal zu Wort gemeldet hatten und der Tumult und das Durcheinander maximal waren. »Ich frage mich, warum Menschen eigentlich so versessen sind auf Wunder. Dass wir hier sitzen, ist ein Wunder. Dass ich euch sehe, dass ihr mich seht, ist das größte Wunder. Wenn nun die physikalische Ordnung vorübergehend aufgehoben werden könnte durch Magie, wäre das keine Steigerung des Wunders, es wäre höchstens ein Kuriosum.«

»Na ja«, sagte Clemens, »man muss ja nicht gleich von Wunder sprechen. Leben, es ist einfach nur das Leben.«

»Anna würde es nicht anders sagen«, wandte Johanna sich an den Baron.

»Aber warum dann plötzlich das Brimborium?«, fragte Sibilla, »diese wachsende Anhängerschaft?«

Clemens lachte. »Erstaunt es dich, liebe Schwägerin, dass jemand, der ein Leben lang in Diensten war, bei der ersten Gelegenheit versucht, sich daraus zu befreien? Während Johanna eine ganz andere Freiheit sucht, eine absolute, habe ich recht? Denn sie hat ja bereits alles.«

Wie verächtlich er das sagte. Dabei war er es doch, der davon profitierte. Clemens' Stolz auf ihren Erfolg kam ihr plötzlich hohl vor, ja, oberflächlich.

»Da haben sich also zwei gefunden«, lachte Sibilla, und ihr Dessertmesser glitt an der festen Schokoladenglasur einer Trüffelpraline ab, so dass sie wegrollte und unter dem Nachbartisch landete. Ein Kellner ging auf die Knie und suchte danach.

»Aber ist Freiheit nicht erst dann vollständig, wenn wir sie auch im Äußeren verwirklicht haben?«, fragte der Baron. Johanna schaute ihn verblüfft an. Ausgerechnet er, der seine Frau mit inszeniertem Erfolg hinters Licht führte. »Im Grunde wird mir diese Anna ein stückweit sympathisch dadurch, dass sie geschäftstüchtig wurde. Alles andere wäre nun wirklich gruselig.«

»Dann ist sie aber keine Heilige«, belehrte Sibilla, und eifrig wurden Definitionen ausgetauscht und Beispiele herangezogen vom Variantenreichtum der Heiligen, gottergebene Krieger, Einsiedler, Weltabgewandte und Weltzugewandte.

Johanna schwieg. Dieses rein intellektuelle Interesse der anderen stieß sie ab. Sie spürte eine zunehmende Wattierung, sich selbst unsichtbar und geisterhaft werden. Ein Straßenmusiker mit schneebedeckter Geige auf der Schulter betrat den Saal und wurde umgehend vom Kellner wieder nach draußen befördert. Sie dachte an Annas Bericht über einen grausamen Schneewinter in Berlin, es war die einzige Episode, die sie preisgegeben hatte aus ihrem Leben. Vielleicht hatte Johanna einen Fehler begangen, Anna abzuweisen, als sie um Hilfe bat?

Sibilla erzählte von einer wichtigen Ausstellung ihrer Bilder, Clemens erkundigte sich, wo genau und welche Bilder sie in letzter Zeit denn gemalt habe, dabei interessierte ihn Malerei nicht.

Es schien Johanna, als würde in ihr etwas umgeschichtet, neu justiert, als irrte sie durch ein Labyrinth und als wäre es deshalb jetzt äußerst wichtig, die richtige Tür zu erwischen. Das hier war die letzte Tür, die sie durchschreiten musste, genau das hier, die Familientür, als sie mitten in Sibillas Ausführungen über die Kunst der richtigen Schatten- und Lichtverteilung rief: »Deine Bilder werden nicht gekauft, Sibilla, von niemandem. Die Bilder befinden sich in einer Scheune. Er«, sie zeigte mit dem Finger auf den Baron, »kauft sie heimlich auf und versteckt sie dort.«

»Hast du das von deiner kleinen Hellseherin?«, fragte Sibilla.

»Nein. Jeder weiß es. Nur du nicht.«

Sibilla nahm einen Schluck Wein und stellte das Glas nicht ab, behielt es in der Hand. Erst dachte Johanna, sie wolle ihr den restlichen Wein ins Gesicht schütten. Aber sie machte etwas anderes.

»Dein *Schmuckzimmer* ist übrigens nur erfolgreich, weil es missverstanden wird. Du lässt zu, dass es als Meilenstein in der Frauenbewegung gelesen wird, dabei geht es da nur um deine kleine querulantische Elisa, diese zimperliche Prinzessin auf der Erbse, der nichts und niemand gut genug ist. Ihre Schmerzen sind nie größer, als dass ein Heiratsanwerber vielleicht Nietzsche nicht gelesen hat oder ein Fremdwort falsch ausspricht. Im Grunde schreibst du doch nur über dich selbst, so wie Frauen das nun mal tun.«

Der Baron war inzwischen aufgestanden. Er ging zu Sibilla, bot ihr den Arm, und ohne ein Wort des Abschieds, als befände sich die Szene in einem anderen Universum, nicht dem gemeinsamen, verschwanden sie leise aus dem Restaurant.

»Warum hast du das getan, Johanna?«

»Warum hast du mir hinterherspioniert? Und der Brief an mich, wie konntest du ihn öffnen und lesen?«

»Das ist mein gutes Recht. Ich bin dein Ehemann.«

35

Berlin 1909

Seit zwei Tagen fiel ununterbrochen Schnee. Er war inzwischen so hoch, dass er in die Stiefel rutschte. Die Bäume im Garten waren eingepudert. Er baute sich Lage um Lage auf den Ästen auf, purzelte herab, baute sich neu auf. Er drückte das Ziergras herab, bis Johanna es mit einem Stock aufrichtete, schüttelte und befreite.

Er wuchs stetig weiter, er glitt etappenweise das Dach herab, die verlängerten Schneeränder der leeren Blumentöpfe auf der Terrasse stürzten ein, er löste sich aus den Tannenzweigen und flockte herab. Zwei Schneemänner mit Karottennase und Koksaugen starrten ausdruckslos zu ihnen in den Salon. Johannas Zahn pochte. Sie kühlte mit Schnee. Sie fühlte sich matt, vielleicht hatte sie Fieber, sie war noch nicht bereit, es genau wissen zu wollen; sie war zu schwach, sich auf den Weg zum Arzt zu machen. Ihr Mann, der Arzt, arbeitete im Krankenhaus, und als er an diesem Tag früher nach Hause kam, beachtete er sie nicht. Seit dem Abendessen mit Sibilla und dem Baron war ihr Verhältnis abgekühlt, sie gingen sich aus dem Weg. Umso beherzter hatte Johanna angefangen, sich Anna erneut zuzuwenden. Manchmal gab sie sich auch der Fantasie einer Zukunft hin: Anna und sie, einander gegenseitig unterstützend, Freundinnen, Verbündete.

Sie traf sich mit Anna wieder jeden Morgen in ihrem Zimmer, doch diesmal, um sich in Annas Dienst zu stellen und Annas Worte aufzuschreiben. Johanna schrieb zunächst einfach nur auf, was Anna sagte – *es gibt keine übersinnliche Welt, keinen doppelten Boden, kein Höher, kein Tiefer, kein Heilig, kein Unheilig* – merkte aber, die Worte, die reinen Worte, wenn sie diese später las, transportierten nicht das, was Anna mit ihrer Anwesenheit vermittelte. Sie hoffte, das Problem würde sich noch irgendwie lösen lassen.

An diesem Morgen, an dem das Haus in einem Meer aus Schnee unterging und die Räume in perlmuttfarbenem Winterlicht badeten, machte sie Anna den Vorschlag, Annas eigene Lebensgeschichte mit einzubeziehen, ähnlich wie die junge Klosterfrau Thérèse von Lisieux es in dem Bestseller *Geschichte einer Seele* getan hatte. Anna reagierte darauf ablehnend, fast empört, es gehe nicht um sie. Doch Johanna konnte ihr schließlich die Idee schmackhaft machen: »Umso mehr Menschen werden erreicht!«, und ihr nach und nach einiges entlocken. Sie erfuhr von einer kargen Kindheit mit sechs Geschwistern, Anna das jüngste, auf einem Hof im Spreewald, wo die Eltern als Magd und Knecht arbeiteten, einer gewissen Verlassenheit und Einsamkeit, weil Anna eine Nachzüglerin war und nur Brüder hatte, bis auf eine Schwester, die früh gestorben sei (»Das ist gut!«, entfuhr es Johanna).

Der älteste Bruder, der nach Leipzig gezogen war und dort eine Automobildroschke fuhr, gab bei seinen Besuchen den Ton an, die inzwischen alten Eltern beugten sich ihm. Er war streng und irgendetwas an Anna war ihm immer zuwider gewesen, vielleicht ihre verträumte Art, ihre Freude an Büchern – Lesen war etwas, das nur den Brüdern zustand –, ihre geheimnisvolle Verbundenheit mit der Welt. Da war etwas an Anna, das sie wie ein Heiligtum verbarg, das aber trotz ihrer schweigsamen Art ständig aus ihr herausdrängte. Eine Überlegenheit, die man Anna nicht zutraute und ihr noch weniger gönnte, die auch irgendwie erfunden schien. Wenn bei Feiertagen die Familie zusammenkam und Anna beim Auftragen der Speisen half, murmelten alle ihr pflichtschuldiges Danke, doch wenn Anna etwas sagte, ignorierte man sie. Auch die Frauen der Brüder, laute, kreischende Frauen, wollten sich nie mit Anna abgeben, als hätte man vor ihr gewarnt. Sie alberten herum, betranken sich, während Anna mit höflichen Fragen vergeblich versuchte, sich in ihre grobe Unterhaltung einzubringen. Die Mutter sagte anschließend einmal: »Die waren wieder nicht nett zu dir, du bist eben ein Schreckgespenst«, und drückte sie fest an sich.

Hier hörte Anna abrupt zu erzählen auf. Sie erhob sich und verließ wortlos das Zimmer. Johanna blieb eine Weile nachdenklich zurück, wobei sie nicht wusste, was sie so erschütterte. Dass auch Anna eine Familie und eine Geschichte hatte?

Johanna legte sich im Salon auf die Chaiselongue, doch die türkischen Seidenkissen rochen nach Clemens. Sie zog kurzerhand die Hüllen ab, in der Waschküche erhitzte sie Wasser und wusch sie aus.

Daran dachte sie später zurück. Sie streckte sich nach jedem Detail aus: die Fußspuren zwischen Verandatür und Clemens' Arbeitszimmer. Die Zusage, die sie einem Weimarer Literaturzirkel für eine Lesung schrieb, eine Absage an einen Frauenverein, der sich von ihr einen Vortrag zum Frauenwahlrecht wünschte, währenddessen eine Gewürznelke in der Wangentasche und von außen ein Wickel mit Schnee. Ein mysteriöser Fleck auf Emmys Bluse, eine schwarze Rauchfahne, die vom geheizten Teehaus über den weißen Garten zu ihnen hochschlingerte, im Hintergrund die daherschleichende Anna, die wie Johanna nachdenklich wirkte. Als Johanna am späten Nachmittag zum Luftschnappen auf die Terrasse trat, wusste sie, dass Anna sie von ihrem Zimmer aus sehen konnte. Doch sie vermied es, sich zu ihr umzudrehen und zu winken, und dann wurde es zu spät, es hätte Anna bloßgestellt, sofern sie immer noch am Fenster saß.

Johanna zählte die Schneespuren abwärts zum Teehaus. Sie kam auf fünf Spuren, drei hin, zwei zurück. Clemens war noch immer unten im Labor. Sie betrachtete die weißbehaubten schwarzen Äste vor bläulichen Schneeflächen, die mit der fortschreitenden Dämmerung immer tiefer ineinanderschmolzen. Ihr Blick folgte den einzelnen Linien und fuhr dann über die Sträucher, die wie Möbel in einem verlassenen Sommerhaus von weißen Tüchern eingehüllt waren. Die Kälte tat ihr gut. Diese sanfte Betäubung der Haut ließ sie zur Ruhe kommen. Doch als die ersten Sterne hervortraten, merkte sie, dass ihre Beine inzwischen schwer und gefühllos waren. Als würde sie jetzt gar nicht mehr wegkönnen, nur unter Aufgebot allergrößter Willenskraft, so wie im Traum, wenn man wusste, dass man träumte und aufwachen wollte. Sie ging zurück zur Terrassentür, klopfte die Schuhe aus und betrat den Salon, wo die Ofenwärme sie wohltuend umfing. Hilde hatte dort auf sie gewartet. »Der gnädige Herr hat seine Mahlzeit ausgelassen. Soll ich nach ihm schauen?«

Johanna griff nach der Petroleumlampe. »Nein, ich gehe.«

Der Schnee auf dem Rasen war so tief, dass ihre Füße ganz darin einsanken. Sie versuchte, in Clemens' Spuren zu gehen. Sie rief seinen Namen, vielleicht würde er ihr entgegenkommen und ihr den restlichen Weg ersparen. In der Mitte des Gartens, von hohen Bäumen umgeben, hielt Johanna inne und lauschte der Stille des Schnees, nur ihr Keuchen war zu hören. »Clemens?« Ein kleiner Schauer durchzog sie, als ihre Stimme hell über den glatten Schnee schwebte.

Sie setzte ihren Weg fort, umrundete die Rhododendron-

Bucht und blieb vor dem Teehaus stehen. Sie zögerte. Trübes Licht schimmerte durch die beschlagenen Fenster. Er musste da drin hocken. Warum antwortete er nicht? Sie wagte nicht, seinen Namen ein weiteres Mal zu rufen. Vorsichtig drückte sie die Türklinke hinunter und öffnete. Eine Rauchwolke schlug ihr entgegen. Dann erkannte sie die Umrisse ihres Mannes, er saß zusammengesunken am Labortisch. Sie ging auf ihn zu, berührte ihn, und als er sich nicht regte, stieß sie einen Schrei aus.

Sie rüttelte sachte an ihm, aber er reagierte nicht. War er ohnmächtig? Sein Atem ging unregelmäßig, seine Wangen waren heiß und feucht. Eine hohe Flamme züngelte aus dem Gasbrenner, darüber schwebte ein Gefäß mit bräunlich vertrockneter Kruste. Johanna machte ein paar Schritte rückwärts, als würde sie weggezogen von ihm. Jetzt stand sie wieder im Garten, und dort verharrte sie einige Momente regungslos. Als sie erneut eintrat, schien er ihre Gegenwart zu spüren und etwas sagen zu wollen. Aber er konnte nicht.

»Clemens«, flüsterte sie. »Gott, gütiger Gott. Hilf uns. Erlöse uns.«

Betend blieb sie hinter ihm stehen, die Petroleumlampe warf Johannas Umrisse an die Wand. Clemens' Atem wurde stiller, ja, unhörbar. Seine Augen waren nun geschlossen.

Sie fühlte, wie es wäre, ohne ihn zu sein.

Sie rührte sich erst wieder, als sie draußen Schritte hörte. Es war Anna. Wie lange hatte Johanna so gestanden, allein mit ihm?

»Frau Schellmann? Was ist passiert?«

Johanna legte ihre Hand auf den zusammengesackten Körper ihres Mannes, als schirmte sie ihn schützend von der Welt ab. Anna drehte die Gasflamme herunter, dann drängte sie Johanna beiseite und beugte sich über ihn. »Er lebt! Wir müssen sofort einen Arzt rufen. Frau Schellmann?«

»Ja, ich gehe los.«

»Nein, ich gehe. Sie bleiben bei Ihrem Mann.«

Johanna fing einen Blick auf, der sie beunruhigte. Was hatte Anna gesehen? Während Anna zurück zum Haus lief, spürte sie ihre Glieder weich werden, alles in ihr wollte fliehen. Sie schlug sich ins Gesicht, sie durfte jetzt nicht ohnmächtig werden. Oben im Haus tauchten Stimmen auf. Hilde würde nun zum Hausarzt eilen, Anna wäre gleich wieder hier. Da hörte sie ihn keuchen.

»Was kann ich tun, Clemens?«

Er war kaum zu verstehen, es war eher ein Lallen, und sie sagte: »Ja, der Arzt ist unterwegs.«

Anna trat mit einem Stapel Wolldecken ein. Johanna nahm sie entgegen, wich dabei Annas Blick aus. Während Anna das Feuer neu entfachte, sprachen sie kein Wort miteinander. Johanna fühlte Angst und begann erneut ein leises Gebet.

»Das hilft ihm nicht!«, herrschte Anna sie an.

Johanna zuckte zusammen. Sie trat nach draußen, um dort auf die Männer zu warten.

Was war da vorhin mit ihr passiert? Und war Anna nicht letztlich Schuld an allem? Hatte Anna sich nicht zwischen sie und Clemens gestellt?

Als die Männer den Hang herabkamen, eilte sie ihnen entgegen.

Der Arzt fühlte Clemens' Puls und nickte den beiden Helfern zu. Sie hievten ihn auf eine Tragbahre und trugen ihn unter leichtem Gefluche den eingeschneiten Hang hoch.

Oben zeigte Johanna ihnen den Weg ins Schlafzimmer, das Kindermädchen drückte den weinenden Kindern die Gesichter gegen ihren Leib. »Bringen Sie Cognac und Kaffee!«, rief der Arzt.

Während der Arzt ihren Mann untersuchte, konnte Johanna sich nicht mehr beherrschen und ließ den Tränen freien Lauf. »Gehen Sie bitte nach draußen. Ich rufe Sie.«

Die Kinder saßen auf der Chaiselongue, Emmy weinte leise, Paul betrachtete die Kissen, deren Bezüge fehlten. Johanna wandte sich leise ab und ging ruhelos umher. Ihre Schritte führten sie von einem Raum in den nächsten, in der Hand ein zerknülltes Taschentuch. Anna hielt sich im Hintergrund, doch Johanna hatte plötzlich das Gefühl, sie folgte ihr in jedes Zimmer, aus dem Johanna dann wieder floh.

Als sie die Stimme des Arztes hörte, zuckte sie zusammen. Der Gedanke, dass sie Clemens tatsächlich verlieren könnte, war jetzt unerträglich. Vorhin war sie einfach nicht sie selbst gewesen. Hatte Anna sie verhext? War das möglich?

Der Arzt empfing sie mit beruhigender Geste. »Es geht ihm etwas besser. Wir haben es wohl mit einer körperlichen Schockreaktion zu tun, die Lähmung und Atemnot zur Folge hat. Aber er kann bereits seine Hände wieder bewegen. Soweit ich ihn verstehen konnte, hat er einen unbekannten Wirkstoff an sich selbst getestet. Ist das möglich?«

»Es ging mir heute selbst nicht gut«, stammelte sie. »Ich habe nichts von seinen Experimenten bemerkt.«

»In einer solchen Situation muss äußerst schnell gehandelt werden. Beten Sie zu Gott, dass keine Schäden bleiben.«

Während der Arzt nun die nötigen Maßnahmen für die Nacht erklärte, heiße Arm- und Wadenwickel, Frischluftzufuhr, wurde Johanna begierig darauf, ihn so schnell wie möglich zu verabschieden und die Situation im Haus wieder unter ihre Kontrolle bringen. Doch da schaute er sie seltsam an und senkte die Stimme: »Da ist noch etwas. Wenn ich ihn richtig verstanden habe, will er Anzeige erstatten wegen unterlassener Hilfeleistung.«

»Er will mich anzeigen?«, fragte sie tonlos.

»Nein, natürlich nicht Sie! Eine Anna. Ist das die Frau, die bei Ihnen war?«

Johanna begann zu zittern. Er fasste sie beruhigend am Arm. »Vielleicht warten wir damit bis morgen früh, er wirkt etwas verwirrt.«

Johanna führte den Arzt nun zügig zur Haustür. Nach der Verabschiedung verharrte sie eine Weile in der dunklen Eingangshalle.

36

Beelitz Heilstätten 2020

Um halb vier wurde es dämmrig, und in den Vorgärten sprang die solarbetriebene Adventsbeleuchtung an, Lichterketten und Schlitten und Weihnachtssterne. Wenn man etwas zu nah an den Haustüren entlangging, löste das die Bewegungsmelder aus, und Vanessa fühlte sich diffus schuldig. Sie senkte dann automatisch den Blick und spürte dennoch hinter den Küchenfenstern die Betriebsamkeit des Nachmittags, Kinder mit Spielsachen oder Lernheften, Mütter und Väter, die hin- und herliefen.

Die kleine Siedlung befand sich gleich hinter dem Alpenhaus, vielleicht dreihundert Meter Luftlinie entfernt. Moderne Einfamilienhäuser in einem leicht historisierenden Baustil in Anlehnung an die Heilstätten, alle mit Garten.

Zum Einkaufen fuhr sie mit dem Fahrrad die lange Straße hinab zum Supermarkt. Sie kaufte Meisenknödel, hängte sie in die Zweige eines kahlen Baums und beobachtete die anfliegenden Vögel. Mit ihren ruckartigen Bewegungen, vorsichtig und zielgerichtet, hielten sie sich nie lange auf, flogen schnell zurück auf höher liegende Äste, um dann erneut wiederzukehren.

Sie hatte das kleine Haus auf einem Immobilienportal gefunden. Sie lebte in den Möbeln von Amy, einer US-Staatsbürgerin, die seit vielen Jahren einen Job in einer Forschungseinrichtung in Berlin hatte. Amys Eltern waren im Frühjahr an Corona erkrankt und aufgrund des Lockdowns hatte Amy sie nicht besuchen können. Ein unerträgliches Gefühl damals. Im Sommer hatte Amy feststellen müssen, dass die Eltern dort in ihrem Haus in New Hampshire nicht mehr zurechtkamen. Als für den Winter ein weiterer Lockdown angekündigt wurde, hatte Amy kurzerhand entschieden, ihr Leben für ein halbes Jahr in die USA zu verlagern.

Vanessa zahlte nur die Nebenkosten. Im Grunde war es ein Housesitterjob, denn da war noch Milo, Amys alter Kater, flauschig, weiß, mit blauen Augen. Von einem Verkehrsunfall vor zehn Jahren hatte er ein leichtes Humpeln und O-Beine zurückbehalten. Er war Diabetiker, Vanessa musste ihm zweimal täglich eine Insulinspritze verabreichen. Außerdem täglich aktuelle Fotos von ihm machen und manchmal auch Videocalls von Amy entgegennehmen (Amy hatte dann anschließend ein verweintes Gesicht und bedankte sich, »Bis morgen!« Ihr Deutsch war fast akzentfrei).

Im Grunde war Vanessa Milos Pflegerin und durch ihn ans Haus gebunden, länger als einen halben Tag konnte Vanessa nicht wegbleiben. Natürlich könne die Nachbarin einspringen, sagte Amy, sie sei sehr nett, aber das sei bitte mit Amy vorher abzusprechen. Dass Vanessa ihren Job gekündigt hatte, fand Amy sehr gut, es brauche manchmal radikale Schritte, um sich neu zu finden, lobte sie.

Vanessa gab sich Mühe mit dem Milo-Material. Sie fotografierte und filmte ihn in allen erdenklichen Situationen, beim Katzenmilchschlabbern, beim Spiel mit einer Katzenangel, beim schnurrenden In-sich-Gerolltsein auf dem Sofa, beim Ekekek an der Terrassentür im Angesicht unerreichbarer Rotkehlchen am Meisenknödel (das erheiterte Amy besonders, es gab drei Herzen zurück), beim Schnurren und Fauchen im Wechsel, wenn sie sein langes zotteliges Fell auskämmte (»Das macht er immer!«), sie achtete zugleich darauf, dass keine Eifersucht entstand und nicht der Eindruck von zu großer Nähe zwischen Milo und ihr.

Sie verschickte auch gelegentlich anheimelnde Stillleben der Wohnung, tadellos aufgeräumt natürlich, damit Amy auch an dieser Stelle beruhigt wäre. Sie berichtete vom erfolgreichen Austausch des Wasserzählers im Keller, und dass das Wasser jetzt sogar mehr Druck habe, weil auch der Filter gereinigt worden sei. Ihr Job war, Amy den Eindruck hundertprozentiger Ordnung daheim zu vermitteln.

Es war still hier. Wenn sie in den Garten trat, hörte sie nicht einmal die Fernseher oder Stimmen der Nachbarn. Sie fühlte sich allein auf der Welt. Sie stellte sich ein Zeugenschutzprogramm ähnlich vor, als hätte sie eine neue Identität angenommen, niemand kannte sie, und anders als in den hippen Gegenden Berlins konnte niemand sie anhand eines Sweaters auf einen Schlag entschlüsseln.

Sie ging viel spazieren. Jetzt im Winter trat die Natur beiseite und gab den Blick frei. Man sah nun ungehindert auf die Heilstättengebäude, die sich frisch saniert in ganzer herrschaftlicher Pracht aus der Kiefernwaldebene erhoben, und die verwahrlosten Spukschlösser, die aus einem Bauzaunkranz aufragten, mit Löchern im Dach und eingeschlagenen Fensterscheiben. Mitunter besaßen sie die identischen Bauformen, lagen gespiegelt zueinander, getrennt von der Straße. Es faszinierte sie, an einem Ort die verschiedenen Zustände derselben Sache vorzufinden, obendrein die Zukunft. Ein großes Werbeschild tauchte an mehreren Ecken auf, Quartier Beelitz Heilstätten, Neubau von 800 Einfamilienhäusern und 500 Eigentumswohnungen. Die Tafel zeigte elegante Hochhäuser mit Balkonen, die ein wenig an Ferienanlagen erinnerten. Dahinter begann das mit Erdbewegungen in Vorbereitung befindliche Bauland; Auffüllungen, Planierungen, Gräben und Schächte. Bereitliegende Wasserrohre und Kabeltrommeln, neonfarbige Markierungen auf dem Boden, um Anschlüsse anzuzeigen, durchzogen das Gelände.

Ein kleines Stück weiter begann der Wald. Dort war sie meist allein, selten tauchte mal ein Hundehalter auf. Sie konnte lange gehen, und sie musste sich manchmal mit dem Handylicht den Weg zurückleuchten. Vor Amys Haustür zog sie die matschigen Lederstiefel aus und versuchte, ins Haus zu kommen, ohne dass der Kater entwischte. Sah sie im Türspalt sein Gesicht, drückte sie ihn mit der Hand weg, ja, schubste ihn in den Flur und hatte dann eine Sekunde, selbst einzutreten. Für die Stiefel blieb keine Zeit mehr. In Berlin wären die nach einer Minute weg, dachte sie dann, doch hier nicht.

Anfangs konnte sie im Speisesaal der Neurologie günstig Mittag essen. Er lag auf der Seite des ehemaligen Männerquartiers und war das Pendant zum verfallenen Speisesaal im Alpenhaus. Sie schob ihr Tablett an Hühnerfrikassee und vegetarischer Bolognese vorbei und wartete auf den Blickkontakt zu den Angestellten. Dann kam im November der erneute Lockdown.

Einige Restaurants in der Umgebung boten Lieferservice an, doch zu ihrer Adresse drangen nur Pizza und Burger oder aus Potsdam Sushi ab einem Bestellwert über neunzig Euro. Sie kochte jeden Tag selbst, nach Plant-Based-Rezepten auf Instagram, und war erstaunt, wie viel Volumen Nahrung sie auf dem Fahrrad dafür anschleppen musste.

Die Verzweiflung manifestierte sich nun anders. Wenn sie sich tagsüber nach Vanessa ausstreckte, auf ihren stundenlangen Wegen durch den Wald, dann war das so. Vanessa hatte aufgehört zu fragen, was sie wollte, wann sie wieder weggehen würde, sondern sie ging mit ihr spazieren. Abends fütterte sie die Katze, und die Verzweiflung saß ihr auf der Schulter, und das Tier versank in seinen Hunger, sein Fressen. Sie setzte sich neben die Katze auf den Boden und schaute zu, und in diesem Moment gab es nichts, das hätte anders sein müssen. Sie spürte alles, und es war kein Konzept. Etwas setzte sich durch, das lange bei ihr angeklopft hatte und nun hereindurfte. Sie fragte sich, ob es mit Johanna Schellmann zu tun hatte, vielleicht ja, sie war nicht sicher.

Abends zündete Vanessa ein Feuer im Kaminofen an. Sie schaute in die Flammen und konnte sich manchmal, ähnlich wie im Wald, ein bisschen verlieren. Es war keine der Meditationen, bei der sie mental in eine künstliche Selbstbetreuungsrolle geriet. Sie stellte fest, dass sie, sofern sie keinen Job im Büro erledigen musste, den Hang zum Träumen hatte, zum Trödeln, zum ausgiebigen Nichtstun und Nichts-Besonderes-Sein und Nichts-Besonderes-Denken. Und dass sie an sich relativ im Frieden mit sich war. Natürlich machte sie sich Sorgen, wie alles weiterging. Aber jetzt erstmal war alles gut.

Sie hatte jetzt viel Zeit. Sie las das gesamte Internet zum Thema Spiritualität durch, forschte nach den philosophischen Ursprüngen dessen, was die Krankenkasse ihr als Achtsamkeitsübung in die Earphones schickte. Sie landete beim Theravada-Buddhismus, bei Vipassana, und von dort aus navigierte Wikipedia sie zu Okkultismus, Theosophie und Anthroposophie, dann zu den verschiedenen philosophischen Yoga-Schulen, Vedanta, Neo-Advaita und Non-Duality. Oh Mann. Sie war verblüfft, wie da auf YouTube ein paar übriggebliebene alte Männer, die in den Achtzigern bei irgendwelchen Gurus in Indien gewesen waren, nun mit indischen Namen in einer sturzdeutschen Wohnlandschaft saßen und erklärten, das Ich sei eine Illusion, dabei auf Fragen ihrer kleinen Anhängerschaft immer nur erwiderten: »Wer stellt diese Frage?« Das war die alte Generation. Die neue stand mit trainierten Körpern auf einem Beach in Hawaii, warnte vor toxischer Spiritualität, Gaslighting durch Teacher und Communities und fand es wichtig, Gefühle wertzuschätzen, um kein Spiritual Bypassing zu begehen. Spirituelles Missverständnis Nummer eins: sich vom eigenen Leid wegmeditieren wollen statt sich ihm zu stellen. Non-Duality bedeute nämlich, ausnahmslos alles zu celebraten als Divine, auch den Pain. Es war alles sehr vernünftig und therapeutisch geworden.

Sie wollte nicht funktionieren. Erstmal nicht. Sie wollte überhaupt nichts wollen müssen. Sie ging oft tagsüber ins Bett und ruhte aus. Lag sie im Bett auf dem Rücken, wollte sie träumen, lag sie auf der Seite, wollte sie schlafen.

Sie begann, sich selbst zu filmen und ihre Gedanken laut auszusprechen. Sie schaute sich das Video an und war erstaunt, dass es ihr gefiel. Sie postete das Video auf Instagram und hatte bis zum Abend statt der sonst nur zwanzig ganze hundertfünfzig Likes. Sie setzte die Hashtags #BullshitSpirituality und #DoNothingProjectWithVanessa dazu und postete am Morgen ein ähnliches Video, auf dem auch Milo eine kleine Rolle hatte. Es erhielt zweihundertzweiundfünfzig Likes bis zum Abend. Es gab erstaunlich viele Kommentare, wie wichtig das Nichtinstruierte, Freie, Spontane sei, Sich-Selbst-Vertrauen, #trustyourself, sie hatte am übernächsten Tag fünfzig neue Follower. Das war ein bisschen unheimlich.

Amy schrieb, das sei alles sehr inspirierend, aber sie solle bitte nichts filmen, worauf man die Wohnung deutlich wiedererkennen könne. Vanessa ging in den Wald. Der Wald kam auch gleich noch besser an, #Waldbaden, knapp hundert neue Follower. Sie machte diesmal ein Livevideo.

Dabei begann sie plötzlich, von ihrer Urgroßmutter zu erzählen #knowyourancestors #wheredoyoucomefrom, von Schellmanns Manuskript, das sie inspiriert habe, ihr die Augen geöffnet für Klassismus und Machtverhältnisse als verborgener Faktor aller Interaktionen. Sie behauptete, dass auch Spiritualität sich in Machtstrukturen bewege. Dazu müsse man sich nur die etablierten Religionen ansehen. Es kam ein bisschen Kritik, manche fanden das zu pauschal.

Sie erzählte von Anna, hielt das Foto in die Kamera, das sie bei einer Séance in einem wohlhabenden Haus zeigte, wahrscheinlich aus der Phase, in der sie geschäftstüchtig wurde, weil Gott es so wollte.

»Wow, krasser Blick«, kommentierte jemand, »kann sie bis hierhin fühlen.«

Vanessa spazierte mit Kamera über das Gelände der Heilstätten, zeigte das Alpenhaus und sagte, da hat sie eine Weile gewohnt. Eine Art Refugium für lungenkranke Arbeiter, Luft zum Atmen, gutes Essen.

Vanessa machte eine Pause und dachte nach. Aus dem Livevideo verabschiedeten sich vierzig Prozent der Viewer.

Sie gab preis, dass Anna wegen ihrer Urgroßmutter zwei Jahre im Gefängnis war und was an jenem Winterabend vermutlich passiert war. Schellmann habe Anna über die Klinge springen lassen. Waren sie queer?, fragte jemand. Vanessa zuckte die Schultern, keine Ahnung. Sie habe auf diese Weise ehrlich gesagt gar nicht gelesen (auch dafür gab es Kritik).

Sie erzählte, dass unglaublicherweise niemand in ihrer Familie von den Vorkommnissen wusste. Dass sie das Bild nur dank eines Zeitungsartikels und der Textfragmente der Schellmann habe zusammenfügen können.

Während bis jetzt alle auf Vanessas Seite waren, änderte sich das nun ein bisschen, sie wurde aufgefordert, irgendwie etwas wiedergutzumachen und nicht erneut Anna auszubeuten, die ein Opfer des Establishments war. Auf Vanessas absolut ernst gemeinte Frage, was sie tun könne, erhielt sie ein wutschnaubendes »Dass du das nicht weißt, sagt schon alles über dich!« zurück. Andere wiederum lobten, dass Vanessa sich mit der Vergangenheit ihrer Vorfahren auseinandersetze.

Vanessa machte es sich zur Devise, keine Kommentare zu löschen und niemanden zu blockieren. Sollten sie sich alle austoben. Sie hatte umgekehrt das Gefühl, auch sie musste das, was da in ihr hockte, in die Welt lassen. Vielleicht war es der Größenwahn von Anna, der auf sie übergesprungen war, oder auch Schellmanns Wunsch, die Wahrheit möge doch noch ans Licht kommen.

Jeden Tag drehte sie ein neues Video und erzählte eine weitere Episode aus der Annajohannageschichte. Sie erzählte, dass ihre Urgroßmutter fortan mit einem Mann zusammenlebte, den sie immer leicht fürchtete. Über die wahren Vorkommnisse an jenem Winterabend hätten sie nie miteinander gesprochen, wusste sie aus den Notizen.

Vanessa stand oft im Garten und schaute über den mit gelbem Laub gesprenkelten Rasen. Alles verlor sich. Alles wurde abgeworfen, um erneuert zu werden, und es schien manchmal wie der immergleiche Baum, der immergleiche Strauch, die immergleichen Wühlmäuse, die wiederkamen, die nie wirklich fort waren, die nur, so wie man nachts in den Schlaf glitt, kurz aus der Sicht traten.

Eine Psychotherapeutin, bei der sie vor anderthalb Jahren ein Erstgespräch gehabt hatte, meldete sich und sagte, Vanessa sei auf Platz eins der Warteliste gerutscht und ob noch Interesse bestehe. Ihr war, als wäre sie bei einem Gewinnspiel als Gewinnerin ermittelt worden. Der Therapieplatz werde aber nicht sofort, sondern im Februar frei, möglicherweise müsste man dann per Zoom arbeiten, wenn der Lockdown noch anhalte. Vor Dankbarkeit weinte Vanessa anschließend. Sie hoffte, der Lockdown hielte an, dann müsste sie nicht nach Berlin für die Therapie.

Das war die nähere Zukunft. Die allernächste Zukunft war Weihnachten. Sie hatte ihren Vater eingeladen, die Feiertage bei ihr zu verbringen, und er hatte sich gefreut und zugesagt. Sie würde Weihnachten mit ihrem Vater verbringen.

Quellennachweise

Friedländer, Hugo: »Das spiritistische Medium Anna Rothe« In: Interessante Kriminal-Prozesse von kulturhistorischer Bedeutung, Band 1. Hermann Barsdorf, Berlin 1910.

Güll, Friedrich Wilhelm: »Das Büblein auf dem Eise« in: Mütterchen, erzähl uns was! Otto Meißner Verlag, Hamburg 1910.

Steiner, Rudolf: Ein Weg zur Selbsterkenntnis des Menschen. Philosophisch-Theosophischer Verlag 1912.

Zweig, Stefan: Die Heilung durch den Geist. Mesmer – Mary Baker Eddy – Freud. Insel Verlag, Leipzig 1931.

Nicole Seiferts Artikel »Der weibliche Fontane« über Gabriele Reuters Roman »Aus guter Familie« verdanke ich Einsichten zur Rezeption weiblicher und männlicher Autoren im 20. Jahrhundert: https://nachtundtag.blog/2021/01/03/dem-vergessen-entrissen-gabriele-reuter-der-weibliche-fontane/

Mein Dank gilt auch Korbinian Lindel für den wertvollen Austausch über die Bedeutung der Photographie im Okkultismus Albert von Schrenck-Notzings.